Patrick McGuinness

Den Wölfen zum Fraß

Aus dem Englischen von Dieter Fuchs

OKTAVEN

Die Originalausgabe mit dem Titel *Throw Me to the Wolves* erschien 2019 bei Jonathan Cape, London.

Diese Übersetzung wurde mit Mitteln des Ministeriums für Wissenschaft, Forschung und Kunst Baden-Württemberg gefördert.

1. Auflage 2022

Oktaven

ein Imprint des Verlags Freies Geistesleben
Landhausstraße 82, 70190 Stuttgart
www.geistesleben.com

ISBN 978-3-7725-3028-9

ⓔ auch als eBook erhältlich

Gestaltungskonzept: Maria A. Kafitz
Umschlagfoto: © Patrick Ward/Popperfoto/Kontributor
Satz: Bianca Bonfert
Druck: Pustet, Regensburg
Printed in Germany

Wenn ich sterbe, werft mich den Wölfen zum Fraß vor – ich bin das gewohnt.

Diogenes

Ein Ort, an dem immer Jetzt ist

Unweit der Schule ist eine Brücke. Um zu den Sportplätzen oder auf die andere Seite der Mündung zu gelangen, müssen die Jungs sie überqueren. Das tun sie drei Mal pro Woche, bei Sonnenschein oder Regen. Es muss ziemlich nass sein, bevor der Nachmittagssport abgesagt wird – oder auch nur das unwichtigste Trainingsspiel. «Zeit für *corpore* fucking *sano*», sagt Mr. McCloud, der kettenrauchende, nach Whisky parfümierte Klassenlehrer, der die Jungs wie Kumpels aus dem Pub behandelt und über historische Figuren spricht, als hätte er sie persönlich gekannt. Er kann einem sagen, wie ihr Atem riecht und was ihnen zwischen den Zähnen hängt; wie sie gehen, wie ihre Fingernägel aussehen.

Die Jungs mögen ihn, obwohl er aufbrausend und unberechenbar ist und bei einem Wutanfall so aussieht, als würde er gleich beißen. Er ist groß und fassförmig und ächzt wie ein altes Akkordeon, wenn er sich bückt, um sich die Schnürsenkel zu binden, oder Kreide aufhebt oder eine Zigarette fallen gelassen hat. Er kann sich nichts merken, verwechselt ihre Namen, kommt immer zu spät und geht wieder früh, aber die Jungs finden, er macht gute Witze, was für sie gleichbedeutend ist mit dreckig. Ein paar ältere Schüler, die Sechzehnjährigen aus der Sechsten, besuchen ihn abends zu Hause, wo sie rauchen, trinken und Filme anschauen. Wenn sie wiederkommen, riechen sie wie Erwachsene.

Alle haben ganz eigene Gründe, um zur Brücke zu gehen: meist, um zu rauchen und den Wodka oder Gin zu trinken, den sie direkt um die Ecke kaufen können; später dann, um Mädchen zu treffen oder einfach die Aussicht zu genießen. Einer der Jungen, heute ein erfolgreicher Unternehmer, sammelt rund um die Brücke oder in den Vorsprüngen und Einbuchtungen der Klippen die Seiten aus Pornoheften, die aus vorbeifahrenden Autos geworfen oder von den Hecken-Onanierern zurückgelassen wurden. Wenn er nicht richtig Glück hat, sind sie feucht und vom Tau aufgeweicht, deshalb nimmt er sie erst mal mit und trocknet sie auf der Schulheizung, um sie anschließend verkaufen zu können. Es gibt eine Preisliste: ganze Seiten sind teuer, für zerfetzte oder ausgerissene Stücke gibt es Nachlass. Man kann sie aber auch mieten.

Wir sind nur unweit des Hafens, von wo die Schiffe, deren Nebelhörner man beim richtigen Wind hört, ihre Tonnen an Containern über den Ärmelkanal schleppen. Es ist eine wasserreiche Grafschaft, mit Nebenflüssen geädert und von Meeresarmen oder Mündungen zerfranst. Ihre Kalkküste wird von den Wellen abgetragen, und ihre Flüsse ergießen sich ins Meer; eine Grafschaft der Brücken, Kais und Viadukte, und man kann fast nirgendwo hingehen, ohne mit der Tatsache von Wasser konfrontiert zu sein. Manchmal, bei Hochwasser, scheinen die Brücken ihren Fluss eher zu kämmen, als zu überqueren. McCloud hat mit ihnen einmal einen Ausflug zu den Medway-Viadukten gemacht, wo der Zug- und Autoverkehr den Fluss dreireihig überquert und bald ein Tunnel nach Frankreich entsteht, der, wie McCloud ihnen erklärt, die Fähren überflüssig machen wird.

Die Brücke verbindet die beiden Hälften der Stadt – eine Seite vornehm, geordnet und wohlhabend, die andere voller Sozialbauten, Industriegebiete und ramschiger Einkaufszentren. Es gibt B&Bs für die Reisenden, die ihre Fähre verpasst haben, sowie Pubs für diejenigen, die zu früh ankommen. «Zwei Städte, durch eine Brücke getrennt», witzelt McCloud bei jeder Überquerung: «Die Pässe dabei, Jungs? Und hoffentlich ausreichend geimpft? Wir betreten jetzt den dunklen Kontinent ...»

Man kann fast nicht anders, als hinunterzuschauen: in den braunen Schlamm der Mündung, den glitzernden Perlmuttkies und den Schlick, den Abzugsgraben mit rieselndem Wasser, so schmal wie der Regen, der in einen Gulli rinnt. In der Sonne wölbt und wellt sich der Schlamm. Er braucht nicht viel Licht, um lebendig auszusehen. Und anziehend – ein Kissen aus glänzender, brauner Seide. Man ist versucht, zu springen.

Der Schüler ist begeistert von dem Geruch, der da aufsteigt und vom Wind hochgetragen wird. Es ist der Geruch von Mündungen: auf der einen Seite die Abzugskanäle; auf der anderen das offene Meer. Eigentlich müssten sie gegeneinander ankämpfen, aber hier scheinen sie so gut zu harmonieren wie ein süßsaures Gericht: eines ist Verstopfung, Fäulnis und Stillstand, das andere Entkommen, Freiheit und Bewegung. Er sagt den Rosenkranz an Hafennamen auf – Zeebrugge, Ostende, Calais, Cherbourg, Dieppe, Rotterdam ...

Und man *kann* springen. Man kann springen, wann immer man will. Meist ist es eher die Neugier und nicht die Trauer, die einen hinunterschauen und plötzlich den Wunsch verspüren lässt, dabei den Verstand vorausschickt und sich vorstellt, wie es ist zu fallen – zu fallen und immer weiter zu fallen. Der Schüler ist wie hypnotisiert von der Aussicht, von ihrer Vollkommenheit. Nicht viele Dinge fühlen sich so vollkommen an wie das, was er beim Hinuntersehen erblickt. Nicht das Sterben als solches ist anziehend – so unglücklich ist er dann auch wieder nicht, selbst wenn er sich gern überlegt, wie unglücklich *genau* er dazu denn sein müsste: in welcher Dosierung, die Unglücksmilliliter um Unglücksmilliliter die Skala der Trostlosigkeitsspritze emporklettert, Grad um Grad am Sorgenthermometer ... Nein, nicht das Sterben, sondern seine hypothetische Natur. Es ist die Vorstellung von einem selbst *danach*, die einen anzieht; wie man aufsteigt, sich vom eigenen Körper ablöst wie eine Füllfeder, die sich vom geschriebenen Buchstaben auf dem Blatt erhebt, und dann nach unten auf seine Hülle blickt, die man verlassen hat, sowie auf die Menschen in der Ferne. Wobei man eigentlich selbst in der Ferne ist: man *ist* jetzt die Ferne – tot ist man zu ihr geworden.

Er stellt sich den Tod als eine dieser Luftaufnahmen in Kriegsfilmen vor, wie sie in der Schule manchmal gezeigt werden und wo ein paar Soldaten zurückgelassen werden, während der Rest mit dem Hubschrauber aufsteigt, und die Soldaten rennen, ohne ihn zu erreichen, und sie rufen, schreien und strecken die Arme nach ihren Kameraden aus, dann berühren sich die Finger und greifen ineinander und halten sich und werden wieder auseinandergerissen; und der Hubschrauber hebt ab, wackelig erst, aber schnell stabil, und zieht weg, unentschlossen oder gar widerstrebend, und die Soldaten werden kleiner und von den Gegnern eingeholt oder niedergemäht, und jeder wird klein wie ein Punkt und verschwindet; dann sieht man nur noch Dschungel und daraufhin den Himmel.

Dazu gibt es natürlich noch den Vorteil, nicht mehr dieses Biest von Körper mit sich herumschleppen zu müssen, nicht mehr gefesselt zu sein an dieses brennende Tier, das man ist.

Es gibt die Legende einer Frau aus der viktorianischen Zeit, die von der Brücke sprang und überlebte, um, wie man sagt, *davon zu erzählen*, weil ihr langes Kleid sich aufbauschte und zu einem Reifrockfallschirm wurde. Sie war sitzengelassen worden, war unglücklich verliebt. Aber wenn der Selbstmord ein Gegenteil hat, dann widerfuhr ihr genau das: sie überlebte, lernte jemand anderen kennen, heiratete, bekam drei Kinder und wurde steinalt.

Heute, weiß der Junge, würde man den Sturz kaum überleben, denn 1.) würde einen die Geschwindigkeit, mit der man aufs Wasser prallt, sofort töten; 2.) würde einem schon lange davor aus Angst das Herz zerplatzen, so wie Haselmäuse innerlich bersten, wenn man sie hochhebt; und 3.) würde man so tief im Schlamm versinken, dass man erstickt. Es ist das Bild von der Frau, an das der Junge denkt, wenn er mit seinen Freunden nach unten sieht und zerknüllte Blätter, Bonbonpapierchen, Taschentücher oder Münzen über die Brüstung wirft und ihre Flugdauer schätzt.

Aus wenigen Metern Höhe ist Wasser sehr gastfreundlich. Es öffnet sich und lässt dich eintreten. Ab etwa zwanzig ist es wie Fels. Es wird dich zerschmettern, als seist du auf einen Steinboden gefallen. Das haben sie in Physik gelernt.

Der Gedanke an einen Sturz ist auch aus dem Grund so verlockend, dass es so furchtbar einfach ist: die Brüstung ist nur wenig höher als eins zwanzig. Für die meisten Jungs heißt das gerade mal schulterhoch. Ein kleiner Sprung, bei dem man sich am hölzernen Handlauf festhält, und man wäre oben und drüber, drüber und runter, runter und tot. Vielleicht würde sich der Sturz endlos anfühlen, nur wären es natürlich nur ein paar Sekunden. Bei der Rückkehr zur Geburt, besagt der Mythos, sehen Sterbende ihr Leben in umgekehrter Richtung ablaufen. Man würde gern wissen, ob die gleiche Geschichte rückwärts erzählt überhaupt noch die gleiche Geschichte ist.

Damals, dort im Damals auf der Brücke, denkt man, dass es ein paar Sekunden und ein ganzes Leben braucht, bis man den Mündungsschlick erreicht; den kühlen, glänzenden, stundenglasfeinen Sand. Vielleicht könnte man beim nächsten Mal ein paar Dinge verändern, wer weiß? Korrekturen vornehmen.

Der Junge nimmt manchmal seine Innenschau, die

wie alles an ihm trainiert werden muss, und macht einen Spaziergang dorthin. Nur ist sie wahrscheinlich der einzige Teil von ihm, der an dieser sportlastigen Schule *tatsächlich* trainiert wird. Immer ist jemand auf der Brücke, und obwohl sie für ihn ein Ort extremer Einsamkeit ist, wird ihm erst Jahre später klar, dass er dort nie wirklich alleine war. Es gab immer andere, manchmal auch ein halbes Dutzend, die alle das Gleiche machten: hinaus- und drüber- und runterschauen. Einmal hat er gesehen, wie sich jemand mit Kuli die Nummer der Telefonseelsorge auf die Hand schrieb, die an beiden Enden der Brücke angebracht ist. Im Moment beugt sich der Junge nur vor und lässt die Arme baumeln, das Geländer fest in die Achseln gedrückt. Seine Großmutter ist Schneiderin und hat ihm die Schuluniform genäht. Er muss an das Maßnehmen für Jackett und Hose denken, weil der Wind ganz ähnlich an seiner Kleidung zupft. Bei ihm wird für eine Luft-Uniform maßgenommen, damit er für den rasanten Sturz gut eingepackt ist.

Jahre später geht er wieder einmal zur Brücke. Die Nummer der Telefonseelsorge war früher eine örtliche, jetzt steht da eine mit 0845 – wie bei Versicherungen, Mobilfunkanbietern, Telefonmarketing. Die Brüstung ist unverändert, wurde aber um ein Drahtgitter erhöht, das einen Meter zwanzig dazugibt und sich oben einwärts biegt. Zum Springen würde man jetzt eine Leiter brauchen.

In der Zeit zurückzugehen, ist wie in ein altes Foto einzutreten. Er stellt es sich in Sepia vor; so verblichen wie eine alte Postkarte. Aber es ist eine Postkarte seines eigenen Lebens: die dickliche Luft, das schwere Schulmobiliar, der Gelatineglanz der Dinge, die man durch einen Sirup aus Zeit und Tränen erkennt. Wenn er jetzt in das Foto eintauchen oder mit seinen Fingern über die Oberfläche gleiten würde, hätte es die Konsistenz von Sahne und nicht die Härte des Wassers unter der Brücke. Er denkt an die Holztische mit ihren – schon damals – längst nicht mehr benutzten Tintenfässern, rundum mit schwarz-blauen Klecksen übersät. Mit Kompassnadeln eingeritzte Pimmel und Sexwörter, die in die Oberfläche eingeprägt wurden, durch den Lack und tief in die Fleischmasse des Holzes hinein. Das alles wirkt heute leicht prähistorisch, so weit entfernt und urzeitlich wie ein Bison auf einer Höhlenwand. Man kann die Tische auf eBay kaufen – mit echten Graffitis, versichern die Verkäufer, um ihnen Authentizität zu verleihen.

Mit all diesen Tonnen aus Eisen und Stahl wirkt die Brücke so fein gearbeitet wie Spitzenstoff; die Seile straff wie Harfensaiten. Manchmal hört man den Wind an ihnen zupfen und hat den Eindruck, das sei ein Lied. Es ist das Lied der Luft, das genauso klingt wie das Geräusch des Fallens. Der Junge denkt, dass er das Lied gern bis zu Ende hören würde, dass er sich einen langen, langen Sturz wünscht, um es wieder und immer wieder zu hören und niemals unten aufzuschlagen.

20. Dezember

«Meine Kindheit?» Er wirkt amüsiert.

«So etwas gab es bei mir nicht. Für mich war das mehr eine kindheitlich inszenierte Minderjährigkeit. Ich meine, ich hatte durchaus Spielsachen, aber mein Umgang damit war eher verwalterisch – nicht wie ein Kind, mehr wie ein Museumsmitarbeiter. Ich habe sie poliert, betrachtet und weggeräumt. Ich habe sie aufgestapelt, in Ordnung gehalten und vor mir ausgebreitet. Aber habe ich wirklich damit *gespielt*? Eher nicht.»

Er verstummt und sieht sich um, als würde er die Farbgestaltung des Raums überprüfen: graue Eierschale mit einem Glanz von Schweiß.

«Außerdem hatte ich natürlich Schachteln.»

Gary versucht, ihn zu stoppen, aber er ist bereits fertig. Unser Timing ist schlecht; alles läuft aus dem Ruder.

Gary: «Ihre Kindheit ist uns scheißegal, Sie trauriger Clown. Uns interessiert dieses arme Mädchen – wie Sie sie umgebracht haben und was mit der Leiche passiert ist!»

Die Leiche oder *ihre* Leiche? Und warum der Unterschied? Warum stelle ich mir diese kleinlichen Fragen, so randläufig wie das dünne Ende eines Türstoppers: Es beginnt bei der Grammatik – *ihre* oder *die* – und endet mit einem dicken Keil aus Dunkelheit. Mittlerweile ist es einfach *die* Leiche. Was auch immer ihre *ihre* war, gibt es nicht mehr.

«Gary. Lass ihn ausreden.»

«Sie haben doch nach meiner Kindheit gefragt, oder? Es war *in* der Frage, wenn nicht sogar *die* Frage selbst.»

Wir antworten nicht, deshalb macht er befriedigt und in leicht spöttischem Ton weiter: «Es gibt ein Foto von mir, wie ich die Unterseite eines dieser Fahrgeräte betrachte, die es manchmal vor Supermärkten gibt. In einem Badeort, vermutlich im namentlich passenden Gravesend. Wo genau, spielt ja wohl keine Rolle, auch nicht für mich. Jedenfalls habe ich das Geld reingesteckt, mich hingekniet und dem Mechanismus zugesehen, also wie sich die Wellen drehen, die Zahnräder greifen ... Unterwagen nennt man das wohl – ein lustiger Begriff, erinnert irgendwie an diese *Carry On*-Filmkomödien ... Ich habe mit der Idee des Spielens gespielt, aber richtig gespielt habe ich nie. Heißt das, ich habe auch mit der Idee von Spielzeug gespielt? Gut möglich.»

«Heeerrr-gott», stöhnt Gary durch seine zusammengepressten Zähne.

Mr. Wolphram sieht zur Decke, atmet ein, realisiert die Abgestandenheit der Luft, atmet wieder aus und spricht weiter: «Ich habe nie darüber nachgedacht. Nur weil Sie diejenigen sind, die hier die Fragen stellen, heißt das noch lange nicht, dass ich die Antworten habe.»

Zentral bei einem Verhör ist, dem Verdächtigen Zeit zu lassen und ihm ein unbegrenztes, offenes Gelände aus Schweigen zu geben, auf dem er nervös werden kann. Nur macht er genau das mit *uns*. Starrt uns der Reihe nach an: mich, Gary und den irritierten

Beamten, der hinter uns die Tür bewacht. Dann, als er ausgestarrt hat: «Aber warum fragen Sie?»

Warum frage ich? Vielleicht, weil ich etwas über meine eigene Kindheit wissen wollte. Weil dieser Mann, den wir hier verhören, ohne es zu wissen oder sich daran zu erinnern, Teil davon war.

*

Mr. Wolphram, mit kaltem Glanz auf einer derart weißen Haut, dass sie fast bläulich wirkte; das Leuchten einer Ader tief unten im Fleisch. Marmor. Oder Salz. Ja: das Blau von Salz in einem Salzbergwerk. Riesige Augen, annähernd schwarz (nicht dass ich sie nicht sehen könnte, so hell, wie es hier ist, nur lassen sie die exakte Abstufung ihres dunklen Farbtons nicht erkennen): geradeaus gerichtet, ironisch. Er blinzelt so gut wie nie. Das hier ist kein Spiel, aber trotzdem spielt er. Geben wir ihm zu viel Leine, führt er uns im Kreis herum; nehmen wir ihn zu eng, wird er die enge Zügelführung lieben. Sobald es Regeln gibt, wird alles zum Spiel.

Er spricht in langen, flüssigen und perfekt gebauten Sätzen. Grammatikalisch makellos, schöpft er aus einem inneren Thesaurus, alles ist mit etwas anderem abgetönt, jede Farbe geht direkt in die nächste über. Das ist wie ein edler Farbkatalog: kein Schwarz, kein Weiß, kein Rot, kein Blau – nur eine Abfolge von Zwischendingen mit doppelläufiger Bezeichnung.

Und diese Stimme: Wenn deine Albträume einmal als Hörbuch herauskommen, ist er der Erzähler.

Er hat Farbe an den Händen. Das bemerke ich erst

jetzt, obwohl ich es war, der seine Fingerabdrücke genommen hat. Später, wenn wir die Proben zur Analyse schicken, werden wir den Namen der Farbe erfahren: Mole's Breath, ein dunkles, behagliches Grau.

Jede Gefühlsregung untergräbt, korrigiert, durchmischt er mit etwas anderem. Aber mit was? Mit etwas Emotionslosem. Weiß er zu viel, um Gefühle zu haben? Ist es das? Hat er keine Gefühle oder kennt er sie so genau, dass er sie gar nicht mehr empfindet? *Kindheitlich inszenierte Minderjährigkeit* ... wo kommt solch eine Formulierung her? Davon, dass man die Bezeichnungen für Dinge lernt, bevor man die Dinge selbst kennt.

Spielt es letzten Endes eine Rolle, in welcher Reihenfolge man sie lernt?

Die Luft hier drin ist stickig. Gary schwitzt und verliert sowohl die Geduld als auch Gewicht.

Erkennt er mich? Ich habe mich kaum verändert, und *so* lange ist es eigentlich gar nicht her.

Oder vielleicht doch, in Uhr-und-Kalender-Zeit gemessen. Aber misst man es in ... was? Innen-Zeit? Herz-und-Blut-Zeit? Futterstoff-des-Lebens-Zeit? ... dann war es im Grunde gestern. Beim Futterstoff unseres Lebens ist alles immer gestern.

Er ist unverändert. Er hat diese gepökelte Gleichheit, wie manche Lehrer sie über Jahrzehnte bewahren: Zwiebelhaut, fast schon durchsichtig, wie feuchtes Zigarettenpapier. Sein Haar ist so aschgrau wie vor dreißig Jahren; glatt und glänzend, mit Strähnen bis zu den Augenbrauen und so dünn, dass die Form seines Schädels hervortritt. So er denn gealtert ist, dann anderswo als hier, anderswo als im Gesicht.

Auch was er anhat, ist immer noch gleich: vielleicht ist das sogar derselbe Anzug, dieselbe rote Krawatte zu demselben schwarzen Hemd. Seine Handgelenke ruhen auf dem Tischrand, und es sieht aus, als würde er zwischen Daumen und Zeigefingern etwas winzig Kleines zerreiben.

Mit im Raum ist eine Art Therapeutin oder Psychologin, die äußerst professionell wirkt und bürokratisch die Stirn runzelt. Ich bin mir nicht sicher, ob sie ihm zusieht oder uns.

*

Er setzte Kultur wie ein Schnappmesser ein. Daran erinnere ich mich. Ein Stoß mit der Klinge reichte aus. Man spürte keinen Schmerz, bis das Blut sichtbar wurde. Nur tat es noch immer nicht weh, erst wenn man merkte, dass dieses Blut dein eigenes war. Er nahm sich jemanden vor, egal wen, schlitzte ihn auf, und für den Rest der Stunde war derjenige wie ein verwundeter Hai, von anderen Räubern über Meilen und Stunden hinaus gerochen. Genauso war das – Blut, das rauchartig ins Wasser drang.

Seine Launen waren wie Feuer hinter einer Eiswand.

Das habe ich ihnen dann später erzählt.

*

Die Schlagzeilen bringen an diesem Morgen das Übliche: auf einem Flug nach Dubai explodieren die Brustimplantate einer Fußballergattin; ein mitteilsames TV-Sternchen versteigert auf Twitter ihr Schweigen; etwas Realityshow-Artiges, bei dem iPhone- und iPad-süchtige Teenager nach Derbyshire gekarrt werden und bei irgendwelchen Amish People leben. Leichte Kost, Boulevard-Geblubber: nachrichtenlose Nachrichten.

Im Windschatten all dessen: die selbsternannte ‹Qualitätsberichterstattung›. Gary weiß, dass es so etwas wie Windschatten nicht mehr gibt, dass wir alle der gleichen steifen Brise ausgesetzt sind. Er mokiert sich über einen Kommentar der *Times* zur Problematik, was man bloß mit den Kindern macht, wenn die Nanny ihre Familie in Osteuropa besucht.

«Wieder so ein Artikel von einer pferdegesichtigen Wohlstandstussi namens Camilla oder Imogen, die sich über Putzfrauengehälter in West London und steigende Privatschulgebühren auslässt. Auf welchem Planeten leben diese Menschen?»

«Planet Die-da?», frage ich lahm, um einen Dialog zumindest anzudeuten.

Es wird ein langer, trauriger, anstrengender Tag werden und wir müssen ihn durch ein gutes Miteinander gleitfähig halten.

«Alles ist Planet Die-da, Prof ... Soweit das Auge reicht – Planet Die-da.»

Es gibt eine Pause, dann ein Schweigen, als Gary versucht – versucht und nicht schafft –, einen lapidaren Abschluss zu finden.

Weihnachten steht vor der Tür, und Weihnachten ist eine gewaltvolle Zeit. Nicht die Gewalt der Polizeithriller oder Fernsehkommissare. Keine Poirots oder Miss Marples am Start. Ist auch nicht notwendig. Es ist die dunkle, stumpfe Gewalt der Normalit… nicht schillernd und auch nicht kompliziert – … bei Ergründung der Motive, noch beim Fassen … Täter. Niemand wird hier Columbo rufen. Sie ist ei… fach da, diese aussickernde Alltagsdunkelheit, die sich sammelt, zunimmt und zum Rand hochsteigt, bis sie eines Tages überfließt.

Sie ist unser Geheimleben, sonst nichts: und manchmal schwappt sie über den Rand und zieht uns dann mit nach unten. Die schmale blaue Linie nennt man uns. Nur glaube ich, wir sind mehr wie ein Meniskus: Wir sammeln den Überschuss für einen Moment, halten ihn, während er anschwillt und sich zum Himmel wölbt; er bebt, dehnt sich, schiebt sich drüber und stürzt in die Tiefe.

Jetzt im Moment stürzt er. Ist er gestürzt.

Zwei Mal häusliche Gewalt, Brandstiftung, diverse Einbrüche. Ein geplünderter Ein-Pfund-Shop. Selbst die Diebe setzen ihre Fantasien jetzt niedrig an, schneiden ihren Ehrgeiz auf asketisches Beutegut zu. Black-Friday-Tumulte in Supermärkten. Flachbildschirmhysterie, Anstürme auf Haushaltsgeräte. Die Technik bringt uns auf Umwegen zum Tierdasein zurück.

Außerdem ist da noch, unterhalb der Polizeiarbeit, unterhalb der Gerichte, als unsichtbare Kanalisation des Systems, die Gewalt gegen Frauen. Besonders an Weihnachten. Das ist der Puls, der Beat, den man wie die Bässe aus einem Auto oder Keller hört und nie recht orten kann. Oder der schon aufgehört oder sich woanders hinverlagert hat, wenn man eintrifft. Ehefrau, Tochter, Freundin, das wiederholte Prügeln, die ‹Ausnahme›, die immer wieder passiert, zwanzig Jahre ‹Ausnahmen›, die hämmernde Grausamkeit der Worte; Frauen mit ausgebranntem Nervenkostüm und der Gemütsverfassung überlasteter Stromkreise, verängstigt, durch Schläge weich gemacht, bis ihr Fleisch so zart wie ein Kalbsbraten ist. Gary und ich sind so oft damit konfrontiert, dass wir denken, das hier ist auch so ein Fall. Ist er aber nicht.

Als der Anruf eingeht, ziehe ich durch fünf Kästchen auf dem Kalender einen Strich. Das ist mein bevorstehender Urlaub. Wenn der näherrückt, werde ich immer nervös. Es braucht nur einen einzigen Fall, ein Verbrechen abseits der Norm, und schon ist er verschwunden – *verschoben*, sagen sie dazu –, an einen leuchtenden Punkt am Horizont, den ich nie erreichen werde. Ich weiß schon jetzt, dass er unerreichbar ist. Wenn jemand schon am Klingelton merkt, um was für eine Art von Anruf es sich handelt, dann ich. Dieser sagt mir, dass sich alles ändert.

Martinshorn ist nicht nötig, heißt es. Wir wissen, was das bedeutet: das Martinshorn signalisiert mit seinem Gedröhne Zeit, signalisiert, dass Zeit *vorhanden* ist. Aber wir sind trotzdem schnell, Gary und ich. Er fährt. Ich sehe mir die vorbeihuschenden Schaufenster an, die teure Schule auf dem Hügel, den Zoo, den sie vor Jahren dichtgemacht haben und wo ich immer noch glaube, das Gejapse der Robben zu hören und ihren Fisch zu riechen. Dann die Brücke in Richtung Peripherie mit ihren stillstehenden Baukränen und den kreditbefeuerten Wohnungen, die jetzt kreditzerbröselt eingefroren sind. Die Designerläden, die zu Ein-Pfund-Shops abgesunken sind. Dann das, was Gary ‹Brexit-Land› nennt. «Genau wie New York», sagt er. «Das ist nicht nur ein Ort, sondern eine Gemütsverfassung.»

Er stößt ein trockenes, gelbliches Lachen aus und singt zur Melodie von Soft Cells «Bedsitter» die Worte «Brexit Land my only home». Ich weiß nicht, woher er den Song kennt und wann er ihn gehört hat, denn er war ja fast noch ein Baby, als er damals herauskam. Im Gegensatz zu mir – ich habe die Single gekauft, obwohl ich sie nicht einmal abspielen konnte. Und auch da war ich spät dran – als ich sie gebraucht kaufte und schon jemand anderer seinen Namen auf die Hülle geschrieben und das Vinyl verkratzt hatte.

Man hört sie manchmal in *Top of the Pops*-Wiederholungen aus den Achtzigern oder in diesen Varieté-Shows, wo die Moderatoren herausgeschnitten wurden, weil sie in Ungnade gefallen oder tot oder im Gefängnis sind. «Sendung ohne Ansager», sagt meine Nichte dazu. Sie erkennt, dass da einmal etwas war zwischen den Songs, den Bands – nämlich der Glamour, das Showbiz und die witzigen Sprüche. Nur dass sie das natürlich nicht genau weiß. Aber Marieke hat ein Ohr für Dinge, die fehlen. Deshalb liebt sie auch den Zoo so sehr, den leeren, gespenstischen Zoo. Die Tiere, die noch als Geister hinter den zugenagelten Zäunen sind. Aus dem gleichen Grund geht sie auch gern zu Mrs. Snow. Wegen dem, was fehlt. «Stille ist nicht still», sagt sie, «sondern ein Summen: *hör doch mal …*»

Dann folgt etwas Grünfläche, bevor das Einzugsgebiet anfängt und wir einen Ort erreichen, den das Navi ‹Unbekannte Straße› nennt. Wir wissen, dass wir da sind, weil wir einen Krankenwagen, ein Polizeiauto und zwei Zivilfahrzeuge, Fords, erkennen. Alles wirkt entspannt, nicht-dringlich. Man riecht förmlich das *zu spät*. Es raucht jemand, den ich noch nicht sehen kann, und der Zigarettengeruch kommt in vereinzelten, dünnen Schwaden über eine erstaunlich große Distanz zu uns. In den Brombeerbüschen winden sich von Dornen zerfetzte Plastiktüten. Die Brombeeren selbst hängen seit Monaten ungepflückt herum: waren sie anfangs hart wie Knöpfe, haben sie jetzt die Farbe von Spinnwebfäden und sind ganz vertrocknet, verschrumpelt und dick mit Schimmel überzogen. Die Leute, die hierherkommen, pflücken kein Obst.

Wir werden hingehen, also gleich, denn noch befinden wir uns zwischen dem Moment, in dem das Geschehene geschehen ist, und dem, in dem es eine Tatsache wird. Ich spüre, wie diese Ereignisse verschmelzen wollen, bin aber noch getrennt von der Entdeckung, die wir gleich machen werden, und möchte diesen kurzen Gang ausdehnen und alles von mir fernhalten. Ich rede mir ein, so besser denken zu können: *man kann nicht lange zwischen zwei Zeitformen leben, also mach das beste draus*.

Dann das:

Zwei Beamte nehmen die Aussage einer Frau auf, die einen Hund an der Drahtseilleine hat. Seine Schnauze zeigt die Straße hinunter; was immer er gefunden hat – er will es noch einmal sehen, will da noch mal hin.

«Warum sind es immer die mit Hunden, die sie finden?», fragt Gary. «Das ist so ein beschissenes Klischee.»

Ich antworte nicht.

«Immerhin keine Dogger.»

Er geht um den Wagen herum und macht meine Tür auf. Das ist nicht unterwürfig oder eine Frage des Ranges. Es liegt nur daran, dass ich gar nicht ganz da bin.

«Die Nackten sind ja morgens nicht so unterwegs.»

Gary pinkelt an den Wagen, bevor wir losgehen.

«Wir wollen doch nicht den Tatort verunreinigen», knurrt er. Ich kann den Kaffee in seinem Urin riechen, dabei ist noch nicht mal Frühstückszeit.

Ich kenne diese Straße. Ich weiß nicht, wie sie heißt, aber ich kenne sie.

Wir ignorieren die Aussage erst mal. Alles zur rechten Zeit, denke ich. Zur *gegebenen* Zeit, meine ich, denn *recht* ist momentan gar nichts an ihr: Zuspätkommen hat den einzigen Vorteil, alles in einer selbstgewählten Reihenfolge aufzunehmen. Zumindest den haben wir. Als Trost der Besiegten. Wir kümmern uns bald um sie und ihren Hund, dann kommt die Presse dran. Zuerst vermutlich Lynne Forester, die Gary *Mad Lynne* nennt. Wenn es tatsächlich sie ist, die da draußen herumsteht, wie wir befürchten, da draußen zwischen den Bäumen. So etwas wie *zu spät* gibt es für Lynne nicht.

Funde wie dieser laufen meist so ab: Hund bewegt sich frei; Hund haut ab; eine von tausend Fährten zieht ihn ins Unterholz; Hund kommt nicht, wenn gerufen; Besitzer findet Hund beim Beschnüffeln von … was?

Werden wir gleich sehen.

Ich bleibe etwas zurück, kenne aber den Weg.

Es ist ein nasskalter Morgen Ende Dezember, und die LED-Strahler sind an. Wir können sie vor uns sehen, zusammen mit einem hell leuchtenden Zelt und ein paar weißgekleideten Figuren. Blitzlichter, Polizeiabsperrung.

«Die Grotte vom Weihnachtsmann», sagt Gary, und ich weiß, dass ich lachen sollte, um die Dinge am Laufen zu halten. Der Witz ist auch besser als die, die er sonst so macht, deshalb lächle ich und merke, wie er mich ansieht, um meine Reaktion zu überprüfen. Lächeln ist besser – so denkt er, ich würde mir das Lachen verkneifen. Mein verzwungenes Lächeln sieht für ihn wie ein unterdrücktes Lachen aus. Das wird reichen, um uns über die nächsten paar Stunden zu retten. Der Heiterkeitstank ist wieder voll. Wir werden ihn brauchen.

Er misstraut mir als behäbigem, geradlinigem Uni-Absolventen. Ich misstraue ihm als einem grenzwertigen Rassisten frisch weg von der Casting-Agentur: ein dicker, unverhohlener Sexist, der verarbeitetes Hühnerwasser schwitzt und nach Fett riecht. Wäre er ein Pub, würde man ihn den Hipstern und Touristen als *definitiv retro* anpreisen, vielleicht auch als *Vintage-*, auf keinen Fall aber als *Gastro-*. Aber wir denken beide, dass wir dem jeweiligen Klischee entsprechen – Casting-Material eben. Nur dass er einer Polizeiserie aus den Siebzigern entsprungen ist, in der sie ständig qualmen und Verdächtigen erst mal eine verpassen, im Dienst trinken, den Schreibkram verachten und zu Frauen ‹Puppe› sagen. Das alles findet Gary großartig. Das ist genau sein Ding. Erlerntes Verhalten nennt man das wohl, und weil er jünger ist als ich, kennt er es nur aus dem Fernsehen. Ich bezeichne es als Garys *erlerntes Ich* – vom Standpunkt meines eigenen erlernten Ichs aus.

«Sie wurde mehr als nur umgebracht», sagt jemand. «Sie ist mehr als nur tot.»

Die leichenbezogene Sachlage, ja, aber kein dummes Gewitzel. Diese hier hat etwas Besonderes. Ich erkenne das an der Eintönigkeit, am Sog in Richtung Trauer. Wir alle wissen Bescheid.

Jemand beugt sich über die Leiche. Ich kann nur die Füße sehen, aber es *ist* eine sie: ein Bein gestreckt, das andere in einer zierlichen Tanzbewegung nach hinten geklappt und dort festgefroren. Charleston. Totes Ensemble-Mädchen, aus einem Dreißigerjahre-Musical hierher transportiert, eine Leiche aus einem Fluss. *Nie zweimal derselbe Fluss*, denke ich, ohne zu wissen, warum, und dann flüstere ich es: *Nie zweimal derselbe Fluss*. Zunehmend formuliere ich die Gedanken, die mir in den Kopf kommen. Ein kundiger Lippenleser wüsste genau, was ich denke.

Der Fluss, also der echte, ist nicht weit entfernt. Die Überschwemmung hat nachgelassen, aber das Wasser fließt immer noch schnell und mit Wucht, und das Geröll im Flussbett lässt ihn schäumen und spritzen. Er klingt wie eine Autobahn. Die M25, die gegen ihre Ufer schäumt.

«Ich bestätige noch nichts und benutze auch keine Namen, aber auf der Basis, dass sie es ist, könnt ihr jetzt loslegen.»

Das kenne ich. Ich habe es an der Uni gelernt:

man kann jemanden nur schwer identifizieren, wenn er tot ist. In den Anfangstagen der Totenfotografie hängte man die Bilder jüngst Verstorbener aus, und die Leute sahen sich das an, als würden sie windowshoppen oder im Wettbüro Pferde und Quoten prüfen. Manche Leichenhäuser öffneten die Türen, und man konnte die Toten besichtigen. Ganze Familien zogen in Sonntagskleidern los, um Leichen zu bestaunen. Das war wie Tinder für Verblichene; wischen, wischen, anhalten, wischen, zu den Favoriten hinzufügen, blockieren, Nachricht schreiben ... Aber viele konnten ihre geliebten Angehörigen tot gar nicht identifizieren. Das lag nicht am Körper selbst, sondern am fehlenden Leben, das ihn anders aussehen ließ. Wie könnte man es sonst erklären?

Bei meinem ersten Fall – einem Unfall mit Fahrerflucht – stand der Vater bei der Leiche und betrachtete sie aufmerksam. Wir hatten ihn einbestellt, um sie zu identifizieren. Er schüttelte den Kopf und sagte, das sei nicht sein Sohn. Wir wussten, dass er es war, mussten ihm aber vorschriftsmäßig glauben, uns bei ihm entschuldigen und so tun, als würden wir wieder zu der Vermisstenliste zurückkehren, auf der wir ihn ursprünglich entdeckt hatten. Später rief er dann an und bestätigte, er sei es doch, wobei er meinte, diese Bestätigung sei für ihn wie das Kippen eines Schalters, seines *Aus-Schalters*. Das hätte er nicht können. «Der Knopf zwischen dem Wahr-Machen und dem Unwahr-Halten», sagte er. Genau dort leben Geister: nicht an tatsächlichen Orten, etwa auf Friedhöfen oder in einem Haus, in dem es spukt. Sie existieren in der Zeit, die es braucht, bis die äußerliche Tatsache eines Todes bei uns innere Gewissheit wird. Indem wir ihr Verschwinden bestätigen, befreien wir uns selbst und dazu auch noch die Verstorbenen.

Aber wer weiß, was die Toten mit ihrer Freiheit machen? Wo gehen sie hin?

Niemand sagt etwas. Einer der Constables schreibt etwas in sein Notizbuch, aber nur, um die Hände beschäftigt zu halten und nicht hinsehen zu müssen.

Sie ist merkwürdig verdreht und gewandet ... schreibe ich – *gewandet*? Ich komme mir wie ein Idiot vor, streiche das Wort durch und schreibe stattdessen: *Man hat versucht, sie in Plastiksäcke einzuwickeln*. Ich streiche noch einmal durch und schreibe *Mülltüten*. Ich weiß nicht, warum ich so euphemisiere und zum offiziellen Fachjargon neige; ich rede hier nur mit mir selbst, notiere es für mich.

Gewandet? Du lieber Gott ...

Später denke ich, dass das vermutlich der Versuch war, sie so weich wie möglich auf ein Lager aus Worten zu betten, weil ich bereits wusste, was mit ihr geschehen würde, sobald die Zeitungen Wind davon bekämen. «Wie eine kaputte Puppe im Müllsack!», würde Lynne Forester später schreiben. Mad Lynne hatte sie gar nicht gesehen, auch nicht die Fotos, und trotzdem gab sie das so an die Zeitungsleser im ganzen Land weiter. Sie hatte nicht vor, ihre Kundschaft mit Formulierungen wie *gewandet* zu verwirren.

«Hier war ich schon mal», erkläre ich ihnen.

Gary, der bereits neben mir kniet, blickt ruckartig auf. Er hat verstanden, was ich sagen will, im Gegensatz zu den anderen. Gary ist äußerst intuitiv; er spürt Gefühle und einen Tonartwechsel in Stimmungen. Das passt nicht zu seinem Selbstbild, deshalb tut jeder so, als hätte er es nicht bemerkt.

Ich hätte es ihm trotzdem vorher sagen sollen.

«Jeder von uns war hier schon mal», sagt der Pathologe, ohne aufzublicken oder sich umzudrehen. «Jeder Tod anders, aber trotzdem gleich.»

«Nein, ich meine hier. An diesem Ort. Hier war ich schon.»

Jetzt sehen alle zu mir. Ich werde es später erklären.

*

Es ist merkwürdig, dass wir Spuken für etwas durch und durch Menschliches halten: gesellschaftlich verankert, wenngleich unangenehm oder gar beängstigend. Die Spukenden sind immer noch Versionen von uns und nur auf die andere Seite gewechselt. Geister sind domestizierte Wesen, wie Hunde oder Katzen, denn wir haben sie erfunden (vielleicht denken sie dasselbe von uns), um unser Verhalten zu kopieren, das sie dann tatsächlich wiederholen (Wiederholung ist bei Geistern wichtig: wie Haustiere oder Kinder brauchen sie routinemäßige Abläufe), langsam und oft auch erstaunlich genau. Sie sind gespenstische Wiederholungen unserer Spielbegegnungen, ob gewonnen oder verloren, und wir hängen ihnen etwas von uns selbst an, das wir nicht so gern sehen: die Unfähigkeit, weiter zu gehen, die Begierde nach Rückkehr. Wir suchen letztendlich *sie* heim. Nichts wäre ihnen lieber, als verschwinden zu dürfen.

Deshalb kann man auch an keinem Ort spuken, an

dem man noch nicht gewesen ist, also nicht richtig, und obwohl es Geister gab, die sich in andere Geschichten verirrt haben, in sozusagen fremde Spukerscheinungen, wirken sie dort fast schon komisch, wie Schauspieler, die ins falsche Stück gestolpert sind.

Genau aus diesem Grund war ich als Kind enttäuscht von Geistern: wie konstruiert sie wirkten, wie aus all dem gebastelt, was sie zurückgelassen haben – wie sehr sie letztendlich aus *uns* bestanden. Es war unser fehlender Anspruch an Geister, der mich enttäuschte; mit all dem, was wir über das Unbekannte wissen, konnten wir sie zu nichts Besserem machen als zu Gefäßen der eigenen, ungelösten Probleme. Von mir aus hätten sie sich etwas entfernen, mehr von uns ablösen können, aber nein: sie wurden von den Mustern eingeengt, die im Grunde die unsrigen waren. Eine verschenkte Gelegenheit, dachte ich; für uns in unseren Fantasien und für sie in ihrer imaginierten Wirklichkeit.

Das liegt daran, dass Spuken nur eine andere Art der Zugehörigkeit ist. Für manche von uns die einzig mögliche.

Meine Geister sind Orte. Dieser ist einer davon: eine Übergangs-Strauchlandschaft, ein Navi-anonymisierter Zwischenbereich, eingerahmt von Schulsportplätzen und einem braunen Fluss, dessen Ufer voller Schlamm und dazu noch Plastiktüten, Farbeimern und alten Reifen ist. Die Kent Downs sind ein paar Meilen entfernt, ein ‹Gebiet von außerordentlicher natürlicher Schönheit›, grünstes, sauberstes Bilderbuch-England. Orte wie dieser sind ihre hässlichen Cousins, ihre Schattenseite. Ein paar kaputte

Elektrogeräte leuchten weiß im Gehölz, und direkt dahinter gurgelt der Fluss mit etwas, das wie eine Kühlschranktür aussieht. Nicht viel weiter, flussaufwärts und hinter Bäumen, die so dicht stehen, dass sie sogar blätterlos den Blick versperren, liegt die Brücke.

Wilde Müllkippen haben etwas Besonderes an sich; diese langsame, bedrückende und heimliche Ansammlung von Überresten unseres Alltags. Zunächst wird ein Stück Randgebiet eingeweiht, sei es bescheiden mit einem alten Fernseher oder pompöser mit einer Gefrierkombination; und dann, als würden Eisensplitter zum Magnet streben, folgt alles andere. Die Menschen wissen Bescheid und fühlen sich angezogen; nach Einbruch der Dunkelheit, in Scham gehüllt und mit ausgeschalteten Scheinwerfern kommen sie mit Autos und Lieferwagen angerollt und laden ihren Müll ab. Es ist ein Nicht-Ort – also was soll's? Nur entsteht mit der Zeit eine Art Schauraum, ein Walmart des Dschungels, ein futuristischer Einkaufskomplex, aus dem die Zukunft verschwunden ist. Er verrottet nicht, baut sich nicht biologisch ab, kompostiert nicht, erodiert nicht. Die Erde weist alles zurück: die Kühlschrankgase, die Batteriesäure, die mitteldichten Faserplatten, das Swinger-Kunstledersofa und die dreckige, von rostigen Federn durchbohrte Matratze.

Ein Nicht-Ort, ja. Aber kein Ort zum Sterben, kein Ort, um tot aufgefunden zu werden.

Ich selbst lebe in der Gegenwart. Dort esse und trinke ich, schlafe und erwache ich, beziehe ich mein Gehalt und gehe mit meiner Nichte in den Park oder

Einkaufen. Mein Zuhause ist aber die Vergangenheit. Die meisten machen da immer wieder einen Tagesausflug hin – eine Stunde oder Minute des Sinnierens, ein altes Foto hier, ein alter Song oder Geruch da, dann schnell wieder zurück ins Leben, wie wir es zu leben glauben: vorwärtsgerichtet.

Das liegt daran, dass die meisten Leute Erinnerungstouristen sind. Nur ich bin dorthin übersiedelt, und wenn ich einmal das Hier und Jetzt besuche, komme ich mir vor wie ein Fremder – von der Immergleichheit des alten Landes so irritiert wie von den Veränderungen, die in meiner Abwesenheit stattgefunden haben.

Große Vergangenheiten, kleine Vergangenheiten

Ich weiß nicht mehr, wer gesagt hat, die Vergangenheit sei ein anderes Land, aber als ich mir die Schulfotos ansehe, wirken die 1980er sogar wie ein anderer Planet.

Gary hat von Mr. Wolphram Bilder aus dreißig Jahren mitgebracht, und die gehen wir jetzt durch. Warum, weiß er nicht recht – genauso wenig wie ich –, aber wie man so sagt (oder auch nicht, beziehungsweise noch nicht, denn der Spruch stammt von Gary selbst): *Alles ist solange Beweismaterial, bis es keines mehr ist.* Im Grunde entspricht das dem ‹Unschuldig bis zur Schuldfeststellung›, nur umgekehrt – denn er sagt ja außerdem: «Menschen haben mehr Rechte als Dinge, richtig? *Richtig?*»

«Richtig», antworte ich ohne rechte Überzeugung, was er heraushört und mittlerweile wohl ebenso sieht: Weil Mr. Wolphram keine Rechte hat. Er ist zum Abschuss freigegeben: Seine Sexualität, so er denn eine hat, sein Junggesellendasein, seine Bildung – ganz besonders die. Noch vor einer Anklage haben sie alte Aufnahmen aufgetrieben – Klassenfotos, etwa von der Premiere eines Stücks, das er inszeniert hat, sein Graduiertenporträt (steif, hintergrundlos, mit Robe und Schriftrolle), er als Gitarrist seiner kurzlebigen Oxforder Studentenband *Horspath Driftway,* und, nur Gott weiß, wie, sogar Urlaubsschnappschüsse von ihm als Kind. Dünne, unterkühlte Beine und klobige Kniescheiben, die wie Knoten in einem Seil aussehen.

Allein.

Kein Spielzeug.

Auch keine Eltern, wie Gary hervorhebt. Keine Geschwister.

Auf dem ersten Foto wirkt er reserviert und versucht irgendwie, seine Augen zu verstecken. Das ist die klassische Selbsteliminierung der Kindheit: solange er nichts sieht, wird auch er nicht gesehen. Er ist allein, nicht nur vom Blick her abgewandt, sondern auch vom Körper; abgewandt von sich selbst. Auf einem anderen, fast wie als Ausgleich, schaut er uns direkt an. Es ist genau der Blick, den man auf alten Fotos bei schwindsüchtigen Aristokratensöhnen findet: diese hoffnungslose, entrückte Sehnsucht, die wie Arroganz wirkt und manchmal wohl auch ist. Oder in den tiefgründigen Fohlenaugen der Romanow-Kinder, als sie bereits von den Kugeln erwartet werden, die in bolschewikischen Gewehrkammern ruhen. Irgendwo in der Telegrafenlinie werden die kommenden Minuten heruntergezählt – durch den wartenden Befehl, sie für ein Familienfoto aufzustellen, dann zu erschießen und ihre verwöhnten, seifenweißen Körper mit Kalk zu bestreuen. Diese Art von Gesicht meine ich: weiß und papierdünn wie ein Mond, der im Tageslicht verbleicht.

«Fehlt bloß noch der Matrosenanzug und eine Gouvernante», stellt Gary fest.

Wir lesen die Fotos von links nach rechts, wie Sätze oder Wörter. Aber seitlich der Einzelbilder sehen wir Zeit, nicht Raum. Das Davor und Danach, das auf diesen Papierdokumenten das tote *Jetzt* flankiert.

Er ist, na was, neun? Zehn? Das würde die Fotos auf die späten Fünfziger datieren. Schwarzweiß, natürlich, aber die Art von Schwarzweiß, die aussieht, als hätte es damals überhaupt keine Farbe gegeben. *England in den Fünfzigern*-Schwarzweiß ist ein Farbton, der in der Skala der Grauabstufungen seinen eigenen Platz verdient, irgendwo zwischen Speckiges-Kopfstützenhüllen-Grau und der grauen Unterseite eines Taubenflügels. «Wann wurde die Farbe erfunden?», hat meine Nichte einmal gefragt. Die Erwachsenen mussten lachen, aber alle wussten, was sie damit meinte.

Kinder haben kein Problem damit, sich Mumien, Höhlenmenschen oder Inkas vorzustellen; Kleopatra, Stephensons Dampflok, Stalin oder Hitler, die Gin Lane oder eine Guillotine. Kein Problem. Dinosaurier durchstreifen allerorten den Traumdschungel von Kinderzimmern, mindestens genauso widerkäuend und schwerfüßig, wie sie das in ihrer Jurassic-Filmwelt getan haben. Dinosaurier sind sicher. So ausgestorben sie sein mögen, gedeihen sie doch prächtig.

Aber beschreiben Sie mal einem Kind das Knistern, das man auf einer Schallplatte zwischen zwei Aufnahmen hört, oder das Pfeifen eines kochenden Wasserkessels oder das Quietschen eines Kassettenlaufwerks im Autoradio. Haben Sie das jemals versucht? Die wahre Kluft liegt zwischen dem Jetzt und dem Unlängst, dem Jetzt und dem eben erst Verschwundenen; nicht zwischen dem Jetzt und der fernen, weit zurückliegenden Vergangenheit.

Marieke unterscheidet die beiden in ‹große Vergangenheit› und ‹kleine Vergangenheit›. Meine Nichte weiß, dass die kleine Vergangenheit für immer verschwunden ist, während die große gut für sich selbst sorgen kann. Die große Vergangenheit hat Museen und Fernsehsendungen, die sich um sie kümmern. Sie hat Regierungen, Schulen und Armeen, die ihre Nische verteidigen ... Wohingegen die kleine Vergangenheit gar nichts hat. Wenn sie mich fragt, was denn der Unterschied zwischen dem Vergessenen und dem nie Gewussten sei, ist diese Frage so grundlegend, dass ich sie nicht beantworten kann. «Das ist wie diese Pop-Sendung mit den fehlenden Moderatoren», sagt sie.

Marieke meint: «Sie sehen doch gleich aus, oder? Zwei Nichtse. Zwei nicht vorhandene Dinge. Etwas, das verschwunden ist, sieht doch genauso aus wie etwas, das es nie gegeben hat.» Das stimmt, sage ich, aber letztendlich erkläre ich es mir selbst so: *0* ist eine Tatsache, aber *1 minus 1 = 0*, na ja ... das ist eine Geschichte, letztendlich die Geschichte von allem.

Meine Kindheit und ihre? Genau dazwischen liegt die Kluft.

Das ist der Grund, dass sie und ich ein Archiv anlegen, das Archiv der kleinen Vergangenheiten, der verlorenen Klänge, all jener Dinge, die aus dem Alltag direkt ins ... Nirgendwo gleiten, ins Nichts. Was überall war, aber nirgendwo in Erinnerung ist – das interessiert sie ebenso wie mich. Sigrid meint, ich würde das an ‹ihr Mädchen› weitergeben. Was weitergeben?, frage ich. *Du vererbst ihr deine* ... sie zögert, das Wort ist zu groß für das, was sie meint, aber vielleicht wird das, was sie meint, so groß wie das Wort werden, ist es vielleicht bereits. Deshalb spricht sie es für mich aus: *Trübsal*.

Marieke ist meine Nichte, das einzige Kind meiner Schwester. Der Name bedeutet kleine Marie. Wie sich das entwickelt, wenn sie groß ist, kann ich nicht sagen, aber im Niederländischen behalten wir die Verkleinerungsform auch als Erwachsene. Bis ganz zum Schluss. Irgendwo sind wir für irgendjemanden, und vermutlich speziell für uns selbst, immer das Kind, als das wir begonnen haben.

Marieke ist zwölf und recht groß für ihr Alter – eins fünfundsechzig. Ihre Lieblingsbeschäftigung ist, Dinge aufzunehmen. Der Auslöser dafür war ich, wie ihre Mutter ständig wiederholt, indem ich ihr zum neunten Geburtstag einen Digitalrekorder in Feuerzeuggröße geschenkt habe. Von diesem Tag an nahm sie alles auf: den Klang der Toilettenspülung, das elektronische Signal, wenn sie im Bus den Haltknopf drückte, ihre Lehrerinnen, die jemanden maßregelten. Sie spioniert die schlafende Welt aus, archiviert das Beweismaterial. Sie selbst nennt es so. Auch das hat sie von mir, weil mein Beruf sie fasziniert, viel mehr als mich selbst, und sie stellt sich vor, wie sie mit dem gesammelten Material eines Tages die ganze Welt vor Gericht bringt.

Da sie das Naheliegendste bereits ausgeschöpft hat – Sirenen, Autohupen, Vogelrufe –, wurde ihr Geschmack immer ausgesuchter. Einmal bekam ich mit, wie sie den Nebel aufnahm und das Gerät draußen ließ, während er sich des Gartens bemächtigte. Nebel macht keine Geräusche, erklärte ich ihr. *Das stimmt,* meinte sie, *aber er lässt alles anders klingen – hör doch mal*: Ich hörte nichts außer den Geräuschen einer ganz normalen Nacht, Bäume, die im leichten Wind rascheln, ein Tier, das den Rasen überquert, entfernte Autos und Zugsirenen, die durch die Entfernung ihre Tonhöhe verändern. Marieke sagt, das sei der Klang des Nebels, dieses Gedämpfte. Ich widerspreche, woraufhin sie frustriert ihr Nutella-Sandwich weglegt – sie streicht die Nutella bis in die letzte Ecke der Brotscheibe, exakt bis zur Rinde – und es im Internet überprüft. Triumphierend wird sie auf ihrer Lieblings-Website fündig, *The Everyday Scientist*:

> F: Verändert Nebel die Klänge?
> A: Super Frage! Ja, das tut er. Nebel besteht aus kleinsten Wassertröpfchen, die in der Luft schweben. Klänge bewegen sich in Wellen und Vibrationen fort, und die Tröpfchen verschlucken etwas davon, weshalb der Klang leiser bei dir ankommt oder nicht so weit trägt wie sonst. Höhere Frequenzen werden dabei stärker abgedämpft, weshalb die Nebelhörner von Schiffen ganz tief klingen – damit sie weiter reichen und auch auf große Entfernungen hin gehört werden.

Wieder einmal muss ich klein beigeben. Ihre Neugier ist unstillbar, aber äußerst selektiv. Sie hat keinerlei Interesse an Mode oder Popmusik, Gleichaltrigen oder Gleichaltrigenzwängen, Spielzeug, Computerspielen oder Comics. Alles, was offensichtlich für Kinder gemacht ist, ignoriert sie komplett. Lehrer mit eingeschlossen.

Marieke versucht, sich selbst beim Denken aufzunehmen, indem sie das Gerät an ihre Schläfe hält und so intensiv und laut über alles nachdenkt, was sie mag. Das ist ganz schön viel, deshalb verbringt sie Stunden damit. Sie würde das Aufnahmegerät auch an den Mund der sterbenden Welt halten, wenn sie so ihren letzten Atemzug auf Band festhalten könnte.

Manchmal bekommt sie deshalb Ärger. Die Lehrer mögen es nicht, aber es geht auch, wie sie sagen, *um Datenschutz*. Es besteht die Sorge, dass sie obsessiv oder autistisch ist oder eine dieser Störungen hat, für die es ständig neue Akronyme gibt. Sigrid hat sie immer wieder untersuchen lassen, und als Marieke noch jünger war, kamen von Zeit zu Zeit Spezialisten vorbei und sahen ihr daheim oder in der Schule beim Spielen zu.

Ich denke, sie ist einfach neugierig: neugierig und ungewöhnlich fähig, sich auf das zu konzentrieren, was sie interessiert, und alles andere beiseite zu lassen.

Zweimal pro Woche kommt sie abends zu mir, oft auch über Nacht, wenn meine Schwester mit Freundinnen ausgeht oder die Zehen und vermutlich sogar mehr als nur die in den ‹Dating-Pool› taucht. Während sie sich knietief, hüfthoch oder bis weit über den Kopf in ihrem Pool tummelt, suchen Marieke und ich nach Dingen zum Aufnehmen.

*

Hier, im Jetzt, gibt es für Mr. Wolphram kein Versteck, kein Wegsehen. Die Zeitungen haben die

Bilder, die sie auftreiben konnten, stark bearbeitet. Sie müssen bereits seine Nachbarn und Ex-Kollegen aufgestöbert und mit Geld oder Schmeicheleien rumgekriegt haben. Die Fotos sind, wie Gary es formuliert, ‹aufgeschrägt› worden. Man kann gar nicht recht sagen, was die Bildredakteure da machen, aber er wirkt alarmiert und blitzlichtgeschockt und riecht förmlich nach Schuld.

Aber ist das dasselbe wie schuldig zu sein?

«Mann festgenommen und zum Müllsack-Mord an Zalie Dyer befragt: Polizei verhört hiesigen Lehrer», berichtet die *Evening Post* in der Online-Ausgabe. «Kommt er in Haft?» Als Autorin firmiert Lynne Forester. Dazu ein Foto, Mr. Wolphram in Nahaufnahme, herausgeschnitten aus irgendeinem Konzert in den Achtzigern. Aufgerissene Augen, der Blick überrascht und verärgert, die Haut vom Blitz ganz weiß. Er trägt einen Hut, schwarze Fliege und einen Mantel, der sich im Wind etwas bauscht und wie ein Umhang aussieht. Später wird das eine der Aufnahmen, die alle Titelseiten zieren. «Mr. Dracula» wird ihn eines der Boulevardblätter nennen.

Im Grunde die reinste Ironie, denn schließlich sind sie es, die in seinem Blut schwelgen. Trotzdem lässt das Foto an einen geöffneten Sarg denken.

Er weiß es noch nicht, aber schon hier sieht er aus wie das, was er jetzt ist: Beute.

Bald werden sie auch jemanden finden, der Lügen über ihn erzählt. Das ist nur eine Frage von Tagen, vielleicht sogar Stunden. Ich habe die Zeitungen nicht gelesen, also die Schmierblätter, und die gedruckten sind ohnehin noch nicht draußen, aber dem Wesen nach ist schon alles vorhanden: die Verunglimpfung und der Schmutz, die Andeutung und das Raunen. Es ist wie eine aufsteigende Nässe, Trockenfäule, Holzwurmplage oder jede andere niederträchtig frohlockende Form der Faser-zerstörenden, Struktur-aushöhlenden Korruption, die man als Metapher einsetzen wollte.

Gary blieb ganz gelassen, als unsere PR-Abteilung den Link zur *Evening Post* geschickt hat. Ist er immer noch – er hält ihn für schuldig und denkt, das wird ihn in die Knie zwingen, aber so weit sind wir noch nicht, und *das* macht Gary nervös. «Nur ein Tick Monsterbildung», sagt er. Ein *Tick*. Wie wenn man einen Tick Milch in den Tee will oder bei aufklarendem Himmel einen Tick im Garten arbeitet. Jetzt verbreitet sich die Meldung über die Zeitungswebsites, füllt die Suchmaschinen und beginnt ihren hypnotisch wiederkehrenden Tickerlauf in den Schlagzeilenbalken unter den Moderatoren und ihren Fernsehsofas. ... MANN IM FALL ZALIE FESTGENOMMEN ... TÄTER WOHL EIN HIESIGER LEHRER ... PFUND VERLIERT GEGENÜBER EURO ... MANN IM FALL ZALIE FESTGENOMMEN ... TÄTER WOHL EIN HIESIGER LEHRER ... MONSTRÖSER FETTBERG ENTDECKT ... MANN IM FALL ZALIE FESTGENOMMEN...

Gary ist besorgt, denn egal, wie sehr sein Blut aufwallt bei dem Gedanken an das, was Mr. Wolphram getan hat, ist er sich doch nicht ganz so sicher wie erhofft. Sein Blut *kocht*, sagt er und sucht nach einem Wort, das eine Steigerung von kochen wäre, gibt sich dann mit *wortwörtlich* zufrieden, was immer irgendwie steigert.

Wortwörtlich: man denke an perlendes Blut in einer rauchenden Steak-Pfanne – das ist, was in Gary passiert, in seinen Armen, seinem Hals, unter der Haut; das ist keine Flüssigkeit in seinen Adern, das sind jagende, pralle Bälle, so rot und hart wie Billardkugeln, angestoßen von einem unsichtbaren Queue. Man hört richtig, wie sie klackernd auseinanderstieben.

So sehr er Mr. Wolphram und Leute seiner Art auch hasst (das wird man als Verdächtiger: man gehört einer *Art* an), denkt er immer noch, dass ihn die Polizei zerlegen sollte und nicht die Presse oder die Sittenwächter von der Straße, die sein Haus bereits mit Sprühdosen, Backsteinen und Baseballschlägern umkreisen. Wie alle anderen unfairen Leute braucht auch Gary den unfairen Vorteil, dass niemand sonst unfair ist.

Aber sogar Gary rudert zurück. Er will, dass man ihn fasst, *offen und ehrlich* vor Gericht bringt und ihm, so man ihn fragen würde (*wenndemichfrags*), eine spezielle, einmalige Todesstrafe verpasst – von Gary persönlich ausgeführt. Nur kommen die Dinge nicht zusammen. Weder ein Geständnis, noch irgendein Beweismaterial. Auch von der Zeit her passt das alles nicht. Es gibt zwar kein Alibi, aber was für ein Alibi kann jemand haben, der allein lebt, kaum fernsieht, zweimal pro Woche mit einer alten Tante in Hastings telefoniert (wir haben das überprüft: donnerstags und sonntags um 18.45 Uhr, immer zwischen siebzehn und dreiundzwanzig Minuten lang) und ganz für sich Opern-Boxsets auf einer Stereoanlage im Wert einer monatlichen Hausrate anhört.

Außerdem hat er noch Videos und DVDs mit skandinavischen Filmen. *Nicht von* der *Sorte, Gary, nicht solche*. Aber das macht es für Gary nur noch schlimmer, denn «ein bisschen Porno würde ihn normaler machen».

Mr. Wolphram hätte ein gewöhnlicher Porno-Perversling sein können, aber jetzt ist er ein pornoloser Perversling, ein kaltblütiger, fleischhassender Asexueller.

Wenn bereits Unschuld so schlecht dastehen kann, wer braucht dann noch Schuld?

Wir haben auch seine Ausgaben. Die Bank hat schnell reagiert: Klassik-Tonträger, DVDs mit europäischen Filmen, Lyrikbände und erstklassige Lebensmittel aus erstklassigen Geschäften. Die Einkaufsgewohnheiten eines wohlhabenden Einzelgängers: wenig, oft, teuer, ausgesucht. Handy? Smartphone? iPod? Er leert seine Taschen, nur sind die bereits leer, deshalb stülpt er sie nach außen, und nicht nur hängen sie wie Socken idiotisch an seiner Hüfte, es geht auch noch ein Konfettiregen aus Temporesten und Stofffusseln zu Boden.

«So etwas besitze ich nicht.»

Alles ist bestens vorbereitet: Mr. Wolphram wird das Hochkultur-Eremiten-Scheusal der Nation sein.

In der Zwischenzeit ist außerhalb – genau wie die, die wir einbuchten, nennen wir die echte Welt ‹außerhalb› – so viel in Bewegung, dass wir uns quasi gebrauchsfertig vorkommen; oder, wie Thicko zu sagen pflegt, «gebrauchtfertig».

Thicko ist der Idiot des Reviers, seine Idiotie derart banal und umfassend, dass sie keinen individuellen Spitznamen zulässt, nicht einmal von Gary, der solche Bezeichnungen aus der Schublade zieht wie Adam die Tiernamen in der Genesis. *Denn wie der Mensch jedes Tier nennen würde, so sollte es heißen.* Aus diesem Grund auch *Thicko*, die Dumpfbacke: *Inhalt wie auf der Packung beschrieben*, sagt Gary (der keinen Spitznamen hat) und spielt damit auf ein bekanntes Do-it-yourself-Sortiment an, dessen Genialität darin liegt, dass es die Überflüssigkeit von Werbung bewirbt.

Als Gary zu uns kam, hieß unser Revierleiter ‹Die Drohne›. Das war nicht sehr originell, aber als bekannt wurde, dass er sich einer Vasektomie unterzogen hatte, wusste Gary, wie man da nachrüsten konnte: Jetzt verwenden wir ‹Unbemannte Drohne›, was Garys übliche Gossensprache um eine fast schon shakespearehafte Zweideutigkeit erweitert. Meist sagen wir aber nur ‹Unbemannt›. Unbemannt sitzt träge und deprimiert, jedoch immer wachsam hinter der großen Aquarienwand seines Büros. «Wie ein beschissener Zimmerfisch auf dem Schreibtisch», sagt Gary. ‹Deskfish› gewinnt also manchmal gegen ‹Unbemannt› oder sogar, wenn Gary spaßeshalber eine klassische Bullenserie zitieren will, ‹Rolli-Kommissar›: «Weil er vielleicht Beine hat, nur sieht sie keiner.»

Deskfish wirkt schlauer, als er tatsächlich ist, indem er so tut, als würde er ganz viel nachdenken und alles nur zögerlich preisgeben. Davon lassen sich seine Vorgesetzten täuschen, nicht aber die Leute, die tagtäglich mit ihm zusammenarbeiten. Auch ich bin ihm ein paar Minuten auf den Leim gegangen. «Abgründig» nannte ich ihn an meinem ersten Arbeitstag. «Nichts los da unten», korrigierte mich Gary.

Gary verzichtet darauf, Spitznamen für die Anwälte und Pflichtverteidiger zu finden, so tief stehen sie auf seiner Leiter an Lebensformen. Er sagt einfach «dieser Wichser» oder «jener Wichser». Mein Spitzname ist ‹Prof›, weil ich *Kriminal- und Psychodingens* studiert habe. Manchmal nennt er mich ‹University Challenge›, nach der am wenigsten glamourösen Quizsendung im Land. Hier gibt es komplizierte Fragen und keinerlei Preisgeld, was Gary, wie er sagt, an sein eigenes Leben erinnert. «Hand an den Buzzer», rief er an meinem ersten Tag. Jeder von uns mag den anderen mehr, als er zugibt. Wenn ich eine Sache im Griff habe, lobt er mich mit: «Der Prof hat heut die Hand am Buzzer.» Dass ich das gehört habe, ist aber schon ein paar Wochen her.

Ich lasse sie machen, also Unbemannte Drohne, Thicko und den Neuzugang Small-Screen-Dave, der sich verhält, als sei er im Pilotfilm für eine TV-Krimiserie, die dann doch nicht gedreht wurde. Und Gary. Während Mr. Wolphram die Nacht auf der Wache verbringt, wird Gary an seinem Schreibtisch brüten, bis er sich ein Take-away-Essen bestellen kann, das er dann vor dem Computer verzehrt, und um Mitternacht herum zu seiner Wohnung fährt, schlecht schläft, sich beim Rasieren schneidet, das Frühstück auslässt und das Radio anbrüllt. Casting-Material für den kleinen Bildschirm, also verhaltensmäßig gesprochen.

Small-Screen-Gary, Small-Screen-Rest von uns.

Unser aller Leben zieht sich zusammen, um in die Glotze zu passen. Zuerst ist bei jedem die Kamera zurückgefahren, um in der Totale mehr Leben einzufangen; dann haben wir, ohne es zu merken, unser Leben irgendwie kleiner gemacht, damit es auch ja ins Bild passt.

Ist es das, was mit uns geschehen ist?

Wir wissen, dass sich die Story draußen verbreitet. Sie fängt klein an, noch ohne Namen, aber alles ist ziemlich offensichtlich: «Ein Mann, der wohl früher einmal Lehrer an einer hiesigen Schule war ...» Dann der offizielle Sprech: *Weitere Ermittlungen, festgenommen zum Verhör, Verbindungen zum Opfer*. Noch keine Details, nur was an Allgemeinheiten durchsickert und nach außen dringt – und bedeutet, dass morgen oder (so wir Glück haben) dann am Tag danach unser Revier auf jedem Fernsehbildschirm des Landes zu sehen sein wird. Aber sein Gesicht ist unverwechselbar, und obwohl noch nichts bestätigt ist, wird in den Diskussionsforen der Zeitungswebsites bereits eifrig kommentiert.

Es ist der Diskant des Ekels: die Irren, die Spinner, die Perfekten und Besserwisser, die Hasser und Hetzer, die Homophoben und Zapfanlagen-Rassisten, allesamt mit ihren Pseudonymen und Tastaturspitznamen: WhitePride, Swordoftruth, Brexitron, Feminazihunter. Großbuchstabenschreiber und Verdreifacher von Ausrufezeichen. Union Jacks in den Twitter-Kennungen. Löwen und Adler.

«Wenigstens ist das demokratisch», sage ich lapidar.

«Klos sind demokratisch», sagt Gary, dessen Metaphern meist aus der Erzeugung und Beseitigung von Abfall stammen. Seit dem Fettberg redet er unaufhörlich davon.

Es sind, wie man so sagt, nicht die Maschinen, die

mir Angst machen, sondern die Menschen, die am anderen Ende zu Avataren werden – nicht mehr ausschließlich menschlich, eher eine Art neuer Kentauren-Züchtung: halb Fleisch und halb … Touchscreen, Twitter-Kennung, Gamer-Name. Vor zwei Jahren hatten wir einen Fall von Cybermobbing gegen Kinder. Als wir den Übeltäter fassen konnten, war das kein pickeliger Teenager oder verhaltensgestörter, von Mikrowellenburgern lebender Fettsack. Es war kein isolierter Dauerwichser mit einer Haut, die an kellergereiftes Fleisch erinnert, wie man ihn aus Filmen kennt, sondern ein gutaussehender, kluger, vierzigjähriger Mann mit Frau und zwei Kindern, die das Chapelton College besuchen, einem guten Job in der Versicherungsbranche und einem Haus in Universitätsnähe. Abend für Abend verfolgte er ein oder zwei Stunden lang Teenager auf Facebook, Twitter, Instagram oder wo er sie eben ausmachen konnte. Das ist nicht schwer: Die Kids versammeln sich in der Internet-Schussweite ganz normaler Psychopathen wie Antilopen am Wasserloch – man zielt mit der Maus, klickt und erledigt sie.

Frisch für Sie geklickt ist das Motto eines Supermarktes mit Heimlieferservice. Es könnte auch die Erkennungsmelodie der Netz-Kinderjäger sein.

Meist machte er Jagd auf Kinder in seiner Nachbarschaft. Vermutlich deshalb, weil er so noch den Kitzel hatte, sie womöglich auf dem Weg zur Arbeit zu sehen oder gar im Bus oder am Wochenende in der Stadt zu treffen. Er sagte ihnen, dass sie sich umbringen sollten, dass ihre Freunde und Familien sie hassen würden. Er verlinkte sie zu Selbstmord-

Websites. Er schrieb sie sogar an und forderte sie auf, nicht länger zu warten und *es durchzuziehen, es zu tun, dir selbst und allen anderen einen Gefallen zu tun …* Keiner der Jugendlichen tat es, zumindest nicht in dem Zeitrahmen, der uns Wörter und Handlung verknüpfen ließ, sein Auffordern mit ihrem Tun. Auffordern und Tun: Was ist die Sollbruchstelle, ab der das eine nicht mehr durch das andere verursacht ist? Ein Jahr? Fünf? Zehn? Gibt es eine Verjährungsfrist für Wörter und ihre Konsequenzen?

Als wir ihn vernehmen wollten, kochte er gerade Spaghetti Bolognese und hatte seine Achtjährige huckepack, die ihn lachend mit dem Kochlöffel bearbeitete. Die Dreizehnjährige machte Hausaufgaben, seine Frau trank ein Glas Weißwein und hielt den Stiel genauso wie in der Werbung. Ihre Hände und ihr Hals zeigten noch Reste einer tropischen, durch Spa-Besuche aufgefrischten Urlaubsbräune. Die ganze Szenerie war wie eine einzige Werbung: für Familie, Erfolg, Lifestyle; dafür, Kinder zu haben, gut zu verdienen, im ständig neu gemischten Kartenstapel des Lebens ganz oben zu sein und zu wissen, dass man dort auch bleiben wird, ganz egal, wer gibt. Dass man zum Großteil selbst derjenige ist, der gibt. Er führte uns ins Arbeitszimmer, machte seinen Computer an, zeigte uns alles und gab es freimütig zu. «War doch nur Spaß», sagte er. «Wie hätte ich wissen sollen, dass sie das ernst nehmen? Das waren mehr so Rollenspiele.» Sein Leben glänzte nach allen Seiten. Welche Dunkelheit musste er mit diesem Zeug füllen?

Er war auch wirklich vorsichtig gewesen – nichts Sexuelles. Es gab überhaupt kein – wie man das heute bezeichnet, mit diesem armseligen, unheilvollen Wort, das einst eine harmlose, unschuldige Bedeutung hatte und eher an Herrenausstatter alter Schule denken ließ – *Grooming*. Als Small-Screen eine zwölf Jahre ältere Frau heiratete, hielt Gary die Trauzeugen-Rede und gratulierte *Bride and Groomed* – der Braut und dem Gestriegelten. Aber hier keine Spur von ‹Grooming›: nur Bosheit, unmoralische Neugier und beiläufiges Übel. Und wir sind nachsichtig gegenüber Bosheit, Niedertracht, Hass ... weil das Gesetz nur das berühren kann, was es selbst definiert hat. Er bekam sechs Monate auf Bewährung, indem er den Richter davon überzeugte, dass es für ihn eine Art Gaming gewesen sei. «Im wirklichen Leben hätte ich das nie getan», sagte er. Das wirkliche Leben. Es fällt einem immer schwerer, diese Formulierung zu hören, die Nahtstelle zu sehen zwischen der wirklichen und ... was immer sie auch wird nach ein paar Stunden mit der Konsole oder einer Tastatur.

«Ich habe zwei Morde gesehen», sagte Gary. «Drogen und Alkohol – eingeschlagene Köpfe und Blackouts. Ich bin auf Tote gestoßen, an die sich niemand erinnert hat, die auf Sofas oder hinter Bergen aus Wurfsendungen verrottet sind, die Finger von der Katze angeknabbert. Widerwärtige, traurige Sachen, aber nur Füllmaterial zwischen den Celebrity-Tragödien und packenden Autojagden in der Glotze. Tote Leute, die keine Sau geliebt oder manchmal auch nur gekannt hat. Aber das Einzige, was mir Albträume bereitet hat, ist ein Familienvater in seinem attraktiven Wohnsitz, der den Kindern anderer Leute sagt, sie sollen sich umbringen.»

Wenn das in Garys Albtraumhauptsendezeit von irgendetwas anderem abgelöst werden kann, dann von dem aktuellen Mordfall. Nicht, weil er entsetzlich ist – im Gegenteil, er hat so etwas entsetzlich Sauberes –, sondern wegen der Orte, die wir vor seinem Abschluss im Kopf noch aufsuchen müssen.

Der Fettberg

Die Medien nehmen eifrig die Fährte von Mr. Wolphrams Ex-Schülern und -Kollegen auf, um Geschichten auszugraben und daraus Storys machen zu können. So er sich als unschuldig erweist, werden sie ihn am Informationsstraßenrand aussetzen, auf dass er mühsam wieder in das zurückfindet, was sie ihm an Leben gelassen haben. Die *Evening Post* hat ja bereits etwas gebracht, aber wir konnten sie von Weiterem abhalten. Zu einem gewissen Preis. Er heißt Lynne Forester. «Spannendes Detail zu Mad Lynne Forester», sagt Gary. «Sie hat auf Twitter neunzigtausend Follower, das sind vierzig Prozent mehr, als ihr Blatt überhaupt an Lesern besitzt.»

Die überregionalen Zeitungen sind ebenfalls am Kreisen; auch sie wittern den Verwesungsgeruch. Sie wittern ihn wie Krähen ein überfahrenes Tier.

Draußen herrrscht Nieselregen, der unsere Gesichter mit einer speicheldünnen Schicht überzieht, die Luft ganz aufgedunsen mit Nebelschleiern, man kommt sich vor, als blicke man durch ein feuchtes Moskitonetz. Was weiße Weihnachten betrifft, tendieren die Wetten mehr zu Ja als zu Nein. Jeder von uns hat einen Fünfer auf Weiß gesetzt. Das muss man.

Alles ist voller Transporter und Scheinwerfer, und einen Moment lang befürchte ich, dass die Story schon draußen ist. Aber die Lichter stammen von städtischen Fahrzeugen, ihrer vorschriftsmäßigen, karamellfarbenen Beleuchtung, und nicht von Übertragungswagen. Es wird gebaggert.

Dort vorne, zwischen dem Hauptplatz und der Polizeiwache, graben sie die Straße auf und beseitigen die Tonnen an Fett, die sich in den Rohrleitungen und Abwasserkanälen angesammelt haben. Es sind die Überreste von Frittiertem und millionenfachen Sonntagsbraten, dieser milchige Kadaverabfall, der unter der Stadt vor sich hin schlickt. Ich habe das in den Lokalnachrichten gesehen, wo ein Plan der Kloakopolis gezeigt wurde, ihre Alleen und Straßenzüge. Man konnte sehen, wie sich der ganze Abfall, den wir entsorgt zu haben glaubten, nur ein paar Meter unter uns verdickt und verhärtet. Das ist, als würden wir uns in einem Spiegel aus Scheiße betrachten, sagt Gary, der den Nagel damit auf den Kopf trifft, ohne auf Freud, Jung oder den Narziss-Mythos Bezug nehmen zu müssen: «Statt um Küchen, Toiletten und Schlafzimmer geht es um Scheiße und Fett, Windeln, Kondome und Tampons. Alles, was wir hier oben machen, findet irgendwann auch unten statt.»

Jetzt haben sie die Erde aufgegraben, und unter der dünnen, aufgesägten Asphaltschicht leuchtet auf jeder Seite einer Ausbauchung halb erstarrter, halb geschmeidiger Schlick, eine gekräuselte, gelblichbeige Paste, braun marmoriert und stachelschweinartig mit Flaschen, Folienresten, Papier und Plastikstücken gespickt.

Fettberg sagt man dazu, auch wenn Fettberge im Gegensatz zu Eisbergen nicht kalben. Sie wachsen, blähen sich auf, dehnen sich aus und scheren sich weder um Erderwärmung, noch um Temperaturschwankungen; auch nicht darum, ob Weihnachten jetzt weiß oder grau wird.

Gary hat ein Interview mit dem Projektleiter gesehen, der meinte, der Fettberg müsse bald entsorgt werden, sonst käme uns noch vor dem Spülen unsere eigene Scheiße entgegen.

«Das hat er nicht wörtlich so gesagt», stellt Gary klar.

Die Feuerwehr sprengt den Fettberg mit Wasserhochdruck in Teile, die dann von Baggern oder maskierten Männern in Absetzmulden geschaufelt werden. Neun Tage wird das dauern. Die Wasserschläuche zerteilen den Fettberg in transportfähige Blöcke, und er liegt mächtig da, gemasert und zerfurcht, gespalten wie abgebautes Erz. Hie und da landen koffergroße Fragmente auf dem Gehsteig, wo sie auf ihrem eigenen Saft schlittern und tänzeln wie heißer Speck in der Pfanne. Es gibt einen Geruch, aber nicht den Gestank nach Unrat oder ausgeschissenem Aas, den man erwarten würde: er ist süßlich und kaum wahrnehmbar – so schwach, dass man ihn versuchshalber fast ein zweites Mal einatmen möchte. Erst wenn der Verstand registriert, um was es sich da handelt, wenn sich das Wissen mit dem Gefühl synchronisiert, will man sich übergeben und alles verschließen, was normalerweise aufgeht und die Welt hereinlässt: Augen, Nasenlöcher, Ohren, Mund.

Inmitten einer Phalanx aus Selfiesticks übergibt sich eine junge Mutter, die zugesehen hat und jetzt die lakritzfarbenen Reifen eines teuren Kinderwagens vollspritzt. Es gibt eine La-Ola-Welle an Blitzen – die Leute machen ein Foto nach dem anderen. *#Fettberg. #FettbergSelfie.*

Die Reporter stehen für ihren Beitrag in den Sechsuhrnachrichten parat, als die Stimme aus dem Zentrum der Nation verkündet: «Und jetzt zu den Lokalmeldungen.» Sie moderieren den Fettberg an. Oder, wie er in den sozialen Medien heißt, den *«Berg»*.

«Der da drin», sagt Gary, ohne seinen Namen auszusprechen – das will er nicht, weil jemanden beim Namen zu nennen, macht ihn zum Menschen, und davor fürchtet sich Gary. Wenn Mr. Wolphram zum Mensch wird, kann Gary nicht mehr das tun und sagen, was er in Bezug auf ihn tun und sagen will –, «der hat noch vierundzwanzig Stunden, bevor die Presse Wind kriegt, bevor sie ihm die Haut abziehen und seine Knochen einzeln auslösen, sein beschissenes kleines Leben in den Fleischwolf stopfen und ihn für sämtliche Bücher und Opern in diesem großen, brillanten Kopf zur Sau machen.»

Wenn ihm all das bevorsteht, müsste ich ihm eigentlich wünschen, dass er schuldig ist. Ergibt das irgendwie Sinn?, denke ich. Aber ich denke nur, dass ich denke, denn wie mir klar wird, habe ich es ausgesprochen.

Gary sagt leise: «Ja. Ja, das tut es.»

Er geht ans Fenster und kratzt sich mit seinem Kuli am Hals. «Schon eine seltsame Welt, wenn das einzige, was dich von deinem eigenen Lynchmord trennt, ein supermarktgroße Kugel aus Scheiße und Fett ist.»

*

Michael Wolphram ist achtundsechzig und vor zehn Jahren vorzeitig in den Ruhestand gegangen, zeitgleich mit der Öffnung der Schule für Mädchen. Koinzidenz ist laut Gesetz kein Motiv, nur wird das die Presse wenig kümmern. Uns letzten Endes auch nicht.

Er sieht eigentlich aus wie immer, nur wird mir beim schnellen Zurückrechnen klar, dass er damals so Anfang dreißig gewesen sein muss. Jünger als ich jetzt bin. Ist das bei Lehrern nicht immer so? Früher wirkten sie so alt, so weit voraus. Später kommt es uns dann so vor, als seien wir aneinander vorbeigeglitten wie Ozeandampfer, die man vom Ufer aus beobachtet: Sie kommen gleichauf, einer verschwindet hinter dem anderen und wird unsichtbar, taucht dann wieder auf und löst sich ab.

Vielleicht bin auch nur ich älter geworden und er nicht; vielleicht habe ich ihn überholt; vielleicht entscheidet die Zeit, mit wem es passiert und mit wem nicht.

Er hat nicht zugenommen, keine Falten bekommen, keine Haare verloren. Er kleidet sich im Ruhestand genauso elegant wie früher im Dienst. Bei den *aufgeschrägten* Fotos haben sie die fast schon unnatürliche Jungenhaftigkeit seines Gesichts hervorgehoben. Auf den meisten trägt er einen Hut – einen seiner typischen Trilby- oder Fedora-Filzhüte –, deshalb denkt man ohne Weiteres an einen Spion oder den Bösewicht aus einem B-Movie, der im Halbdunkel am Laternenpfahl lehnt und nur von einem angezündeten Streichholz beleuchtet wird.

Er ist ein perfekter Sonderling. Und liest auch noch Bücher.

Als wir ihn durch den Hintereingang aufs Revier brachten, standen die Fotografen schon bereit. Aus ihrem üblichen Geschrei stach eine Stimme heraus, so klar und deutlich wie ein Feuerwerkskörper: «Macht Bilder von der Büchertasche!» Ich sah hin, und ja, er hatte tatsächlich einen dieser kostenlosen Leinenbeutel umhängen. «I love Books!», stand darauf, das *love* in Form eines großen Herzens, über das fröhlich Name und Adresse – eine Passage in der Altstadt – des Geschäfts gedruckt war. Die Buchhandlung musste schließen. Sie bekam Backsteine ins Schaufenster, Scheiße in den Briefkasten. I ♥ Books gleich «Der geheime Bücherwahn des Monsters», wie Lynne Forester es formulierte.

Mit anderen Worten: Der Mann war ein begeisterter Leser.

In seiner Wohnung haben wir am nächsten Morgen höchstens sechs Stunden, bevor er die Nachrichten erreicht. Bevor die Nachrichten *ihn* erreichen. Lasst den Fettberg nach unten rutschen – macht Platz für das Monster.

Die Forensiker waren da und sind wieder weg, und obwohl noch nichts bestätigt wurde, weiß ich, dass sie nichts gefunden haben. Nur ist das nicht die richtige Art von Nichts: es ist weder ein entlastendes, noch ein beweiserhebliches Nichts. Es wird uns nicht helfen, ihn zu belasten, und ihm nicht, freizukommen. Die weißen Plastikanzüge sind den ganzen Nachmittag ein und aus gegangen, während die Nachbarn mit ihren Smartphones alles fotografieren. Es sind noch keine Journalisten da, aber ein paar Leute müssen ihre Handyfotos an die *Evening*

Post verkauft haben, denn sie stehen bereits auf der Website.

Small-Screen-Dave geht die Opern-Boxsets durch und stößt einen Pfiff aus, wenn er etwas kennt.

Gary wühlt sich durch die Fotokisten. Wir waren froh, als wir sie entdeckt haben, denn sie sahen vielversprechend aus: Kinder, Schuljungen mit Uniform und ohne, beim Sport, bei Theateraufführungen und im Schwimmbad. Gary ganz entspannt, wie wohlig eingepackt. Er dachte, er hätte es entdeckt. «Was entdeckt?», habe ich gefragt. «Keine Ahnung», meinte Gary. «Einfach *es*.»

Nur gibt es bislang kein *es*. Die Fotos sind alle harmlos: eine Schuhschachtel für seine eigene Kindheit, acht Bilder, eingelegt in abgestandene Luft. Zu denen kommen wir noch. Erst mal die drei anderen Schachteln: diese langen, zusammengerollten Schulfotos mit ihrem Panorama aus unkenntlichen Gesichtern, Klassenfotos, Zeitungsausrisse, Konzertprogramme. Wir haben uns Mr. Wolphrams Computer vorgeknöpft, und der ist sauber, so gut wie leer – *verdächtig*, meint Gary –, aber auch das haben sie überprüft. Nichts gelöscht und nichts heruntergeladen außer Konzert- und Kinoprogramme, Urlaubsbroschüren, Musiknoten, Schulrundschreiben. Mit anderen Worten: vollkommen *unverdächtig*. Aber Gary wäre der Erste, der einem sagt, dass unverdächtig das neue verdächtig ist. Es gibt auch keinen Verlauf gelöschter Verläufe. Seine Suchen sind gezielt – Informationen zu Büchern und Ausgaben, klassischer Musik, Schriftstellern ... – und die jeweiligen Suchbegriffe aufwändig formuliert. Es hat den Anschein, als würde er sich handschriftlich an eine lebendige Person wenden, anstatt wie andere Leute ein Schlagwort einzugeben. «Wo kann ich hier im Südosten Filz für Klavierhämmer kaufen?»

Gary klopft auf den Computerbildschirm: «Denkt er, da ist ein kleiner Mann drin, der einem bei höflicher Anfrage die Antwort tippt?»

Fast alle seine Suchen beziehen sich auf Sachen, die er in Geschäften gekauft hat, bevor diese schließen mussten. Sein Geschmack richtet sich auf Dinge, die Zuflucht im Internet gesucht haben, bedrohte Arten, deren Hauptstraßen-Lebensräume zerstört wurden: antiquarische Bücher, LPs und LP-Ständer, Plattennadeln, Tonkopfreiniger, Elektrorasiererkabel, Rasierschüsseln. Manches davon haben die Hipster in Retro-Shops wieder zum Leben erweckt, nur weiß er vermutlich gar nicht, dass es so etwas gibt.

«Wir sind also ein Internetsurfer?», fragt Gary.

Mr. Wolphram hört den Unterton nicht, nur die Frage, die ihn umgibt. Er überlegt, als sei das eine richtige Frage, ehrlich gestellt. Irritiert ihn die Surfmetapher? Denn auch darüber scheint er nachzudenken. Hört er sie vielleicht zum ersten Mal? Gut möglich. Er wirkt heute nicht mehr so selbstsicher, eher mitgenommen und besorgt.

«So würde ich mich nicht bezeichnen. Eher als Tiefseetaucher.» Er sagt das fast schon stolz, glücklich, die Metapher zurückzuschlagen, wieder auf der richtigen Seite der Wörter zu sein: über ihnen, wo er normalerweise ist.

Er blinzelt und versucht zu lächeln, und einen Moment lang sieht selbst Gary, dass er hilfsbereit sein will, dass er ein naiver, weltfremder Pensionär ist, der mittlerweile – nach der Schalkhaftigheit und dem Sarkasmus der Erstvernehmung – verstanden hat, dass das hier kein Spiel ist. Dies ist sein zweiter Tag auf der Wache. Wir haben ihm nicht gesagt, dass wir mehr Verhörzeit beantragen werden, aber das weiß er auch so. Er schaut ständig auf die Uhr. Bei all den Krimis im Fernsehen kann er die Situation, in der er sich befindet, wohl ganz gut einschätzen.

«Jemand, den Sie anrufen möchten?», fragt Gary. Sein Ton ist jetzt nicht mehr missverständlich, sondern birst quasi vor Aggression und Verachtung.

Mr. Wolphram schaut vor sich auf den Tisch. Denkt darüber nach. «Nein, es gibt niemanden.» Er sagt es überrascht, als sei ihm soeben erst klar geworden, dass er in einer Welt lebt, in der Menschen andere Menschen zum Anrufen haben. Er schaut erneut auf seine Uhr, zieht dann den Ärmel wieder nach vorne wie ein Schuljunge, der das Unterrichtsende herbeisehnt und dabei erwischt wird.

Das ist auch der Grund dafür, dass Gary sich so über die Fotos freut und sie weitergehend als Geheimstapel bezeichnet. Wenn etwas *ein Geheimstapel* oder *aus einem Geheimstapel* oder *geheimgestapelt* ist, dann haftet ihm etwas Falsches, Gesetzwidriges an. Es klingt negativ. Auch wenn er es zu verbergen sucht, ist Gary intelligent. Klugheit hat für ihn etwas Affektiertes, tendenziell Schwules. Zumindest aber *Metrosexuelles*. Er will nicht wie jemand wirken, der in der Kneipe Oliven oder Wasabi-Erbsen bestellt. Außerdem ist er ein freundlicher Mensch. Aber weil Freundlichkeit nicht zu seiner Selbstinzenierung als abgebrühter, zynischer Bulle ohne Leben jenseits des Jobs und schmierblatttauglicher Formulierungen passt, haben wir ein stillschweigendes Abkommen getroffen, dass er es nicht ist. Heute fällt mir das leicht, denn er ist besonders widerwärtig und ungehobelt. Er trägt die Sachen vom Vortag und riecht wütend. Er hat es auf Mr. Wolphram abgesehen, will ihn bluten lassen und in die Mangel nehmen – zuerst mit Worten und dann ohne, durch bloßes Anstarren und Schweigen. Gary kann das gut – ich habe es schon gesehen –, und die Leute wünschen sich zunehmend, er hätte sie geschlagen, um einfach nur das Eis zu brechen: das Eis zur Not auch mit ihrem Gesicht zu brechen.

Jetzt ist Gary in seiner Wohnung, glücklich und im Schneidersitz, und schaut die Fotos durch, hält sie hoch, legt sie wieder zurück. «Tiefseetaucher ...», sagt er verächtlich. «Okay, Jacques Cousteau, lass mal sehen, was du unter Deck hast ...»

Gary ist da etwas auf der Spur. Oder *denkt*, dass er etwas auf der Spur ist. Kind + nackte Haut + Foto = *etwas*. Er presst die Zähne zusammen und saugt die Luft ein; es klingt wie ein Heizkörper, aus dem zischend Dampf entweicht. Zwischen seinen Vorderzähnen wuchert Zahnstein, der farblich an den Kalk am Teekesselboden erinnert. Manchmal kratzt er mit der Kulispitze etwas ab, zerkrümelt es auf dem Schreibtisch und schnippt es in die Weite des Büros, wo auch Haare, Hautpartikel oder Nasenpopel landen und ihre Reise in den Staub antreten.

«Schon mal überlegt, wo das alles endet, Prof?», will er wissen und stellt damit keine große, metaphysische Frage, sondern eine sehr präzise: «All diese Haut, Haare und Fingernägel, plus Nagelhaut und Nasenpopel? Diese ganzen Absonderungen, dieser Bodensatz?»

Gary ist besessen von diesem, wie er es formuliert, *wo das alles endet*. Aber für ihn geht es dabei nicht um Seele, Geist oder Sterblichkeit, sondern ganz gezielt um Abfall, Müll, das Überschüssige, Weggeworfene und Aufgebrauchte. «Wir trinken die Pisse und das Abwasser, nachdem alles seinen Weg durch das System genommen hat, und wir trinken es tausendfach, bevor wir vierzig sind. Wir essen totes Zeug, scheißen es wieder raus und lassen es von Maschinen reinigen, bis plötzlich alles verstopft ist und wir einen verfickten, riesigen Fettberg unter den Füßen haben.» Er pausiert kurz. «Die Antwort auf ‹Wo das alles endet› ist demnach: es endet nicht – sondern bleibt uns erhalten.»

Der Fettberg entspricht mittlerweile Garys Sicht auf die Welt. Wenn er nicht arbeitet, forscht er im Internet dazu, zu diesem und anderen Fettbergen. Er hat welche in Mexiko, Texas, Slowenien, China und Indien entdeckt. Sie sind Cousins unseres Fettbergs und füllen nicht nur die Nachrichtenseiten des jeweiligen Landes, sondern erzeugen dort denselben faszinierenden Ekel. Der in Texas hat eine merkwürdige Rautenform und sieht aus wie ein U-Boot aus dreckigem Speck. Der in Mexiko ist nach oben gekrochen und hat die Gullideckel angehoben wie ein Dandy, der für eine Lady den Hut lüpft. Aber sie sind miteinander verwandt und besitzen eine Fettberg-Familienähnlichkeit. Von der Konsistenz her wohl etwas unterschiedlich, je nach Ernährung, Infrastruktur und Klima, aber vom Prinzip her gleich: die unendliche Geschichte unseres Abfalls.

Sogar an der Korkpinnwand neben Garys Schreibtisch hängt ein Bild des Fettbergs, also dort, wo normalerweise Fotos vom Lebenspartner oder irgendwelche Bilder sind, die die Kinder in der Schule gemalt haben. Für Gary ist das ein *memento mori*, analog zu dem Schädel, der in Renaissancegemälden auf dem Tisch liegt: *Eram quod es; eris quod sum – Ich war, was du bist; du wirst sein, was ich bin*. Fettbergschleim, hinuntergespültes Fleisch, Friedhofsablagerungen.

Wie nicht anders zu erwarten, folgt dann Garys Kulturtheorie: «Seit der erste Mensch seinen ersten Schiss abgedrückt hat, sind wir vor dem Zeug geflüchtet. Bis zur Idee der Klärgrube waren wir Nomaden; Jahrtausende sind wir in Bewegung geblieben, um unseren eigenen Ausscheidungen zu entkommen, und dann, Bingo!, erfindet jemand ein Abwassersystem und wir werden sesshaft, bauen Häuser, Kunstgalerien ... Universitäten für Leute wie dich. Spielzeugläden und Polizeiwachen. Supermärkte. Kaufhausketten. Aber nach wie vor scheißen wir in den Fluss, auch wenn wir uns dazu nicht ans Ufer hocken. Das habe nicht ich mir ausgedacht, Prof, es kam im *Discovery Channel*.»

Im Moment schweigt Gary und ist völlig in die Fotos versunken. Er sortiert sie in zwei Gruppen: Kinder und Erwachsene. Angezogen, weniger angezogen, aber niemals *nicht angezogen*.

Ich nehme mir einen Packen Fotos – einen *Geheimstapel*. Sie sind säuberlich aufeinandergelegt, von einem Gummiband wie Spielkarten zusammengehalten und mit einem Post-it für jedes Jahr versehen. Gary hat 1979–1984 durchgesehen und nichts entdeckt. Trotzdem hat er ein paar herausgenommen und beiseitegelegt. Ich sehe, was ihn interessiert: es sind die Bilder von Jungen im Sportdress oder in dreckigen Shorts; ein oder zwei, auf denen sie die Fußballtrikots ausziehen; eines mit dem Schwimmteam. Das Foto vom Schwimmteam wirkt auf die Distanz wie ein Metzgereischaufenster mit ausgelegten Fleischstücken: fünf Koteletts für einen Zehner. Die Gänsehaut, diese Hühnerschlegelhaut, lässt erkennen, wie kalt es war dort im Damals, als wir auch im Januar im Freibad schwimmen mussten.

Ich weiß, wonach Gary sucht, und es ist das, wonach wir alle suchen: nach der Möglichkeit, den Springerzug vom Kinderbildersammler zum Frauenmörder zu machen. Zwei Felder nach vorne und eines zur Seite. So klären wir Verbrechen auf – zumindest solche, die nicht kompliziert oder von der Stange sind. Bei allem, was komplizierter ist als das von Gary sogenannte *Festpreismenü* – Mann tötet Ehefrau, Buchhalter betrügt Firma, Lehrer schläft mit Schülerin –, setzen wir auf den Springerzug.

Die Bilder sind im Zusammenhang betrachtet harmlos, weil nur der Bruchteil einer umfassenden Foto-Dokumentation seiner Zeit am Chapelton College. Wolphram hat die Schulzeitung herausgegeben, deshalb sind seine Schachteln voller Bilder und Blätter, Ausschnitte und Korrekturbögen aus prädigitaler Zeit, als man die Seiten noch von Hand setzte. In seinem Regal stehen ein Handbuch für Desktop-

Publishing, zwanzig Jahrgänge von *The Chapeltonian* und diverse Newsletter für ehemalige, rund um den Globus verstreute Chapeltonianer.

Gary weiß, dass die Fotos aus ihrem Kontext gelöst werden müssen. Nur so bringt die Dunkelheit ihrer Andeutung sie zum Leuchten.

«Alles okay bei dir, Gary? Du kriegst ja Krämpfe, so wie du dahockst. Soll ich mal weitermachen?»

«Tu dir keinen Zwang an, Prof», sagt er. «Ich kann den Finger noch nicht drauflegen, aber ich weiß, dass hier irgendwas nicht stimmt. All diese Ordner und Schachteln und Indexkarten und verfickten Mozartblätter mit ihren Kringeln ...»

«Das sind Partituren, Gary, Musiknoten ...»

«Banjos an der Wand ...»

«Es sind Lauten ...»

«Alte Kinoplakate, DVDs und Videos, ausländische Filme, Musicals mit Fred Astaire und Ginger Rogers ... Eher deine Welt als meine, würde ich sagen.»

Wie recht du hast, Gary – wie zufällig, unwissentlich recht du hast.

Aber du wirst es bald wissen. Weil ich verspreche, es dir als Erstem zu erzählen.

Ich greife mir 1983–1987 und trage sie zum Tisch. Um dorthin zu gelangen, muss ich über alle möglichen Papierstapel steigen – korrigierte Aufsätze, Lyrik-Handouts, Lehrpläne und einen Ordner mit der Aufschrift ‹Lehrerbeurteilung›. Es gibt einen Haufen mit fotokopierten ‹Evaluationsbögen› der Schüler und einen Brief vom Rektor, in dem es um ‹Neue Leitlinien› der Schule geht. Sie sind mindestens zehn Jahre alt und an den Rändern schon vergilbt. Ich frage mich, wie ein Mann, der die Frage nach seiner eigenen Kindheit nicht ohne die Überlegung beantworten kann, ob er mit seinen Spielsachen gespielt oder sie nur verwaltet hat, mit einer Welt klarkommt, in der ‹super› ein gängiges Adjektiv ist und Lehrer neuerdings ‹Wissensvermittler› heißen.

Die Wohnung ist groß und teuer und bildet das Erdgeschoss eines georgianischen Hauses in Parktown, der nobelsten Gegend im nobelsten Teil der Stadt. Die ganze Straße ist denkmalgeschützt. Es ist die Art von Straße, in der man 110 wählt, wenn auf der Veranda eine nicht-denkmalgeschützte Farbe zu sehen ist. Oder, wie Gary es formuliert: «Die Art von Gegend, in der die Typen *Cecil* heißen.»

Warum sind wir hier, Gary und ich, und schnüffeln in Wolphrams Wohnung herum, während die Nachbarn in ihren Fenstern hängen und Fotos von uns machen?

Wolphram und Zalie waren Nachbarn. Wir wissen nicht, ob sie sich über ein Guten Morgen oder ein freundliches, über den Zaun gerufenes Wort hinaus gut kannten, aber wir wissen, dass er ihr ein paar Mal geholfen hat, die Einkäufe ins Haus zu tragen, und wissen außerdem, dass er sie im Sommer mit zum Fährhafen genommen hat: Er wollte nach Frankreich, sie holte ihren Freund ab. Tim. Er lebt in Saint-Omer und kam sie zwei, drei Mal im Monat besuchen, mit der Fähre oder dem Eurostar. Er hat Frankreich seit zwei Wochen nicht verlassen, deshalb haben wir ihn sofort ausgeschlossen.

Zalies Textnachrichten konnten wir entnehmen, dass sie und Wolphram am Tag vor ihrem Verschwinden letztmalig miteinander gesprochen haben. Wir wissen, dass sie ihn für *leicht schräg* hält und er *keinen Smalltalk macht*, denn sie hat Tim berichtet, wie schwierig es sei, sich mit ihm zu unterhalten, und dass sie sich nicht entscheiden könne, ob er jetzt schüchtern oder arrogant sei.

Wir werden Spuren von Wolphram in ihrer Wohnung finden, und Spuren von ihr in seinem Auto. Aber das wird unerheblich sein. Außer es ist Blut, etwas Haut oder mehr als nur die gewöhnliche Anzahl an Haaren. Ein Zahn.

Wir sind hier, weil er über sie gesprochen hat, als sei sie tot, noch bevor er das überhaupt wusste. Die Zeitformen haben ihn geliefert. Für einen Mann, der Kontrolle über seine Sprache hat, war es auffällig, dass er sich nicht entscheiden konnte, ob er sie *kennt* oder ob er sie *kannte*; ob sie *lebt* oder nebenan *gelebt hat*. Ob sie einen Freund *hatte* oder *hat*.

Die Zeitformen des Todes sind wichtig: daran erkennen Psychologen und forensische Linguisten die Widersprüche in den Erzählungen von Mördern – ob sie vielleicht aus Versehen die Vergangenheitsform oder betont das Präsens benutzen; ob sie gar nicht mehr auf die Zeiten achten müssen, weil sie über ihr Opfer in der Vergangenheit reden – wo sie es mittlerweile platzieren.

Wolphram muss seine Papierhaufen ausgemistet haben, denn neben ihnen liegt ein grüner, bereits halbvoller Müllbeutel. Den werden wir auch noch durchforsten. Genau wie das Schwanken zwischen den Zeitformen und das Tänzeln auf der Linie zwischen *war* und *ist*, stellt auch der Drang auszumisten, einzutüten und zu vernichten einen Schuldreflex dar.

In ihrer Wohnung wurde bereits die DNA gesichert, jetzt ist seine dran. Bei ihr waren es Haarbürsten, Bettlaken und Kissenbezüge, ein Lippenstift, eine Fußmatte, schmutziges Geschirr und ein Wäschekorb; dazu auch die Fußfeile in der Toilette mit ihren Spänen wie hartrindiger Parmesan. Die Fußnägel in der Kloschüssel, die sie nicht mehr hinunterspülen konnte. Irgendwann, in einem Labor in Swindon, auf einem Betriebsgelände, das von privaten Securityfahrzeugen patroulliert wird, werden sie das untersuchen und ihre letzten Tage anhand der DNA anderer bevölkern. Spuren der Leute, die sie getroffen, gekannt und vielleicht auch berührt hat, werden auf einem Computerbildschirm als Abfolge von Nullen und Einsen auftauchen, als Stränge aus farblich kodierten Atomen, die wie bunte Fahnen im Wind flattern.

Bis dahin sind es nur ich, Gary und Small-Screen-Dave, die in weißen Einmalanzügen aus Plastik in der Schale ihres Lebens herumstochern.

Ich habe Small-Screen-Dave gebeten, herauszufinden, wo Mr. Wolphrams Geld herkommt, weil der Mann geradezu reich ist. Seine Pension ist gut, aber *so* gut dann auch wieder nicht. Selbst wenn er die Wohnung schon früh gekauft hat, was der Fall war, muss ihr Erhalt dennoch recht kostspielig sein: hohe Decken, kompliziertes Sockelwerk, Wandleisten. Sie ist mit hafergrützfarbenem Velourteppich ausgelegt, durchgängig, in jedem Raum. In seinem Schlafzimmer steht ein Doppelbett mit nur einem Nachttischchen, außerdem ein Schrank mit vier Anzügen, drei Röhrenhosen, drei Sakkos und vier identischen, roten Krawatten. An einem der Kleiderhaken hängt ein roter Seidenschal. Es gibt einen Trilby und drei Fedoras, schön aufgereiht und jeweils mit eigenem Hutständer. Es sind alte Hutmacherköpfe aus Holz, gerade detailliert genug – eingekerbte Augen, die Andeutung von Nase und Kinn –, dass Gary sich über diese Beinahe-Gesichter erschreckt, als er die Vorhänge beiseite schiebt und sie auf der Ablage aufgereiht findet. Es gibt einen Abendanzug, ein feines Hemd und eine Fliege, noch in der Plastikverpackung der Reinigung. Ich überprüfe die Quittung, um zu sehen, wann sie gereinigt wurde, und das war erst vor zwei Tagen. Drei Tage, nachdem Zalie als vermisst gemeldet, und einen Tag, bevor sie von uns gefunden wurde. Morden die Leute mit schwarzer Fliege? Doch nur in Romanen von Dorothy L. Sayers. Trotzdem nehme ich mir vor, für diesen Abend die Theater- und Konzertprogramme zwischen hier und Brighton zu überprüfen.

Eines der Zimmer ist leer, aber nicht nur leer, sondern noch niemals möbliert gewesen: nichts an den Wänden, keine Dellen im Teppich, wo Sessel, Tische oder Lampen ihren Abdruck hinterlassen haben. Nicht einmal der Geist von Mobiliar, kein Bilderhaken oder Staubrand, der den Rahmen eines Rahmens bildet. Auf einem kleinen Wandstück unter dem Fensterbrett hat er Farbtöne ausprobiert, und die Versuchstöpfchen sind säuberlich am Boden aufgereiht, vom Teppich durch ein altes *Times Literary Supplement* getrennt. Es gibt eine Küche mit jeweils einem von allem auf dem Abtropfbrett und einem

Zweiten von allem in der Schublade. Niemand zum Anrufen eben.

In der Küche steht ein Bücherregal mit Kochbüchern, die nicht nach Titel oder Autor, sondern nach Ländern sortiert sind. Ich ziehe eines heraus, marokkanische Küche. Es hat ein paar Flecken auf den Seiten, ein paar markierte Rezepte und gedrängte, handschriftliche Zusätze, die nicht von ihm stammen. Gibt es manchmal doch jemanden zum Anrufen?

Erst später wird mir auffallen, wie sehr mich dieses einzelne Nachttischchen irritierte, das auf der rechten Seite stand und furchbar quietschte. Die meisten Leute haben zwei, auch wenn sie allein sind. Oder etwa nicht? Aus Gründen der Symmetrie? Vermutlich ja, auch wenn die Einsamkeit asymmetrisch ist. Eben *weil* die Einsamkeit asymmetrisch ist.

Sein Leben spielt sich in einem Arbeits-Wohnzimmer ab, wo er seine Bücher, seine Tonträger, seine Gitarren – zwei akustische, eine elektrische –, eine Laute, den Fernseher und einen Videorekorder aufbewahrt. Es gibt mehrere Regalfächer mit den verschiedensten Noten: *The David Bowie Songbook*, *The Kinks for Guitar*, Stücke für das Heilsarmeeorchester, englische Madrigale und walisische Harfenmusik, Thomas Tallis. Wagner Rücken an Rücken mit *The Who*. Die Musiksammlung nimmt eine ganze Wand ein, die Bücher die restlichen drei. Sogar über der Tür und entlang des Türrahmens sind Regale, dazu eine Leiter, um an die Bücher direkt unter der Decke zu gelangen. Es gibt eine alte Chaiselongue, neben der wie in einem Film oder Gemälde ein aufgeklapptes Buch liegt, und einen großen Lehnstuhl mit Metalleinfassung, dessen schwarzes Leder weichgedrückt ist und die Form eines Mannes zeigt, der viel liest und alleine lebt, mehr als allein sogar. Darüber hängt eine gebogene Stehlampe mit verchromtem Schirm, der einen perfekt ausgerichteten, klar abgegrenzten Kegel weißes Licht wirft. Eine dreiteilige Stereoanlage – Plattenspieler, Doppelkassettendeck und Verstärker –, alles mindestens zwanzig Jahre alt, ist mit hüfthohen Lautsprechern verbunden, die wie Kanonen auf den Lehnstuhl zielen. Die zuletzt gehörte Platte, die noch auf dem Plattenteller liegt und deren Hülle am Sessel lehnt, ist *The Kinks are the Village Green Preservation Society*. Ich bemerke eine niedrige, kaum wahrnehmbare Furche im Teppich, in der regelmäßig ein Rolltisch mit DVD-Player und Fernsehgerät vor den Lehnstuhl gezogen wird.

Es gibt nicht viel in dieser Wohnung, aber was es gibt, ist das Beste von dem, *was* es gibt: ein Mal gekauft und zwar so, dass es ein Leben lang hält. Aber im Gegensatz zu den Reichen, unter denen er wohnt, gibt es kaum Dekoration, und der vorhandene Luxus ist nicht für den Körper da, sondern fürs Ohr, das Auge und den Geist.

Das Badezimmer ist makellos sauber und besitzt das perfekte Weiß eines Kinderbuch-Iglus. Die Forensiker haben die Toilette und die Badewanne abmontiert und auch die Wanne der Duschkabine entfernt. Sie haben eine schmierige, verklumpte Masse geborgen, aus Haaren und Seifenresten, Schmutz und ganz normalen Körperabsonderungen. Als Gary und ich das betrachten, warte ich fast schon auf Fettberg-bezogene Weisheiten von der Sorte, die Oberfläche unserer Badezimmer sei zwar blitzblank, nur gäbe es unter den Fliesenfugen jede Menge Dreck, aber er sieht es sich nur aufmerksam an, nickt kurz und geht wieder auf die Jagd.

Sämtliche Fotos von Wolphram befinden sich in Schachteln und Ordnern; keines ist im Regal oder an der Wand, außer einem einzigen auf dem Esstisch. Es steht so einsam da wie das letzte Grab auf einem plattgewalzten Friedhof. Zwei junge Frauen mit breitkrempigen Strohhüten, aufgenommen wohl in den Vierzigern, stehen neben einer Formschnitthecke vor einem elisabethanischen Turm. Ich weiß, dass das Sissinghurst ist, weil jeder von uns – sogar Gary – schon in Sissinghurst war, diesem Standardziel für Schulexkursionen und Ausflüge mit älteren Verwandten. Auf dem Bild scheint die Sonne, und die Frauen haben allerbeste Laune. Es ist ein einfaches, fröhliches Foto, das ich schon allein deshalb nicht hier vorzufinden glaubte. Es ist auch voller Wärme. Ich hebe es hoch, tüte es ein und gebe es an Small-Screen-Dave weiter – «Finden sie heraus, wer die sind, okay?»

«Wir wissen, wer die sind, Sir, steht alles in seinen Akten», protestiert Dave, der sich eine telegenere Aufgabe, ein insgesamt telegeneres Leben wünscht. «Das sind seine beiden Tanten, und die, die noch lebt, wohnt in Hastings, und auch *das* wissen wir bereits.»

«Finden Sie's noch mal raus, Dave. Dann kommen Sie wieder und erzählen es mir noch mal.»

Im Gegensatz zu Gary weiß ich, was ich suche. Jetzt, wo er am anderen Ende des Zimmers ist und Small-Screen die zwangsläufige, deshalb auch zwangsläufig öde Polizeiarbeit leistet, bin ich annähernd so allein, wie man an einem vermutlichen Tatort sein kann. Ich ziehe das Gummiband ab und breite die Fotos aus. Es müssen so an die zwei Dutzend sein. Auch hier sind schwarzweiße dabei, Eindringlinge aus einer anderen Ära, nur sind es die Farbbilder, die unnatürlich wirken. Siebzigerjahrefarben sind ausgewaschen und blutleer. Es gibt auch Polaroidfotos, mit breitem, weißem Rahmen, aufgenommen bei Partys oder an Sporttagen, von der ersten Sekunde an ausgeblichen, als hätte man ihnen eine Extradosis Zeit verpasst, noch bevor sie mit ihrer Farb-Tintenhaut feucht und glänzend herauskamen. Man hielt sie am Rand und wedelte sie herum, damit sie schneller trockneten, und manchmal war dann auch der eigene Fingerabdruck drauf.

Mit Beginn der Achtziger verändern sich die Farben; sie werden viel zu primär und knallig. Sie schreien. Alle sehen verloren und jenseitig aus, auch ohne diese Patina des Außerirdischen, wie Erwachsene sie haben.

Nach was suche ich? Nach wem?

Da haben wir sie: Ander und Danny, wie immer zusammen, zumindest am Anfang. Ich sehe auch die anderen, an deren Namen ich mich zwar erinnere, die aber, abgesehen von ein oder zwei, so unbedeutend sind wie Komparsen in den Schlachtszenen eines Historienfilms.

Ich lege sie beiseite und gehe die anderen Fotos durch.

Auch die Lehrer hatten dieses Schmerzvolle und Widerspenstige. Das erkenne ich jetzt auf den Fotos, aber damals war ich wie jeder Halbwüchsige in mir selbst gefangen, im Zentrum meiner brennenden

Welt. Ich konnte nichts anderes erkennen, nichts anderes fühlen. Ich konnte es nicht sehen, aber es war da, in all diesen wütend-traurigen Augen. Es gab so vieles, was wir damals nicht sehen konnten und jetzt so klar erkennen, dass wir völlig vergessen, wie sehr das Nicht-Sehen dazugehörte; dass es keinerlei Möglichkeit gab, es zu sehen, weil wenn man es sah, war man zwangsläufig außerhalb davon, außerhalb seiner selbst.

Ich werde es ihnen bald sagen müssen. Die Zeit drängt. Ich spüre ihren Vakuum-Effekt, der mich immer mehr einengt.

Danny und Ander

Sie kommen am gleichen Tag an: am 1. Oktober 1983. Alle kommen an diesem Tag an, aber Danny und Ander treffen irgendwie auch gleichzeitig ein. Kennen sie sich von früher? So fühlen sie sich zumindest, und so wirken sie auf die anderen. Auch auf die Lehrer, die solche Dinge nie zu beachten scheinen, aber es dennoch tun – die sogar ganz genau auf so etwas achten, weil sie wissen, wie wichtig es ist, wie wichtig es einmal sein wird, wenn ihre Körper heranwachsen und ihr Denken sich ausdehnt und überläuft. Von Anfang an sitzen Ander und Danny nicht nur im Unterricht nebeneinander, sondern haben auch im Schlafsaal angrenzende Betten. Danny ist Newcastle-Ire und hat auch den passenden Namen: Daniel Patrick McAlinden. Nur sagt Daniel Patrick McAlinden, er sei gar kein Ire, und er muss es ja schließlich wissen.

Ander ist ... na ja, das erklärt er dann gleich. Er muss seine Wörter vorab aufreihen, die richtigen erst finden und sie dann anordnen.

Danny ist der Sohn eines irischen Dads und einer englischen Mutter. Genauso nennt er sie: *Mutter und Dad*. Dad arbeitet in dem, was von der Werft noch übrig ist, nämlich den Trockendocks von Wallsend, wo wiederum dessen Vater gelandet war, als er von Belfast aus auf Arbeitssuche ging. Mutter arbeitet im Fernwick-Kaufhaus, in der Cafeteria, wo sie früher serviert hat, jetzt aber an der Kasse sitzt, also wenn es ihr gut geht, weil sie ist krank oder zumindest angeschlagen, ohne dass ganz klar wäre, was sie hat. Entweder das, oder es wurde Danny nicht *mit so vielen Worten* erklärt. Vielleicht weiß Danny das auch gar nicht genau, und Danny würde es wohl ohnehin nicht sagen, weil es durch Aussprechen ja zu einer *Sache* werden würde. Dass alle immer gleich alles über Danny wissen, liegt daran, dass er alles in einem Rutsch erzählt. Er klingt anders, das stimmt, deshalb muss mehr erklärt werden. Er hat ein Stipendium, fällt also genau in den Bereich – intellektuell über-, sozial unterlegen –, der die obere Mittelschicht Englands mit Sorge erfüllt.

Er hat einen Newcastle-Akzent, aber wegen seines Namens denken alle, er sei Ire. Nur ist er das nicht, sagt er, weil er in Newcastle geboren wurde und eine englische Mutter hat. *Plus*, meint er, *plus* ... er war im Leben noch nie in Irland. Und wenn er es je gewesen wäre, dann in Nordirland, weil von dort kämen *seine Leute*. Aber die Leute hören eben, was sie hören wollen – wenn dein Name irisch ist, so irisch wie Danny McAlinden, dann redest du wie ein Ire, weil du genau so gehört wirst. *Liegt in der Natur der Sache*, sagt Mr. McCloud, der es besser wissen sollte, das aber nicht tut: McCloud hat einen schottischen Namen, aber die Stimme eines englischen Aristokraten aus einem Hörspiel-Drama. Es ist ein antrainierter Akzent, aber er gibt ihn nie auf, denn er hat ihn schon so lange, dass darunter nichts mehr übrig ist. Hinter dieser ausdrucksstarken Maske ... ist nur noch eine ausdruckslose. Danny referiert seine Biografie, damit alle sie kennen. Wie er Ander erklärt, möchte er sie genau ein Mal erzählen, und zwar in einem Rutsch, um sie hoffentlich für den Rest der Schulzeit nicht ständig wiederholen zu müssen. *Außerdem*, sagt er, besteht eine Biografie ja aus Fakten und nicht dem Leben als solchem.

Ander ist aus den Niederlanden, trägt aber einen englischen Nachnamen, den er geerbt, allerdings nie richtig in Besitz genommen hat: Alexander Widdowson – «ein großer Name aus dem 16. Jahrhundert, durch und durch englisch», sagt Mr. McCloud. Er ist richtiggehend stolz auf Ander. Anders Mutter stammt aus Holland, sein Vater ist Engländer. Bis jetzt hat er in Gent gelebt, aber weil sein Vater neuerdings in der halben Welt arbeitet, ist er hier gelandet. Anders Englisch ist eingerostet, ohne je geglänzt zu haben, und fragmentarisch, ohne je Teil eines Ganzen gewesen zu sein.

McCloud witzelt, dass die Jungs, die aus dem Ausland kommen – er zeigt immer in Richtung Ärmelkanal, wenn er von etwas weit Entferntem spricht –, «Ballast und Treibgut» seien. Ander versteht den Ausdruck nicht, hört die beiden Wörter aber immer im Verbund und denkt deshalb, sie bedeuten letztendlich das Gleiche. Er schlägt sie im Wörterbuch nach: *Treibgut – Überreste eines Schiffs, das kaputtging oder einen Unfall hatte; Ballast – Überreste eines Schiffs, die von der Mannschaft über Bord geworfen wurden, um Gewicht loszuwerden.* Auch wenn sie ähnlich aussehen, denkt Ander, sind sie doch so verschieden, dass sie nicht zu einem solchen Ausdruck verschweißt werden sollten. Kennt McCloud den Unterschied überhaupt? Er wirkt so lustig, so natürlich, so freundlich. Er klingt so herzlich, wenn er das sagt. Manchmal legt er einem sogar den Arm um die

Schulter, damit man sich besser fühlt, also damit, dass man dort an Land gespült wurde, wo er die Strände absucht. Ander weiß nicht, ob er Ballast oder Treibgut ist. Er muss seine Eltern fragen, denn sie sind schließlich die Mannschaft. Oder sind sie das Schiff?

«Warum Ander?», fragt Danny. «Warum nicht Alex? Oder Sandy? Wie alle anderen Alexander der Geschichte ...?»

«Weil Ander auf Niederländisch *anders* bedeutet, *der andere* ... als meine kleine Schwester zu sprechen anfing, hat sie mich so genannt: Ander. Alle fanden das lustig, und der Name blieb an mir hängen.»

«Hängen», sagt Danny. «*Blieb hängen* reicht – *an mir* musst du nicht extra sagen.» Er mustert Ander, um vielleicht den Grund für seine Unbeholfenheit mit Wörtern herauszufinden. Ist er Ausländer oder einfach nur langsam? *Eigentlich beides okay*, denkt Danny, *aber man weiß einfach gern, wie man neue Leute einzuschätzen hat.*

«So bist du also gestartet?», fragt er. «Als jemand anderer?»

«Warum nicht? Ein bisschen fühle ich mich ja auch so», erwidert Ander. Er macht Witze – na ja, nicht wirklich, weil er hat kein Problem damit, sich so zu fühlen, und denkt gleichzeitig, dass es in dem Alter wohl jedem so geht –, aber der Blick, mit dem ihn Danny ansieht, lässt nicht auf eine gemeinsame, plötzlich geteilte Empfindung schließen. Zumindest weiß Danny jetzt Bescheid: *Der ist nicht langsam, sondern bloß Ausländer*, denkt er.

Ander kennt diesen Blick – den bekommt er immer, wenn er Englisch spricht, auch wenn er meist nicht weiß, was den Leuten lieber wäre: der Ausländer oder der Minderbemittelte. Das kann man bei diesen Engländern nie recht sagen. In der Regel, denkt er, wollen sie einen lieber dumm. Speziell, wenn man *wirklich* Ausländer ist.

Es gab viele Gelegenheiten, zwischen Ausländer und Dummkopf zu wählen, und jedesmal hat er sich für den Ausländer entschieden. Manchmal ist es genau das, was ihn zum Dummkopf macht. Die dumme Person handelt zumindest in der gleichen Währung, auch wenn sie weniger als alle anderen besitzt; der Ausländer ... na ja, der Ausländer ist immer in der Wechselstube und wird auf beiden Seiten des Umtauschs abgezogen: Er will mehr sagen, als er kann, und wenn schließlich alles gewechselt ist, hat er weniger gesagt, als er wollte.

Da Danny nichts erwidert, entsteht ein Schweigen, das Ander bricht, indem er sich wiederholt: «Ein bisschen fühle ich mich so, also meistens.» Diesmal versucht er, beiläufig und tatsächlich lustig zu klingen.

«Ich nicht», meint Danny nachdrücklich. Kaum hat er es gesagt, runzelt er die Stirn. *Nachdenklerisch*, wie Ander das für sich selbst in diesem seltsamen Zwischending beschreibt, das er für sich als Übergang von seiner Muttersprache zu dem von ihm geforderten Alltagsenglisch entwickelt hat. Ander fühlt sich, als würde er beim Sprechen schlecht synchronisiert.

Danny erwägt zumindest, ob er sich *manchmal* vielleicht doch wie jemand anderer fühlt.

«Ich mach doch Spaß ...», schiebt Ander nach, auch wenn das nicht stimmt.

So lernen sie sich kennen. Ab da ist alles intuitiv

oder zumindest unausgesprochen. Keiner fragt den anderen, wer er ist oder wo er herkommt oder als was er sich selbst wahrnimmt.

Danny und Ander werden von anderen Außenseitern angezogen: von Gwil Isaac, dem walisischen Bauernsohn, dessen Eltern genau wie die von Danny keine Schulgebühren bezahlen müssen; Neil Hall, sanft, ein Goth mit einem Faible für androgyne Popstars, Make-up und Paisleyhemden sowie tendenziell beschämt, Sohn eines schwerreichen Anwalts zu sein; Richard Nicholson, dem Schul-Intellektuellen, der eine Brille mit Fensterglas trägt, um wie ein Dichter auszusehen, der im Spanischen Bürgerkrieg gekämpft hat und regelmäßig von ihm erwähnt wird. Ihnen schließt sich, so er sich daran erinnert, dass er Freunde hat, noch David Sweeting an, der ein akademisches Wunderkind, aber so still ist, dass man nicht recht weiß, ob er nur schüchtern ist oder denkt, dass alles, was nicht in seinem Kopf stattfindet, auch außerhalb nicht existiert. Sie mögen ihn, wenngleich sie sich fragen, ob er sie wirklich für real hält.

Ander und Danny sind beide schlecht in Sport, aber auf unterschiedliche Art und Weise, ihre jeweils eigene Art und Weise. Ander ist einfach schlecht: er kann nicht schnell laufen, kann keine Dinge fangen, treten und mit einem Schlagholz oder Schläger treffen. Aber dennoch gibt es einen Platz für ihn, denn Sport ist ja, wie man so schön sagt, *integrativ*, Sport ist *für jedermann*. Anstelle von *integrativ* lese man hier *verpflichtend*. So eine Schule ist das, eine von der Sorte ‹mens sana in corpore sano›. Sein Platz ist, was das *corpore sano* betrifft, auf der untersten

Stufe der Leiter. Er ist immer der, der als Letzter in eine Mannschaft gewählt wird, also noch nach dem aufgedunsenen Diabetiker George Cobbleson, dem spargeldünnen und klumpfüßigen Rupert Flynch und sogar nach Tristan mit seinem ‹Spezialkoffer›, einem medizinischen Apparat, den niemand versteht und dessen Funktionsweise nicht einmal *er* richtig erklären kann. «Da sind Drehknöpfe dran», sagt er hilflos und öffnet ihn, um etwas zu zeigen, das leberbraune Röhren hat und wie ein drahtloses Funkgerät aus Kriegsfilmen aussieht. Tristan hat einen Unterkiefer, der an die kaputte Stoßstange eines Autos erinnert und der Grund dafür ist, dass er lispelt. Die Vorderseite seines Mundes befindet sich einfach außer Reichweite seiner Zunge, und sein Mund ist immer voller Speichel.

Er leidet, er gibt Leid ab: Das Leid sickert aus ihm heraus, er watet durch Pfützen von dem Zeug, Leid sammelt sich zu seinen Füßen, sobald er stehenbleibt. Aber niemand tut ihm weh, alle navigieren um ihn herum, ohne ihn zu berühren oder anzusprechen; er hat seinen Luftraum, in den sich niemand verirrt. Diesen Luftraum erzeugt man um sich herum, wenn man leidet.

Tristan wird in Ruhe gelassen, selbst von den Schulraudis. Kein Schulraudi will sich tautologisch fühlen.

Dann gibt es noch Leighton Vaughan, einen untersetzten, südwalisischen Rugbyspieler, der Gwil hasst, weil Gwil Walisisch spricht. Vaughan ist der zahme Waliser, der domestizierte. Sein Vater ist Stadtrat in Newport, und Leighton der Liebling der

Sportlehrer, weil sein Vater ihnen Tickets für die Rugbyspiele im Cardiff Arms Park schickt. Erwischt man ihn dabei, wie er nachdenkt oder seinen Verstand als zähen Mischmasch aus Ideen und Eindrücken herumwälzt, entdeckt man die Melancholie, die bei manchen Leuten durch die Erkenntnis entsteht, in ihren eigenen Klischees gefangen zu sein – und das ohne Ausweg.

Vaughan verbringt den Großteil seiner Zeit mit Hugh Lewis, der Augen hat, als plane er ein Schul-Massaker. Um sich herum haben sie eine Gruppe von Jungs versammelt, die ihnen ähneln und sie als ihresgleichen anerkennen.

Es gibt ein paar schlimme Wörter, zum Großteil nur halbverständlich oder auch gar nicht: ‹Mongo›, ‹Spastiker›, ‹Missgeburt› ... Ander und Danny verwenden sie nicht, und niemand bezeichnet *sie* so. Für die beiden sind diese Wörter mehr eine Art Hintergrundmusik, ein Song, von dem sie nur Bruchstücke aufschnappen, während sie sich durch den Tag bewegen: Frühstück, Unterricht, Pause, Unterricht, Mittagessen, Unterricht, Unterricht, Unterricht, Sport ...

Dann kommen die Abende, an denen sich die Zeit ausdehnt und man nirgendwo einen Rückzugsort findet.

Aber im Moment merken sie davon gar nichts. Sie sind viel zu sehr damit beschäftigt, die Veränderungen in sich zu verfolgen, in ihrem Körper und in ihrem Kopf, wobei sie sich fragen, ob das immer noch sie selbst sind, da drin in diesem Kopf oder am Ende dieser Hand, ob diese Haut wirklich zu ihnen gehört oder ob sie nur durch ein Hemd aus Flammen ersetzt wurde.

Sie sind dreizehn und gehen auf die vierzehn zu. Ander erinnert sich an die griechische Sage, die mit dem Hemd, das Herakles getötet hat, das Hemd des Nessus, und genau so kommt ihm seine eigene Haut vor, als hätte er sie an, als seien das brennende Fetzen. Manchmal denkt er, sie würde sogar verbrannt riechen, und wenn er seinen Arm ableckt oder daran schnüffelt, so wie er das nach dem Schwimmen macht, um das Chlor einzuatmen, kommt es ihm vor, als könne er Feuer riechen.

*

«Wow!», schreit Gary von der anderen Seite des Zimmers. «Spielzeug.»

Ich drehe mich um und sehe, dass er ein schwarzes Tuch in der Hand hält, eine Art Kapuze oder Beutel, aus Samt und mit einer Schnur am unteren Rand.

«Wozu das wohl gut ist?», fragt Gary.

«Keine Ahnung», antworte ich, und das stimmt auch bis zu einem gewissen Grad. «Was ist drin?»

«Nichts, Prof – rein gar nichts. Staub. Vielleicht ein paar Haare …» Er stülpt die Innenseite nach außen, und Dinge, die zu klein sind, um Namen zu tragen, fallen heraus: «Das lag da einfach, zusammengefaltet hinten in der Schreibtischschublade.»

«Forensiker?», frage ich.

«*Frensiker*», bestätigt Gary.

*

Samstagabends müssen die Jungen, die Internatsschüler sind und nicht nach Hause zu ihren Eltern fahren dürfen, immer Briefe schreiben. Unter der Aufsicht eines schlechtgelaunten Lehrers, der im Wochenendturnus an der Reihe ist, sitzen sie im kalten Gemeinschaftsraum und schreiben auf vorschriftsmäßigem Papier, mit vorschriftsmäßig blauer Tinte und ebenfalls vorschriftsmäßiger Füllfeder.

Was die Jungs in ihren Briefen festhalten, ist wohl genauso vorschriftsmäßig, denn wenn sie fertig sind und Küsse, Umarmungen oder ihre traurigen, kleinen ‹besten Grüße› anfügen (*beste Grüße?*, denkt Ander später, also Jahre später, «ich habe *beste Grüße* an meine Eltern geschickt, an die Leute, die mich gemacht haben, deren Fleisch und Blut ich bin, als seien sie Halbfremde von der Bank oder der Stadtverwaltung?»), müssen sie den Umschlag geöffnet lassen. Wenn sie ihre Gefühle gar nicht zähmen können, dürfen sie ‹in Liebe› schreiben. Oder, wie McCloud gern sagt, wenn er die Aufsicht hat: «in Libido.»

Später am Abend, in jeder Woche der Unterrichtsmonate, werden die Briefe vom Konrektor Dr. Monk gelesen.

Der ‹Doc› ist der einzige Lehrer mit Doktortitel an der Schule, und er legt großen Wert darauf, dass das auch jeder weiß. Wenn man es vergisst und ihn mit *Mr.* Monk anspricht, erhält man eine seiner Spezialstrafen. Man ‹erhält› sie zwar, aber eigentlich benutzt der Doc einen, um sich selbst zu beschenken. Sehr beliebt ist der ‹Curly-wurly›, bei dem er im Nacken oder über deinem Ohr ein Büschel Haare zwischen Daumen und Zeigefinger nimmt und langsam daran zieht, erst in kleinen Kreisen, dann mit festem Griff in immer größeren, so wie man zum Novemberfeuer eine Wunderkerze schwenkt. Er zieht einen hoch und immer höher, indem er langsam den Arm hebt, und man muss vom Stuhl abheben, aufstehen und sich dann auf Zehenspitzen stellen, um dem Schmerz auszuweichen. Wenn man nicht mehr höher kann, zieht und dreht, zieht und dreht er, bis er deine Haare in den Fingern hat.

Die Jungs lernen rasch, dass der Schmerz umso größer ist, je weniger Haare er packt: ein ganzes Büschel tut weniger weh als eine sorgfältig ausgewählte Strähne an den Stellen, wo die straffe Kopfhaut in die losere des Gesichts übergeht – wo eben mehr Nerven zusammenkommen. Es ist ein rasender, sengender Fleisch-in-der-Pfanne-Anbraten-Schmerz, und je mehr man sich sein Leid anmerken lässt, desto eher hört er auf: wie alle Sadisten gefällt er sich in der Vorstellung, gnädig zu sein. Wenn man stumm bleibt und nicht aufschreit, macht er solange weiter, bis man es doch tut. Danny und Ander sind ziemlich gut im Festhalten; genau das ist es, ein *Festhalten*, ein kleines Schmerz-Rodeo, bei dem man nur im Kopf aufschreit und *Scheiß drauf* sagt und die Luft einzieht und sie so lange wie möglich anhält. Aber irgendwann geben sie auf, etwa Neil Hall oder Rich Nicholson, und lassen sich vom Schmerz abwerfen, auch wenn sie noch so lange getrotzt haben. Trotz sieht immer gut aus, aber man muss wissen, wann es reicht, bevor man zu viel trotzt und kaputtgeht. Der Einzige, der festhalten konnte, bis der Doc müde wurde und aufhören musste oder wie ein Idiot dastand und die

Kontrolle verlor, war Gwil, der Junge aus Wales. Nur hat ihn das ziemlich viele Haare um die Ohren und im Nacken gekostet, wo seine Haut ganz wund und runzlig ist und nadelstichgroße Blutgerinnsel die Follikel verklumpen.

Die Strafen erfolgen mit geringstem Körperkontakt – darauf legt er Wert, der Doc. Die meisten Lehrer züchtigen die Jungs nachlässig und ungezielt: ein Ohrenverdreher beim Vorbeigehen, ein Tritt in den Hintern, beiläufige Gewalt, ganz blitzartig und nach einem Zufallsprinzip ausgeteilt, das einen manchmal sogar tröstet, weil es suggeriert, die Gewalt sei nicht gegen einen *persönlich*, sondern nur gegen den Körper gerichtet. Nicht jedoch der Doc: Der Doc verfolgt bei körperlicher Bestrafung einen wissenschaftlichen Ansatz. Er ist präzise und achtet auf Details. Die Schmerzen, die er zufügt, haben Fußnoten. Der Schlag mit dem Handschuh des Folterers ist für gewisse Personen so erfreulich wie der Schmerz, den er ankündigt, und genau so jemand ist der Doc. Er macht sich sogar Notizen in einem Büchlein, das er auf dem Schreibtisch hat. Drei Spalten auf jeder Seite: Datum und Name des Jungen, dann sein Vergehen und die Art der Bestrafung.

Gwil sagt, der Doc würde das nachts lesen und sich dabei anfassen. «Sollte man nicht ausschließen», meint Danny.

Wenn zur Briefschreibezeit das, was die Jungen nach Hause berichten, nicht, wie es der Doc formuliert, *reif und erwachsen* ist und *weder einen selbst noch die Schule ins beste Licht rückt*, stecken sie in Schwierigkeiten. Ander bekommt seine Briefe immer wieder zurück und muss sie umschreiben. Ganz besonders liebt es der Doc, den Brief von jemandem herzunehmen und mit einer Kinderstimme oder in theatralisch weinerlichem Ton vorzulesen. Noch ein Grund, dass niemand allzu viel sagt oder auf dem Papier von sich preisgibt. Schande über ihre Körper, ja, aber Schande auch über ihre Seelen. Oder das, was sie für ihre Seele halten. Ander hält seine für eine Mischung aus sich selbst und dem, wie er gern wäre, *plus* (*plus*, weil Danny das immer sagt) dem, *was* er gern wäre, nämlich erwachsen, um auf der Stelle von hier weg zu können. Plus all seine Gedanken, nicht nur die ausgereiften, sondern auch die flüchtigen, die er nie zu Ende denkt, und außerdem die, für die er sich ein bisschen schämt und die er beiseite schiebt. Der Doc schaut einen an, als könne er diese Gedanken sehen, er schaut, als würde er in die Jungs hineinbohren, in das Rohöl ihrer Existenz, das dicke, unverdünnte, ungefilterte Material im Inneren.

Am Anfang war Ander viel zu traurig, um einen Brief überhaupt richtig beenden zu können. Er vermisste seine Eltern und schrieb ihnen das auch. Er versuchte, auf Niederländisch zu schreiben, seiner Sprache, der Sprache seiner Mutter und dazu – wenngleich nicht mehr lange – auch seiner Muttersprache.

Der Doc gab den Brief zurück und sagte, er solle ihn noch einmal schreiben – auf Englisch.

Der Tag, an dem Anders Eltern ihn an der Schule absetzten: Sie fuhren vor, ließen den Motor laufen, wie um die Kürze des Abschieds zu signalisieren, die Notwendigkeit seiner Knappheit, um einen Grund zu haben, nicht dastehen und zusehen zu müssen, wie er den Arm vor die Augen legte, seine Tränen in der Armbeuge verbarg wie jemand, der sich gegen die Sonne schützt. *Diese Kissen*, dachte er an jenem Abend, als er im Schlafsaal in seinem Bett lag, dieses Bett mit der durchgelegenen Matratze, dem Metallrahmen, von dem die Farbe abblätterte, und den Federn, die von generationenlangem Bettnässen ganz verrostet waren ... *diese Kissen*: Bergen sie noch all die Tränen, die in sie vergossen wurden? Er legt das Ohr aufs Kissen, so wie er einst sein Ohr an Muscheln gelegt hat, um das Meer zu hören, und er hört die Tränen anderer und weint seine eigenen, seinen kleinen Nebenfluss, der ins Meer mündet.

Ander fragte sich, was er hier verloren hatte: Er mühte sich mit dem Englisch ab und musste in einer kratzigen Uniform braunes Essen zu sich nehmen, gemeinsam mit Jungs, die sich nicht richtig wuschen, und Lehrern, die darauf achteten, dass sie Unterhosen trugen, und das mit einer Inbrunst, die er – an der Erfordernis gemessen – schon damals für disproportional hielt. Den Ausdruck *Inbrunst* kannte er noch nicht, ebensowenig wie *disproportional* oder *Erfordernis*, aber als er älter war und diese Wörter lernte, dachte er an die Momente zurück, in denen sie ihm noch gefehlt hatten und er sie einsetzte: in die Lücken, diese leeren Stellen, an denen das Gefühl oder die Empfindung bereits vorhanden war, nicht jedoch der jeweilige Begriff.

Jetzt sind die Wörter auf ihrem Platz, aber letztendlich nur deshalb, weil es mittlerweile zu spät ist, weil sie erst kamen, als er sie nicht mehr brauchte, genau wie ein Feuerwehrtrupp, der bei einem rauchenden

Trümmerhaufen eintrifft. Die Wörter sind sogar viel zu sehr an ihrem Platz. Denn jetzt schleudert er eines heraus und muss erst darauf warten, dass ein entsprechendes Gefühl darum herum perlt. Was sicher die falsche Reihenfolge ist.

Wenn er später auf seine Kindheit zurückblickt, wird sie ihm wie ein Kreuzworträtsel vorkommen: Es gab Kästchen für die Buchstaben, und die ergaben dann die Gefühle oder Empfindungen, die ihm durch den Körper fuhren oder über ihn drüber; oder im Körper drin blieben und nicht mehr verschwanden. Eine Zeitlang fehlten ihm in der Schule die Worte, weil er zu weit von der alten Sprache entfernt war und an der neuen noch nicht nah genug dran. *Tussen twee oevers*, sagte er auf Niederländisch zu sich selbst, und dann auf Englisch: *Zwischen zwei Ufern*.

Kleine Dinge zerren an ihm: das Niederländisch auf den Lastwagen, die zu den Docks fahren; die Namen der Häfen, *Ostende, Zeebrugge, Den Haag*. Was würde passieren, wenn er sich in einem Lastwagen verstecken würde? Oder darunter? Als er dann irgendwann einen Schwertransporter sieht, der nach Folkestone unterwegs ist und neben dem Ödland unter der Brücke parkt, während der Fahrer in der bettlangen und mit einer *FC Brügge*-Fahne abgehängten Kabine schläft, kriecht er drunter, um zu sehen, ob man sich irgendwo hinlegen oder zumindest festhalten kann. Er quetscht sich zwischen Stoßstange und Fahrwerk; kriecht zwischen Ersatzrad und LKW-Boden, gehalten von den Riemen, die durch seine Vorwärtsbewegung schwingen. Dann wird der Motor angemacht, und er kriecht schnell wieder heraus, rollt zur Seite und sieht den Laster davonfahren.

Abgeankert, ging es ihm durch den Kopf. *Abgeankert*. Obwohl er schon lange abgeankert war, bevor er den Begriff *abgeankert* lernte.

In welcher Reihenfolge kommen die Wörter, fragt er sich ständig: vor oder nach der Sache, dem Gefühl? Verändert sich das Gefühl, wenn es plötzlich einen Namen hat? Ja, denkt er, der Name fasst es oder gibt ihm eine Begrenzung, damit es nicht überläuft und heraus in ein anderes spritzt. Das englische Wort *homesick* zum Beispiel: *Heimwee*. Heim-*Leid* auf Niederländisch. Das ist besser als *sick*.

Er leidet. Er hat Heim-Leid.

Er fragt sich, wann sie endlich diesen Tunnel bauen, von dem McCloud dauernd redet. McCloud sagt, der Zug würde dann unter dem Wasser durchgehen und man könne nach Europa fahren, ohne aus dem Auto zu steigen.

Dort im Damals hat er gesagt, was er empfand, was er meinte; dienten ihm Wörter nicht dazu, Gefühle von dem Mund, mit dem er sie aussprach, oder von den Orten, an denen er sie fühlte, zu entfernen. Deshalb bekam er sie zurück, um sie umzuschreiben. Dasselbe passiert mit Gwil, der auf Walisisch nach Hause schreibt und dessen Briefe der Doc zerreißt und in den Papierkorb steckt. «Noch mal, auf Englisch – du bist hier nicht mehr bei den Schafen.» Aber Gwil bleibt eisern und will nicht nachgeben. Ein permanentes Unentschieden: Gwil sitzt mit Stift und Papier da, schreibt jedes Mal nach Hause, und jedes Mal wird der Brief zerrissen. Gwil blüht durch den Trotz geradezu auf. Schließlich ändert er die Methode und schreibt gar nichts: gibt ein leeres Blatt ab, auch wenn er stets die elterliche Adresse auf den Umschlag schreibt. Er mag ein Märtyrer sein, aber ein Idiot ist er keiner: Er hat eine Telefonkarte, mit der er nach Hause telefoniert und die er immer wieder auch anderen leiht.

Der Doc hasst Gwil, misstraut aber auch Ander, Richard Nicholson, Neil Hall und allen anderen, die noch nicht genügend präpariert sind, um ins Gefüge zu passen. Aber es ist Danny, auf den er es abgesehen hat. Schon ganz früh fragt Ander nach dem Grund, gleich im ersten Trimester. «Wegen der Irland-Sache», sagt Gwil. Ander nickt. Auch wenn er nicht weiß, was Gwil damit meint, will er nicht so aussehen, als hätte er keine Ahnung.

Aber Ander bastelt es sich zusammen, aus Graffitis und Nachrichtenfetzen, die er im Radio hört oder im Fernsehen mitbekommt. Die Graffitis auf der Brücke, die Graffitis an der Bushaltestelle, die Graffitis an den Klowänden, die Graffitis in der Park Street, im Zentrum und beim Busbahnhof. Auf die Art lernt er auch viel Englisch.

Hängt die Birmingham 6.

Irischen Abschaum aushungern.

Und *Internierung jetzt!,* was er nachschlagen muss und so versteht, als wäre es nicht viel anders als der Aufenthalt in Chapelton.

«Hast du was mit den Graffitis zu tun?», wollte er einmal wissen.

«Welchen Graffitis?», fragte Danny erschrocken. Aber das wusste er, auch wenn er es nicht wissen wollte oder nicht verstand, was das mit ihm zu tun haben sollte.

Ander und Gwil nahmen Danny mit zur Brücke und zeigten es ihm:

Irischen Abschaum aushungern.

Gwil sagt: «An der Bushaltestelle beim Park ist auch eins.»

Danny betrachtet es genau. «Vielleicht ist das der Grund», sagt er und bemüht sich, dabei unbeteiligt zu klingen.

*

Es steht immer noch auf dem Brückenpfeiler: *Irischen Abschaum aushungern.* Die Stadt hat versucht, das Graffiti zu beseitigen, und es dadurch nur noch tiefer eingeprägt. Leichter zu entfernen war die Schablone von Bobby Sands mit einer Zielscheibe auf der Stirn. Die verschwand irgendwann in den Neunzigern. Aber *Irischen Abschaum aushungern* ist so sehr Teil des Gesteins wie die Schriftzüge auf den Zuckerstangen der Seebäder. Man könnte die Brücke behauen, wie man wollte, und es stünde immer noch da, auch wenn der Pfeiler dann so schlank wie ein Zahn wäre.

*

Der Doc mag keine Jungs mit Stipendium, denn er fürchtet sich vor dem, was sie von der Außenwelt wissen – von den Farmen, Sozialbauten oder Großstädten – und was sie dort womöglich gelernt haben, um sich einer Verformung durch Leute wie ihn zu widersetzen.

«Mal sehen, was Fenier so nach Hause schreiben», sagt er und schnappt Dannys Brief vom Tisch.

Mit aufgesetzt irischem Akzent, so schlecht wie übertrieben, liest er verächtlich Dannys harmlosen Brief vor, auf dass die anderen lachen. Viele tun es wirklich. Er macht die obligatorische Anspielung auf die Hungerstreiks und fragt Danny, ob seine Eltern diese Woche, diesen Monat, dieses Quartal schon etwas gegessen haben. Danny fürchtet sich mittlerweile vor Mahlzeiten mit Kartoffeln, weil die Lehrer und auch manche Jungs, also die, die ein bisschen was gelesen und das *Zeitgeschehen* draufhaben, Witze machen und mit dem Finger auf ihn zeigen.

Der Doc erinnert die Jungs daran, dass die hiesige Brücke, die Brücke, die sie jeden Tag überqueren, zwei Mal von irischen Terroristen attackiert wurde: «Ein Mal 1939, als unser Krieg gegen die Faschisten bevorstand, und ein Mal im vergangenen Jahr, als unsere Truppen auf den Falkland-Inseln gekämpft haben. Daran sollten Sie denken, wenn Sie über die Brücke gehen, Mr. McAlinden.»

So lernt Danny auf die harte Tour, nicht allzu viel von sich preiszugeben, nicht mit der Tinte auf sein Papier zu weinen. Ander und die übrigen Jungs lernen es an diesem Beispiel.

Für Ander wird Englisch die Tarnsprache, ein Wortfeld, in dem er sich verstecken kann, wo ihn niemand kennt, wo er eine Maske trägt.

Dannys Mutter ist krank, auf eine Art, die sie nicht verstehen, weil es ihnen niemand erklärt, aber sie gehen davon aus, dass sie nicht mehr gesund wird. Ein paar Jungs witzeln, sie solle doch *den Hungerstreik abbrechen*. Der Doc lacht. Ein Lehrerlachen zählt so viel wie das von zehn Schülern, deshalb zeigt der Witz Wirkung. Hunger, Hungerstreik, feste Nahrung, Nahrungskarenz, Zwangsernährung. Danny lässt alles über sich ergehen. Nie schlägt er zu. Er ist wie eine Oberfläche, die das Licht absorbiert, aber nicht reflektiert.

Ein Kind mit einem kranken Elternteil, einer Mutter oder einem Vater mit einem unheilbaren Leiden, wirkt immer, als würde es etwas Schweres, aber Unsichtbares mit sich herumtragen.

Deshalb ist Danny den meisten Leuten gegenüber ohnehin vorsichtig. Die Krankheit seiner Mutter ist immer da, wie ein spätnachmittäglicher Schatten über ihren Spielen und Gesprächen. Dannys Briefe müssen auf die Krankheit eingehen, aber nicht auf ihre Unheilbarkeit. Das ist die feine englische Art.

Doc Monk ist klein, scheinheilig und hat die Seele eines Aufsichtsschülers. Oder von jemandem, der gern Aufsichtsschüler wäre, aber es nie geschafft hat. Leute wie er unterrichten an Schulen, damit sie jetzt, im zweiten Anlauf, die Höhe der Macht erreichen können, für die sie einst zu unbeliebt und unbedeutend waren. Sie unterrichten, damit sie sich rächen können, damit sie noch als Erwachsene ihre verfehlte Kindheit reparieren können. Diese Eliteschulen sind übersät mit solchen Leuten. Jeder erkennt sie sofort: Als Jugendliche waren sie die letzten, die Freunde fanden, die letzten, die Alkohol kauften und Konzerteinladungen erhielten, die letzten, die gebumst wurden.

Jetzt sind sie also zurückgekehrt und geistern durch ihr Leben, im festen Glauben, sie ein zweites Mal durchzumachen: die Unzufriedenheiten von Kindern, die sich in Erwachsenenkörpern durch die Welt bewegen.

Monk hat eine besondere Verbindung zum Rektor, Mr. Goodship, der er in diesem Leben gern wäre, und zu den Aufsichtsschülern, wie er im vorigen gern einer gewesen wäre. Monk erzwingt Disziplin in Vertretung und ist als Konrektor derjenige, der sie durchsetzt, indem er die Phalanx der Aufsichtsschüler für sich instrumentalisiert. Manchmal ist eine Strafe offiziell – etwa hundertmal Abschreiben, Nachsitzen oder Kloputzen –, manchmal hingegen mehr *unter dem Ladentisch*.

Das Chapelton College ist ein Miniaturstaat und basiert wie all diese Eliteschulen auf dem Kolonialmodell: Eine Pyramide durchsickernder Autorität, mit einem blinden Rektor an der Spitze und einer Gruppe Beauftragter, die ihn von der Realität abschirmen und die Hebel der Macht bedienen. Weiter unten sind die normalen Lehrer, die sich nicht für Disziplin interessieren und nur ihre Arbeit machen wollen – oder damit durchkommen wollen, sie nicht zu machen. Die nächste Schicht besteht aus einer strengen, internen Hierarchie von Jungen, angefangen bei Aufsichtsschülern, die wiederum eine Schicht aus sogenannten ‹Kräften› oder Sub-Aufsichten befehligen – einen Trupp aus Reserve-Jasagern, körperlich beeindruckend, intellektuell jedoch feige, und im Aufstieg befindlichen Taschensadisten. Und darunter: alle anderen.

Monks spezielle Gabe ist das ‹Umkehren› von Störenfrieden. Er hat herausgefunden, dass ehemalige Rebellen die besten Vollstrecker sind, und brüstet sich damit, in jedem von ihnen den Konformisten erschnüffeln zu können. Im Austausch für die kleinen Privilegien, die er ihnen gönnt – Warnungen, welche Pubs kontrolliert werden, damit sie diese meiden; Hinweise auf Orte, wo sie rauchen können; Alkohol- oder Geldgeschenke; kleine Ausfahrten in seinem Sportwagen –, schauen sie an seiner statt auf die Einhaltung der Disziplin. Seine Auswahl fällt auf die Bulligen und die Dummen, die Gemeinen und die Gerissenen, die Verkrüppelten, die Benachteiligten und die Krankhaften. Aber immer wählt er die richtigen. Er kann sie ‹lesen›.

Anders Englisch ist ungeformt, ungrammatisch; eine Flohmarktsprache. Aber er lernt schnell, nimmt den Akzent so rasch an, dass er bereits nach einem Jahr als Einheimischer durchgeht. Nur hat er beim Englischsprechen immer noch das Gefühl, als würde er die Kleidung eines verstorbenen Verwandten anprobieren. Das riecht nach Sozialkaufhaus und fühlt sich an wie Zusammengelegtes.

Ander hält es an Orten wie diesem nicht lange aus, zumindest nicht an der Oberfläche. Deshalb braucht er eine neue: Er muss ein neues Ich aufs Glas malen, um ab jetzt dahinter leben zu können. Er denkt an die Glasmalerei in der Kathedrale von Gent, ein paar Straßen von seiner früheren Schule entfernt: Unauffällig und düster auf der Außenseite, aber flammend im Inneren, von wo aus sie ja betrachtet werden soll. Glas war für ihn noch nie etwas Transparentes, deshalb ist es keine große Leistung, hierherzukommen und es sich undurchsichtig vorzustellen.

Er nimmt die Imitations-Aussprache an, die er um sich herum oder im Radio hört, das manche Lehrer immer noch als *Rundfunk* bezeichnen. Auch das hilft ihm: Er kann jeden nachahmen, nachdem er ihn nur wenige Sekunden reden gehört hat. Er erkennt sofort, wie nützlich ihm das sein wird. Die Jungs mögen das und finden es sogar lustig. Die Lehrer weniger. Es hat etwas Irritierendes, nachgemacht zu werden, die eigene Stimme vorgeführt zu bekommen, zwar leicht verfremdet, aber doch unmissverständlich; das ist Spott durch Abprallen.

Doc Monks drüsenverengte Stimme knarzt und wird höher, wenn er sich ärgert oder aufregt, was meistens der Fall ist. Die Jungs wetteifern, wer ihn am besten nachmachen kann, weil seine Stimme so exotisch, so vollkommen absurd klingt. Aber nur Ander bekommt sie richtig hin.

Anfangs gibt es Probleme, denn Ander beginnt seine Sätze wie ein englischer Junge, nur dass dann die Wörter nicht kommen, Löcher auftauchen, genau die Lücken in der Sprache, die er noch nicht zu füllen gelernt hat. Es ist seine und gleichzeitig auch nicht seine.

In den ersten Wochen haben Ander und Danny den Eindruck, nicht weiter aufzufallen. *Unterhalb des Radars* heißt das, wie Ander erfährt. Es ist Danny, der ihm das sagt. Ander findet, das klingt wie ein anderer Ausdruck, den er in einem Kriegsfilm gehört hat: *Keine schnelle Bewegung*. Unauffällig bleiben, unten bleiben. Aber Danny zu sein, *ist* schon eine schnelle Bewegung: Er ist selbstsicher, sanft, freimütig.

Sie kennen die Geschichte von dem Jungen, der nach einem Spiel einmal über die Brücke gehängt wurde. Er war bereits allein – dünn, traurig, ohne Freunde. Sie haben es nicht selbst gesehen, aber davon gehört: Eines Tages, als nach dem Fußball alle die Brücke überquerten, lauerten ihm ein paar Ältere aus der Fünften auf und hievten ihn über die Brüstung, hielten ihn an den Knöcheln, noch in seinen Sportsachen, und ließen die Luft um ihn herumwehen, während er in der Schwerelosigkeit um sich schlug. Aus den endlosen Wiederholungen der Geschichte sticht ein Detail heraus: wie er sich in die Hose machte, aber weil er mit dem Kopf nach unten hing, rann ihm die Scheiße über den Rücken, den Nacken, sein verängstigtes Gesicht. Seine Haare. Er war schwerer, als sie dachten, deshalb mussten sie ihn zu viert festhalten. Sie dachten, er würde ihnen entgleiten. Als sie ihn wieder hochholten, war er voller Scheiße und Pisse und lag heulend und spuckend auf dem Gehweg.

Am nächsten Tag war er verschwunden. Vor der Schule wartete ein Auto auf ihn, während sein schweigender Vater, selbst ein Alt-Chapeltonianer, ihn abholte, um ihn vermutlich nach ein paar Tagen auf etwas Ähnliches zu schicken.

Danny und Ander erkennen genauso wie der Rest der Jungs die Anzeichen eines Mobbings am Horizont. *Ein Sturm braut sich zusammen* lautet das Klischee, nur ist das mehr wie ein Orchester beim Einstimmen: ein Ton hier, ein Ton da, ein falscher Ton, dann zwei Instrumente im Einklang; dazu kommen weitere, unterschiedliche; dann eine Pause, man denkt, es sei vorbei, nur ist es das nicht, denn sie holen Luft, jeder holt Luft, bevor es anfängt, richtig anfängt: langsam oder schnell, ob es anschwillt oder abflaut, ist es jetzt da, ständig, man kommt da nicht raus, außer man ist *raus* …

… erinnert sich Ander.

Wenn er doch nur diese Zeit wiederhaben, eine andere Richtung einschlagen könnte. Gar keine Richtung einschlagen könnte – das hätte ihm völlig gereicht.

All das ist für später. Gedanklich macht er Raubzüge in das, was vor ihm liegt, das Leben, das er vielleicht hat, wenn er hier bleibt, sowie in das, was unmittelbar hinter ihm liegt – das Leben, das er hatte, bevor sein Vater die Stellung wechselte, bevor die Familie um die halbe Welt gezogen ist. Was würde er dafür geben, die Gegenwart verlassen, eine Auszeit vom Jetzt nehmen zu können. Nur weiß er natürlich, dass das falsch ist, dass man die Zeitformen so nicht vermischen darf. Wenn sie sich berühren, gibt es einen Kurzschluss.

Ander ist groß und schlaksig und ohne Kontrolle über seinen Körper. Danny ist anders: Er ist dünn und gewandt und sieht aus, als sollte er tanzen oder schauspielern, anstatt knöcheltief im Matsch zu stehen und die Socken bis an den Rand seiner Turnschuhe heruntergerollt zu haben. Er ist immer noch schlecht im Sport, aber auf eine Art, als sei er bei etwas anderem gut, nicht wie Ander, der bei gar nichts gut ist, was auf der vornehmlichen Verwendung von Gliedmaßen beruht.

Niemand benutzt das Wort, denn es fühlt sich leicht sexuell an, erregend, wobei manche von ihnen es gar nicht kennen und, so sie es kennen würden, auch gar keine Gelegenheit hätten, es zu benutzen. Ander kennt es trotzdem. Ander benutzt es, aber nur in seinem Kopf, ohne es auszusprechen: Danny ist *anmutig*. Er hat ein Gesicht wie ein Mädchen. Die Haare so schwarz glänzend wie die Farbe des Brückengeländers und eine Haut wie Sahne. An dieser Schule gibt es keine Mädchen, erst ein paar Jahre später, deshalb ist jede Ähnlichkeit, die von den Jungs mit, wie man so sagt, *lebenden oder toten Personen* hergestellt wird, rein zufällig und vom Biologischen her nur ungefähr. Ander weiß aber, was sie meinen; für ihn ist das ja auch so. Wenn die anderen sich über Danny lustig machen, dann auf die scheue, distanzierte Art, die überspielt, wie gern sie ihn eigentlich berühren würden. Und das wollen sie wirklich. Danny weiß das – es gibt vieles, was er weiß. Es ist, als hätte er vor dieser Kindheit eine andere gehabt, eine, an die er sich noch halbwegs erinnert und deren Aktionen er immer halbwegs wiederholt.

Im Unterricht sind sie ehrgeizig, aber nicht auf dem Terrain des jeweils anderen. Ander ist besser mit Zahlen, Danny mit Worten.

Hinter der Schule ist der ‹Medway City Zoo›, auch wenn *Zoo* die Sache mittlerweile übertreibt. Eher handelt es sich um eine kärgliche Menagerie, eine gestückelte Tiersammlung. In den 1930er-Jahren zur Unterhaltung von reichen Einheimischen und Tagesausflüglern aus London gebaut, stolpert er jetzt der Schließung entgegen, ein Tier nach dem anderen, während um ihn herum die Stadt wächst. Seit 1981 ist kein neues Tier mehr eingetroffen, und die, die noch übrig sind, werden nach ihrem Ableben nicht ersetzt. Der Zoo liegt, mit seiner Art-déco-Kuppel, seinem modernistischen Reptilienhaus und den stillen Volieren, auf erstklassigem Baugrund. Bauunternehmer beäugen ihn wie ein altes Familienmitglied, dessen Tod sie reich machen wird. Insgeheim scheinen das auch die Tiere zu wissen. «Todestrakt» nennt ihn Mr. McCloud. Der Souvenirshop verkauft vergilbte Postkarten aus der Glanzzeit des Zoos, Uralt-Modelle seiner berühmten Gebäude und Süßigkeiten, von denen man vor dem Verzehr den Staub abpusten muss. Die alte Frau, die den Shop betreibt, hat Grauen Star, deshalb klauen die Jungs ganz ungerührt vor ihren Augen, denn sie wissen, dass sie das zwar sieht, sie aber nicht erkennen kann.

Die Rückseite des Chapelton College überblickt das Affenhaus, das Pinguinbecken und die Betonfelsen, wo hinter dem Wassergraben, der ihn von den Besuchern trennt, ein abgemagerter, nikotingelber Eisbär eine Achterkurve nach der anderen zieht. Die meisten Großtiere sind mittlerweile allein, ungepaart, partnerlos. Nicht mehr zu sehen, hinter dem hohen Stacheldrahtzaun, sind die Robben, und wenn es kalt ist, was für dieses erste Herbsttrimester zutrifft, hängt auch lange nach der Fütterung der Geruch nach Fischinnereien in der Luft. Manchmal wird einem schlecht davon, und die Jungen halten sich beim Vorbeigehen die Nase zu. Man sollte meinen, dass die Kälte den Gestank auslöscht, aber das Gegenteil ist der Fall – sie verschärft ihn noch, macht ihn beißend. Im Sommer, den sie noch nicht kennen, wird der Geruch intensiver, aber weniger stechend.

*

«Ich frage mich, wie sein Unterricht war», sagt Gary. «Stell dir vor, du siehst in diese großen, starren Augen ...»

Ich frage mich das nicht und stelle es mir auch nicht vor, deshalb schweige ich.

«In meiner Schule wäre er nicht klargekommen – nicht mit den Kids, die wir hatten. Wir haben Englisch gelernt, als sei das eine Fremdsprache. Den Eindruck hatte man zumindest bei der Lyrik.»

Er nimmt sich ein Buch und blättert es durch. «Daran erinnere ich mich aus der Schulzeit – wie die Lehrer kleine Lesezeichen reingemacht haben, damit sie jedes Jahr ihre Seite wiederfinden, bis sich das Buch von selbst so aufschlug.»

Was ist das für ein Buch?, frage ich Gary in Gedanken.

«Hör dir das mal an.» Er räuspert sich, legt als Lyrik-Deklamations-Haltung die Hand auf seine Brust und liest:

«*Ihm ist, als ob es tausend Stäbe gäbe*
und hinter tausend Stäben keine Welt ...

... Klingt wie ein Asia-Restaurant für junge Leute, du weißt schon, Zielgruppe 18 bis 30 ... eintausend Stäbchen, dahinter keine Welt ...»

«Da geht's um einen Zoo, Gary», erkläre ich ihm missmutig.

«Weiß ich, Prof, weiß ich … ich will dich doch nur ein bisschen aufmuntern.» Er legt das Buch weg und versucht, ernst zu sein: «Was denkst du, sollen wir uns mal ein paar seiner Schüler und Kollegen vorknöpfen? Ich meine, zwecks Hintergrundinformationen … bevor die Presse das tut und sie alles mögliche über ihn gehört haben. Um uns ein Bild zu machen, bevor es komplett verzerrt wird.»

*

In der Mitte des zweiten Trimesters bespricht ein neuer Lehrer mit ihnen ein Gedicht über einen eingesperrten Panther. Er scheint aus einer anderen Welt zu stammen, die irgendwo *neben* dieser liegt. Er hängt seinen Mantel an den Haken, und ihnen fällt auf, dass er ein Taschentuch herausholt und die Tafel sauberwischt, bevor er sorgfältig seinen Hut aufs Pult legt. Ihnen fällt auf, wie er die Haare trägt, nur können sie sich nicht entscheiden, ob er hoffnungslos gestrig ist oder auf der Welle einer ganz neuen Retro-Mode reitet. Er hat Koteletten und eine Frisur, die älter ist als er selbst; flach, glatt und quecksilbrig reicht sie ihm bis an die Augenbrauen. Er ist schlank, knochig, exotisch, aber niemand macht sich über ihn lustig, nicht einmal in dieser Welt, in der sich Lehrer nur auf zweierlei Art kleiden: billig schlecht oder teuer schlecht. Nicht dass ihm verspottenswerte Eigenschaften fehlen – im Gegenteil, da gibt es einiges, von den Haaren bis hin zum Hut und dem Röhrenhosenanzug mit roter Krawatte, der Krawattennadel und den spitzen Schuhen –, aber sobald er den Mund aufmacht, ist der Rebellionseifer der Jungs wie weggeblasen.

Der Lehrer fragt die Klasse, worum es in dem Gedicht *geht*. Er fragt das in einem bestimmten Ton, den Ander für sich als ‹Lyrikdiskussionsstimme› bezeichnet: gewichtig und ernsthaft, gleichzeitig aber schlüpfrig und gewunden. Es geht hier nicht um einen Panther, sagt er sich. «Das erste Gesetz der Thermopoetik», erklärt ihm Danny später, als sie das Klassenzimmer verlassen haben. «Es *geht* nie um das, um *was es geht*.» Er stellt fest, dass ihm dieses Zeug tatsächlich *gefallen* könnte.

Der Lehrer liest das Gedicht erst mal laut vor. Es ist wichtig, sagt er, es zu hören, es vorzulesen. Er betont das *vor* und macht eine Handbewegung, als würde er ihnen etwas zuwerfen. Der Mann ist schlank, zart und hat lange Finger. Wenn er spricht, ist man gar nicht auf diesen Bariton vorbereitet, tief wie der Boden eines teuren Whiskyfasses oder die Auswölbung einer Pfeife. Er verschafft sich noch im ärgsten Getöse Raum. Sogar die unterbelichteten Hinterbänkler hören auf, sich zu boxen, um die Wette zu furzen und ihre Kragen mit Tinte vollzuspritzen.

Das Klassenzimmer riecht nach billigem Bohnerwachs, viel zu viel Deodorant und schlecht abgewischtem Arsch. In Flaschen abgefüllt, ergäbe das die 1980er eines ganzen Landes in Sprayform. Minus dem Geruch von Mädchen. Der neue Lehrer hat alle Fenster geöffnet, obwohl es draußen stark windet. Die Jungs können den Zoo riechen und die Tiere hören. Wenn sie rüber zum Affenhaus sehen, wo seine Bewohner hüpfen, kämpfen, herumtollen und wichsen, ist das noch mehr ein Spiegel, als sie je glauben würden.

Der neue Lehrer ist eine Vertretung. Er ist für den eigentlichen da, Mr. Trundley, der sie in Stillarbeit vom Overhead-Projektor abschreiben lässt: ganze Buchpassagen, auf Blattfolie kopiert. Seine Unterrichtsstunden sind Crashkurse in Langeweile. «Hypnos», nennt McCloud ihn nach dem griechischen Gott des Schlafs, denn selbst die anderen Lehrer ertragen ihn nur mit schweren Lidern. Sie haben den Neuen noch nie sprechen hören, in der Schule aber schon gesehen. Er unterrichtet nur die höheren Klassen, und man sieht ihn niemals ein Spiel pfeifen oder mit den Jungs verregnete Laufrunden drehen. Auch joggt er nicht keuchend im ausgeleierten Trainingsanzug herum und leitet mit der Trillerpfeife im Mund den Nachmittagssport, wo Ander und Danny immer montags, mittwochs und freitags zu finden sind und sich mit den anderen der saisonalen Sportart widmen – so schlecht, dass man diese nur an der Form und Größe des Balls erkennen kann. Er reißt keine schlechten Witze wie McCloud, macht auch nicht auf Kumpel oder versucht, über detailliertes Fußballwissen und Interesse für Popmusik cool rüberzukommen. Nie sieht man ihn in irgendwelchen Ecken herumstehen oder über die Gänge schleichen, auch nicht auf der Straße oder in Geschäften, verloren, unbeholfen und nur schlecht als Zivilist verkleidet. Er ist entweder da, also gebieterisch, sichtbar und im Mittelpunkt *da*, oder er ist weg. Ander findet ihn etwas zu *anmutig*, denn nie wird er wütend oder stolpert, lässt etwas fallen oder sagt ein falsches Wort. Speziell Letzteres nicht. Er hat eine Art zu sprechen – das ist wie ein Buch. Aber ein Buch, das man tatsächlich auch *lesen* würde, meint Danny.

Er kleidet sich ... das ist schwer zu beschreiben, denn es ist völlig anders als bei seinen Kollegen. Sagen wir, er kleidet sich mit einer gewissen Kargheit und Konsistenz, die man vermutlich als Stil bezeichnen könnte – zumindest bei Lehrern. Das sind nicht wie bei den anderen kreideverschmierte Jacketts, abgeschabte Krawatten und Schuhe, die *Extra-Halt* oder *Extra-Komfort* geben und auf den Gängen quietschen wie ungeölte Scharniere. Er ist auch nicht wie die von der Oxbridge-Brigade mit ihren Brogue-Schuhen, ihren Metallabsätzen oder College-Krawatten und ihrem Gehabe um die Ruderregatta und ‹die anderen›, die auch in echt noch eine Fälschung sind und gar nicht merken, dass der *Grund* für ihre Fälschung ihre Echtheit ist.

Er hört Wagner und sieht Filme, die untertitelt sind und vier Stunden dauern. Das finden Ander und Danny heraus, als sie zu seinem außerschulischen Kulturklub eingeladen werden. Allein die Bezeichnung ‹Kulturklub› hätte etwas Uncooles, wenn nicht *er* ihn leiten würde. Sie haben schon gehört, dass er in der sechsten Klasse Platten von The Who und Bob Dylan auflegt, dass er auf seiner Gitarre oder dem Schulklavier Bowie-Songs vorspielt und über die Texte spricht, als seien das Gedichte. Wenn man zu ihm nach Hause geht, erzählen sie, muss man sich Nick Drake und William Byrd anhören und die Akkordstruktur vergleichen. Er summt beim Spielen mit, was sich sehr intim anfühlt.

Ander spitzt die Ohren und merkt sich jedes noch so kleine Detail. Er belauscht die Lehrer, die Sechstklässler, Gespräche im Bus oder in Geschäften. Der Einheimische hört zu, der Fremde mit.

Aber trotz all dem ist Wolphram weder cool, noch will er es sein. Er ist streng, ergeht sich auch nicht in Floskeln oder verliert viele Worte über das, was offensichtlich ist: das Wetter, das Essen, die Ergebnisse beim Schulsport. Er sieht zerbrechlich und fehl am Platz aus – außer in seinem eigenen Klassenzimmer. Mit seinem absurd hohen Anspruch, seiner Makellosigkeit, seiner teuren, nicht hierher gehörenden Kleidung wirkt er – in den Worten McClouds – «wie aus einer Band ausgestiegen, die kurz darauf den Durchbruch schafft». Auch das wurde also ein Gerücht: dass er dabei war, berühmt zu werden, dann aber gescheitert ist; dass seine Ex-Bandkollegen Millionäre sind und er hier Englisch und Musik unterrichten muss.

Nie lehnt er sich im Stuhl zurück oder stützt sich aufs Pult, und an manchen Tagen unterricht er eine Klasse nach der anderen im Stehen. Wie er sich gibt, wie er geht oder sitzt, sieht aus, als wolle er die Welt mit so wenig wie möglich von sich selbst berühren.

Man lässt ihn sogar in dieser grausamen, kleinen Welt der Schule in Frieden, wo man ansonsten schnell merkt, was jemand zu verbergen sucht, und dieses Versteck plündert, weil dort alles aufbewahrt wird, was von der Person noch übrig ist. Man grabscht nach dem, was für diese Person Bedeutung hat, und nimmt es als Geisel. Aber nicht bei Wolphram, trotz seiner bescheuerten Anzüge und Hüte, seiner ausländischen Filme und Schallplatten. Vielleicht, überlegt sich Ander, ist ja die Definition von ‹cool›, dass man keinen an das heranlässt, was an einem *nicht* cool ist. Wie würde es Ander also beschreiben? Mr. Wolphram ... *schwebt* irgendwie über den Alltagsdingen, den Schulversammlungen, Unterrichtsstunden und Milchfürzen, den Zwischenrufen und dreckigen Trainingsanzügen, den Scheißhaustürgraffitis und schalen Wichsgerüchen ... gerade so hoch, dass ihn nichts davon berührt.

Im Grunde, denkt Ander, ist alles, was Mr. Wolphram macht oder sagt, wie kursiviert. Er *selbst* ist kursiviert.

Ander weiß nicht, was mit *Respekt* gemeint ist. Seine beste Definition dafür lautet, dass man sich vor jemandem fürchtet, ohne richtig Grund dafür zu haben. Vielleicht ist es auch genau das, denkt er, oder zumindest an dieser Schule: die Furcht vor jemandem, der einem (noch) keinen Anlass gegeben hat, sich vor ihm zu fürchten. Trotzdem ist Respekt vielleicht das richtige Wort für diesen Lehrer, denn er ist keiner, den man sofort mag, nur will man ihn gleichzeitig auch nicht enttäuschen. Man will ihm keinen Anlass geben, in seiner Achtung zu sinken. Ander setzt sich auch zunehmend mit dem Schuljargon auseinander, er liebt es, ihn zu dechiffrieren, und Danny und er verbringen ihre Nachmittage damit, sich darüber totzulachen. *Führungsqualitäten* zum Beispiel, den Begriff haben sie geknackt: er steht für *Schlägertyp*, also die Art von Junge, dem die Lehrer Verantwortung übertragen, damit er sie missbrauchen und diese leichte Unterdrückung ausüben kann, die sie «Disziplin» nennen. Der neue Lehrer ist anders. Seine Autorität entsteht durch seine Sprache, jawohl, aber auch durch seine Geduld.

Er fürchtet sich nicht vor der Stille.

Wie etwa jetzt:

Mr. Wolphram liest das Gedicht über den Panther vor:

Ihm ist, als ob es tausend Stäbe gäbe
und hinter tausend Stäben keine Welt.

Der weiche Gang geschmeidig starker Schritte,
der sich im allerkleinsten Kreise dreht,
ist wie ein Tanz von Kraft um eine Mitte,
in der betäubt ein großer Wille steht.

Ander hat den Eindruck, dass die Stimme des Mannes das Gedicht befreit. Fast schon ironisch, denkt er, denn es geht ja um das Gegenteil von Freiheit. Wolphram macht eine Pause, die sich über den ganzen Raum legt. Jemand will etwas sagen, aber er hebt abwehrend die Hand. «Lassen Sie es wirken», sagt er.

Stille – und sie hat etwas Endloses, obwohl sie nur wenige Sekunden anhält. Es ist auch keine der üblichen Varianten: peinlich, quälend, apathisch oder provozierend.

Wenn es nur von einem Panther handeln würde, meint Danny, der als Erster redet, dann würden wir es hier nicht besprechen. Ander fällt ihm fast ins Wort und sagt *aber das muss es* – von einem Panther im Käfig handeln –, bevor es von irgendetwas anderem handeln kann. Zuerst muss es als Gedicht über ein eingesperrtes Tier funktionieren; und danach muss es von etwas anderem handeln, sonst wäre es kein Gedicht. Er staunt selbst über das, was er da sagt, wobei er nicht einmal sicher ist, dass tatsächlich *er* da spricht.

«Das ist das Gegenteil von dem, wie man normalerweise redet», hängt er an, was etwas lahm und unbeholfen klingt; und warum, denkt er, während die Wörter aus seinem Mund rattern, sollte man das auch?

Aber der Lehrer wirkt interessiert. Die Gleichgültigkeit verdampft von seinen Augen, weil er die Klasse erstmals richtig ansieht. Er blinzelt langsam. Es ist das Ziehen am Schwimmer einer Angelrute, ganz leicht, aber doch so, dass jemand, der Bescheid weiß, eben Bescheid weiß: Ein Schauder des Interesses, das Wissen, dass da unten etwas ist.

«Und weiter?», fragt er. Das ist Ermunterung. Auch etwas vollkommen Neues für sie.

Ander sagt, das sei wie der Eisbär drüben im Gehege, der sich vielleicht an die weißen Flächen seiner Jungtierzeit erinnert, aber auch wie bei Menschen, die *Sehnsüchte* haben (dieses Wort zu verwenden, kommt ihm komisch vor, es auszusprechen, erregt ihn, und er freut sich, eine Stelle entdeckt zu haben, an der er es einsetzen kann, auch wenn das hier nur eine Gedichtinterpretation ist), deren Welt aber immer kleiner wird, bis sie die Gitterstäbe vergessen und denken, der Käfig sei alles, was es gibt. Ander benutzt nicht genau diese Wörter, also nicht damals, aber in seiner Erinnerung ist es, als hätte er das exakt so gesagt.

Letztendlich braucht es die Stäbe gar nicht, fährt

er fort, denn das ist wie bei einer Sandburg, von der man die Form abzieht, und sie steht immer noch. Wo dieses letzte Stück über die Sandburg herkommt, weiß er nicht, aber das ist etwas, an das er sich aus den absterbenden Sommern in Ostende erinnert, wenn der Sand schon ganz feucht war und das Meer gar nicht mehr zu brauchen schien. Genau wie der Sand unter der Brücke. Er hat das Gefühl, dass er Lyrik mögen wird – diese Annäherung mit Worten, ohne tatsächlich von der Stelle zu kommen. Ihm gefällt die Art und Weise, Dinge durch das zu beschreiben, was ihnen *ähnelt*, und nicht durch das, was sie eindeutig und damit langweiligerweise *sind*.

Alle schweigen. Der Lehrer nickt verständnisvoll.

«Denken Sie, unser Bär wurde in der Wildnis geboren? Oder der Panther? Vielleicht kennt er ja nichts anderes als die Stäbe.»

«Vielleicht ist es ... ich weiß nicht ...», sagt Ander, «vielleicht ist es keine richtige Erinnerung, sondern nur etwas, das er spürt, zum Beispiel einen Instinkt?»

«Kann sein. Und was für Käfige sind hier gemeint? Was für Gitterstäbe?»

«Klassenzimmer!», ruft jemand. Großes Gelächter.

«Das Klassenzimmer. Stimmt, das ist sicher auch eine Art Käfig. Und nicht nur für die Schüler», erwidert Mr. Wolphram und schaut herum, ob jemand diesen zaghaften Witz verstanden hat.

«Arbeiten», kommt es von woanders. «Von neun bis fünf.»

«Aber ja.» Zum ersten Mal lächelt Mr. Wolphram.

«Heiraten», schlägt Jonny Kebab vor, der Klassen-Casanova, der behauptet, die Schwester seines besten

Freundes befummelt zu haben. Jonny Lansdale hat seinen Spitznamen, seit er einmal beim Leichtathletiktag von einem Speer durchbohrt wurde. Jeder erinnert sich wegen seines Dads daran, der auf den Platz rannte, als wolle er nach der Wunde sehen, ihm aber stattdessen eine klebte, weil er den Sportlern in die Quere gekommen war.

Das Lächeln verschwindet. Mr. Wolphram betrachtet Ander, als wollte er sagen *Du hast damit angefangen, jetzt bring's auch zu Ende*: «Was für einen Instinkt?»

Ander möchte es richtig machen, vorausgesetzt, so etwas *kann* überhaupt richtig gemacht werden.

«Den Körper, also das, was er will, ohne dass man es weiß … was er tut, ohne dass man es möchte …»

«Oder eben doch?», fragt der Lehrer.

Keiner sagt etwas. Der Lehrer lässt Anders Aussage in der Luft hängen und erklärt das Gedicht. Ander hatte recht, es handelt nicht von einem Panther. Der Panther im Käfig ist … ein Wort, das er zum ersten Mal hört, und er fragt sich, wie er so lange ohne den Begriff auskommen konnte – vierzehn Jahre sind eine lange Zeit, wenn dir das richtige Wort fehlt –, eine *Metapher*.

«In dem Gedicht geht es um Gefangenschaft», fährt er fort, «um das, was uns gefangen hält. Heute würden wir sagen, der Panther leidet unter Zoochosis, also dem abnormalen Verhalten bei Tieren, die – wie jener Eisbär – in unnatürlicher Umgebung eingesperrt sind und denen der Platzmangel den Körper und der fehlende Lebensraum auch die Sinne verkümmern lässt. Aber vielleicht müssen wir ja auch gar keine Tiere sein, um unter Zoochosis zu leiden?»

Als die Stunde vorbei ist und die Glocke ertönt, ist das, als sei überall eine Alarmsirene losgegangen. Es gibt eine geschockte Pause, nicht das übliche Bücherzuschlagen, Blättereinpacken und Stühlerücken, während eine Jungsklasse aus dem Raum stürmt. Keiner rührt sich, bevor Mr. Wolphram nicht sein Buch zugeklappt und sich bei ihnen bedankt hat.

Noch nie hat sich jemand bei ihnen bedankt, und sie wissen auch nicht, wofür ihnen da gedankt wird, aber alle gehen sie langsam, zögerlich, irgendwie mehr wollend hinaus, ohne zu wissen, was das genau sein könnte.

Nachdem Mr. Wolphram das Klassenzimmer verlassen hat, sagt Danny zu Ander: «Das war ja schräg.» Ander weiß nicht recht, ob Danny etwas Bestimmtes meint oder diese ganze unvorhersehbare Stunde.

Am nächsten Tag dann eine Doppelstunde Englisch. Mr. Trundley ist wieder da mit seinen toten Augen, schlechten Schuhen und seiner ganzen Transparenz. Der Panther ist vergessen, aber jeder erinnert sich an die Gitterstäbe.

Gedenkstätten

Hier sind sie also, Ander und Danny, in Mr. Wolphrams Fotokisten, manchmal zu zweit, manchmal durch andere verwässert, die Nebendarsteller – jeder ist irgendwann der Hintergrund von jemand anderem –, aber nie allein.

«Du rückst mir auf die Pelle, Gary, das spüre ich ...» Ich habe die Fotos aufgefächert, aber als sich Gary mit seinem kurzen Atem und dem feucht knisternden Gequietsche seiner Schuhe in Übergröße nähert, schiebe ich sie zu einem Stapel zusammen, bevor er bei mir ist.

«Irgendwas gefunden, Prof?», fragt er. «Wenn ich dich nicht besser kennen würde, würde ich sagen, du bist hier schon ein bisschen zu lang dran ... an dieser Schuhschachtel mit Kinderbildern ...» Er beugt sich über mich, bevor ich sie wegpacken kann. «Schau mal die hier. Zwei kleine Lord Fauntleroys. Ich wette, der links musste in der Dusche gut auf sich aufpassen ...»

«Hör mal, Gary. Du hast selbst gesagt, wenn hier irgendwas zu finden ist, dann in den Schachteln.»

Er schaut mich argwöhnisch an, als hätte er Angst, ich würde etwas klauen. Zu Recht. Sein Blick wandert zu den Fotos, die ich weiterhin festhalte.

«Was gesehen, was dir gefällt?»

Haha, Gary.

Er greift nach den Bildern. Nach wie vor trüffelschnüffelt er nach der Kinderpornografie, die er bei genügend eifriger Suche zu entdecken glaubt. Die

Fotos in meiner Hand zeigen nicht das, was er will, aber trotzdem möchte ich nicht, dass er sie sieht, deshalb versuche ich, sie mehr zu mir zu neigen, ohne dass er denkt, ich hätte etwas zu verbergen.

«Morgen, Gary, morgen – ich glaube, hier ist nichts für uns, aber morgen gibt es vielleicht ... morgen lasse ich das hier abschließen, dann kannst du dir selbst ein Bild machen.» Gary tritt einen Schritt zurück und hält eine DVD aus Mr. Wolphrams Sammlung hoch: «Catherine Deneuve», sagte er und wedelt mit Buñuels *Belle de jour*. «Hochinteressanter Fall: eine total geile Frau, aber runterholen könnte ich mir keinen mit ihr.»

«Danke, Gary, das ist ein origineller, nuancierter Gedanke und rückt sie in eine ganz besondere Kategorie. Willst du nicht beim Filmklub für Europäisches Kino darüber referieren, an der Uni oder so?»

Er lacht, bewegt sich aber keinen Zentimeter. Bleibt stehen und beobachtet mich weiter. Er hat etwas gesehen, nur weiß er nicht, was. Das ist, was die Leute bei Gary nicht merken: Er ist jede Sekunde am Nachdenken und Beobachten. Man kann ihn runterfahren, aber nicht abstellen.

«Legst du die Bilder wieder zurück, bevor wir abschließen, oder willst du sie *zu Hause weiterbearbeiten*?» Er grinst mich mit wissendem Blick an – das ist wahre Ironie, denn *wissen* tut er es eben nicht.

Dieses Nichtwissen lasse ich ihm noch ein wenig.

Ich lege die Fotos zurück, schließe die Schachtel. Zusammen verlassen wir das Zimmer. Ich hätte gerne mehr Zeit mit ihnen gehabt, aber so ist es auch in Ordnung. Sie verschwinden ja nicht, auch wenn die

Geschichten, die sie erzählen, lebendig sind, an ihren dunklen Ort zurückkehren und sich verändern.

Der Hausflur ist lichterfüllt. Ein gewaltiger Sonnenuntergang; er füllt den halbkreisförmigen Glaseinsatz über der Haustür und wirft Flammen an die Decke und die oberen Wände.

Ich habe die Hand schon an der Tür, aber Gary redet. Zu mir, mit mir, um mich herum und über mich drüber: «Bei Fällen mit feinen Leuten lernt man immer neue Wörter. Dieses Fensterdingens ...», er folgt meinem Blick dorthin, wo das Licht einfällt, «heißt eigentlich Oberlicht, ich hab's nachgeschlagen. Das Stück dazwischen, über der Tür, heißt Blende. Hast du das gewusst? Wohnst du in einem Haus mit Oberlicht und Blende, Prof? Oberlicht und Blende ... klingt fast wie ein Kommissar-Duo, oder? Wer von uns ist welcher? Du bist mehr so ein Oberlicht, wenn ich ehrlich bin. Ich bin aber definitiv Blende.»

Ich möchte ihm ein mildes Zustimmungslächeln schenken, nur habe ich nicht die Zeit dazu, denn als Gary die Klinke drückt und ich die Tür ganz aufziehe, geht draußen ein Blitzlichtgewitter los. Dann gleich noch eins, aus Fotoapparaten die ganze Einfahrt runter. Lärm, Geschrei, Fragen: wer, wo, was, wie ... ihr Name, seiner; unsere Namen, Dienstgrade.

Wir bedecken unsere Gesichter, blinzeln die Blitzlicht-Brandlöcher in den Augen weg: sechs Reporter und eine Handvoll Fotografen. Das sind nicht viele, eigentlich nichts im Vergleich mit dem, was vor uns liegt, aber die Überraschung schleudert uns gegen die Tür, die wir hinter uns zugemacht haben und die jetzt verschlossen ist. Wir sind als Letzte rausgekommen, und ich weiß nicht, ob wir den Schlüssel haben.

Ich würde gern umdrehen und wieder reingehen, aber Gary sagt nein: «Vorwärts, Prof – wir gehen jetzt da runter und von hier weg und steigen ins Auto. Wir haben nichts, was wir ihnen geben könnten. Du kennst das doch aus der Glotze. Aber sag bitte nicht *Kein Kommentar*.»

Er fasst mich am Ende der Wirbelsäule und schiebt mich die Steintreppe runter, über den Kiesweg und durch das doppelte Eisentor, das wir vergessen haben, hinter uns zu schließen. Die Reporter gehen auseinander und lassen uns durch. Warum sie uns nicht folgen, weiß ich nicht, aber als ich zurückblicke, sind sie in ihren Silhouetten verwurzelt und sehen im grellroten Sonnenlicht wie Puppen aus, die man ins Feuer geworfen hat. Auf der anderen Straßenseite stehen fünf Nachbarn auf Zehenspitzen und versuchen mit gerecktem Hals etwas zu sehen. Eines Tages, sagt Gary, werden die Menschen wie Giraffen sein, nachdem sie generationenlang über Menschenmengen gespäht haben, um einen Blick auf Unfallstellen oder Celebritys zu erhaschen. Sie schweigen ebenfalls und sehen aus, als seien sie für heute abgeschaltet. Gary macht mir die Beifahrertür auf, und als ich mich zum Haus umdrehe, um mich Hintern voran in den Sitz zu zwängen, fällt mein Blick auf ein Blumengebinde, das am Türpfosten des Nachbarhauses lehnt. Es wird unten von zerdrückter Alufolie zusammengehalten und sieht aus, als bestünde es aus zwei Fertigsträußen. Jetzt erkenne ich die Supermarkt-Aufmachung. Zalies erster Blumengruß.

Bei unserer Ankunft war er noch nicht da. Das weiß ich, weil ich darauf geachtet habe. Ich achte immer darauf. Man kann die Stadt, jede Stadt, jedes Dorf, jeden Weiler und alles dazwischen – vom Randgebiet bis zur Neubaugegend, von der Autobahnstandspur bis zum Caravanpark – anhand der Gedenksträuße, Plüschtiere und plastikverhüllten Grußworte karthografieren. Und die Brücke. Wo immer auch eine Brücke ist, gibt es Gedenkstätten. Es ist fast unmöglich, länger diesen Job auszuüben und keine Landkarte des Leids anzulegen. Bushaltestellen, Bahnhöfe, Parkplätze und Pubs, Fußballfelder, Straßenecken und die abgelegenen, zugewachsenen Wege, wo die Brennesseln hüfthoch stehen und die Hunde hingehen, um zu kacken und die Duftnoten anderer Hunde zu erschnüffeln.

Gedenkstätten werden sie genannt. *Orte der Verehrung*. Wann hat das angefangen? Oder gab es sie schon immer? Ich kann mich nicht erinnern. Eher nicht.

Ich will damit nicht sagen, dass der Tod wusste, wo sein Platz ist; ich will sagen, dass er seinen Platz hatte. Okay, wir haben alles darumherum organisiert, anders geht das ja nicht, aber wir haben ihn zoniert, wie die Stadtplaner sagen. Wir haben unsere jeweiligen Reviere abgesteckt; das war Teil eines langen Waffenstillstands, den unsere Ahnen mit ihm ausgehandelt haben. In meiner Jugend waren das Grabstätten, Friedhöfe und Krematorien; man hatte sein Grab, seinen Grabstein, sein Kästchen für die Urne, und man hinterließ, was man hinterlassen musste: seine letzten Worte, die letzten Worte der Verstorbenen, das große Ungesagte und das kleine; seine Blumen oder seine Grußkarte, seinen Stein, sein Brot, ein paar Spielzeugfiguren, seinen Teddy. *Ihren* Teddy. Eine Kerze. Es gibt nichts Ergreifenderes als eine einzelne Kerze.

Den Celebrity-Grabkult hat es schon immer gegeben, nur war der fast ebenso gemäßigt: die Whiskyflaschen am Grab von Oscar Wilde, die Zigaretten und Joints an dem von Jim Morrison. (Die verzweifelten Graffitis: «Jim, du warst mein einziger Freund!»; «Oscar, du hast uns befreit!») Vielleicht hat es dort angefangen, dieses ganze … was? … Zurschaustellen? Dieses den Tod und die Trauer als öffentliches Eigentum zu betrachten, so wie die Olympiade oder das Königshaus.

Seit Urzeiten hatten wir den Tod verortet; wir platzierten ihn an Stellen, die extra dafür geschaffen wurden, in der Erde oder in Memoriam-Gärten. Es gibt das Leichenschauhaus, den Aufbahrungsraum, den Leichenwagen, den Sarg, die Urne: alles dazu da, um den Tod aufräumen und weitermachen zu können, unsere Alltagsorte sauberzuwischen, damit wir zur Schule rennen und in den Supermarkt oder ins Wettbüro konnten, ohne an dem störenden Fleck vorbeizugehen und denken zu müssen: *Hier gab es einen Tod, der Tod kam hierher, schau dich um, siehst du noch das Loch, wo jemand war und dann nicht mehr?*; damit wir in dem Esszimmer speisen konnten, wo sich der Vater von vier Kindern verschluckt hat und mit dem Gesicht voran in den Sonntagsbraten gekippt ist; damit wir nach wie vor den Garten nutzen können, in dem das Kleinkind nach dem Froschlaich griff, der sich wie Gelee anfühlte, und dann im Teich ertrank. Damit wir das Haus kaufen können, wo der Ehemann seine Frau verprügelt hat, in dem Roter-Backstein-und-Sackgassenlage-Vorzeigeheim, das aussieht wie jedes andere, es aber nicht ist; das unbemerkt Elend und stumme Gewalt ausströmt. Genau deshalb haben wir diese Orte: damit wir unsere eigenen für ausreichend lange zurückfordern können, um unser Leben dort zu vollenden.

Wir wussten, dass wir die Räume vom Tod mieteten. Er war der Hausherr, der in unserer Abwesenheit irgendwann mit dem Generalschlüssel hier reinkam, um Wartungsarbeiten zu erledigen oder das Inventar zu überprüfen, sie uns dann aber bis zum Vertragsende überlassen hat. Jetzt haben wir alles wieder übergeben. Der Tod ist eine sanfte Gewalt. Schau doch, wie leise er näherkommt; und schau, wie wir das zulassen mit unseren Grabmälern, Gedenktafeln und Blumenspenden, all den Teddys, Schlümpfen und Paddington-Bärchen. Wir werden zu seiner Kolonie. Er entwaffnet uns mit Freundlichkeit, und wir machen ihn kuschelig und schreiben ihm Grußkarten, auf denen steht: *Nimm unsere Straßen, unsere Häuser, du hast unsere Leute geholt, hol auch den Rest, komm zieh bei uns ein*. Der Tod hat eine neue PR-Agentur, die ihm bei seiner Markenentwicklung hilft. Früher hieß sie Religion, jetzt hat sie mehr was von Showbusiness.

Manche dieser Sträuße, dieser *Gedenkgaben*, sind unauffällig. Sie liegen am Rand der Ereignisse, in niemandes Weg, eine Handvoll Blumen, manchmal im Garten gepflückt oder auf dem, was von einer

Wiese noch übrig ist. Die mag ich. (*Mag* ist nicht das richtige Wort dafür.) Sie reagieren auf die leichte Berührung, den Zugriff des Tödlichen, aber gleichzeitig verstehen sie auch, dass Takt und Abstand gefragt sind, dass wir nicht weiterhin beanspruchen können, was uns nicht gehört.

Aber manche dieser Gedenkgaben sind knallig und aufdringlich und werfen sich in den Mittelpunkt des Ganzen mit ihren großbuchstabigen Botschaften und teuren Plüschtieren in Kindergröße. Sie trampeln in Smokings und Pailettenkleidern über die Trauer fremder Menschen und trinken die Tränen anderer aus einem Infusionsschlauch namens Nachrichten.

«Bist du noch da, Prof?»

Empathie, Mitgefühl, was immer ich hier meine (aber schließt eines das andere aus? Ist das ein Nullsummenspiel? Beim einen empfindet man *mit*, beim anderen *ähnlich*, nur ist es wirklich unmöglich, dass ein Gefühl an zwei Orten gleichzeitig ist?): Woher weiß man, dass man über den Punkt hinaus ist, bis zu dem man etwas für jemanden empfinden oder mit ihm mitfühlen darf, ihn ein Stück begleiten kann, bevor er in den Ort seiner Trauer abtaucht, den er alleine aufsuchen muss? Wo die Gemeinsamkeit aufhört?

Es müsste doch möglich sein, ein Protokoll für diese Flächen mit Spielzeug und flackernden Teelichtern am Schauplatz der jüngsten Empörung zu haben, der jüngsten Betrübnis, dem nächsten Celebrity-Tod, wenn die Trauer für alle umsonst ist, eine Riesenparty mit Schmerz-Piñata aus Pappmaché gefertigt. Man hätte einen Verhaltenskodex und einen Trauerbeauftragten. Der Trauerbeauftragte würde sagen: «Es gibt nichts Schöneres als eine einzelne Kerze im Fenster.»

Jetzt ist das eine Fläche aus batteriebetriebenen Teelichtern, wie man sie in Restaurants oder Pubs aufstellt.

Wenn Gary fährt und ich sein Geplapper oder sein Gejammer über den Verkehr ausblenden will, greife ich zu einer Theorie und untersuche sie. Hier ist eine davon:

Es ist eine Wellen-Theorie zu öffentlicher und privater Trauer: Ein Ereignis ist ein Stein, der ins Wasser geworfen wird, und die Menschen, die es betrifft, sind die Wellen drumherum. So weit, so klar. Je näher am Aufprall, desto stärker die Welle: zuerst gibt es die hohen, engen Kreise, aber wenn sie sich ausdehnen, hat man die abgeflachten, auseinanderliegenden Ringe am Rand der Bewegung, die keine mehr ist, sondern nur mehr ein Zucken, die zaghafte Andeutung einer Welle, kaum eine Erhebung im trüben Wasser. An diesem Punkt hat man die Nachbarn der Nachbarn des Opfers erreicht, den Zeitungshändler, die Grundschulfreundin.

Alle wollen beteiligt sein, um ihren Platz an der schwarzen Sonne dieser Geschichte haben.

Welcher Ring bin ich, wessen Welle?

Der Stein ist ins Wasser gefallen, aber ich bin mehrere Ringe entfernt. Ich schätze mal sechs, so der erste den Partner, die Eltern und Kinder umfasst, der nächste Geschwister, der danach beste Freunde und wieder danach enge Freunde, Cousins und Schwiegereltern, der fünfte normale Freunde und Arbeitskollegen, mit denen man auch privat Umgang hat, der sechste …

«Dieser Schwachkopf in der Glotze.»

Ich habe keine Ahnung, über wen Gary gerade redet, und die gewählte Bezeichnung macht es für mich auch nicht klarer. Aber er holt mich ins Hier und Jetzt zurück, dieses fremde Land, in dem ich geboren wurde, noch bevor ich den Gedanken zu Ende führen kann.

«Denkst du über was nach?», fragt er.

Der sechste Ring. Das ist meiner. Ich hab's nachgezählt.

Der Blumenstrauß an Zalies Tür: Zwei Tage später ist er immer noch da, nur mittlerweile einer von Hunderten in einer Terrakotta-Armee aus Kerzen und Spielsachen. Manche davon sind aufwändiger, etwa Tier-Gipsfiguren aus dem Baumarkt oder Windharfen. Es gibt sogar ein solarzellenbetriebenes Plastik-Wasserspiel, das aussieht wie verwitterter Fels. Wann kann das alles entsorgt werden? Wann ist ein ‹angemessener› Zeitraum angemessen?

Bisher war das der Zeitraum, den die Seele an den Ort ihrer ewigen Ruhe brauchte. Jetzt hängt es davon ab, wann die Müllmänner kommen oder ob die Stadt entscheidet, dass eine Brandschutzgefährdung vorliegt oder der Gehweg blockiert ist.

Aber dieser Strauß hat etwas, das ihn von den anderen unterscheidet: die frischen Blumen stehen neben ihren Vorgängern, die welk werden, die Köpfe hängen lassen und sich an den Blüten kräuseln. Der sichtlich tote Strauß im Verbund mit dem bislang noch unsichtbar toten, so etwas habe ich noch nie gesehen – normalerweise wird der alte abgeräumt und weggeworfen. Das ist die Form, die Sprache dieser

Dinge. Hier ist es anders. Es scheint, als würde etwas Wichtiges ausgedrückt, das ich nicht ganz verstehe.

«Wohin jetzt?», fragt Gary, als er sieht, dass ich von dem Ort in meinem Kopf, den er mein Zuhause nennt, zurückgekehrt bin.

Er ist in den Fahrersitz gequetscht und so massiv, dass der Wagen total klein aussieht. Garys Übergewicht hat etwas spezifisch Englisches. Die Haut spannt sich richtig über das Fleisch; es gibt keine Falten oder Fettpolster wie bei Amerikanern, dieses Wurstige, mit teigigen Stellen, die aus dem Kragen hängen oder aus Ärmeln quellen, sich über Hosenbünde wölben oder Gürtelschnallen überwuchern. Sein Bauch und die Arme sind fest, als hätte man sie nicht über die Fettleibigkeit informiert. Würde man mit dem Finger drüberfahren, würde sie quietschen wie ein Luftballon, der zu stark aufgeblasen wurde. Für seine Größe ist er recht fix, denkt schnell, bewegt sich schnell. Er besteht aus Masse und Instinkt. Und wenn sein Instinkt versagt, was nicht sehr oft geschieht, lässt ihn seine Masse nie im Stich.

«Kannst du mich bei Mrs. Snow absetzen?»

Gary mag meine Besuche bei Mrs. Snow nicht, hat aber längst aufgehört, sich darüber zu beschweren. «Eine Fantasie für zwei Irre», nennt er es. Das kann er sich besser merken als den richtigen Begriff *folie à deux*, sagt er. «Okay, zwei Irre und einen Geist.»

«Soll ich auf dich warten?», fragt er.

Ich sage nein, es ist spät, fast dunkel, er solle heimfahren.

«Ach ja, *heim*» sagt er und macht mit den Fingern Anführungszeichen um das Wort.

Um zu Mrs. Snow zu gelangen, müssen wir an der Außenmauer des Zoos vorbei, eine halbe Meile weißer Gips, der wie brüchiger Lack die Backsteine darunter hervortreten lässt, und obendrauf Stacheldraht, der sich eine Weile abkämpft und dann aufgibt. Die Stadt degentrifiziert immer mehr. Aus den Delis werden Eckläden, die Geschäfte mit Designerbeleuchtung oder Spezialtapeten gehen in Wettbüros und ‹Vergnügungs›-Hallen über. Müll überzieht die Verandas. Aber die Häuser sind gepflegt.

Der Zoo wurde vor achtzehn Jahren dichtgemacht. Als 1993 der letzte Eisbär starb, waren nur noch eine Riesenschildkröte, ein paar Seelöwen, ein melancholisches Nashorn und Papageien übrig, die immer wieder aus ihrer ramponierten Voliere ausbrachen und die Bewohner des Altersheims – der Three Ports Senior Lifestyle Community – gleich neben der Schule belästigten. Damals hatte man den Zoo bereits zum ‹Schutzgebiet› umdefiniert – um einerseits die Erwartungen zu dämpfen und andererseits das Pathos aufrechtzuerhalten. Sogar vom Personal kündigte einer nach dem anderen, und als er dann seine großen Eisentore letztmalig schloss, lag das Durchschnittsalter der Übriggebliebenen bei vierundfünfzig. Er machte in dem Jahr zu, in dem ich bei der Polizei anfing. Ich erinnere mich an die Zeitungsberichte, seinen ständig drohenden Abriss. Die Fotos von der Schildkröte und dem Nashorn, die in London eine neue Heimat finden sollten.

Im Stil einer Weltraumstadt gebaut, sind seine glatten Kanten und weißen Betonwände jetzt grau und brüchig. Die Mosaikfliesen, die seine Gänge geschmückt haben, wurden gestohlen oder sinnlos zerstört. Zum Ende hin haben die Tiere Sücke aus den Wänden gebrochen, die sie eingesperrt hielten. Kinder haben Steine in die Glasscheiben der Kuppel geworfen, die sich über dem Hauptplatz in der Mitte erhebt. Seine flachen Tecton-Bauten sind mit Schimmel und Feuchtigkeit überzogen. Die schmalen, gewundenen Rampen im Pinguingehege, die einst so grazil wie Obstschalenstücke aussahen, sind jetzt am Zerbröckeln. Skateboarder treffen sich hier und besprühen sie mit Bandennamen oder Slogans. Aber er hat auch etwas Glanzvolles, Verheißungsvolles. Er sieht aus wie eine Wohnsiedlung für Leute, die es noch gar nicht gibt.

In den 1980ern und 1990ern bot die luftige Architektur des Zoos keinen Schutz gegen die Füchse, die immer mehr in die Stadt vorrückten und heutzutage ohne Scheu in den Parks und Randgebieten herumlaufen. Sie töteten, was sie vorfanden, vor allem Pinguine, Papageientaucher und Flamingos. Auch die Möwen und Ratten, die Dachse und die Krähen drangen ein, angelockt von der kostenlosen Nahrung und dem Geruch, ungestört von den zerzausten Exoten, gegen die sie sich vormals durchsetzen mussten.

Raubtiere innen, Raubtiere außen: die von Lansdale geleitete Medway Regeneration Company behielt ihn die ganzen Achtziger über im Auge, bot Geld für das Grundstück, warb großspurig damit, zweihundert Wohnungen im Herzen der Stadt zu errichten. Aber die Eigentümer hielten an ihrem immer abgenutzteren Besitz fest. Vielleicht liebten sie die Tiere – so erklärten wir uns das als Kinder –, nur warteten sie vermutlich auf das beste Angebot. Sie warteten so lange, bis es nicht mehr kam.

Die Lansdales machten beim Börsencrash 1992 gewaltige Verluste. Ihr wertvollster Besitz war der Name, deshalb verkauften sie ihn zusammen mit ihrem Stammhaus und den schicken Filialen in Hastings und Tenderden, behielten aber genügend Anteile, um immer noch reich zu sein. Der Lansdale-Schriftzug zierte weiterhin die Geschäfte, Taschen und Mitarbeiterkleidung. Nach den Lansdales waren es die Multinationalen, die Anlagen-Aufkäufer, die Schadensabwickler, die Schulden-Finanzierer und die Konkursverwalter, die sich um den Zoo bemühten. Damals lernte das ganze Land, dass man paternalistisch gefickt werden konnte, von jemandem, den man kannte und manchmal auch zu Gesicht bekam und der nahe genug wohnte, um beleidigt und angespuckt zu werden oder den Briefkasten vollgepisst zu bekommen, und dass man auch ganz anonym gefickt werden konnte, aus der Ferne, algorithmisch, von einer Rechenmaschine und ein paar Grafiken am anderen Ende der Welt.

Aber was den leeren Zoo rettete, war seine hohe Einstufung. Niemand sah es kommen: Während die Investoren um den Zuschlag kämpften und die Buchhalter mit ihren Zahlen jonglierten, wurde der gesamte Komplex zu einem Ort mit einmaligem architektonischem Wert erklärt. «Ein ikonenhafter Bestandteil der historischen Bausubstanz im Südosten», sagte die Denkmalpflegebehörde. Damit ist er unantastbar, aber auch unbenutzbar und liegt da wie die Reste einer untergegangenen Kultur; oder manchmal, im richtigen Licht, wie das Fundament einer Kultur, die noch entstehen wird.

«Voll das Hipster-Paradies», sagt Gary, und er hat recht. Für die Urbanisten, die Lost-Places-Sucher, ist er eine Riesenattraktion. Es vergeht kaum ein Monat, in dem er nicht für Fotosessions oder Dreharbeiten genutzt wird. Meist Science-Fiction- oder *Noir*-Filme. Einmal wurde hier eine Folge von *Doctor Who* gedreht, in der die Hauptfiguren im Jahr 2050 auf einem Planeten landen, und zwar aus der Sicht des Jahres 1936. Sogar die Zukunft veraltet, und unsere Sicht auf die Zukunft lässt *uns* veralten. Nichts lässt einen älter werden, verankert einen mehr im Hier und Jetzt, als das Bild einer Zukunft. Der Zoo erinnert uns daran; er ist das Bild, das die Vergangenheit von der Zukunft hatte.

Heute ist das Tor geöffnet. Den ganzen Monat ist hier ein Weihnachtsmarkt mit Kunsthandwerkständen und Streetfood-Buden. Gary fährt langsamer. «Warst du mal drin, als es noch Tiere gab und nicht nur Duftkerzen?»

«Ja, ein paar Mal. Also eigentlich ziemlich oft.»

«Und wie war das so?»

Vera

Mrs. Snow wartet wie gewohnt, wenngleich nicht auf mich.

Ihr Tee ist stark, und sie gibt nie genug Milch hinein.

Ihr Kessel kocht und ruft von seinem Aufsatz – ein durchdringendes, ungleichmäßiges Jodeln. Sie lässt es das Haus erfüllen, bevor sie danach sieht, wartet, bis der Klang jedes Zimmer besucht und sich in jede Ecke mit abgestandener Luft gebohrt hat.

Sie reicht mir die Tasse, setzt sich und schweigt. Wir bauen die Stille auf, um in sie hinein zu sprechen. Zum Teil komme ich deswegen her, also um die Stille an ihrem Ursprung zu packen, um die Uhr langsamer ticken zu hören. Sie scheint der Welt Zeit hinzuzuaddieren, anstatt sie herunterzuzählen. Wenn ich Marieke dabeihabe, nimmt sie das immer zuerst auf, so wie ein Toningenieur den Raumklang auspegelt. «So etwas wie Stille gibt es nicht», sagt sie. «Hör doch: …»

Aber ich höre nichts.

«Schön, dass Sie wieder da sind», sagt Vera Snow. «Wie lange ist es her … drei Wochen?»

«Drei Wochen», bestätige ich. Mrs. Snow wiederholt gern die Fakten: das Wetter, die Politik, Lage-der-Nation-Details wie Kürzungen bei den Buslinien, Schlagzeilen der Boulevardblätter, Streit in der Nachbarschaft.

«Heute ohne Marieke?», fragt sie.

«Freizeitklub», antworte ich. «Sie hasst ihn, und

sie darf dort auch nichts aufnehmen und muss spielen. Oder so tun. Aber was kann man machen? Letztes Mal hat sie gesagt, es hätte ihr ganz gut gefallen, scheint also ein Schritt in die richtige Richtung.»

Mrs. Snow hat kein Internet, auch die heutige Lokalzeitung kam noch nicht, deshalb überrascht es mich, als sie fragt:

«Glauben Sie, er war es?

«Langsam hoffe ich es, ja.»

«Und Gary?», fragt sie. Sie hat ihn kennengelernt. «Nicht die Art von Gary, die eine Abkürzung für Gareth ist», urteilte sie. «Was denkt der?»

«Wohl das Gleiche.»

Sie schweigt, schenkt eine dritte Tasse voll und stellt sie neben den Sessel, den mit dem fransigen Spitzendeckchen an der Lehne. So wie es sie früher in den Zügen gab, mit dem Logo des Bahnbetreibers und voller Pomadeflecken, Schuppen und Haarfett.

«Wir sind uns da nicht so sicher, oder?», sagt sie, nickt dabei in Richtung Sessel und schüttelt dann den Kopf. «Keineswegs sicher.»

Wer ‹wir› ist, frage ich nicht, weil Mrs. Snows Mann tot ist, und das schon seit fast einem Jahr. Von außen betrachtet, was ich nicht mehr kann, verschließt sie die Augen vor der Wahrheit. Von innen, wo ich mich neuerdings befinde, führt sie einen Kampf gegen den Tod, den sie nicht unbedingt verliert.

Ich bin jetzt fester Bestandteil von Veras Farce. Mittlerweile spüre auch ich Victors Anwesenheit. Heute ist sein Sessel etwas, na ja, wärmer als sonst. Etwas *besetzter. Eingedrückter. Genutzter.* Das Lesezeichen in dem Roman, den er gelesen hat, ist seit meinem letzten Besuch um zehn, zwölf Seiten weitergewandert. Er war immer ein langsamer Leser, deshalb ist das nicht schlecht, gerade auch für jemanden, der tot ist. Heute stelle ich mir sogar vor, ich könnte ihn riechen - also lebendig: ich könnte ihn lebendig riechen, obwohl ich ihn gar nicht gekannt habe, als er noch lebte.

Ihr Nachbar behauptet, er hätte sie reden gehört, und zwar nicht nur Vera, sondern auch Victor: seine Stimme, seine freundliche, liebevolle Stimme, die allmählich leiser wird.

«War wohl nur ein Traum», sagt der Nachbar unsicher, «oder das Radio.»

«Gut möglich, ja.»

«Ist aber ein paar Mal passiert», sagt er zu mir, um Zustimmung oder Ablehnung bittend, nur kann ich ihm keins von beidem geben.

Ein Mensch kann verrückt sein. Zwei können sich eine Verrücktheit teilen. Aber drei? Eine *folie à trois* gibt es nicht, oder? Einer ist die Ausnahme, zwei sind ein Zufall und drei schon ein Muster. Drei steht für alles, was ab da kommt.

Victors Wellensittich, Joey, leidet sehr unter dem Verlust: er hat sich gemausert, zu tschilpen aufgehört und bis auf den Kopf alle Federn verloren. Gary sagt, er sieht aus wie ein Hoden mit Aztekenkopfschmuck. Er bewegt sich träge, schleicht am Käfigboden umher und zieht sich mit dem Schnabel mühsam die Gitterstäbe hinauf. Sie haben den Käfig immer offen gelassen, damit er herumfliegen kann, aber seit Victor weg ist, wollte er gar nicht mehr heraus.

Von der ersten Sekunde an wusste Vera Snow, dass

der Tod ihres Gatten ihrem gemeinsamen Leben kein bisschen im Weg steht. Es gab natürlich Trauer, und gar nicht wenig, denn sie hat ihn geliebt; die zwei waren achtundvierzig Jahre verheiratet und konnten immer noch über die Witze des anderen lachen. Speziell die alten, und ganz speziell die schlechten. «Weil es wichtig ist», war seine Meinung. «Weil es wichtig ist», hatte sie ihm zugestimmt, «weil ein schlechter Witz Nähe erzeugt, weil jeder etwas dazu beitragen muss.»

Sein Tod hatte also nichts Gutes, und da er auch nicht krank war, gab es nicht einmal die stoische Erleichterung darüber, dass sein Leid ein Ende hatte. Nein, dachte sie: man kann es drehen und wenden, wie man will – es ist einfach schlecht.

Wie sie ihren Freundinnen erzählte: «In der einen Minute war er noch da, und in der nächsten … na ja, da war er immer noch da, nur tot.»

Sie erinnerte sich gut an den Krankenwagen. Natürlich ohne Sirene. Sie erinnerte sich an ihre schwache Begrüßung, als die Notärzte hereinkamen, an ihre Entschuldigung für die entstandene Mühe, an ihre verlegene Erklärung: «Ich glaube, er ist tot, das habe ich überprüft, aber ich dachte, ich hole noch eine zweite Meinung ein.» *Zweite Meinung?* Was ist das hier? Ein Gutachten für den Dachbodenausbau?, schimpfte sie mit sich selbst. Du erbärmliches Frauenzimmer! Ein Angebot für ein neues Bad? Sie verhielt sich, ja, als würde sie etwas Fehlerhaftes ins Geschäft zurückbringen oder hätte den Klempner angerufen. Tropfender Wasserhahn; Abfluss verstopft.

Nein: sie brauchte keine ‹zweite Meinung›. Abgesehen davon *ist* der Tod bereits die zweite Meinung.

Vor allem, dachte sie, ist der Tod *beschämend*. Zum einen aufgrund seiner Tatsache: er ist absolut und besitzt eine Sauberkeit, die für bestimmte Gemüter anziehend ist. Ihres zum Beispiel – sie war schon immer auf Ordnung bedacht, mochte Fakten und bemerkte, dass sie so klar und sauber waren, weil das Leben, dessen Fakten sie darstellten, das leider überhaupt nicht war. In puncto Ordentlichkeit konnte sie dem Tod sicher nichts vorwerfen. Nur ist eben alles andere unordentlich: die Leiche, die Dokumente, Aufbewahrung der Leiche, Begräbnisplanung, Ausmisten der Sachen, Kontoauflösung. Die vereinzelten Socken, das halb gelesene Buch, die halbleere Nachttischpackung Warfarin. Das halbfertige Kreuzworträtsel. Unordentlich und beschämend.

In dem Moment, in dem die Notärzte konferierten und dachten, sie würde nicht zuhören, verwandelte er sich von einem *Er* in *die Leiche*. Als ob bei all dieser Ordentlichkeit der *Er* klammheimlich verschwunden wäre, also der Teil von ihm, der ‹mich› und ‹ich› und ‹wir› sagte. Der Teil von *ihr*, der ‹du› zu ihm sagte, verschwand ebenfalls. Der Tod nahm ihm sämtliche Personalpronomen.

An all das erinnerte sie sich, und sie beschloss, da nicht mitzumachen. «An dieser ...», sie brach ab und überlegte; oft fiel es ihr schwer, die richtigen Worte zu finden, «dieser ... *Farce*.» Das ist es. *Farce*. «Das kommt für mich nicht in Frage.»

Zuallererst brauchte sie Verbündete, und die waren an den verblüffendsten Orten zu finden. Etwa dort, dachte sie, wo sich alles gegen sie zu verschwören schien.

Zum Beispiel im Alltag: Werden die 12-Uhr-Nachrichten gestrichen, nur weil dein Mann gestorben ist? Stellt der 31er-Bus plötzlich den Betrieb ein, sperrt der Hausmeister (gibt es noch *Hausmeister*?, fragt sie sich, während sie den Satz im Kopf formuliert) das Schultor zu oder schließen die Geschäfte für eine Stunde, einen Tag, eine Woche?

Auch wenn sie sich zugegebenermaßen fragte, ob es in den Nachrichten kommen würde, im Lokalteil, in den Lokalmeldungen: «Victor Snow, 84 Jahre alt, ist heute Morgen unerwartet in seinem Haus verstorben.» *Jetzt zu den Lokalmeldungen*, würde die Anmoderation lauten, und vielleicht würde es auch weiter hinten kommen, nach dem gefährlichen Spielplatz in Strood, aber doch vor der Pensionierung der neunzigjährigen Schülerlotsin in Hythe.

Nur war es leider so, dass sich nichts um Victor scherte. Kein *Ding*, und nur ganz wenige Menschen. Das Erste war deshalb, die vollkommene Gleichgültigkeit der Welt zu kooptieren (das ist das Wort, das sie benutzte, nicht gleich allerdings, denn es fiel ihr erst später ein, als sie Nachbarn, Polizisten und Sozialarbeitern Dinge erklären musste) und zuzusehen, dass das für sie funktionierte – oder für sie beide.

In Veras Wohnung tickt also immer noch die Uhr, dröhnen immer noch seine liebsten Radiosendungen, läuft immer noch – wie heute – die Krimiserie, die er aufnimmt, weil sie nach der Schlafenszeit kommt, und dann tags darauf nach dem Tee anschaut. Er benutzt immer noch VHS-Kassetten, und ihr Fernseher ist ein Modell aus den 1980ern, wie man es heutzutage nur noch auf dem Sperrmüll sieht. «Ein paar von denen, und du kannst einen Damm bilden», hat Victor gern gescherzt. Mit dem von Mr. Wolphram sind das gleich zwei Videorekorder, die ich in jüngster Zeit gesehen habe; mehr als in den fünfundzwanzig Jahren davor. Der kleine, computerisierte Haken des Videorekorders baumelte in der kommenden Woche, eine Angelschnur, die Victor in zukünftige Tage geschleudert hatte; Tage, die er nie erleben sollte und wo es ihn nicht mehr geben würde, außer in Form dieser kleinen, digitalen Häkchen, an Angelschnüren flussabwärts in ein Leben ohne ihn geworfen: Dienstag, 22 Uhr; Mittwoch, 21 Uhr; der Spätfilm. Lass sie einfach so, dachte Vera, lass sie die Zukunft einholen.

Lass den Milchmann weiterhin ihre zwei Pints bringen, die sechs Eier. Lass die Hunde bellen, die Telefone klingeln, die Güterzüge an ihren geplanten Nicht-Ort rattern.

Lass all das geschehen, lass alles so weiterlaufen wie immer. *Wie immer*, sagt sie ständig zu sich selbst: *wie immer.*

Ich habe Vera vor elf Monaten kennengelernt. Vor elf Monaten und acht Tagen, um genau zu sein. Vielleicht sind die acht Tage wichtig, vielleicht auch nicht. Aber etwas ist passiert, seit ich zuletzt da war. Sie ist weniger die geschockte Witwe als vielmehr die besorgte Gattin.

Ich betrachte sie, mit ihrer Teetasse und der geöffneten Kekspackung, den langweiligen, die Victor mochte, weil sie gut genug zum Essen waren, aber nicht so gut, dass man alles davon aß, dieser Packung mit der Wäscheklammer, die sie hinterher zum Verschließen nimmt, damit die Kekse auch frisch bleiben, und ich sehe eine Frau, die einfach nur darauf wartet, dass ihr Mann heimkommt.

Okay, sie wartet darauf, dass ihr Mann von den Toten aufersteht, aber das tut sie mit einer solchen Normalität, einer solchen Alltäglichkeit, dass ich fast selbst denke, gleich kommt er herein und sagt, er sei aufgehalten worden. Er ist immer um den Zoo spaziert und hat manchmal geschaut, ob er offen ist. Das ist es – er hat einfach nur die Zeit vergessen.

Vera hat nie wie jemand gewirkt, der gegen die schwarze Flut des Todes anschwimmt. Sie war eine ältere Dame, die ein bisschen wie die Queen aussah: gepudert und hängebackig, mit freundlichen Augen und pflichtbewusst. Die Art von Lady, die Rosen köpft, im Radio die Gartenfragestunde anhört und den Fernseher laufen lässt, obwohl sie gar nicht hinsieht – ‹als Gesellschaft›. Sie hat ein Gesicht, wie man es auf der Banknote einer Universal-Währung finden würde.

Irgendwie hat mich Veras Situation gerührt – dieser Widerstand und gleichzeitig seine Vergeblichkeit –, deshalb besuchen wir sie seither regelmäßig, Marieke und ich. Die Wohnung war kalt und leer. Jetzt fühlt sie sich voller an, ausgefüllter und wärmer. Jedesmal, wenn wir kommen, wirkt die Luft hier drin frischer, bewohnter.

Lynne Forester

Mr. Wolphrams Verfassung hat sich seit gestern verschlechtert.

«Wohl ein Anflug von DNS», sagt Gary. DNS ist Garys Abkürzung für Dunkle Nacht der Seele. Das ist, was wir wollten, aber ich bin trotzdem überrascht. Er hat weder die Zeitungen gesehen, noch Zugang zu einem Computer oder Telefon gehabt, nur spürt er offenbar, was um ihn herum vorgeht, und ist verändert. Er quetscht ein «Guten Morgen» heraus, setzt sich, steht wieder auf; beginnt einen Satz – «Können Sie mir vielleicht sagen, wie lange …? … wie viel …? … wann Sie …? wann ich hier …?»

Schlussendlich reduziert sich alles auf eine einzige Frage, die jeder von uns irgendwann stellt: *Warum ich?*

Er verzieht das Gesicht vor dem, was bekanntermaßen – aus den Filmen und Fernsehserien, die er ja wohl anschaut? – ein Einwegspiegel ist. Wir auf der anderen Seite sehen sowohl ihn, als auch den Mann, der in seinem Inneren den Verstand verliert.

Er hat jetzt ein Zucken um den Mund; schüttelt alle paar Sekunden den Kopf. Er protestiert, leugnet, wehrt sich bereits gegen imaginierte Vorwürfe. Wobei die echten Vorwürfe auch langsam kommen.

In seiner schlaflosen Nacht hat er an den Fingernägeln gekaut und sich die Nagelhaut abgebissen. Sein Essen ist unberührt, aber was ihm an Wasser und Tee hingestellt wurde, hat er getrunken. Die

Fettberg-Bohrarbeiten haben ihn wachgehalten, sagt er. Wenn er sich nicht darüber beschwert, wie wir ihn behandeln, dann nur, weil er es nicht wagt: er weiß, dass Gary jetzt zu ‹Runde zwei – die Runde ohne Schiedsrichter› übergeht. Ich weiß, dass Gary ihn niemals körperlich verletzen würde, aber das weiß Mr. Wolphram nicht, und genauso will Gary das haben. Er hat Mr. Wolphram auch die *Evening Post* hingelegt und wartet jetzt hinter der Glasscheibe auf eine Reaktion.

Wolphram steht ruhig da, wirft nur spatzenartig den Kopf zur Seite und kaut an den Fingernägeln. Seine Lippen bewegen sich. Er übt seine Antworten, spielt die Fragen durch. Er teilt sich, splittert von sich selbst ab: Er stellt eine Frage, versucht zu antworten, fragt erneut. Er sieht aus wie ein Irrer. Sie haben ihm Hut, Krawatte und Lesebrille abgenommen, und seine Augen sind weit aufgerissen und geradeaus gerichtet. Aber es gibt nichts zu sehen außer verschwitzten Wänden und einem Spiegel, abgestandenem Tee und abgenutztem Resopal, deshalb suchen sie herum, ohne sich an etwas festhalten zu können.

Nur ein Zeitungsbild von ihm mit diesen Horrorfilm-Augen und diesen bleichen, langfingrigen Händen in ihren schwarzen Ärmeln, und das ganze Land kommt anmarschiert zum Lynchmord. Ich sehe bereits, wie sie die Fackeln schwingen und uns so lange belagern, bis wir aufgeben. Das ist wie ein Western oder wie das wirkliche Leben, auf einen Western reduziert – eine Menschenmenge, etwas Hass und ein Seil.

Er hat keinen Anwalt verlangt, denn er hofft immer noch, dass er freikommt. Freikommt wohin? In was? Es gibt kein Zurück. Das ist, wie wenn man ein Tier einfängt, seinen Lebensraum niederbrennt und es dann wieder in das entlässt, was von seinem zerstörten Nichts übrig ist. Ob unschuldig oder schuldig, für ihn gibt es ab jetzt nur ein versengtes Nachspiel. Das erkennt man allein an den Graffitis im Umkreis seiner Wohnung, an den Todesdrohungen, die in den Kommentaren unter den Online-Artikeln stehen.

Lynne Forester ist schlau gewesen. Sie hat sich das Thema vor den Überregionalen geschnappt, mit den richtigen Ansätzen und Kontakten. Sie bittet seine Nachbarn, über seine ‹Sonderbarkeit› zu reden und darüber, dass sie «immer dachten, mit dem stimmt was nicht», dass er «einen komisch angesehen hat».

So wie der dich ansah – das war, als wollte er dir durch die Kleider schauen ...

Er hat einen nie richtig angesehen beim Reden ... ist deinem Blick ausgewichen ...

Lange Finger ... daran erinnere ich mich ... verdächtig schmutzige Fingernägel ...

Er war klug und ordentlich, die Fingernägel immer verdächtig sauber und manikürt ...

Immer am Fenster und am Rausschauen ...

«Wir nannten ihn den Wolf» – In der morgigen Ausgabe: Ex-Schüler melden sich zu Wort ...

Lynne wird diverse Versionen ihrer Story an die Schmierblätter verkaufen – häppchenweise natürlich, um sie zu strecken, so wie ein Zoowärter die Tiger und Bären füttert: mit Stücken, aus kiloweise Fleisch herausgeschnitten und einzeln zugeworfen, um von den Tiermäulern aufgeschnappt zu werden.

Mit Lynne mussten wir einen ‹Soft-Launch› vereinbaren, was bedeutet: Wir versprechen einem ausgewählten Journalisten, stets die neuesten Informationen zu erhalten, und dafür bleibt das, was er schreibt, so nah wie möglich an unserer Version. Sie haben sich für Mad Lynne entschieden, weil sie eine Einheimische, skrupellos und auch vor Ort ist. Wobei sie alles auch so herausgefunden hätte. Also versuchen wir, sie auf unserer Seite zu halten, selbst wenn es letztendlich nur eine für sie gibt.

Wir wurden angewiesen, mit ihr zusammenzuarbeiten, und Deskfish hat ein Treffen angesetzt. Tatsächlich ist auch er es, der sie hereinführt: erst in sein Büro, wo sie reden und er nickt und bemüht über ihre Witze lacht, und dann zu uns, wo sie sich an den Konferenztisch setzt.

Ich habe Lynne noch nie persönlich kennengelernt. Gary schon, und er hasst sie auf diese misstrauisch bewundernde Art, wie wir sie für Leute übrig haben, die schlechte Dinge sehr gut machen.

Erst mal bin ich überrascht – sie ist nicht die prollige Klischeelieferantin, die sie auf dem Papier zu sein scheint. Sie spricht wie jemand, der weiß, was er tut, den man nie auf dem falschen Fuß erwischen, verletzen oder beleidigen wird, denn was immer man auch zu ihm oder über ihn sagt, hat er bereits selbst zu sich oder über sich geäußert. Sie ist auch nicht die aalglatte Medienfrau im Powerdress-Anzug. Sie hat eine schwarze, stachelige Goth-Frisur; sie trägt helles Make-up und fetten Kajal, was ihren Augen Tiefe verleiht, und ihr Lippenstift hat ein intensives Rot, wie man es in den Salons von Herrenhäusern findet.

Sie sieht aus wie eine Punksängerin aus den Achtzigern, wild und gleichzeitig sensibel. Ihre Kleidung ist schwarz, abgesehen von dem kobaltblauen Mohairpullover, der, als sie den Mantel ablegt, ihren Körper wie eine blaue Gasflamme schimmern lässt.

Sie muss ein paar Jahre älter sein als ich. Wie Gary stammt sie aus der Gegend und spricht den gleichen Dialekt, wenngleich etwas eleganter als er. Während ich all das wahrgenommen und sortiert habe, ist Lynne eingetreten, wurde an den Konferenztisch geführt und hat sich vor uns hingesetzt. Gary hat sie mit ein paar Belanglosigkeiten begrüßt, die sie nicht einmal zur Kenntnis genommen hat, sie sind für sie längst so hohl wie ein *Wie geht es Ihnen?*

«Ich weiß, was Sie von mir halten», sagt sie. Aber sie sieht zu Gary, weil ich ja keineswegs weiß, was ich von Mad Lynne Forester halte. Eines weiß ich aber schon jetzt: *Mad* ist die sicher nicht.

«Wie machen Sie das bloß, Lynne?», fragt Gary angeekelt. Er zeigt auf den Stapel mit Schlagzeilen, manche davon ihre, andere nach ihrem Vorbild verfasst. Er nimmt sich die *Evening Post* und hält sie von sich weg, als sei das eine verschissene Windel oder ein Stück des Fettbergs. «Das wirkt alles so leicht ...»

«Geben Sie mir einen Tee oder Kaffee – egal was, ich kann eh keinen Unterschied mehr schmecken –, und ich erzähle ihnen ein paar von meinen Betriebsgeheimnissen.»

Gary kommt mit einem Tee und noch mehr Ekel als vorher. Aber er ist interessiert.

«Also, das funktioniert so: Du willst Informationen? Einfach fragen. Meist bekommt man sie. Die Leute wollen Teil der Story sein. Du gibst ihnen die Chance dazu. Dem, der was gesehen hat. Dem entfernten Cousin. Dem Nachbarn fünf Häuser weiter. Dem Jugendfreund, der nie auf die Idee gekommen wäre ... Aber für den richtigen Geldbetrag ... na ja, da kann man schon mal anfangen, rückwirkend auf Ideen zu kommen, oder? Sie sind immer bereit zum Reden. Oh – *einen Moment* ... du willst *mehr* als nur Informationen? Vermutungen? Etwas, das sie nicht wissen und denken, du aber gern von ihnen hören würdest, damit du es drucken kannst? Okay, das ist ein bisschen anders. Aber nicht *so* viel anders. Sitzt jeder bequem?», fragt sie wie der Erzähler in einer Gutenachtsendung für Kinder. «Dann mal los:

Zuerst bringst du sie in eines dieser Cafés mit luftküssenden MILFs und cappuccinoschlürfenden Yummy-Mamis, Sie kennen die Sorte, *muah muah*, Babyccino für die Kleinen und ein paar *Biscotti*. Erinnern Sie sich an die National Milk Bars? Die waren toll. Sind alle zu. Jetzt haben wir National MILF Bars, Smoothies und Powershakes mit Softplay-Bereichen und Bodenpuzzles. Die Väter denken, sie sind in einem Roman von Tony Parsons, und die Mütter denken, sie sind die Art von Frau, von denen Väter in Tony-Parsons-Romanen träumen.

Eine Weinbar geht aber auch, genau wie ein Gastropub oder Craftbeer-Laden. Alles, was mehr so obere Mittelschicht ist. Wo es hausgemachtes Brot, Biere und Bärte gibt. Es geht darum, dass sie sich edel vorkommen, denn gleich werden sie schäbig und kratzen am Boden von allem, was irgendwie halbwegs anständig ist. Man umgibt sie also mit schönen Dingen – *erstrebenswerten* Dingen. Sie sollen sich fühlen, als seien sie die Edlen und *du* derjenige, der *ihnen* das Geld aufdrängt. Teures Mittagessen. Hotels mit Schokolade auf dem Kopfkissen. Du musst dafür sorgen, dass sie sich wichtig vorkommen, dass sie in ihrem Film die Hauptrolle spielen. Wenn sie ein bisschen *zerrissen* sind oder sich ein bisschen *quälen*, dann lass sie: nimm ihnen das nicht, indem du die Kohle auf den Tisch legst, denn solange sie sich ein bisschen schlecht fühlen wegen dem, was sie da tun, können sie sich einreden, im Grunde gute Menschen zu sein. Also immer mit der Ruhe. Das ist wie beim Angeln. Nicht reißen. Du folgst ihrer Bewegung und machst sie zu deiner eigenen.»

«War aber auch Zeit», sagt Gary. «Es gibt immer eine Angel-Metapher …»

Lynne ignoriert ihn: «Am schlimmsten sind die aus der Mittelschicht. Prolls sind bei Weitem nicht so gierig wie man denkt.»

«Nicht so herablassend, Lynne. Ich verachte auch weiterhin, was sie tun, aber je nachdem, was Sie sagen, finde ich es vielleicht – *vielleicht* – interessant.»

«Da bin ich beruhigt … Also, ich bringe den Jemand hin. Das Lokal suche ich natürlich vorher aus, weil ich weiß, dass die Person auf retro steht, also zumindest denkt, es ist retro und nicht einfach alt. Klingt doch besser, oder, nettere Bezeichnung? Ist nämlich alles in den Wörtern. Hören Sie mal: *Es gibt an der Ecke ein altes Café, da können wir hin.* Oder: *Da gibt's diese schicke Retro-Kaffeebar, lass mal da vorbeischauen.* Cappuccino oder Milchkaffee?

Erst gibt man ihnen das Gefühl, es nicht wegen des Geldes zu tun. Das brauchen sie, es entspannt sie. Wir machen uns eh alle was vor, aber manchmal brauchen wir noch etwas Unterstützung. Sie kennen vielleicht den Spruch: *Betrügen wir uns gemeinsam*. Stammt übrigens von Jacques Lacan ... Oder jemand ist reich und hat keine Probleme. Dann bietest du trotzdem was, weil, na ja, Sie wissen schon: Wer Geld hat, will immer mehr.»

«Echt tiefsinnig ...», sagt Gary mürrisch. Nur ist das genau das, was *er* so von sich gibt. Er erkennt sein eigenes Gary-Idiom und ist überhaupt nicht erfreut, es von jemand anderem zu hören.

«Du gibst der Person fünf Minuten – dann holst du das Scheckheft raus und knallst es auf den Tresen.» Sie schlägt mit der Hand auf den Tisch. «Die Person springt auf, als hätte man auf sie geschossen. *Exklusiv*, sagt man und nennt eine Summe. Niemand hat heute noch ein Scheckheft, nur ich, weil es ein tolles Requisit ist: Sie sehen es auf den Tisch knallen und können mitverfolgen, wie du handschriftlich den Scheck ausstellst. Banküberweisungen fühlen sich nicht echt an, und Bargeld hat etwas Schmutziges. Aber ein Scheckheft? Leicht archaisch und oldschool, klar, nur einfach genau das Richtige.»

Sie verstummt. Sieht uns an. Wir sagen, was sie von uns hören will: «Und dann?»

«Dann lehnt man sich zurück und sieht zu, wie sie kurz rechnen, vor ihrem geistigen Auge die Nullen im Kontoauszug aufploppen sehen – schon lustig mit den Nullen: je mehr Nichts, desto mehr Kohle – und dann loslegen. Für manche ist es ein Urlaub, für andere ein Wintergarten, ein Umbau, ein Zuschuss zu den Studiengebühren oder ein Schubser in Richtung Frührente ... Alles schon gesehen, die Tonleiter rauf und runter: vom lebensverändernden Geldbetrag bis zur Wochenendspritze. Aber eines haben sie alle gemeinsam.»

«Und was?», fragt Gary einen Tick zu schnell. Er ist fasziniert. Sie hat ihn an der Angel.

«Es wird ihnen nicht gefallen ...», antwortet sie verführerisch und legt den Kopf zur Seite, «aber ich finde diese Menschen nicht, weil sie böse sind oder schwach, dumm oder einfach nur gierig – reich, arm oder irgendwo dazwischen ... ich finde sie, weil es sie *gibt*. Egal, wo man hinsieht.»

Gary ist ganz still. Und wütend. Und deprimiert. Lynne spricht eine Sprache, von der er dachte, *er* hätte sie erfunden.

Sie fährt fort: «Aber aufgepasst: es gibt *eine* mentale Transaktion, die sie machen, und zwar folgende: Sie werden wütend auf die Person, die sie hier ausnutzen, über die sie Lügen erzählen und die sie fertigmachen – weil diese Person sie in die jetzige Situation gebracht hat und sie dazu zwingt, sie auszunutzen, fertigzumachen und auch noch zu lügen. *Widerwärtig*, denken sie. Die Wut blitzt in ihren Augen: *Wie kann dieser Arsch/diese Ärschin es wagen, mich – mich! – in die Lage bringen, sie/ihn verraten zu müssen?* Dann fangen sie an. Lassen alles raus.

Das läuft immer gleich ab. Ich warte, bis sie ihre Einwände aufgezählt und im Kopf abgehakt haben wie ein Jugendlicher mit Zwangsstörung, der vor dem Schlafengehen alle Schalter überprüft. Dann ...», sie macht mit den Fingern eine Pistole, eine Startpistole, «*Peng!* legen sie los. Ab da sind sie nicht mehr zu bremsen. Das ist, als sei das Geld eine Entschädigung für sie, eine Entschädigung dafür, dass sie lügen müssen ... ein Scheckbuchverband für ihren verletzten Stolz.»

«Das Leben der Menschen ist Ihnen scheißegal.»

«Sie beginnen mit der Wahrheit, und ich spiele mit und tue so, als würde ich genau die wollen, während sie so tun, als wollten sie mir auch nur die erzählen ... Dann kommen wir zu der Art von Spekulation, die auf der Wahrheit basiert, und schon geht es in die richtige Richtung (*Ich habe nie wirklich gehört, dass er/sie das gesagt hat, aber ...*), und als nächstes folgt die Lüge. Weil wenn man Geld bekommt, sind Wahrheit und Lüge nicht länger ein Gegensatzpaar, sondern nur Punkte in einem Kontinuum ... so nah oder auseinanderliegend, wie man das möchte.»

«Was für eine beschissene Scheißphilosophie.»

«Das ist keine Philosophie, Gary», erwidert Lynne seminarraumtriumphierend, «weil Philosophie nur aus Theorien besteht, die man nicht beweisen kann. Das hier liegt aber so klar auf der Hand, dass man gar keine Theorie mehr braucht. Was für einen Sinn hätte es da, noch irgendwas zu beweisen?»

Sie steht auf und will gehen. Aber erst greift sie in ihre Tasche und holt eine Abendausgabe der *Evening Post* heraus.

Sie hat ein Bild von Mr. Wolphram veröffentlicht, wie er völlig verwirrt dasteht und – schlecht – die Frage beantwortet, die ihn in die jetzige Lage gebracht hat. Er stand vor seinem Haus und sagte, er hätte sie mit einer Freundin weggehen sehen. Aber er lügt oder ist durcheinander. Hier hat für ihn alles angefangen.

Lynne hat das Video auf die *Post*-Website gestellt. Es ist bereits auf YouTube. Dreitausend Klicks seit gestern Abend. Ihr Artikel enthält auch vier Standfotos aus dem Clip, ausgewählt nach Dramatik und Bedrohung. Wolphram mit seiner Büchertasche, der den Kameras ein sprachlich perfektes, zeitlich aber inkohärentes Statement zum Verschwinden seiner Nachbarin liefert. Erfahrener Lügner oder nur ein erfahrener Redner, der sich irrt?

Bei jedem Kamerablitz sieht es aus, als würde sein Gesicht so ansatzweise explodieren wie ein Horrorfilmhaus im obligatorischen Gewitter.

Ein Detail aus dem Hauptfoto ist extra abgebildet, also darunter, analog zu diesen Kunstkatalogen, in denen bestimmte Stellen eines Gemäldes ausgeschnitten und vergößert dargestellt werden: schmale, weiße Hände und lange Fingernägel (die eines Gitarristen, aber wen kümmert das? Ab jetzt sind es die Finger eines Perversen), noch unheimlicher durch die kurzen Jackettärmel und die Art, wie er sich abwehrend an den Hutrand fasst. Die dünnen Handgelenke. Dicke, schwarze Haare auf dem Handrücken. Er hat das feucht-graue Fleisch von Fischen im Gefrierfach. Die Augen eines Aals. Die Straße, die Häuser, also alles, was ihm Kontext und Normalität geben würde, sind gephotoshopt und durch die schwarze Silhouette eines Schulgebäudes ersetzt, was ihn wie ein Monster in einem billigen Horrorstreifen aussehen lässt.

Frankenstein lässt grüßen, sagt Gary.

Er sagt, er hätte gesehen, wie Zalie mit zwei Freundinnen vorgestern Abend das Haus verlassen hat, was einfach nicht stimmen kann, weil sie seit vier Tagen verschwunden und nur geringfügig weniger lang tot ist. Er bringt die zeitlichen Abfolgen nicht zusammen, das Vorher und das Nachher; die zwei abgebrochenen Zeitstücke passen nicht zueinander.

Trotzdem glaube ich nicht, dass er lügt. Lügen heißt, etwas Großes durch ein kleines Loch in der Sprache zu quetschen, und das tut er nicht. Es ist eher so, dass er in der Dynamik seines Falsch-Erinnerns zappelt. Wenn er auf das zurückkommt, was er uns erzählt hat, werden wir ihn fragen, warum er falsche Angaben gemacht hat; wenn er weiterhin Unwahrheiten erzählt, werden sie sich abspulen und ihn einwickeln, und wir haben ihn. Er kann nur versuchen, Ruhe zu bewahren, nur schafft man das nicht auf einer Polizeiwache. Nicht, wenn Gary über einem steht, die Medien ihre Unterstellungen immer lauter drehen und Deskfish/Rolli-Kommissar/Unbemannt von oben die Ansage bekommt, bis Neujahr brauche man Ergebnisse. Idealerweise noch vor Weihnachten. Der Mann, der mir eine Knarre an den Kopf hält, hat selbst eine am Kopf, und so geht das weiter in einer endlosen Abfolge von Revolverläufen an Schläfen. Das Land – *die Nation*, wie die BBC jetzt bei jeder Gelegenheit sagt – braucht eine Aufklärung, bevor die Geschenke unter die Weihnachtsbäume geknallt werden, bevor sich der Chor von Westminster Abbey räuspert, bevor die Queen ihre Weihnachtsansprache hält.

«Er kann sich auch geirrt haben», erkläre ich Gary. «Das ist sehr stressig vor laufenden Kameras.»

«Er kann auch gelogen haben», sagt Gary. «Wie oft haben wir das erlebt? UDP, du erinnerst dich? Das haben wir doch in der Ausbildung gelernt, Prof. Klassischer Fall von UDP. Mann, armer, verzweifelter Mann bittet um Mithilfe, die vermisste Ehefrau wurde zuletzt auf dem Weg zum Flughafen oder Bahnhof gesehen. Öffentlicher Appell, Fernsehgesicht, Blumen vor der Tür und *groooße* Sympathie. Die Gemeinschaft rückt enger zusammen, um zu helfen. Aber Moment, was soll *das* jetzt? Der Ehemann hat sie umgebracht. Heulender, am Boden zerstörter *Mein-Leben-wird-nie-mehr-wie-vorher-sein*-Ehemann. Die Sorte, ja. Genau die. Die, die *alles zur Aufklärung tun würde* und *einen emotionalen Aufruf an die Öffentlichkeit gerichtet hat* ... Sie ist nie weggegangen, hat nie den Flieger nach Alicante genommen. Fuhr nie nach Sussex, um *Zeit für sich allein* zu haben. Sie ist Unter Dem Patio.»

Gary hat recht. Alle Statistiken sagen dasselbe. *UDP: Ueblicherweise der Partner*. Garys Version, Unter Dem Patio, ist im Großen und Ganzen das Gleiche, nur garyfiziert, und was da an akademischer Präzision verloren geht, wird an Unmittelbarkeit gewonnen.

So ist das mit der Garyfizierung.

«Er ist aber nicht der Partner, oder? Er ist überhaupt kein Partner, geschweige denn ihrer.»

«Aber der Nachbar, Prof. Es ist seine Erde, also *bildlich* gesprochen. Wir wissen, dass er reinging – das hat er uns gesagt. Wir wissen, dass er lügt, was ihre letzte Begegnung betrifft. Sie waren nie weiter als nur ein paar Meter auseinander. Er konnte hören, wenn die Toilettenspülung ging, wenn sie kam oder das Haus verließ. Vielleicht hat er auch noch anderes gehört ...»

Ich sehe vor mich auf den Schreibtisch und nestle an dem alten Umhängeband von einem Sondertraining, zu dem die Drohne uns im April geschickt hat: *Arbeitsplatz-Synergien*.

«Schau mal, Prof», sagt Gary: «Wenn in Spielfilmen und Thrillern ein Typ morgens aufwacht und eine tote, blutüberströmte Frau neben sich hat, dann heißt das, er hat sie nicht getötet. Wenn aber im richtigen Leben jemand aufwacht und eine tote, blutüberströmte Frau neben sich hat, dann heißt das, er war's.»

Gary hat recht. Dieses ganze Kommissarthriller-Polizeiermittlungs-Genre mit seinen Twists und Gerichtssaalentlastungen ... ist einfach nur ein Ort in unserer Kultur, an dem wird die fehlende Kompliziertheit der Welt verstaut haben.

Deshalb haben wir uns Wolphram vorgeknöpft, genau wie die Psychologen, Sprachanalytiker und Körpersprache-Experten, und ihn eingebuchtet.

Mr. Wolphram sagte, er hätte sie «flüchtig» gekannt und ihr beim Müllraustragen geholfen oder sie im Auto mitgenommen. Dann sagt er entschuldigend und irritierenderweise, dass er mit ihr keinerlei Probleme gehabt hätte, auch wenn «wir nicht befreundet waren – nein, so könnte man das nicht nennen». Im Grunde will er sagen, sie kannten sich nicht wirklich, nur klingt seine Formulierung, als hätte es Probleme gegeben. Ein Motiv? Vielleicht, aber warum gab es Probleme? Was ist das Motiv für das Motiv?

Er hat nichts mehr zu sagen, fügt aber aus Nervosität immer noch etwas an, bis ein Durcheinander an Details entsteht, ein Impasto an unnötiger Information. «Lauter Bäume und kein Wald», meint Gary, als wir später die Bänder durchhören. Aber auch die Polizeipsychologen sagen, da würde etwas nicht stimmen. Lügner reden immer zu viel.

«Vielleicht hat er ja was auf dem Kerbholz», sage ich. «Aber nicht das hier.» Sie ignorieren mich.

Immer eins nach dem anderen: jetzt erst mal das.

Ich bin mir nicht einmal sicher, ob er wirklich der ist, den wir gestern verhört haben: Bei der ersten Sitzung war er hilfsbereit, ja, aber verdreht, indirekt und – wie soll ich sagen? – gewunden bei den Antworten; immer irgendwie um die Ecke herum – ohne zu lügen, aber doch mehr parallel antwortend. Politiker kommen damit durch – sie machen es andauernd, leugnen Dinge, die ihnen nie vorgeworfen wurden, damit wir nicht mehr dorthin sehen, wo wir eigentlich sollten –, aber keine Verdächtigen. Sitzung zwei: Er war reserviert und hat sich über die Fragen nach Kindheit und Privatleben fast schon lustig gemacht; hat sich über unsere Offensichtlichkeit lustig gemacht, als sei jeder von uns nur ein Small-Screen-Dave und *er* derjenige, der *uns* analysiert;

Sitzung drei ... das werden wir gleich sehen:

Alles hat sich verändert. Lynne hat geschrieben: «Mr. Wolphram, 68, ein pensionierter Englisch- und Musiklehrer an der Eliteprivatschule Chapelton College, hat erzählt, wie er Zalie Dyer vermutlich das letzte Mal zu Lebzeiten gesehen hat ...» Etwas später heißt es: «Zalies exzentrischer Nachbar, der Junggeselle Mr. Wolphram ... legt Wert auf teure Anzüge und formelle Kleidung ...» Dann, in einem zusätzlichen Online-‹Update› von vor sechsundzwanzig Minuten: «Der 68-jährige Mr. Wolphram ging vorzeitig in Pension, als die reine Jungenschule in eine gemischte umgewandelt wurde, und lebt seit vierunddreißig Jahren gegenüber seiner ehemaligen Schule, in einem georgianischen Herrenhaus unweit des ikonenhaften Zoogeländes.»

Gary: «Das muss man Mad Lynne mal nachmachen. Ein Full House beim Perversen-Bingo: Mädchen, Jungen, exzentrischer Junggeselle, Herrenhaus ... und dann auch noch Tiere!»

«Keine Tiere, Gary – es gibt dort seit Jahren keine mehr.»

Lynne macht regelmäßig Updates auf der Seite, frischt sie auf und sorgt dafür, dass sie genau die Details liefert, die ihn zu etwas Besonderem machen.

Verbinden Sie nur noch die Punkte.

Wobei, das ist gar nicht nötig – das hier sind selbstverbindendc Punkte. Sehen Sie einfach zu, wie sie wachsen, bis sie sich irgendwann berühren und eine Linie bilden. Bis sie eine Story ergeben. Bis sie die Schlinge geknüpft haben. Jeder weiß, dass er es war, und jetzt, wo die Medien den Fettberg immer langweiliger finden, werden sie ihn jagen und stellen.

Wir sind kurz davor, für das dritte Verhör zu ihm reinzugehen. «Das ist im Grunde Rufmord», sage ich zu Gary und deute auf die Zeitung. «Sie macht ihn zum Täter, bevor überhaupt jemand angeklagt wurde. Die Leute werden das in den völlig falschen Hals bekommen.»

«Prof», sagt Gary, als würde er seinen Kindern etwas erklären, so er denn welche hätte. «Prof – hier gibt es nur einen Hals.»

Wir gehen rein.

Als wir eintreten, springt Mr. Wolphram von der angeschraubten Tisch-Stuhl-Kombination auf. Er schaut erst zu mir, dann zu Gary, dann wieder zu mir, jetzt voll in die Augen;

und dann sieht er es;

sagt mit komplett veränderter Stimme: «Ich kenne Sie.» Er ist aufgestanden und wirkt jetzt größer, ruhiger.

Danny und Ander

Der Schulalltag ist jetzt anders. Anfangs machte die Neuartigkeit von allem die Tage stechend und zerklüftet. Menschen, Orte, Gefühle: alles war frisch und ganz speziell. Wenn etwas wehtat, war das auch irgendwie okay – das nahm dann seinen Platz im generellen Lebensgefühl ein. Und man lernte auch allerhand. Das Aufwachen und sogar der Schlaf waren ereignisreich: Die Jungs schrien im Traum oder machten ins Bett und wachten auf, wenn das Leintuch kalt wurde und alles nach Pisse und Angst roch, draußen die Vögel den Tagesanbruch verkündeten und der Milchmann um 5 mit den Flaschen klapperte. Das Schluchzen, das zu hören war und sich weit entfernt anfühlte, ein paar Betten weiter oder im nächsten Schlafsaal. Man lauschte und ließ sich darauf ein, fragte sich, wer das sein könnte, hatte Mitleid, bis man bemerkte, dass man selbst Tränen im Gesicht hatte und sich eigentlich selbst bemitleiden müsste, wie man so dalag und Kind war …

Nach drei Trimestern hat der Alltag seine Repertoire abgespult.

Sie haben jetzt andere Fächer, sind vierzehn und in der Vierten. Ihr Klassenlehrer, Mr. Moreton, ist unberechenbar und stinkt nach Alkohol. Nüchtern ist er in Ordnung und einigermaßen fair, wenngleich mehr aus Teilnahmslosigkeit als irgendeiner Verpflichtung, gerecht sein zu wollen. Aber das nehmen sie hin, denn wenn er betrunken ist, wird er aufmerksam. Auf sie. Sein Spitzname ist weder hintergründig, noch besonders originell – Morbender –, nur sind das auch seine Methoden nicht: Er schnappt einen und legt einem den Arm um die Schultern, und wenn er einen bestrafen will, schlägt er einem fest und mit langem Kontakt auf den Hintern. Er legt einen so übers Knie, dass man in der Magengegend seine Erektion spürt. Sie ist abgedämpft, aber definitiv da, und je nach Grad seiner Erregung fühlt sie sich an wie ein Finger, der einem in die Rippen bohrt, oder wie ein Stein unter der Schuhsohle; wie diese kleinen Höcker am Zebrastreifen, mit denen sich Blinde über den Asphalt tasten. Obwohl seine Hose gebügelt ist und sauber aussieht – er war beim Militär –, riecht es bei ihm in der Leistengegend nach Mülltonne. Die Kinder halten das alles für normal, weil, na ja, für die ganz unten bestimmt immer jemand anderer, was normal für einen ist.

Ander hat verstanden, dass der große Kampf hier darin besteht, nicht die Extreme, sondern das Normale, Alltägliche zu definieren und zu versuchen, es für sich lebbar zu machen. Das kommt für ihn nicht als plötzliche Erkenntnis, und ziemlich lange weiß er gar nicht, dass er auf sie zusteuert. Aber später, in der Rückschau, für die sich Ander recht früh entschieden hat – und lange bevor er alt genug ist, um auf viel zurückzuschauen –, wird ihm das klar.

Morbender hat das Gesicht eines schlecht angemalten Spielzeugsoldaten, die Farben etwas zu intensiv und übertrieben und dazu an Stellen hineinreichend, wo sie gar nicht hingehören. Dazu addiere man die Alkoholröte seiner Wangen sowie die krümelig wirkende Nase mit ihren violetten Rissen, und heraus kommt jemand, der exakt wie eine schweinische Marionettenpuppe aussieht. In den Furchen, an denen die verschiedenen Gesichtsteile aufeinandertreffen, ist immer etwas, das an feuchte Brotkrümel erinnert: zwischen Unterkiefer und Ohrläppchen, Nasenflügel und Oberlippe, Augenlid und Augenbraue. Das ist wie ein gelblicher Kitt an den Nähten seines Gesichts, als seien sie mit Käse anbetoniert. Wenn er manchmal seine Brille abnimmt und sich die Augen reibt, um sich aufzuwecken, kann man auch sehen, wie ihm das Zeug an den Fingerknöcheln klebt. In seinen Mundwinkeln hängt eine weiße Paste, und wenn er die Zunge ausstreckt, um sie abzulecken, wird Ander fast schlecht. Kann er wirklich sagen – kann irgendeiner von ihnen sagen –, dass Morbender die Grenze überschritten hat? Selbst wenn sie wüssten, wo die Grenze ist oder dass es so etwas wie eine Grenze überhaupt *gibt* – könnten sie etwas sagen? Schließlich kommt niemand zu Schaden, und Blut fließt auch keines. Manche vergessen es sogar oder schieben es zumindest in den Teil von sich selbst, den sie Vergessen nennen.

Es ist fast schon Ironie, dass eines der Dinge, an die sich Ander am meisten aus der Schulzeit erinnert, der Ausdruck ‹vergiss es› ist. Er hat ihn so unterschiedlich gehört: liebevoll oder hilfsbereit (schieb's weg, lass es zurück, leg es beiseite und nimm nur, was in deine Geschichte passt), sorglos oder fatalistisch (scheiß drauf, wir haben die Schnauze voll, mach einfach weiter), streng (du bist ein Niemand, nur Jemande erinnern sich, nur jemand, der *jemand* ist, hat überhaupt ein Recht auf Gedächtnis).

Zuerst haben die anderen gesagt, er solle vergessen; dann fing er an, es sich selbst zu sagen.

Vielleicht fühlt er sich deshalb auch Jahrzehnte später noch so, als sei er zur Erinnerung verdammt, wie eine Art Kinder-Faust, der damals einen Pakt geschlossen hat, um die Gegenwart erträglich zu machen; im Austausch für eine Kindheit, in der er von einer besseren Zukunft träumte, erhält er irgendwann eine Zeit, in der er die Zukunft an die Vergangenheit übergeben und zurückgehen kann, um dort zu leben. Das war der Pakt.

Ander erinnert sich an all das Vergessen, das er betrieben hat, versucht, sich ins Gedächtnis zu rufen, wie er früher war, bevor er hierher kam. Wie sich das angefühlt hat, als er noch jünger und noch kein Engländer war. Für ihn war das immer wie ein Film, in dem die Taten und Ereignisse miteinander zusammenhingen, sich ineinander fügten und lebendig wurden.

Aber das ist vorbei. Jetzt sieht er diese Zeit mehr als Fotos, also abgetrennt und ohne recht sagen zu können, in welcher Reihenfolge sie kommen und was dazwischen passiert ist. Jetzt erinnert er sich in Form von Standbildern und Einzelaufnahmen. Seine Erinnerung liegt in Scherben. Bruchstückhaft, aber selbst die Bruchstücke passen nicht mehr zusammen. Das Ganze ist zerbrochen, nur weiß er gar nicht recht, ob es jemals ganz war.

Er ist Engländer geworden. Als solcher schreibt er auch nach Hause: Er muss es nicht mehr auf Niederländisch formulieren und dann übersetzen, wie das noch vor wenigen Monaten nötig war. Jetzt kommt alles ... *natürlich* (er weiß nicht, ob das das Wort ist, das er sucht; obwohl, das richtige Wort ist es schon, nur *will* er es eigentlich gar nicht) auf Englisch. Niederländisch verwendet er nur am Schluss der Briefe, für die paar Worte an seine Schwester, die vier Jahre jünger ist als er.

Wenn sie telefonieren, erzählt ihm Sigrid, dass sie auch so gern auf ein englisches Internat gehen würde. Er erzählt ihnen, wie toll das ist, wie glücklich er ist, was für *Typen* diese Lehrer sind. So etwas wollen Eltern hören, also sagt er es auch. Seine Stimme ist am Telefon immer so laut und resonant, ihre hingegen so leise, als würde sie gleich versickern. Die kleinen Löcher in der Bakelit-Sprechmuschel sehen aus wie ein Waschbeckenabfluss. Das Klicken beim Auflegen ihres Hörers klingt feucht, wie wenn jemand schluckt, wie Morbenders Mund, wenn er sich öffnet und die Lippen sich voneinander lösen. Auf Wiedersehen, sagt er, *Vaarwel*, und das war's dann wieder für einen Monat.

Der Faden, der ihn zusammenhält, wird ständig dünner. Was aber nicht allein an der Pubertät oder der Distanz liegt, auch wenn Eltern das gern glauben. Wenn er heimkommt – tatsächlich *heim*, so wie früher –, ist er wie ein automatisches Kind, ein Roboterjunge, der genau das tut und sagt, was er immer getan und gesagt hat. Das automatische Kind isst die gleichen Sachen und sieht die gleichen Fernsehsendungen wie das andere, deshalb weiß auch niemand, dass Ander ausgetauscht wurde. Nach dem, was in der Schule passiert, wollen sie ihn aber auch kaum wieder zurückhaben.

Nicht dass das jemand bemerken würde, aber sogar seine Augen sehen übermalt aus. Wenn die Augen das Fenster zur Seele sind, wie er irgendwo gelesen hat, dann sind seine zugemauerte Fenster, auf die ein Bild davon gemalt wurde.

*

«Ich kenne Sie», sagt Mr. Wolphram erneut.

So wie er dasteht, hat das etwas Besonderes. Er wirkt groß, beugt sich vor, stützt beide Hände auf den Tisch, aber so, dass nur die Fingerspitzen die Oberfläche berühren, und starrt mich an, bis ich blinzeln muss und wegschaue. Gary ist an meiner Schulter, und in meinem peripheren Blickfeld ragt unscharf sein breites, rosafarbenes Gesicht auf.

«Ach ja?», frage ich. Eine Erwiderung, wie es sicher bessere gibt, aber nach wie vor weiche ich Garys Blick aus, und wenn ich meine Fragen nicht stelle, stellen andere mir ihre.

«Ich kann mich nicht recht an Ihren Namen erinnern, aber ja – ich kenne Sie.» Er scheint beim Reden zu wachsen – als würde jemand Luft in ihn reinpumpen. «Ich weiß, wo ich sie hinstecken muss, und kann auch grob die Zeit sagen. Französisch? Niederländisch? Deutsch? Mitte der Achtziger.»

Gary unterbricht: «Hier geht's nicht um Jahrgänge …», dann, zu mir: «Können wir kurz raus?»

Mr. Wolphram sagt leise: «Aber Sie waren immer zu zweit, oder?»

Ich will etwas sagen, Mund bereits geöffnet.

«Prof! Raus jetzt!» Gary packt mich am Ellbogen und zerrt mich zur Tür.

Beim Hinausgehen sagt Mr. Wolphram noch: «Na ja, nicht immer. Am Schluss nicht mehr.»

«Was ist los, verdammt?», fragt Gary, als wir draußen sind, und das ist eine gute Frage, vielleicht die beste bislang. Trotzdem würde ich sie am liebsten *nicht* beantworten.

Ich wäre gern noch ein bisschen weitergekommen, also noch ein Besuch in der Wohnung, ein paar Beweisstücke (Beweis wovon?), etwas mehr Stoßkraft.

Dazu ist jetzt keine Zeit mehr, deshalb erzähle ich ihm alles, was es zu erzählen gibt, dass ich Ander war und auch noch bin, obwohl ich beim Reden über mich selbst immer glaube, ich rede über ihn. Ich rede mit mir über mich selbst nicht als *ich*, sondern als *er*. Ich wechsle die Pronomen, wenn ich innerlich den Zeitraum wechsle.

«Ich war dort, Gary, an dieser Schule. Er war mein Lehrer. Ich kannte ihn so zwischen dreizehn und … bis ich dann weg bin.» Gary steht kopfschüttelnd da. «Das ist fast dreißig Jahre her», füge ich hinzu. Ich habe das jetzt im Moment überschlagen – davor habe ich es trotz meiner ganzen Nachdenkerei und Vergangenheitsstöberei versäumt, genau nachzurechnen, wie lange mein letzter Unterricht bei Mr. Wolphram her ist. Ich substrahiere achtzehn von siebenundvierzig. «Neunundzwanzig Jahre, seit ich weg bin.»

«Und wann wolltest du mir das erzählen? Wenn überhaupt?»

«Das wollte ich, Gary, nur wollte ich die Dinge

nicht vernebeln. So lange her, das Ganze, und er hatte Tausende von Schülern außer mir. Hat doch keinerlei Bedeutung für das, was jetzt passiert.»

«Alles *ist* aber vernebelt, Prof: *du* bist vernebelt. Du redest mit dir selbst, murmelst an deinem Schreibtisch Gedichte vor dich hin, starrst aus dem Fenster auf Fettberge und besuchst abends eine alte Schachtel, die auf ihren toten Mann wartet. Das einzig Normale und Gesunde, was du machst, ist, Zeit mit deiner Nichte zu verbringen, nur ruinierst du sogar das, indem du ihr Pfiffe alter Wasserkocher und Staubsaugerlärm vorspielst.»

Er dreht sich um und sucht etwas zum Dagegenkicken, entscheidet sich für die Fußleiste und hinterlässt einen schmierigen Polizeischuh-Gummisohlenstreifen. Das war nicht das erste Mal, denn über den Gang verteilt sind etliche solcher Spuren.

«Du hast recht, Gary, das stimmt. Aber ich wollte nichts sagen, weil es irrelevant ist ...»

«Es ist nicht irrelevant, Prof, und das weißt du genau – wenn es eine Verbindung gibt, hättest du das sofort sagen müssen. Stattdessen sitzt du da mit deinem ausdruckslosen Kommissargesicht und hörst dir an, wie er über Spielzeug labert, mit dem er nicht gespielt hat, und das wie ...», Gary unterbricht, er weiß, was er sagen will: «wie ein beschissener Schuljunge.»

«So hat er im Unterricht geredet, Gary, genau so: präzise, perfekt ausformuliert – Sätze voll mit Kommas, aber grammatikalisch richtig. Nie hat er den Faden verloren. Er hat einen Satz vor sich ausgelegt wie Bahnschienen und dann die Wörter drüberrattern lassen wie einen langen, ausländischen Zug.»

Gary legt den Handrücken an die Stirn und tut, als würde er gleich in Ohnmacht fallen.

«Hach, wie poetisch ... Ja toll, er ist also Meister der englischen Sprache und die normalen Gesetze gelten nicht für ihn? Er ist ein Tatverdächtiger, Prof. Mord. Erinnerst du dich? Die Nummer, wo jemand sich jemand anderen schnappt und ihn umbringt? Wird nicht so gern gesehen, außer natürlich von Dichtern. Und wer weiß, was sonst noch alles in der Wohnung ist? Du warst drin, hast Dinge in der Hand gehabt und woanders hingelegt. Und hast vorsätzlich deine Verbindung zu ihm verschwiegen. Was ist, wenn jetzt das, was wir gefunden haben, wegen dir nicht als Beweismittel gilt?»

«Aber das ist doch gar keine Verbindung, Gary! Vor dreißig Jahren hatte ich Unterricht bei ihm – das ist quasi ein ganzes Leben. Seither habe weder ich ihn gesehen, noch er mich. Nicht einmal erkannt hat er mich. Bis gerade eben. Ich kann das sehr wohl von den Ermittlungen trennen.»

Dieser letzte Satz stimmt nicht, nur muss man den einfach sagen. Das weiß ich aus dem Fernsehen.

«Gerade eben hat er dich erkannt», sagt Gary. «Komisch, oder? Ich meine, er hat dich stundenlang vor Augen, sitzt da im gleichen Zimmer, wird von dir befragt und erkennt dich erst jetzt?» Gary sieht mich mit geneigtem Kopf an und versucht zu erkennen, was mit meinem Gesicht passiert ist, meinem Zustand, meiner Verfassung.

«So funktioniert das aber, Gary. Erkenntnis ist nicht immer blitzartig, sondern auch mal ein langsames Dämmern ...»

«Steck dir deine Erkenntnistheorie sonstwohin, Prof. Tatsache ist, dass wir in der Wohnung waren und ich dachte, du willst einen Fall lösen. Nur hast du einen kleinen, nostalgischen Ausflug in deine Schulzeit gemacht. Das Einzige, was fehlt, ist die idiotische Uniform ...»

«Kommt drauf an, was du mit nostalgisch meinst, Gary, aber: ja. Ich war schon in dieser Straße, bin den Kiesweg entlang, die Treppe rauf und hoch in die Wohnung, und der auf den Fotos war ich.»

«*O Gott*. Wahrscheinlich warst du auch noch in diesem Schlafzimmer, wie das an solchen Schulen eben läuft.»

«Nein, Gary, so etwas gab es bei ihm nicht. Nicht mal ansatzweise. Und wenn einmal *so etwas* passiert ist, dann auch nicht im eigenen Schlafzimmer.»

Es gibt eine Pause. Gary wechselt die Gangart.

«Weißt du, wie ich mir manchmal vorkomme, Prof?»

«Nein, Gary, keine Ahnung.»

«Ich denke manchmal, das ganze Land kotzt die Siebziger- und Achtzigerjahre aus, und wir sind die, die sauber machen müssen. Alles spritzt uns vor die Füße, tagein, tagaus, und wir machen es weg.»

«Du hast zu viele Berichte über den Fettberg gesehen ...»

«Hab ich nicht, Dichterknabe! Ernsthaft: Das ganze Land ist zwanzig Jahre lang dagesessen, hat alles runtergeschlungen, und es hat gut geschmeckt: die Musik, das Showbusiness, die Politik ... alles hat herrlich geschmeckt, cool geklungen, super ausgesehen. Punk, Mods, Glamrock, New Romantics ... Jungs mit Make-up, Mädchen mit Bürstenschnitt, *Top of the*

Pops, *Swap Shop*, *Blue Peter* .. okay, es gab auch ein paar unschöne Dinge, aber was will man erwarten? Ist alles unerforschtes Gebiet, jeder von uns fummelt sich irgendwie durch ...»

Gary ist irritiert, dass ich über das *Fummeln* lache, weil er den Witz ausnahmsweise nicht absichtlich gemacht hat. Der Witzereißer entwitzt. Dann kapiert er ihn.

«Ja, okay, *haha*, Prof. Was ich sagen will, ist folgendes: Dann zeigt sich, dass deine Lehrer Pädophile, deine Radio-DJs, Fernsehmoderatoren, Fußballtrainer Raubtiere und deine Sozialarbeiter Aasgeier waren, dass Schulen und Krankenhäuser Perverslingsafaris darstellten, deine Kinderschutzzentren ihre Mündel sexuell ausgenutzt haben, deine Polizei auch nicht besser war und deine Politiker es entweder genauso gemacht oder im Idealfall weggeschaut haben.»

Ich korrigiere ihn nicht. Übertreibung ist eine Sprache wie jede andere, und Gary spricht sie fließend. Außerdem ist er noch gar nicht fertig: «Jetzt, wo alles wieder hochkommt, ranzig, ekelhaft, so, dass es einem beim Kotzen den Gaumen verätzt, tun wir alle, als hätten wir von nichts gewusst. Und schau uns doch an, Prof – dich und mich: wir machen bei diesem ganzen Land eine verfickte Darmspiegelung, wir sind die kleine Kamera, die sich durch die Scheiße schiebt und nachsieht, was da noch alles drin ist und das System verstopft ...»

Gary ist wahrlich kein literarischer Mensch, weiß aber durchaus, wo er seine Metaphern finden kann. «Warum machst du eigentlich keinen Lyrik-Workshop für Bullen, Gary? Ich komm auch.»

Gary trampelt los, um mit Unbemannt zu sprechen. Er wird ihn fragen, ob ich weiter bei dem Fall dabeisein, weiterhin die Ermittlungen leiten kann. Ich sehe die beiden hinter der Glaswand mit ihren ruckartigen, übertriebenen Filmgesten. Finger-bohrend, Telefonhörer-auf-die-Gabel-knallend, Mülleimer-tretend.

Mr. Wolphram wirkt entspannt. Wenn nicht gar heiter. Dass er mich erkannt hat, schenkt ihm vielleicht eine gewisse Orientierung. Im Grunde wirkt er stark. Die Zeitung, die Gary ihm hingelegt hat, hat er immer noch nicht angefasst. Er weiß, dass er das sollte, deshalb macht er es nicht.

Wir nannten ihn den Wolf … sagt einer der ‹Ex-Schüler›, die Lynne Forester aufgetrieben hat. Ich versuche, zurückzudenken. Ist das wahr? Ich kann mich nicht daran erinnern, dass jemand ihn so genannt hat. Aber jetzt tun sie es. *Der Wolf von Chapelton*. Und was für Verben Mad Lynne da aufgereiht hat: er *schleicht*, er *späht*, er *knurrt*. Graue Haare wie ein Pelz im Mondlicht. Sie schreiben, er sei *eingebildet, unnatürlich elegant und ordentlich, übertrieben formell, teuer gekleidet, zwanghaft gepflegt*. Sie bezeichnen seine Wohnung als *Bau* und veröffentlichen Bilder von ihr vor düsterem Himmel. Was soll man bei einem Namen wie Wolphram auch erwarten? Wir hätten das kommen sehen müssen. Jetzt, plötzlich, heften sich einzelne, kleine Gerüchte und Geschichten an ihn, verfangen sich in seinem Ruf, bis sie irgendwann selbst der Ruf sind.

Der Wolf: sie haben ein Raubtier aus ihm gemacht, einen sexlüsternen Aasfresser mit Augen, die nachts leuchten.

Niemand hat ihn je *den Wolf* genannt.

Wir lassen Wolphram im Verhörraum mit den Schmierblättern und der *Evening Post* köcheln, schwitzen, schmoren, sieden und karamellisieren, während wir überlegen, wie es weitergeht.

*

Sigrid ist noch bei der Arbeit, deshalb hole ich Marieke vom ‹Freizeitklub› ab, in den sie morgens immer geht. Sie liebt die Polizeiwache, liebt die Glaswände, die zahllosen Abtrennungen, die Aktenhaufen und die Gänge mit den Verhörzimmern. Normalerweise sitzt sie lesend im Empfangsraum, wo wir Brettspiele mit fehlenden Steinen und Spielzeug mit fehlenden Gliedmaßen oder Rädern deponiert haben. Es gibt dort auch einen Weihnachtsbaum mit leeren Schachteln, schön in Geschenkpapier eingewickelt.

«Was möchtest du machen?», frage ich sie. Sie ist überrascht, mich zu sehen, weil ich heute eigentlich gar nicht dran war.

«Warum kommst du heute?»

«Bei der Arbeit brauchen sie mich gerade nicht. Morgen vielleicht auch nicht», antworte ich.

«Was hast du angestellt?» Wozu sollte ich ihr etwas verheimlichen?

«Ich habe meinem Chef nicht gesagt, dass ich den Mann kenne, der vielleicht jemanden umgebracht hat. Wir kannten uns vor langer Zeit, als ich noch ein Kind war – er war mein Lehrer –, und sie glauben, dass ich deshalb meine Abeit nicht richtig machen kann.»

«Na klar, weil du ihn ja noch kennst», sagt sie.

«Wo sollen wir hin?», frage ich sie.

«Zu Mrs. Snow», erwidert sie freudig. Auf der Fahrt fragt sie wie immer: «Weißt du noch, wie wir sie kennengelernt haben?»

Obwohl Marieke dabei war, hört sie die Geschichte immer noch gern. Sie liebt das Erzählen genauso wie das Nacherzählen. Sie liebt die Gleichheit ebenso wie die Variation der Gleichheit.

«Wie könnte ich das je vergessen?»

Wir fahren und ich erzähle ihr die Geschichte, während sie Details einfügt und mich korrigiert, wenn ich übertreibe oder mich irre. Ich übertreibe und irre mich absichtlich, denn das mag sie sehr gern.

Wir haben Vera beim Einkaufen kennengelernt.

Marieke und ich gingen gerade an einem Mini-Supermarkt vorbei, als ein Polizistenduo angerannt kam – Stadtteilbobbys von meiner Wache, die ich aber nicht kannte oder vergessen hatte. Sie überholten uns und rasten hinein.

Wir gingen ihnen nach. Ich sah schon das klassische Szenario vor mir: eine arme Sau im ausgebeulten Trainingsanzug, von Securityleuten oder selbsternannten Lokal-Helden an die Wand gedrückt und mit einer mickrigen Ausbeute an Dosen in den Taschen. Sie klauen immer das billige Zeug. Nur in Filmen sind die Diebe anspruchvoller und dürfen noch Träume haben. Trotzdem weiß man nie, wie sich die Dinge entwickeln, wo sie enden: Man jagt einen Ladendieb die Straße entlang, schnappt ihn, und er gibt seufzend zurück, was er gestohlen hat, oder lacht manchmal sogar; man jagt einen anderen, und er dreht sich um und rammt dir ein Messer ins Gesicht. Manche beißen dich auch, weil ihr Mund das Einzige ist, womit sie sich noch verteidigen können: mit ihrer Spucke, ihren Bakterien, der Drohung ihres Speichels, will sagen Hepatitis, TB, Aids. Wenn du ganz unten, verzweifelt oder durch Krankheit und Drogen ruiniert bist, ist dein Mund deine letzte Waffe. Ich behalte immer die Hände im Auge, achte aber vor allem auf den Mund.

An den Kassen herrschte Aufregung. Geschrei, ein paar wütende Männer, mit Schmierblattgesicht und ganz rot vor lauter Schlagzeilen über Migranten, Abstauber oder Sozialschmarotzer – scharf auf jedes Fehlverhalten und überglücklich, es hier zu finden, am Ende eines Supermarktlaufbands, in Gestalt einer älteren Dame, die ihre Einkäufe nicht bezahlen kann.

«Ohne Geld geht man nicht einkaufen, Lady!»

«Schon mal was von Tafel gehört?»

«Man sollte sie ins Heim stecken, die alte Schachtel! »

Vera saß auf einem Stuhl, die Hände auf dem Schottenstofftrolley, den sie mitgebracht hatte. Sie versuchte, unbeteiligt auszusehen, aber es war klar, dass sie hier mitnichten klein beigeben wollte. Und das umso mehr, als die Beschimpfungen keineswegs an ihr abglitten, während sie zitternd dasaß und sich auf die Lippe biss, aber tapfer gegen die Tränen und auch den Drang wegzulaufen ankämpfte.

Bei jeder Beschimpfung musste Vera blinzeln. Vor ihr aufgehäuft war ihr bescheidener Einkauf. Brot, Tee, ein paar Wurstdosen, ein aus Datumsgründen reduziertes Stück Roastbeef und etwas Gemüse. Eine

Flasche Sherry der Eigenmarke und – ein Hauch von Luxus – eine pralle Obsttorte von der besseren Sorte. Die Leute hassen es, wenn Arme sich einen Luxus gönnen. Wenn sie nicht aus Mülltonnen essen oder nicht die Tapete anstarren, sondern den Fernseher, dann sind sie undankbare, unzureichende Arme. Deshalb: Keine Torte.

«Wo genau liegt das Problem?», fragte die Polizistin, die sich vorbeugte, den Mund durch ein imaginiertes Hörrohr auf Veras Ohr gerichtet.

Vera antwortete so, dass es jeder hören konnte: «Ich kann meine Einkäufe nicht bezahlen.»

«Sie sind hier reingekommen, können aber nicht bezahlen?», fragt die Polizistin nach.

«Nein, sie hat die scheiß Kohle nicht!», ruft jemand vom Ende der Schlange, «und wir warten darauf, dass sie sich endlich verpisst und wir auch mal drankommen.»

«Das macht sie jede Woche», sagt die Kassiererin im Sari. Sie ist verständnisvoll, aber genervt, weil es in ihrer Schicht passiert ist. Wieder einmal. «Wenn sie auftaucht, ärgert sich jede von uns, dass sie an der Kasse sitzt. Immer holt sie ihren Geldbeutel raus, zeigt, dass er leer ist, und legt ihn hier hin. So wie jetzt.» Sie nimmt Veras Geldbeutel und macht ihn auf. Ein Bus-Abo und ein Büchereiausweis sind drin, sonst nichts, nicht einmal ein paar Münzen in einer Falte. «Das ist wie eine Rolle», sagt sie, «nur dass sie nicht schauspielert – sie hat wirklich kein Geld.»

«Wir haben sie so oft gehen lassen, aber sie will einfach nicht damit aufhören», schaltet sich der Marktleiter ein. «Das ist das erste Mal, dass wir die

Polizei gerufen haben … weil es reicht jetzt langsam. Die Kunden beschweren sich – schauen Sie nur –, es kostet wahnsinnig viel Zeit … und irgendjemand *muss* dafür bezahlen. Letztendlich die Kunden.»

Die Polizistin legt Vera die Hand auf die Schulter, als wollte sie gleich abhauen. Ihr und ihrem Kollegen ist das alles ziemlich unangenehm. Ein riskanter Spezialauftrag ist das keiner. Trotzdem eine schwierige Situation.

«Warum um alles in der Welt gehen Sie in ein Geschäft, wenn Sie Ihre Sachen nicht bezahlen können?», fragt die Polizistin. Das ist die Frage, die wir uns alle stellen, einfach weil diese alte Lady keine Diebin ist, keine Betrügerin, keine plündernde Schurkin. Vera antwortet nicht gleich, sondern schaut sich erst um. Als sie merkt, dass die Leute zuhören, sagt sie: «Ich habe das Geld einfach nicht. Ich bin Witwe und bekomme nur wenig Rente. Das reicht für Heizung und Miete, aber fürs Essen ist einfach nicht genug übrig …»

«Aber es gibt doch Orte, an denen Sie Hilfe finden können …» erkärt die Polizistin.

Sie meint die Tafel und Wohlfahrtseinrichtungen, will aber die Wörter *Tafel* und *Wohlfahrtseinrichtungen* nicht aussprechen. Alle lauschen jetzt gebannt. Im Geschäft ist es mucksmäuschenstill. Das ist wie Straßentheater, und einen Moment lang glaube ich auch, dass es genau das sein könnte, dass jemand das fürs Fernsehen inszeniert oder ein psychologisches Experiment durchführt … Ein paar Leute haben die Polizisten gesehen und angefangen, mit ihren Handys zu filmen, nur merken sie jetzt, dass hier keine Gewalt absehbar ist, und lassen es.

«Es gibt solche Orte, das weiß ich, aber darum geht es doch gar nicht, oder?»

«Ach so? Worum geht's denn dann?», fragt jemand – ein junger Mann hinter mir, laut genug, um im ganzen Geschäft gehört zu werden. Im Fall einer Fernsehsendung wäre er definitiv mit im Bild, denn das ist für Vera das Stichwort.

Sie stellt sich auf die Zehenspitzen und spricht zur Menge: «Der Punkt ist, dass Menschen wie ich in einen Laden gehen müssen, damit Menschen wie Sie nicht vergessen, dass es uns gibt.»

Alle sind still. Die Polizistin lässt Veras Schulter los.

«Deshalb bin ich hier – um Sie daran zu erinnern, dass es uns gibt, auch wenn wir kein Geld zum Einkaufen haben. Wir werden nicht in unserer Wohnung oder in Heimen und Wohlfahrtsküchen bleiben und einfach aus Ihrem Gedächtnis verschwinden. Wir werden uns nicht verstecken, damit keiner von Ihnen uns sehen muss.»

Vera verstummt, denn mehr wollte sie gar nicht sagen, aber jetzt hat sie für so viel Aufmerksamkeit gesorgt, dass die Leute mehr hören wollen.

Ihr Schweigen macht aber das Gesagte umso wirkungsvoller. Die neue Rhetorik besteht darin, keine Rhetorik zu haben, genau da keine Worte mehr zu finden, wo sie eigentlich erst heraussprudeln sollten.

Vera setzt sich wieder. Sie hat gesprochen.

Ich bin vielleicht alt, arm und allein, meint sie, *und meine Wünsche sind vielleicht so sehr geschrumpft, dass sie sich den allernötigsten Bedürfnissen angeglichen haben, aber ich werde nicht in den Ritzen verschwinden, mich in der Wohnung verstecken oder die Tafel aufsuchen, nur damit ihr mich nicht mehr ansehen müsst. Es gibt Tausende von uns, und wir sind weder Ratten, noch verkriechen wir uns im Untergrund.*

Marieke hat alles aufgenommen und hört es sich immer wieder an. So umspielt die Geschichte ihre Tatsachen immer wieder anders. Ich habe den Beamten gesagt, dass ich mich um Vera kümmere, sie nach Hause bringe und für die Konsequenzen ihres Ladendiebstahls aufkomme.

Und da sind wir jetzt: in ihrer Wohnung, bei Tee und Keksen mit ihr, Wellensittich Joey und dem Geist von Victor. Es war reiner Zufall, dass ich zu dieser Zeit und an genau diesem Tag an dem Supermarkt vorbei kam. Ich sage *Zufall*, aber Zufall ist nur ein Wort, das wir der Zusammenballung der Welt um uns herum geben, den enger werdenden Kreisen ihrer Geschehnisse.

Ich habe Vera kennengelernt, weil es schlicht und einfach so sein sollte.

Als ich mich an diesem ersten Tag mit Vera unterhielt, ging Marieke mit ihrem Aufnahmegerät durch die Wohnung und suchte nach Victor. Sie hoffte, vielleicht ein oder zwei seiner Atemzüge einzufangen, ein paar vereinzelte Wörter, die er womöglich zurückgelassen hatte. Sie kam zu dem Schluss, er sei «hauptsächlich im Wohnzimmer». Dem stimmte Vera zu.

Jetzt bin ich hier regelmäßig zu Gast, immer wieder mit Marieke, obwohl Sigrid dagegen ist und Gary findet, ich spinne. Aber warum nicht? Marieke liebt Kekse ebenso wie Spukerscheinungen.

Marieke ist nach oben verschwunden, um den Klang der Zimmer aufzunehmen und zu sehen, ob Victor «sich ausgebreitet hat». Sie berichtet Vera, sie könne «die Rückseite seiner Stimme» hören. Vera freut sich und sagt: «Ich auch.»

Aber heute will sie mir bei dem Fall helfen.

«Das klingt jetzt vielleicht zynisch, Inspector, und ich bitte auch um Verzeihung», stottert sie herum, «aber wenn Ihr Lehrer sich als die Sorte von Mann entpuppt, die mit jungen Burschen Dinge anstellt, dann gehört er eher nicht zu der Sorte, die Dinge mit erwachsenen Frauen anstellt.» Sie sieht zum Sessel ihres Mannes, um Zustimmung zu bekommen, und erhält sie offenbar auch, denn etwas selbstsicherer fährt sie fort: «Aber was weiß ich denn schon? Jeder kann unter den passenden Umständen *alles* machen – ist es nicht das, was sie Ihnen am Polizei-College beibringen oder wie immer man das nennt?»

«Das wusste ich auch schon ohne Polizei-College, Mrs. Snow, aber ich verstehe ganz gut, was Sie meinen.»

Sie hat recht, also fast: bei sexuellen Übergriffen geht es meist um Spezialisierung, wohingegen Gewalt der große Alleskönner ist. Aber ich bin nicht hergekommen, um mit ihr über Wolphram und Zalie zu reden, deshalb wechsle ich das Thema. «Kann ich denn etwas für Sie tun, solange ich da bin?» Ich habe begonnen, kleine Dinge für sie zu erledigen, etwa den Abfluss im Wintergarten reinigen, eine Sicherung wechseln – Dinge, die früher Victor gemacht hat und auch wieder tun wird, wenn er … was? Wieder gesund ist? Etwas weniger tot ist?

Ich habe aufgehört, ihre Realität in Frage zu stellen; es ist leichter, dahingehend nachzugeben und sie wo nötig mit ihr zu teilen. Nur kann ich auch nicht so tun, als würde sie mich nicht faszinieren.

«Danke, das ist sehr freundlich. Aber wir brauchen gerade nichts, oder?» Sie sieht erneut zu dem Sessel und dreht sich dann lächelnd zu mir.

Wir beenden unsere Teestunde schweigend. Mrs. Snows Tasse steht unberührt auskühlend auf dem Couchtisch vor dem Kamin-Imitat. Daneben liegt sein letztes Kreuzworträtsel. Der letzte Kulistrich in der Kästchenreihe links oben ist länger als ich ihn in Erinnerung habe und stellt vielleicht – so ich das nicht nur so sehen möchte – den Beginn eines Wortes dar, das Rückgrat eines Buchstabens: L? P? Großes E? Der Rest des Kreuzworträtsels, der Teil mit den Fragen, wurde abgerissen. Ein paar Wörter zeigen sich, ohne wirklich erkennbar zu sein, tasten sich aber von der anderen Seite des Blattes nach oben vor. Das ist wie bei trübem Wasser, in dem man unter der Oberfläche Umrisse erkennt, aber nicht sagen kann, ob die Umrisse das Wasser mit ihren Turbulenzen aufwirbeln oder die Turbulenzen so aussehen wie Umrisse.

Aus den Wörtern, die dastehen, versuche ich eine Bedeutung herauszulesen – vergeblich. Wir glauben immer, die andere Seite hätte Wichtiges zu sagen, auch wenn es gar keinen Grund dafür gibt. Bedeutungsvoll zu sein, ist nicht die Aufgabe der Toten. Das müsste sie eigentlich ganz schön entlasten, also dass hier keinerlei Druck besteht. Trotzdem untersuche ich die Buchstaben, finde sie aber so nichtssagend und undurchlässig wie das Linoleum auf Veras Küchenboden: ‹Fahrkarte›, ‹Borste›, ‹Traumhaus›.

Sie will, dass er zurückkommt, und stemmt noch den schmalsten Spalt in der Dunkelheit auf, um ihn einzulassen.

Und ich glaube, er kommt auch. Stück für Stück.

Oder dass er tot ist, sie den Verstand verloren hat und ich das ebenfalls tue.

Europäisches Kino

Eines Nachmittags zeigt Mr. Wolphram in der Englisch-Doppelstunde einen Film. Es ist ein langer, skandinavischer Film über einen Bruder und eine Schwester, deren Vater stirbt und deren Mutter einen griesgrämigen, autoritären Pfarrer heiratet. Das ist alles, was die Jungs verstehen, und es gibt Untertitel, was sie noch mehr abschreckt. Aber das ist erst der Anfang. Mr. Wolphram informiert sie nüchtern, dass er fünf Stunden dauert («dreihundertzwölf Minuten», sagt er), und schiebt die erste Kassette in den Videorekorder, den er – halb Leichenwagen, halb Filmvorführgerät – aus dem Lehrerzimmer besorgt hat.

Die in den hinteren Reihen stoßen Pfiffe aus und verpassen sich gegenseitig Kopfnüsse. Sie können sich nicht entscheiden, ob kein Unterricht und neunzig Minuten im Dunkeln, neunzig Minuten des Herumfurzens, Sauerei-Machens und Pimmel-in-die-Tische-Gravierens, besser sind als normaler Unterricht, bei dem es zumindest eine Pause gibt, das Licht an ist und man weiß, wo man sich befindet: inmitten der gewohnten Langeweile. Sie sind schnell gelangweilt, aber eher so, dass sie gar nicht davon ausgehen, es könnte sie etwas interessieren. Ihre einzige Hoffung besteht morgens auf dem Schulweg in einer Veränderung der Langeweile, einer Auswahl aus den unterschiedlichen Versionen: Naturwissenschafts-Langeweile, Reagenzglas-Langeweile, Wort-

Langeweile, Zahlen-Langeweile, Jesus-Langeweile, Toga-und-Senat-Langeweile, Könige-und Königinnen-Langeweile. Das ist der Lehrplan, weshalb ein Film, noch dazu ein skandinavischer, bei dem es vielleicht Titten und ein bisschen Rumgemache gibt, doch vielversprechend klingt.

Nur dass der Film das nicht ist. Auch ohne zu wissen, dass er fünf Stunden dauert, spürt man sofort, dass er genau das tut. Jeder Moment wird verdoppelt, verdreifacht, aus jedem Blickwinkel betrachtet. Es ist, als sei jede Fuge der Kameraarbeit, der Geschichte, der Handlung und der Dialoge mit einem expandierenden Zeit-Schaum vollgespritzt worden. Der Film ist ein schlechter Start für Mr. Wolphrams Nachmittag des Europäischen Kinos, und keiner begreift, warum er gerade den ausgesucht hat. Die Jungs in der letzten Bank raufen, ein paar gehen auf die Toilette und bleiben zu lange weg; der eine oder andere holt sich vielleicht schnell einen runter. Manche kichern, lachen oder werfen mit Gegenständen herum. Mr. Wolphram ist hinausgegangen. Vermutlich erträgt er es nicht, dass über einen Lieblingsfilm von ihm gespottet wird. Aber warum zeigt er ihn dann? Selbst Ander und Danny, die das Gefühl haben, sie selbst und andere Jungs wie sie müssten ihn würdigen und mit gutem Beispiel vorangehen, finden ihn anstrengend.

Ein paar gute Schüler sind da darunter: Dave Sweeting in der ersten Reihe, der alles gut, aber unauffällig macht, ohne rechte Vorlieben zu zeigen. Dann gibt es noch Neil Hall, eine Art Semi-Grufti, der sich mit einem Kompass und schmerzstillendem Spray ein

Loch ins Ohr gestochen hat, weshalb dieses Ohr seit drei Monaten von einer burgunderroten, mit grünem Eiter durchsetzten Kruste geziert ist. Gwil Isaac, der Filme mag und seinen schmalen Wandbereich im Schlafsaal mit Filmplakaten vollgehängt hat. Rich Nicholson, der Klassen-Poet. Sogar die sind unruhig. «Bis jetzt nur ein Arsch – von einem Typ – und keine Titten», sagt hinten jemand. Irgendwann kommt eine Szene, in der ein Mann drei Kerzen ausfurzt, und das durch seine aufwändige Unterwäsche hindurch, diese langen, leicht verdreckten Unterhosen, wie man sie früher in Filmen und kalten Ländern immer trug.

Dann, ganz ruhig, wie durch eine Übernahme, einen trägen, sich kräuselnd ausbreitenden Putsch, hören sie auf zu reden, fangen an zuzusehen, versuchen mit gerunzelter Stirn den Untertiteln zu folgen und den Dialogen, dann sogar ohne sie zu verstehen. Ander und Danny bemerken es zuerst: sie passen auf, nur tun das jetzt alle. Die Langsamkeit des Films ist mit etwas anderem durchsetzt, etwas Hartem und Dunklem, mit schneidenden Momenten der Freude wie gleichermaßen des Elends. Die Hilflosigkeit der Kinder, als ihr Vater stirbt, gefangen in der gotterfüllten, aber leeren Welt, die ihr Stiefvater um sich herum erschafft, ist so schrecklich wie packend. Was Ander an dem Film am meisten fasziniert, ist der Hall: Die Räume sind so groß, die Böden aus Holz, die Wände reflektierend. Die Welt ist so gestaltet, dass man sich klein fühlt. Genau wie hier, denkt Ander, genau wie alles um mich herum. Der Hall des Films ist so wie der in der Schule. Er macht, dass man sich verlassen und gleichzeitig beobachtet fühlt, oder besser: belauscht – als könne man sich nicht bewegen, ohne die eigenen Geräusche mitsamt ihren widerhallenden Geistern abzuschütteln.

Am Ende der Doppelstunde kommt Mr. Wolphram herein und drückt auf ‹Pause›. Das Band hält surrend an. Er sagt ihnen, dass, wer mag, am nächsten Nachmittag, einem Samstag, wiederkommen und sich den Rest ansehen kann – dass er da sein und das Gerät für sie anschalten wird.

Samstage sind wertvoll. Das ist Freizeit, In-die-Stadt-geh-Zeit, Beim-weit-von-der-Schule-entfernten-Kiosk-Schnaps-kaufen-Zeit. Die Vorstellung, dass jemand freiwillig auf seinen Nachmittag in der Stadt verzichtet, um weitere dreieinhalb Stunden diesen skandinavischen Zeitgletscher auf dem Bildschirm schmelzen zu sehen, ist absurd. Und das auch noch im Klassenzimmer. «Na klar – bis dann also», sagt Jonny Kebab nervös. Niemand kommentiert seine Aussage; alle gehen einfach träge und unentschlossen hinaus, umkreisen dabei das Videogerät, wo Mr. Wolphram steht, ihnen zusieht und jedem einzeln zunickt. «Na klar!», sagt Jonny erneut, indem er sich nach Zustimmung umsieht, ohne sie zu erhalten.

Und doch sind am nächsten Tag alle da: nicht nur Ander und Danny, Neil, Rich und Sweeting sowie ein paar andere aus den mittleren Reihen, sondern auch etliche der Jungs, die gestern noch herumgepupst, gelacht und das Ganze als langwierigen, nervtötenden Witz abgetan haben. Sie kommen leise herein, fast als würden sie sich schämen, ausnahmsweise einmal interessiert und bei der Sache zu sein. Manche haben

Süßigkeiten und Chips dabei. Sogar Jonny Kebab ist da, mit einem Pint Sherry, zur Tarnung in eine Packung Orangensaft umgefüllt. Er hat auch Plastikbecher dabei, um seinen Fusel wie ein Kino-Platzanweiser verkaufen zu können. Mr. Wolphram kommt herein, und selbst wenn er überrascht wäre, so viele von ihnen anzutreffen, lässt er sich das nicht anmerken. Von den achtzehn Schülern der Klasse sind dreizehn anwesend, und das für einen skandinavischen Film mit Unteriteln, den sie nicht einmal sehen müssen, der nichts mit ihrem Englischunterricht und schon gar nicht mit irgendwelchen Prüfungen zu tun hat und der ihnen den Samstagnachmittag stiehlt.

Aber sie sind gekommen und bleiben jetzt auch. Ander sieht, wie es draußen dunkel wird und der Nachmittag schwindet, aber das ist ihm egal. Allen ist es egal. Sie starren auf den Bildschirm, verstehen nur die Hälfte und sind von der kalten Rebellion des Jungen mitgerissen, der gescholten, geschlagen und eingesperrt wird, aber dennoch trotzig bleibt und Widerstand leistet. Er durchschaut die Erwachsenen, durchschaut ihren Gott, durchschaut den Palast aus kaltem Glas, den sie in sich errichtet haben, um ihn zu ehren.

Als Ander den Jungen, diesen Alexander Ekdahl, so etwas sagen hört wie: «Wenn es einen Gott gibt, dann ist er ein Scheißgott, und ich würde ihm gern in den Arsch treten», fühlt er sich vor Begeisterung ganz schwach. Ganz leicht.

Es ist, als würde er sich in Luft auflösen.

Ein gebrochenes Hezr

Die forensischen Berichte sind gekommen und erzählen uns alles, was wir bereits wussten, nur etwas ausführlicher. Es sind Fakten, wenngleich keine, die uns weiterhelfen: Sie war in Mr. Wolphrams Auto, er ist in ihrer Diele gewesen. Sie *war*, er *ist gewesen*. Es sind vor allem Haare, der eine oder andere Fingerabdruck; keine Haut, kein Blut, keine Anzeichen von Gewalt oder Sex. Ihre Haare und etwas Kopfhautfett an der Wand ihrer Diele, was dazu passt, dass sie dagegen gedrückt wurde. An beiden Orten gibt es noch andere Spuren, von anderen Leuten, nur wissen wir nicht, wer die sind. Wir haben sie katalogisiert und müssen sehen, ob sie zu jemandem passen. Gary will jeden in der Straße testen, aber Deskfish meint: «Wozu?» Wir haben doch unseren Mann, oder?

Sie wurde ein Mal geschlagen, sehr fest, auf die Gurgel, dazu noch an die Schläfe, als sie sich vermutlich weggedreht hat. Dann wurde sie erwürgt. Offenbar ist das Erwürgen in einem Zug erfolgt, durch einen stetigen Druck, weder durch Gegenwehr ihrerseits, noch durch ein Zögern des Täters unterbrochen. Meist kann man beim Erwürgen nachweisen, ob der Mörder seinen Griff verloren (es ist immer *seiner* – trotz unserer Schulung in geschlechtsneutraler Sprache bei Protokollen) und irgendwo anders angesetzt hat, etwas höher oder tiefer, unsichtbar für ihn, aber glasklar für die Pathologen, die sowohl die tödliche Drucklinie erkennen, als auch ein, zwei andere darunter oder darüber.

Man lernt viel über die Zeit, wenn man Quetschungen untersucht. Eine Quetschung ist eine Studie der Zeit, also dessen, an was sich das Fleisch erinnert.

Aus Zalies Berichten kann man nicht viel schließen, außer dass der Mörder kräftig war und egal, wie sehr sie sich wehrte, weder den Griff lockerte, noch zögerte oder die Position veränderte. Es ist auch nicht schnell passiert. Außerdem war der Druck abwärts gerichtet, also nicht nach oben oder auf gleichem Niveau; das bedeutet, dass er größer war als sie.

Mr. Wolphram ist größer, aber ist er wirklich groß genug? Wir haben seine Hände gemessen. Er wollte den Grund dafür wissen, nur wusste er natürlich, warum.

Wir wurden angewiesen, uns auf Mr. Wolphram zu konzentrieren, deshalb ist das mit den Nachbarn nicht so dringend. Die kommen irgendwann auch noch dran, aber Deskfish hat gesagt, wir sollten uns um Mr. Wolphram als *Haupt*-Tatverdächtigen kümmern sowie um mögliche Zeugen, die diesen Verdacht erhärten können. Die Nachbarbefragungen von Tür zu Tür haben abgenommen, und das Material, das von der Videoüberwachung kommt, ist weitgehend unergiebig. Für später ist vorgesehen, dass ein Aufruf der Familie und ihres Freundes ausgestrahlt wird. Außerdem will die Polizei Zalies letzte bekannte Aktionen rekonstruieren – ihren Heimweg vom Pub, über den Supermarkt und zurück in die Wohnung. Hoffentlich werde ich so lange von dem Fall abgezogen, dass ich das verpasse, aber eben nicht länger. Sie werden ihre letzten Stunden nachstellen: den Gang über die Brücke zum *Harcourt Arms*, wo sie mit ihren Freundinnen zwei Getränke konsumierte, ihren Aufbruch von dort, den Besuch des Supermarkts, wo sie das ‹Dine in for two›-Fertiggericht kaufte, das sie nie geöffnet hat und das noch in der Tüte steckte, die sie auf den Esstisch gelegt hat und die jetzt im Labor auf Fingerabdrücke untersucht wird.

In einem Nachbarrevier haben sie eine Polizistin gefunden, die ihr von der Größe und Figur her ähnelt, und für diese Frau ähnliche Dinge gekauft, wie sie an dem Abend anhatte: eine graue Pudelmütze mit Kunstfellbommel, einen grünen, knielangen Mantel, Jeans und weiße Sportschuhe.

Ihre Computerauswertung liegt vor. Sie ist viel interessanter als die von Mr. Wolphram. Es gibt drei Suchen nach ‹Stalking› und eine nach ‹Spanner›. Sie war nur wenige Minuten auf jeder Website und hat auch nicht groß weitergeklickt: Eine ist die Polizei-Seite, die allgemeine Informationen zu Internetsicherheit, Anruferkennung und Blockieren gibt; dann eine örtliche Initiative zur Sicherheit von Frauen; außerdem noch die Auskunfts-Website der Regierung. Die letzte Suche war am 29. November, also drei Wochen vor ihrem Tod. Sie wirkt mehr wie eine ‹Neugierssuche›, nicht wie eine ‹Hilfssuche›. Trotzdem setze ich da nach. Die Videoüberwachung an beiden Enden der Brücke sowie ganz kurz die vor dem Supermarkt sind alles, was wir haben. Wir sehen sie schnell und ohne einen Verfolger über die Brücke und wieder zurück gehen, dann in den Supermarkt und wieder heraus. Außerdem sind da nur die Häuser, die *Neighborhood-Watch*-Schilder, die Luxusautos und Carports einer betuchten Vorortklientel.

Ich bin den Weg selbst schon abgegangen, habe die gleichen Schritte gemacht, als enthielten die Straßen, der Asphalt, ja, sogar die Luft als solche Spuren dessen, was passiert ist. Indem wir ihre Schritte, wie man so schön sagt, ‹zurückverfolgen›, denken wir, wir könnten sie gleichzeitig auch zurückspulen und den Moment finden, in dem sie durch ein anderes Abbiegen, eine andere Straße, eine andere Dezemberdunkelheit noch da wäre und das täte, was sie eigentlich hätte tun sollen: ihre Eltern anrufen, sich auf den Besuch ihres Freundes vorbereiten, die Weihnachtseinkäufe machen. Ihre automatisierte Abwesenheitsmail vorbereiten. In der Castle Street, ziemlich genau zwischen der Brücke und ihrer Wohnung, gibt es ein neues Graffiti. Es ist auf der anderen Seite des Geschäfts, in dem sie ihre letzte ungegessene, ungeöffnete Mahlzeit gekauft hat, und zumindest hier ist die Videoüberwachung deutlich: Sie geht am Haus Nr. 44 vorbei, mit seiner hohen Backsteinmauer und einem langestreckten Garten, der zu dem dreistöckigen georgianischen Haus mit den zwei Geländewagen davor führt. Als sie an diesen rund zehn aufgenommenen Metern vorbeigeht, steht nichts auf der Mauer. Aber am nächsten Morgen, zeigt uns die Videoüberwachung, ist dort in Großbuchstaben aufgesprüht: SALLY DU BRICHST MIR DAS HEZR. Den genauen Zeitpunkt wissen wir nicht – die Kamera wird zwischen Mitternacht und 6 Uhr morgens ausgeschaltet –, aber um 23 Uhr ist da kein Grafitti, um 6 hingegen schon.

«Der muss ja draufgewesen sein», sagt Gary. «So aufgeregt, dass er auch noch falsch schreibt. In deiner Schule war der sicher nicht, Prof.»

«So ist das mit dem Kummer, Gary», erkläre ich ihm. «Er verdreht die Wörter genau dort, wo wir sie spüren.»

«Echt jetzt, Prof?», meint er sarkastisch. «Weil ich bin ja nur ein Prolet, der keine Ahnung von Gefühlen hat.»

Später müssen wir zur Castle Street Nr. 44 und mit Sally reden, dieser Brecherin der *Hezren*, denn wenn ihr unerhörter Verehrer in der Gegend war, um seinen wirren Kummer zu versprühen, dann hat er vielleicht etwas gesehen.

Ich fahre noch einmal zu dem Haus, in dem Zalie gewohnt hat, aber diesmal nicht, um mich innen umzusehen, sondern draußen.

Danny und Ander

Da Englisch ihr Leistungsfach ist, haben sie Mr. Wolphram in seinem Privat-Revier. Manche Lehrer, vor allem die älteren, kommen nicht in die Klassenzimmer. Sie haben ein eigenes als Hauptquartier, das so intim wie ihr Schlafzimmer ist – bei Leuten wie Morbender oder dem Doc vielleicht noch intimer. Sie dekorieren sie und hängen Poster auf, und jeder Raum hat seine ganz eigene Aura. Mr. Wolphram hat Kinoplakate: *Quadrophenia*, *Blow-up*, *Letztes Jahr in Marienbad* und eines, das Ander nicht mehr einfällt, wo der Tod mit einem Ritter Schach spielt. Es gibt gedruckte Gedichte und Schriftstellerporträts, außerdem Werbeposter von ausländischen Kunstgalerien und Konzerten. Es gibt ein gerahmtes Konzertplakat für The Who in Knebworth. Sogar mit Autogramm, nur ist das so hingekrakelt, dass man nicht sagen kann, von wem.

Es gibt ein Gemälde, von Caravaggio, *Die Enthauptung Johannes des Täufers*. Ander betrachtet es ausgiebig, studiert die Gliedmaßen des Enthaupters und des Enthaupteten im milden Licht der Bildmitte, neben dem die Hintergrunddunkelheit ihre Details nur langsam preisgibt: die unruhige Wand und die vergitterte Fensteröffnung, durch die zwei Gefangene zusehen. Noch etwas anderes fällt ihm auf: Der sterbende Mann hat den Arm angewickelt, der Ellbogen zeigt nach oben; der, der ihn tötet, hebt den Arm im gleichen Winkel, auch der Ellbogen ist gleich.

Auf dem Steinboden ist Blut, wenngleich weniger als erwartet, und der Arm des Henkers ist angespannt, um den Kopf des Täufers unten zu halten, der aber schon abgetrennt ist. Oder hebt er ihn nach getaner Arbeit auf? Wolphram hat ihnen erzählt, dass bei der Restaurierung Caravaggios Unterschrift im Blut entdeckt wurde. Auf dem Kunstdruck sieht man das nicht, aber trotzdem fasziniert sie die Vorstellung, dass selbst ein vierhundert Jahre altes Bild noch lebendig genug ist, um sich verändern zu können. Das Schwert liegt am Boden, und seine Spitze reflektiert das spärliche Licht des Bildes. Sie ist silbern, während das restliche Licht – auf der Haut, den Gesichtern, der Schale, die eine vorgebeugte Frau für den Kopf hinhält – die verschiedensten Goldtöne hat. Über welches Detail denkt Ander am meisten nach? Das ist die Frau, die entsetzt zusieht, sich mit beiden Händen an den Kopf fasst, als würde er gleich abfallen oder, denkt Ander, um zu überprüfen, ob er noch dran ist, dort, wo er hingehört, und nicht am Boden oder in einer goldenen Schale. Ander hat irgendwo gelesen, dass der Kopf schwer ist, viel schwerer als man denken sollte bei seiner Zusammensetzung aus Brei und Knochenmasse, die ihm die Form gibt und alles drinhalten soll. Im Grunde ist der Schädel nichts als ein Traumfänger aus Knochen.

Warum ist er schwer? Dass der Kopf schwer ist, weiß er von all den Momenten, in denen er über die Balustrade der Brücke schaut. Wie er da nach unten zieht. Er weiß, es ist lächerlich und vollkommen unwissenschaftlich, aber für ihn liegt das daran, dass dort alles passiert, was von uns «wir selbst» genannt wird, und größtenteils auch dort bleibt. Alles hat sein eigenes Gewicht, seine eigene Masse, denkt Ander, und der Kopf ist am schwersten, weil wir dort alles aufbewahren und alles etwas wiegt.

Mr. Wolphrams Klassenzimmer ist wie das Innere von jemandes Kopf. Nicht von *irgendjemand*, sondern einer bestimmten Person. Ander stellt sich das Innere von Mr. Wolphrams Kopf wie dieses Klassenzimmer vor: mit Sachen vollgestopfte Schubladen und Schränke, teils chaotisch, teils ordentlich, manches davon in Dauernutzung, anderes aufgeräumt und vergessen, aber immer anwesend – verstummt, aber nach wie vor anwesend. Genau wie Sachen im Müll landen und deshalb noch lange nicht verschwunden sind.

Mr. Wolphram ist der einzige Lehrer mit Büchern, die über den Lehrplan hinausgehen, und er leiht sie den Jungs, wenn sie das in seinem kleinen, blauen Notizbuch quittieren. Ander hat bislang noch keines ausgeliehen und ist enttäuscht, dass ihm bislang auch keines angeboten wurde. Er hat ein paar entdeckt, die ihn interessieren, zumindest vom Titel her. *Lust und Laster* ist eines davon, definitiv vielversprechend. Ein anderes heißt *Troubles*. Ebenfalls ins Visier genommen hat er *Corruption and Other Stories*. Nur traut er sich bislang nicht, um eines davon zu bitten. Der Gedanke, dass es da um Sex geht, und sei es noch so wenig oder in ewig lange Sätze verpackt, beflügelt seine Seele und erregt seinen Körper. Dieses ganze *mens sana*, aber umgedreht – das ist es, was er sich erhofft. Danny hat schon drei Bücher ausgeliehen, weil Danny eben fragt und nicht nur gut in Englisch ist, der beste in der Klasse, sondern ein Selbstvertrauen besitzt, das den anderen abgeht.

Ein paar Lehrer sind nett, auf eine zerstreute, tendenziell unberechenbare Art. Ein oder zwei sind fokussiert und professionell, nur sind das genau die, die nicht über den Unterricht hinaus dableiben. Sie haben ihr eigenes Leben, Kinder und Ehefrauen oder Männer, und ein Zuhause, das nicht aus einem Apartment oder Zimmer auf dem Chapelton-Gelände besteht. Die beiden einzigen Lehrerinnen hier, Mrs. Pizzi für Kunst und Mrs. Mason für Französisch, werden von den Jungs wie Exotika und von den meisten Lehrern wie eine andere Spezies behandelt. Ander bemerkt den Hormonschub, den sie verursachen, bei den Jugendlichen ebenso wie bei ihren erwachsenen Kollegen. Der Pesthauch von frustriertem Sex, Andeutung und masturbatorischem Missmut begleitet sie wie die Titelmelodie in einem Film. Ihre Hinterteile werden angesehen und mit Seufzern bedacht, ihre Ausschnitte sind Gegenstand der Forschung, und ihrem Blick wird ausgewichen oder zu lange standgehalten. Wenn die Frauen den Raum verlassen, ziehen die Männer für die Jungs verschwörerisch die Augenbraue hoch und machen Bemerkungen über ihre Kleider oder Schuhe. Manchmal fragen sie die Jungs geradeheraus, was sie von ihren Beinen oder Titten halten, wie sie wohl im Bett sein mögen, ob letzte Nacht womöglich etwas *lief*. Sind die Frauen anwesend, kichern sie über den universellen Insider-Witz, ein Mann zu sein. Die Jungen saugen das alles auf, eignen es sich an, bis dieser Mix aus sexueller Drohung und sexueller Furcht die Klassenzimmer erfüllt, in denen Mrs. Pizzi und Mrs. Mason unterrichten müssen. Die müssen ganz schön abgebrüht sein, denkt Ander. Er ist froh, dass sie abgebrüht sind, denn er mag sie und möchte nicht, dass sie sich unwohl oder gar gedemütigt fühlen. Aber dann denkt er: warum eigentlich? Warum *müssen* sie dauernd abgebrüht sein?

Ander kommt in Französisch gut mit, deshalb mag ihn Mrs. Mason, und weil er auch gut zeichnen und malen kann, nimmt sich Mrs. Pizzi mehr Zeit für seine Resultate – das Stillleben einer Ananas, das Wasserfarbenbild eines Sonnenuntergangs, den er so noch nie gesehen hat, sich aber definitiv wünscht – als bei allen anderen. Mrs. Pizzi ist Töpferin, und Ander mag die Stunden besonders gern, in denen sie ihnen zeigt, wie man den Ton formt und auf der Scheibe dreht. Er findet es toll, dass der Ton alles sein kann, was man will, bis er getrocknet oder gebrannt ist. Dann bleibt er so und lässt sich weder biegen noch drehen, nur noch zerbrechen. Er erinnert ihn an den Schlamm der Mündung, den er von der Brücke aus sieht und in die Hand nehmen will, um ihn zu formen.

Aber Mrs. Mason und Mrs. Pizzi wohnen nicht in der Schule, und da sie auch keine Klassenlehrerinnen sind, haben sie keinen eigenen Raum. Noch vor dem Ende des Schultags gehen sie wieder und holen ihre eigenen Kinder von der Schule ab, die, wie Ander feststellt, in beiden Fällen nicht diese ist, also Chapelton. Er freut sich für sie, dass sie einfach so gehen können, aber wenn er sie mit ihren Kindern sieht, ist er auch ein bisschen eifersüchtig. Mrs. Masons Sohn, von dem sie – nicht aus persönlicher Neigung, sondern als Teil des Unterrichts – nur auf Französisch erzählt, ist fünfzehn und in der örtlichen Gesamtschule, wo er eine Freundin hat und sich auf seine O-Levels vorbereitet. Ander würde sofort mit ihm tauschen, O-Levels hin oder her. Er würde sämtliche Prüfungen absitzen, um am Nachmittag zu Mrs. Mason heimkehren zu dürfen. Sex mit ihr kann er sich nicht vorstellen, er kann da auf wenig bauen, und seine anatomischen Kenntnisse sind viel zu dürftig – klar kennt er alle Teile, nur kann er sie nicht sinnvoll zusammenfügen –, also stellt er sich stattdessen vor, wie ihre Wohnung aussieht. Allein das fühlt sich schon zu intim an, zu aufdringlich. Er ist ein Einbrecher im Geiste, der sich allerdings nur umschauen will. Wenn möglich, auch etwas anfassen. Er denkt, er sei der Einzige, der das macht, sich die Welt aus Wissensfetzen zusammenstückelt, aus erlauschten Dingen, Fragmenten des Gesehenen, einem Körper, der dem Verstand nicht gehorcht, und einem Verstand, der das auch gar nicht will.

Eines Tages, als nach Französisch keiner hersieht, lässt er seinen Mund über die Tasse gleiten, aus der sie ihren Tee getrunken hat; ein andermal legt er die Wange auf die Sitzfläche ihres Stuhls und spürt ihre Wärme. Er ist sich nicht sicher, ob er auf ein bisschen Mütterlichkeit aus ist oder auf ein bisschen Sex.

Ein oder zwei Lehrer leiden noch mehr als die Schüler. Noch schüchterner, noch dünnhäutiger, definitiv noch sensibler als sie selbst, halten sie es teilweise nur ein oder zwei Trimester aus und verschwinden dann. Manche sind noch früher weg, wie etwa Mr. Willis, der runde, traurige, freundliche und außerordentlich kahlköpfige Geografielehrer: «Ein einziges Nagasaki des Hauptes», sagte Danny dazu. Ron Willis kam eines Tages ohne Hemd und Schuhe an, zertrümmerte das Klassenzimmer, steckte die Hand durch die Fensterscheibe und drehte sie, bis sich die Haut an seinem Arm wie ein Briefumschlag öffnete, um dann heulend am Pult zu sitzen, bis der Krankenwagen kam.

Andere Lehrer scheinen sich an den Rändern abzunutzen: sie fangen an zu hinken, ihre Stimmen werden leiser, sie lassen die Unverschämtheiten durchgehen, die vergessenen Hausaufgaben, die Abwesenheiten; sie versäumen selbst den Unterricht, die Vertretung ist öfter da als sie selbst, und dann sind plötzlich ihre Namen, die am Schwarzen Brett stehen oder bei der Schulversammlung erwähnt werden, das Solideste an ihnen.

Den jungen Englischreferendar Mr. Lawnder mögen sie eigentlich, nur ist der viel zu dünnhäutig zum Unterrichten. Er ist freundlich und zerstreut, spricht leise und nur stockend, überlegt ewig, bevor er auf eine Frage antwortet. Die meisten von ihnen haben so etwas noch nie erlebt und nehmen es als Schwäche. Lawnder wirkt, als sei er verwundet. Wenn etwas, das er schätzt, nicht gewürdigt wird, blickt er auf eine Art und Weise zu Boden, dass man Mitleid bekommt und ihn am liebsten an einen sicheren Ort bringen möchte. Er kommt frisch von der Uni und scheint immer in seiner Traumwelt zu sein, einem Parallelleben, in dem er ein gefeierter Dichter inmitten zartfühlender Leser ist. Er war nur zwei Trimester da, aber die waren gut, und manche der Jungs, auch Ander und

Danny, vermissen ihn immer noch. Er war weniger streng als Mr. Wolphram und auch eher bereit, vom Lehrplan abzuweichen. Aber Mr. Wolphram mochte ihn, und die beiden kamen gut miteinander aus und teilten sich die Klasse brüderlich. Manchmal organisierten sie für Mr. Wolphrams Kulturklub gemeinsam einen Ausflug ins Kino oder den Besuch der National Gallery in London. Gelegentlich sah man sie auf dem Gang miteinander reden, über einen gelehrten Witz, vielleicht auch ein literarisches Wortspiel lachen oder von Büchern schwärmen und den jeweils anderen auf etwas hinweisen. Mr. Wolphram bezeichnete Lawnder einmal vor versammelter Klasse als «freilaufend», als sei er ein Huhn oder Schwein, und Mr. Lawnder wurde rot, weil er verstand, dass das als Kompliment gemeint war. Aber ihm fehlte das Stählerne, Mr. Wolphrams Fähigkeit, *an* der Schule zu sein, ihr aber irgendwie nicht *an*zugehören. Die Gedichte, die er vorlas, gingen ihm nah – er wurde beim Lesen rot oder bleich, erbebte oder wischte sich die Tränen aus den Augenwinkeln. Er war nicht wie Wolphram, der so forensisch vorging, dass man dachte, er würde den Text operieren; bei Lawnder dachte man, das Gedicht sei ein Teil seiner selbst. Er zuckte zusammen, wenn man etwas Dummes oder Grobes sagte. Wolphram ignorierte einen nur, ließ deine Dummheit in der Luft hängen und dich anklagen.

Lawnder geht mit den Jungs in den Zoo. Er kennt die Architektur in- und auswendig, jedes Baumaterial, jedes technische Detail, jeden Zeitraum, in dem ein Gebäude ‹erigiert› wurde. Er ist so naiv, dass er tatsächlich ‹erigiert› sagt, und sieht ganz verdutzt aus, als die Jungs kichern. Er liebt den Zoo und macht andauernd Fotos. So wie er das sieht, zerstören ihn die Tiere, indem sie alles vollscheißen und Knochen, Federn und abgelegte Häute hinterlassen. «Der denkt wohl, auch Wohnungen gehen kaputt, nur weil Leute drin wohnen», sagt McCloud, und vermutlich hat er recht damit. Lawnder hasst es, wenn er Schubkarren voller Tierdung sieht und die Art-déco-Mülleimer fast überlaufen vor Chipstüten, triefenden Verpackungen und fettigem Pommes-Zeitungspapier.

Mr. Lawnder hat die Jungs in Diskussionen verwickelt, sie nach ihrer Meinung gefragt und diese auch wirklich äußern lassen. Die meisten Jungs fanden das doof, weil es ja schließlich *sein Job* war, ihnen *Dinge zu erzählen und nicht Fragen zu stellen*. Bei ihm ist der Unterricht also öfters rüpelhaft und tumultartig, und wie es heißt, gibt es sogar Beschwerden über fehlende Disziplin oder eines dieser Wörter, die Ander zu beargwöhnen oder gar fürchten gelernt hat: *Autorität, Führung, Respekt. Scheißwörter*, denkt er, und zwar auf Englisch, denn mittlerweile denkt er auf Englisch, das ist leichter, er muss sich beim Reden nicht mehr selbst übersetzen, *Arschlochwörter*. Mittlerweile *wird* er übersetzt.

Einmal wurde Mr. Lawnder von Doc Monk besucht und *auf ein Wort* aus dem Klassenzimmer geholt, weil die Klasse zu unruhig geworden war und über zwei Gänge hinweg bis ins Rektorat gehört wurde. Dann übernahm der Doc den Rest der Doppelstunde: Achtzig Minuten Diktat aus einem Lehrbuch mit soßenfarbenem Einband.

Lawnder blieb nicht lange. Seine wahre Leidenschaft war das Gärtnern. Eines Tages kam das Sommertrimester, er hingegen nicht. Jetzt sehen sie ihn manchmal in den Stadtparks arbeiten, wo er sich Zigaretten dreht und verträumt in den Beeten herumharkt. Ander wollte einmal mit ihm reden, im Park bei der Brücke. Mr. Lawnder war gerade dabei, ein Graffiti zu beseitigen, das sich in den porösen Stein gefressen hatte: *Irischen Abschaum aushungern*. Irgendjemand scheint es Monat für Monat aufzufrischen: Jedes Mal ist es noch knalliger, ein noch grelleres Rot, ein noch tödlicheres Schwarz. Lawnder erkannte ihn nicht. Ander versuchte, seinem Gedächtnis mit Episoden aus der Schule auf die Sprünge zu helfen, erwähnte ein Buch, das Mr. Lawnder mit ihnen durchgenommen hatte, aber es war, als würde man jemanden an einen Traum erinnern, den er längst vergessen hat.

Mr. Lawnder, Mr. Willis: beide kaputtgegangen, aber komplett anders: einer, indem er explodierte und die Einzelteile über sein ganzes Leben verstreute; der andere, indem er lautlos implodierte und nach außen hin so stabil blieb, dass man das nur merkte, wenn man ihm ganz nahe kam und seine Augen sah, diesen ausgehöhlten Blick, leer, wie das verlassene Gebäude, zu dem er geworden war. Zwei unterschiedliche Entwicklungen, dachte Ander noch Jahre später – denkt Ander immer noch –, nachdem er dutzendweise Leute eine von beiden hat nehmen sehen: die zentripetale oder die zentrifugale Zerstörung.

Noch mal Parktown

Ich betrachte Zalies Wohnung, sie liegt im Erdgeschoss und hat nach vorne ein Erkerfenster, hinten das Schlafzimmer mit Fenster zum Garten. Das sind die einzigen Stellen, wo sie beobachtet werden konnte, denn das Badezimmerfenster ist zugemalt und auch noch mit Abdrücken von Farnen bedeckt. Die Schiebefenster ihres Wohnzimmers sind «ausgerichtet», wie die Immobilienhändler sagen, zeigen also nach Westen, sodass an einem späten, düsteren Winternachmittag die Sonne, so es eine gibt, flach über den Kies streifend hereinscheint, für kurze Zeit den Raum ausleuchtet und jeden, der dasteht und hinausschaut, fast blind macht. Genauso schnell ist sie auch wieder weg, und man steht im Dunklen, während die oben immer noch angestrahlt werden. Um hier in Zalies Wohnung spähen zu können, müsste man von der Straße kommend das Grundstück betreten und rund zwanzig Meter überqueren, gut sichtbar für die Nachbarn. Hinten müsste man durch ein Holztor im Zaun, dann an Mülltonnen und Rädern vorbei und auf den Rasen. Alles über einen knirschenden Kiesweg, also gut hörbar, auch wenn die Fenster winterdicht gemacht sind, da ohne Doppelglasscheiben. Außerdem sind sie groß, dünne Glasscheiben in hölzernen Schieberahmen und vermutlich denkmalgeschützt. Wir haben den Kies untersucht: Er heißt Cotswold Shingle (Small-Screen-Dave war dafür verantwortlich) und findet sich in jeder Wohnung, an Schuhprofilen und auf jedem Autoteppich.

Als Spanner hätte man ein Teleskop oder Fernglas gebraucht, nur stehen die auch nicht zur Debatte, denn hinter dem Gebäude sind zwei Sportplätze, und die anschließenden Häuser sind viel zu weit weg. Außer man hatte Freude an der Entfernung, an dieser merkwürdig gedämpften und unpräzisen Art des Spannens; außer, die Körnigkeit war kein Spaßhindernis, sondern im Gegenteil ein Aspekt deines Antriebs. Das werde ich ausprobieren und dabei an Garys Motto denken: «Es gibt solche und solche, speziell bei Perversen.» Eine Spezies ist der Spanner, eine andere der Stalker, und wieder eine andere der Mörder. Aber allesamt Spezies, die sich gern kreuzen.

Zalie sah meist nur auf die erste Seite der aufgerufenen Online-Hilfe-Seiten. Nur vereinzelt klickte sie Unter-Seiten oder irgendwelche Links an. Vielleicht kam ihr ein Gedanke und sie wollte einfach mal nachsehen. Vielleicht war sie auch nur neugierig oder machte es für jemand anderen. Vielleicht hatte sie das Gefühl, beobachtet zu werden, fand es dann aber doch nicht mehr so wichtig. Vielleicht *wurde* sie auch beobachtet und hatte einen entsprechenden Verdacht, den sie dann aber schnell wieder abschüttelte. Sie wäre nicht die Erste gewesen, die sich ausreden wollte, was sie im Grunde wusste.

Es gab – es gibt, trotz allem *gibt* – ein Online-Dating-Profil von vor achtzehn Monaten. Es liegt brach – keine Updates oder laufenden Chats, und selbst wenn sie auf der Seite war, hat sie Anfragen nicht beantwortet. Sie muss aufgegeben haben, oder hat jemanden gefunden und hier nicht weitergemacht. Sie schaut sich die Nachrichten an, schreibt aber nicht zurück. Das passt mehr oder weniger zu dem Zeitpunkt, an dem sie ihren Freund Tim kennengelernt hat. Wir werden ihn danach fragen. Weiß er, dass sie eine Zeit lang auf einem Dating-Portal war? Haben sie sich so kennengelernt? Nein, und das ist auch irrelevant, wie ich parallel zu der Frage feststelle: sie hatte mit niemandem auf der Seite Kontakt und muss es sich anders überlegt oder das, was sie da sah, nicht gemocht haben. Ihr Profil ist skelettartig; sie ist Vegetarierin, mag Jazz, Lesen, Sportübertragungen und Reisen. *Drinks*: Cider und Weißwein, Gin Tonic und Cocktails, «manchmal am gleichen Abend!!!». Auf dem Bildschirm ist sie eine umgängliche Person; ihre Identität bausatzartig.

Es gibt ein Profilfoto, das ihr gutes Aussehen herunterspielt, ganz als wollte sie das nicht zum Hauptargument machen. Nicht, dass das jemanden aufgehalten hätte. Ihr Gesicht ist immer noch auf der Seite, jung und strahlend: *ZD, 31, Südosten*. Interessanterweise kreist sie das nicht weiter ein oder nennt die Stadt, in der sie wohnt. Sie könnte überall her sein, von irgendwo am Londoner Stadtrand, wo die Züge zum nassen Sand von Hastings losfahren, oder ebenso gut aus Brighton, Margate oder Southend. Das zeigt ihre Unsicherheit beim Online-Dating, dass sie nicht verortet werden will. *Vorlieben*: CD-Boxsets, Sport, moderne Kunst, Gartenarbeit. *Musik*: Manic Street Preachers, Super Furry Animals, Siebzigerjahre-Disco. Es gibt die Möglichkeit, ein paar Dinge über sich selbst zu sagen, einen Sinnspruch oder ein

Motto. Ihr Satz lautet: «Man weiß es nur, wenn man's versucht – und ich versuch's!»

Sie hat einhundertdreiundachtzig unbeantwortete Nachrichten, außerdem zweihundertnochwas, die ungeöffnet sind. Ich werde Small-Screen bitten, sie durchzusehen und auf Merkwürdigkeiten oder gar Drohungen zu achten. Ich will eine Liste all derer, die sie aufgesucht haben, die ihre Informationen mit der Maus berührt oder mit den Augen überflogen haben. Das wird ihm gewaltig stinken. Er will Autojagden und ich gebe ihm Schnorcheleinsätze im Papierkram. Aber es gibt keinerlei Dialoge. Niemand hat sie kennengelernt, das nicht, und trotzdem wurde ihr Profil mehr als eintausendmal aufgerufen, cyberbefummelt, bildschirmbetascht, augenmäßig abgecheckt und Touchpad-befingert, auf Merklisten gesetzt und gebookmarkt und als Favorit hinzugefügt. Es gibt Hunderte Aufforderungen und Nachrichten, von denen sie die meisten nicht einmal gelesen hat. Aber Gary sagt, das sei normal. Frauen haben Hunderte Besuche, Männer selbst nur eine Handvoll. Manchmal auch gar keine. Die jüngsten Aufrufe ihres Profils stammen von gestern Abend: ‹Bruce aus Middlesbrough› und ‹Medway Man›. Es gibt einen Typ, der sich selbst als «Husky, dusky and musky» beschreibt – rauchig, schummrig und moschusartig –, was laut Gary wie die drei Sexualstraftäterzwerge von Schneewittchen klingt.

Es gibt hier nicht viel von ihr, aber das reicht den Männern da draußen schon. Die einsame Seele kann sich auch aus fragmentarischen Informationen und wenigen Fotos ein ganzes Leben zusammenträumen.

Genau so geht der Stalker vor, denn der Stalker ist ein Geschichtenerzähler, ein Dramatiker, ein Liebhaber von Details, ein Amateurpsychologe, ein Detektiv, ein Intrigant, ein Erfinder von Plots und ein Schänder anderer Leben.

Sie ist tot, aber hier lebt sie noch: die E-Mails plingen rein, die Web-Anzeigen beziehen sich auf ihren Suchverlauf und pulsieren in der rechten oberen Bildschirmecke, algorithmisch generiert und so persönlich zugeschnitten, dass sie wie persönlich zugeschnitten wirken. Es gibt einen Zehn-Pfund-Gutschein bei einem Weinvertrieb. Eine E-Mail ihres Telefonanbieters zu ihren Abbuchungen. Solange du etwas kaufen kannst, lebst du noch; solange dein Geld in Stromrechnungen, Kabel-TV-Gebühren und WLAN-Monatsraten geht, weilst du noch unter uns.

Tot bist du erst, wenn dein Handyvertrag das sagt.

Die Unlöschbarkeit all dessen verursacht bei mir ein Bedauern, das ich mir nur durch die fehlende Finalität erklären kann. Nicht, dass ich so etwas wie Finalität je gekannt hätte. Finalität wäre erst der Anfang. Die Welt hatte noch nie einen Aus-Schalter, klar, aber manchmal sollte man sie doch zumindest leiser stellen können. Außerdem befürchte ich, dass Lynne Forester Zalies Bildschirmexistenz aufspüren und ausschlachten wird: Dating-Profile, Einkaufsverhalten, Tweets, Instagram-Posts. Weil Lynne nämlich auch eine Stalkerin ist, und sie und die anderen Schmierfinken werden das mit dem Dating-Portal hochspielen, diesen Hauch von sexueller Verfügbarkeit, den Anschein eines Geheimlebens. Sie haben bereits Bikini-Fotos von Zalie aufgetrieben, Urlaubsbilder von ihr mit einem Drink oder tanzend mit irgendeinem Typen auf Lanzarote. Sie haben eine Annonce aufgesetzt und Ex-Freunde gebeten, sich zu melden. «Mal was mit Zalie Dyer gehabt? Warst du an der Uni oder Schule mit ihr befreundet? Melde dich bitte bei uns.» Man kann eine spezielle Nummer anrufen. *Streng vertraulich*.

Hinter Wolphram her zu sein, ist die eine Sache. Hinter Zalie hingegen eine andere. Da verfolgt man die Toten in ihre Dunkelheit.

Vera hat Victors Grab noch nie besucht, geschweige denn Blumen hingebracht. Was die Bestellung eines Grabsteins betrifft, «ganz sicher nicht». Ich habe sie nach dem Grund gefragt. Sie meinte, Blumen aufs Grab zu legen sei wie «aufgeben», außerdem würden sie «alles beschweren». Ich wusste nicht, was sie meinte. Jetzt weiß ich es. Geister sind leichte, durchsichtige Wesen; wir glauben, dass sie aus Erinnerungen bestehen und in unserem Kopf stattfinden. Deshalb müssen sie in der Welt der Dinge, in der außerhalb unseres Kopfes, beschwert werden, damit sie nicht davonfliegen. Kränze und Blumengebinde sind ihr Grabstein-Ballast. Sie hindern die Toten daran, unser Leben weiterzuführen.

Was Zalies Familie wohl durchmachen muss – erst mit der Brutalität des Geschehenen konfrontiert zu sein, der monströsen, entsetzlichen Tatsache ihrer Ermordung, und dann auch noch diese ganze virtuelle Realität ertragen zu müssen, diese rasant sich ausbreitende, endlos vervielfältigte Version von ihr auf jedem Bildschirm und in jeder Datenbank? Vielleicht war alles besser, als man von einem geliebten

Menschen noch ein einziges Foto an der Wand oder auf dem Nachttisch hatte, plus ein paar Briefe oder Schnappschüsse im Fotoalbum.

Zalie ist zugleich Information und Spur; sie ist etwas, das verkleckert wurde und weiterhin kleckert. Ihre Online-Version existiert noch und wird über Schnäppchen, potenzielle Liebhaber, Profil-Matches oder Straßensperrungen informiert. Zwei Energieversorger konkurrieren um ihre Beheizung, und der Wahlkreisabgeordnete hat ihr seinen Silvestergruß geschickt. Ihre Tweets sonnen sich im Äther. Ab und zu kommentiert jemand, dann reiben sich neue Fremde an ihr, übernehmen ihre Spuren in die eigene Welt, als seien sie Speichel, Haar oder der Lippenstiftrand eines Pub-Glases, der Kuss für Kuss von Drink zu Drink wandert, von Mund zu Mund.

Von Maus zu Maus.

Victor Snow hatte es da einfacher – bei ihm wurde höchstens ein Konto geschlossen und eine Zeitung abbestellt. Die zweite Milchflasche. Ein Hörgerät weggeworfen. Als Folge, als leichte Erschütterung im Leben anderer, wurde in ein paar Haushalten vielleicht sein Adressbucheintrag gestrichen. Die Adressbücher neben dem Telefon – erinnert sich noch jemand an die? Man nennt es heute sogar Festnetz, als sei das etwas, das aus der Erde vorstädtischer Dielen sprießt und ihnen Halt gibt. Wer hat denn noch ein Festnetztelefon, mit diesem geringelten Kabel, das immer in den Fingern hängenblieb und diese komischen Knoten bildete? Mr. Wolphram zum Beispiel. Und Vera. Victor natürlich. Ich. Gary? Kann sein. Aber nicht Zalie. Sie war bereits mobil unterwegs. In ihrer Wohnung gab es kein Festnetz. Die Leitung war längst gekappt. Wahrscheinlich wusste sie gar nicht mehr, dass Telefone früher an etwas angeschlossen waren, auch wenn sie bis heute auf der Erde aufsetzen, um ein oder zwei Stunden lang aufgeladen, wie Flugzeuge vollgetankt zu werden, bevor sie wieder abheben. Für Zalie bestand die Welt aus Tweets und E-Mails und Passwörtern und PIN-Nummern. Nicht bestand – besteht: sie pulsieren nach wie vor hinter Bildschirmen und durch Kabel, diese Teile von ihr, das Phantom ihrer Datenversion, das die algorithmischen Felder durchstreift und einen Partner sucht, ein Sonderangebot, die neuesten Neuigkeiten; Neuigkeiten über sich selbst, während sich die Neuigkeit ihres Todes verbreitet.

Es gibt noch ihren Twitter-Account, und zu Hunderten haben Leute ihr geschrieben, wie leid es ihnen tut, dass sie schon gestorben ist. Auf ihrer Facebook-Seite häufen sich die Kondolenzgrüße. Sie sind direkt an sie gerichtet, als würde sie vom Jenseits aus ihre sozialen Medien checken. Glauben die im Ernst, dass sie das macht? *Schreibt mir*, zwinkert ihr Icon, *schickt SMS, Messages, Instagram-Nachrichten: Ich war, wo ihr seid; ihr werdet sein, wo ich bin.*

Haben wir Zalies Mobilbox überprüft? Ich kann mir das nicht mehr merken – was wir schon gemacht haben, was noch aussteht, welche Routinemaßnahmen erfolgt sind, welche nicht. Soweit ich weiß, ist ihre Stimme dort noch einbalsamiert, empfängt Nachrichten, empfängt die Anrufe, die Menschen tätigen, wenn sie zwar wissen, dass ihre Freundin gestorben ist, aber auch noch die tote Leitung hören wollen. Es gibt solche Leute – ein paar, die das nicht glauben können, und andere, die hören wollen, wie das ist, wenn jemand nicht mehr da ist, die wissen wollen, ob das Totsein eine andere Art von Schweigen erzeugt. Marieke hat darüber sicher schon nachgedacht.

Der Kollege am Empfang hat Vera zu uns ins Zimmer gebracht. Ich bin überrascht, sie zu sehen. Sie schaut sich um, setzt sich an meinen Schreibtisch, der durch Raumteiler geschützt ist, und sagt mir, was sie zu mir geführt hat.

Es ist überhaupt nicht ihre Art, aus dem Haus zu gehen. Mir kommt der Gedanke, dass mit Victor etwas nicht stimmt, aber da er schließlich tot ist, würden wir auf niedrigem Niveau beginnen.

«Wie ist es so daheim, Vera?»

«Kalt», sagt sie und sieht aus, als würde sie gleich weinen, «kalt und einsam. Seit ein paar Tagen ist *dieses Gefühl* weg.»

Dieses Gefühl ist Veras Ausdruck für das Gefühl, dass Victor in der Nähe ist, also da oder so gut wie da. Man kann nur *sein*, wenn es einen Ort gibt, an dem man sein Sein bewerkstelligen kann. Das ist das erste Gesetz des Spukens: Wem gespukt wird, ist weniger wichtig als Wo. Deshalb sorgt sie dafür, dass die Wohnung warm und gemütlich ist. Sein Platz ist reserviert, nur hat er sich beim Spuken wohl verspätet.

«Es ist, als hätte er es sich anders überlegt, Alexander, als sei ihm das alles zu anstrengend.»

Ich halte mir die leere Tasse vor den Mund, damit ich ihr nicht in die Augen sehen muss. Wenn ich bei ihr bin, glaube ich fast an die Fiktion seiner Anwesenheit, aber außerhalb ihrer Wohnung kommt mir das wie der stinknormale, verzweifelte Wahnsinn der Trauer vor. Sie sagt: «Das ist alles ...», sie senkt den Blick, «das ist jetzt alles so ...», sie findet das Wort nicht, findet es dann: «schlaff.»

Hinter mir steht Gary am Fenster. «Du musst diese *Séance* unterbrechen, Prof – ich bin verblüfft oder besser: total schockiert», sagt er, «aber sie lassen dich weitermachen. Auf Anordnung von Deskfish persönlich.»

*

Die *Evening Post* bringt es als Aufmacher, mit dreiseitiger Berichterstattung. DER UNHEIMLICHE MR. WOLPHRAM lautet die Schlagzeile. SCHÜLER MELDEN SICH ZU WORT.

«Mad Lynne hat sich selbst übertroffen», sagt Gary und wirft mir die Zeitung auf den Tisch. «Drei verdammte Seiten mit dem Zeug. Hat schnell gearbeitet, die Gute – keine Ahnung, wie sie das Material rausleiern konnte.»

Sie schreibt nicht nur für die *Evening Post*, sondern auch für die *Daily Mail*. Dort ist Lynne eine Art Bodenpersonal, die Ortskundige, und ihr Beitrag ist ein kurzer Galopp durch andere Mordfälle, die hier in den letzten zwanzig Jahren nicht aufgeklärt wurden. «Sorgen neue Hinweise für eine Wiederaufnahme ungelöster Fälle?», fragt sie und breitet diese Fälle aus, jeweils mit der Entfernung zwischen Mr. Wolphrams Straße und dem Ort, an dem die Leiche gefunden oder das Opfer letztmalig gesehen wurde. Lynne erinnert an Verbrechen in ganz Kent und Sussex, in der Peripherie von London, in Sevenoaks, Tunbridge Wells, Ebbsfleet. Auf eines davon konzentriert sie sich besonders. *Unaufgeklärte Sexualstraftaten im Bereich des Eurostar-Terminals, die in den Nullerjahren nach der Tunneleröffnung in Cheriton stattfanden, ließen die Polizei damals vermuten, der Täter sei möglicherweise ein Frankreichpendler. Wolphram war immer wieder auf dem Kontinent* … schreibt Lynne: *Zeit, den Fall wieder aufzunehmen?*

Ich erinnere mich an den Fall, denn einer der Polizisten, die diese Fälle nicht gelöst haben, war ich selbst.

«Welches Material?», frage ich. «Welches Material hat sie *rausgeleiert*?» Gary antwortet nicht, nickt nur in Richtung der Zeitung und steckt die Hände in die Hosentaschen, damit ich sie nehme. *Schüler melden sich zu Wort*: Sie ist wirklich schlau. Es ist alles in der Formulierung: «melden sich zu Wort» suggeriert … Was? Angst, heimliche Wut, Scham, unterdrücktes Leid, Trauma und jetzt die Freiheit zu reden. Das ist heute Teil der Sprache – jetzt, wo wir, wie Gary sagt, *die Jahrzehnte hochwürgen*.

Melden sich womit zu Wort?

«Er war fünf Jahre mein Lehrer, Gary. Da gibt's nichts, um sich damit zu Wort zu melden, nicht in dieser Richtung zumindest.»

«Denk an den Fettberg, Prof. Irgendwas gibt's immer da unten. Vielleicht hast du es nur … ähm … verdrängt?» Er sagt das mit einem fetten Gary-Grinsen.

Auf der Titelseite ist ein Foto von Mr. Wolphram mit seiner Büchertasche, der weißen Hemdmanschette vor dem schwarzen Jackettärmel, während er versucht, sich den Hut ins Gesicht zu ziehen. Das ist jetzt sein Signaturbild: Ein leichenhafter, manikürter *Noir*-Bösewicht, der im Blitzlichtgewitter das Gesicht verzieht.

Im Fernsehen und im Internet läuft ständig der kurze Clip, aus dem das Bild stammt und wo er noch ein Nachbar von vielen ist, eine Stimme des Volkes wie jede andere, wenngleich die auffälligste. Auch andere Nachbarn werden interviewt: das junge Pärchen von ganz oben, Ben Phelps und Chloe, deren Nachname ich vergessen habe, zwei Frauen aus nahegelegenen Straßen, die ihre Hunde ausführen, das Ehepaar drei Häuser weiter, er Anwalt, sie Apothekenhelferin. Lynne hat mit allen gesprochen. Ob verärgert, fröhlich, ängstlich oder betroffen, versucht doch jeder auf ganz unterschiedliche Art und Weise, aus der Situation das Beste zu machen. Wolphram hingegen nicht – und er macht auch den Fehler, ein bisschen zu lange zu reden, ein bisschen zu geschliffen und ein bisschen zu *einstudiert*.

Gegen Ende des Ausschnitts kommt Mr. Goodship mit seinem Terrier ins Bild. Ich rechne nach: drei oder vier Terrier früher war er Rektor und ich ein Kind in seinem Machtbereich. Er hat Hängebacken und wirkt verdrossen, mit dieser Einsamer-Rentner-Pingeligkeit von Leuten, die nicht allzu weit von ihrem ehemaligen Arbeitsplatz leben können, sowohl räumlich als auch zeitlich. Es geht ein leichter Wind, deshalb hebt sich gelegentlich sein Toupet von seinem Klebescharnier, als sei es der Deckel eines Treteimers. Sein Doppelkinn, einst so üppig und aufgedunsen, hängt wie ein Latz aus Kutteln über sein kariertes Hemd und die Wollkrawatte. Seine Autorität reicht jetzt gerade mal so weit wie eine Hundeleine. Er geht an Mr. Wolphram vorbei, während der gerade spricht, hält aber den Kopf gesenkt. Er muss jetzt weit über achtzig sein.

Meine Verachtung für ihn ist wie eine Heizung, die ich in einem Zimmer angelassen habe, weil ich hundertprozentig zurückkehre. Es spielt keine Rolle, ob in einer halben Stunde oder einem halben Jahrhundert, denn für ihn – und Leute wie ihn – kann ich meine Verachtung am Thermostat ablesen.

Im Hintergrund, vor Mr. Wolphrams Haus, steht sein Auto, das jetzt bei den Forensikern ist. Es ist wie all seine Besitztümer: teuer, alt, gepflegt. Ein Jaguar aus dem Jahr 1978, der Gary zufolge ein Klassiker und – abgesehen vom Kilometerstand – so gut erhalten ist, dass er dasteht wie neu. Zum letzten Mal benutzt, wie wir wissen, am Tag nach Zalies Verschwinden. Es gibt Spuren von ihr auf dem Beifahrersitz, Haare an der Kopfstütze, Fingerabdrücke auf Tür und Armaturenbrett, aber nirgendwo sonst. In die Ermittlersprache übersetzt heißt das: nicht im Kofferraum.

Wie ich es vorausgesagt habe, ist der Fettberg in die Seitenspalte des Titelblatts gerutscht und wirkt auf seinem unscharfen und leicht langgezogenen Foto tendenziell gequetscht. «Fettberg – Seite 4.»

Gary: «Schleim von gestern.» Er hat schon jedes verfügbare Wortspiel ausprobiert, aber eines hatte er doch noch auf Lager.

Die ersten drei Seiten sind im Grunde eine Solo-

Performance von Mr. Wolphram. Ich überfliege erst die Fotos und versuche, die Geschichte zu erkennen, die sie dem Auge erzählen, bevor dann die Wörter ihren Dienst leisten. Auf Seite 2 ist ein Schulfoto, eine Nahaufnahme von ihm mit Robe und akademischer Kopfbedeckung. Er ist jünger und hat eine schmälere Brille, außerdem ist sein Haar dunkler. Es gibt kein Datum, nur weiß ich das auch so, oder zumindest das Jahr und die Jahreszeit. Das größere Bild, aus dem es stammt, ein Panorama der gesamten Schule, ist unter blauem Himmel auf einem Kricketfeld aufgenommen, dem ‹College Green›, das neben Schulkapelle und Bibliothek liegt.

Ich kann das Bild datieren, weil ich ebenfalls drauf bin, mein ausgelöschter Gesichtsausdruck, dritte Reihe von vorne, vierzehn Jahre alt, mit Schuljackett und Krawatte, zwischen Danny und Jonny Kebab. Ich weiß noch, dass ich damals ausgelöscht war – ausgelöscht und gleichermaßen auslöschend –, deshalb ist es keine große Herausforderung, genauso auch dargestellt zu werden. Die Gesichter der Lehrer sind alle scharf, oder eben so scharf, wie ein dreißig Jahre altes Foto aus prä-digitaler Zeit das hergibt. Der Doc, Mr. Barnett, Trundley, McCloud, Goodship und Morbender. Mr. Willis, bevor er durchdrehte, und Mr. Lawnder, bevor er dahinschwand, außerdem Mrs. Pizzi und Mrs. Mason. Und all die anderen, auf deren Namen ich schon irgendwie kommen würde, so ich da groß kramen wollte.

«Erkennst du jemanden?», fragt Gary fast schon interessiert oder gar freundlich.

Mit dem Kuli zeige ich auf meine Schultern.

«Da», sage ich. Ich stand hinter Morbender, in der ersten Schülerreihe hinter der Lehrerschaft. Hinter Morbender war immer besser als vor ihm. Auf den Schultern seiner Robe waren Schuppen so groß wie Frühstücksflocken. Ich konnte seine Hose riechen.

Lynne Forester fährt da ganz schön was auf: zwei ehemalige Lehrer, vier ehemalige Schüler, den Rektor, ein paar Nachbarn sowie einen Mann aus dem erst unlängst geschlossenen Musikgeschäft in der Jackdaw Lane, das ich selbst noch kenne. Wolphram war dort immer wieder, ein guter Stammkunde, und ich kann mir überhaupt nicht vorstellen, was der Mann, der ihm Plattennadeln, Gitarrenplektren und CDs verkauft hat, hier zu sagen hätte. Sie hat noch mehr auf Lager, klar, weil sie alles schön rationieren muss und weitere Sneak-Previews braucht, weitere Appetithäppchen und Kitzeleinheiten. Wenn sie wollen, können Lynne und Genossen da in der Vergangenheit so allerhand ermöglichen. Man kann die Schritte eines toten Mädchens zurückverfolgen, aber nicht die Abzweigung ändern, die sie genommen hat. Das nicht, nur kann man die Vergangenheit eines Mannes nehmen und ihn in Schuld kleiden.

Hier der Versuch einer Wiedergabe, wie wir die Zeitung lesen; wie sich die Zeitung in uns liest.

Ich schaue zuerst auf die Fotos, dann blättere ich mit dem halbwachen Blick weiter, der uns schnell auf die letzte Seite bringt – ob Schmierblatt oder Großformatzeitung, völlig egal – und ein paar Bilder und Überschriften, ein paar Adjektive, die Auge-an-Gehirn-Kurzschrift des Printmedium-Browsers registriert, bis ich zu den Leserbriefen, dem Horoskop und dem Sportteil komme, wo ich anhalte und wieder zurückgehe. Ich habe bereits einen kleinen Wortvorrat beieinander: *Dandy, Ästhet, merkwürdig, unangenehm, sexuell, Tod, obsessiv, Jungen, homosexuell, Gereiztheit, unangemessen.* Außerdem *Emily Dickinson, der schwule Dichter Thom Gunn, Selbstmord, Sylvia Plath.* Das ist wie der Rahm auf der Milch in diesen alten Glasflaschen, etwas, das sich oben sammelt, ein verdickter, fetthaltiger Vorgeschmack auf das, was darunter kommt. Die Wörter blinzeln einander über die Spalten hinweg zu. Sie machen mit bei dem Spiel. Dann eine Diaspora weiterer Wörter, viel unschuldiger, aber mittlerweile von dem Zweck infiziert, dem sie dienen: *allein, Einzelgänger, distanziert, intellektuell, grundsätzlich overdressed, formell*, und schließlich, total lachhaft, auch wenn ich nicht lache, *Bücher, ausländische Filme, Lyrik, Tod.*

Garys Kaffee steht da. Er hat ihn selbst gemacht und nicht die Maschine benutzt. Besser schmeckt er deshalb nicht, nur zeigt mir diese kleine Aufmerksamkeit, dass er schlechte Neuigkeiten hat.

«Sie klagen ihn an.»

Der Doc

Als Konrektor unterrichtet der Doc auch andere Fächer, und just, als sie ihn in Latein verabschiedet haben und hoffen, ihn niemals wiederzusehen, kehrt er in Gestalt eines Geschichtslehrers zurück. In einem Körbchen neben dem Pult hat er immer seinen zitternden Jack Russell Terrier, der gelegentlich durchs Klassenzimmer tapst und sein verkrustetes Arschloch mit erstarrten Kotresten im Fell präsentiert. *Stalagschitten*, nennt Danny sie. Doc Monk hat an den Wänden Bilder von Cäsar und anderen Imperatoren, Landkarten, Schlachtszenen und Bauwerke. Was er unterrichtet, sind Gehorsam und Desinteresse, und sollte die Schule ein Motto besitzen, dann wäre es genau das. So wurden Imperien errichtet. Geschichte, das sind Könige und Königinnen, Enthauptungen und Kriege.

Als Danny einmal fragte: «Gab es auch noch eine andere Geschichte?», erwiderte der Doc: «Die da wäre?»

«Ich weiß nicht», sagte Danny, der jetzt zwar selbstbewusst und abgeklärt wirkt, aber auch furchtbar naiv ist. «Die in den Fabriken und auf Bauernhöfen, oder in Fabriken und den Häusern der Menschen.»

Der Doc nimmt die Brille ab, reibt sich die Augen, setzt sie wieder auf und sieht Danny an. Er performt das Drehbuch *Geduldiger Lehrer klärt dummen Schüler auf*. Er hat sämtliche Drehbücher im Kopf, die eine einzige Bibliothek der Bosheit darstellten: «Geschichte handelt von Ereignissen und den Männern, die sie machen. Wenn Sie sich als Sozialarbeiter aufspielen wollen, dann bitte in Ihrer Freizeit.»

«Passiert Geschichte wirklich nur bestimmten Leuten?», hakt Danny nach.

Der Doc sieht ihn schräg an – Danny sitzt ganz vorne. Der Doc steht immer direkt vor der ersten Reihe, während die Jungs sich so weit zurücklehnen, wie ihre Stühle das erlauben – sie sehen aus wie Blumen, die vom Sturm gebeugt sind –, und obwohl er die Ironie nicht versteht, merkt er doch, dass die Frage am Rand leicht gezackt ist.

«Ich spreche hier von GESCHICHTE in Großbuchstaben. Niemand interessiert sich für Fabriken und Bauernhöfe oder die Frage, ob kochende oder putzende Frauen als *Geschichte* gelten ... das ist Soziologie, und die wird an *dieser* Schule nicht unterrichtet.»

«Aber wer entscheidet denn, was Geschichte ist, Dr. Monk?»

Dem Doc missfällt, in welche Richtung das geht. Und der kaum merkliche Sarkasmus in der Anrede *Dr.* missfällt ihm ebenfalls.

«Ich würde es Ihren Klassenkameraden nicht verdenken, wenn sie Ihnen ab und zu Ihre Schranken aufweisen würden», erwidert der Doc und sieht dabei zu Hugh Lewis und Leighton Vaughan, die ganz hinten sitzen und für jeden Aufruf zur Gewalt empfänglich sind. «Aber da Sie sich so für Geschichte interessieren, können wir uns gern über die mörderische Geschichte Ihrer terroristischen Landsleute unterhalten. Vielleicht sind Sie ja auch so einer, eine Art

Schläfer – weil genau so gehen die ja vor, oder? Verstreuen ein paar Fenier über unsere Dörfer und Städte, lassen sie sich einleben, Freundschaften schließen, Arbeit finden, Familien gründen und BUMM!», er schlägt mit der flachen Hand aufs Pult, dass alle hochfahren, am allermeisten Danny: «Plötzlich gibt es zwölf Tote oder Verletzte, alles ist voller Blut, und die Sanitäter kratzen die Überreste der Opfer von den Wänden. KRATZEN!», brüllt er. «Das *wäre* dann Ihre Geschichte. Sollen wir uns damit beschäftigen?»

Danny ist plötzlich waidwund; erst wird sein Gesicht weiß, dann knallrot, in gequälten Schattierungen. So ist die Adoleszenz: Man fühlt sich stark, witzig und subversiv, stolziert herum und nähert sich der Kante des eigenen Ichs so lange, bis man fällt.

«Vielleicht sind Sie ja *wirklich* einer von denen?», sagt der Doc leise.

Das Gelächter verstummt. Es gibt eine Pause, in der alle diesen neuen Ton verarbeiten. Es scheint, als sei auch die Luft ausgetauscht. Dann entsteht da, wo vorher Gelächter war, Zähnefletschen. Das ist nicht mehr ganz normales Rumhacken, gewöhnliche Erniedrigung und standardmäßige Machtdemonstration, sondern eher so, als hätte das Wetter umgeschlagen und der Sturm den Himmel leergefegt, um in den nächsten Sekunden loszubrechen.

«Ich bin kein Ire», sagt Danny abwehrend. *Abwehrend gegenüber was?*, denkt er, besinnt sich und ergänzt: «Aber wenn doch, wäre das auch kein Problem. Ich wäre sogar stolz.»

«Stolz also ... was Sie nicht sagen», meint der Doc leise, den Blick eher auf die Klasse als auf Danny gerichtet. «Immerhin sind Sie besser ernährt als die meisten Ihrer Landsleute. Ich glaube, wir haben hier einen *Sympathisanten*, vielleicht sogar unseren eigenen kleinen *Schläfer*.»

Vaughan steht auf, geht ungehemmt nach vorne und schlägt Danny auf den Hinterkopf – das gedämpfte Pochen von Fingerknöcheln auf einem Schädel. Das tut sicher weh, und als Danny aufblickt, die Augen stechend vor Schmerz und voller Tränen, lachen sich die Idioten von der letzten Bank halb tot. Vaughan reibt sich stolz die Faust und geht wieder an seinen Platz. Der Doc scheint in sein Buch vertieft und gibt vor, nichts mitbekommen zu haben.

Danny ist ziemlich frech in letzter Zeit. Er ist schlauer als der Rest. Er widerspricht und hat die Gabe, die Geistesgrenzen anderer offenzulegen, was diese umso mehr trifft, als er es gar nicht absichtlich tut. Unbewusste Beleidigung ist etwas recht Gefährliches – weil sie die Leute stärker provoziert als nur Hohn oder Verachtung. Außerdem ist er elegant und gesittet, und Ander bemerkt – genau wie die anderen –, dass er viel proportionierter wächst als sie alle. Er hat nicht diese El-Greco-Schlaksigkeit normaler Halbwüchsiger. Er wird größer und erweitert sich genau richtig; er ist nicht tolpatschig, hat nicht diese Pickel auf der Stirn und schwitzt auch nicht so, dass er bei Frost im Freien dampft. Und er trägt bessere Kleidung. Nein: die Kleidung sieht an ihm besser aus. Nicht dass er ohne Kleidung schlecht aussehen würde, wie jeder auf dem Weg zur oder von der Dusche feststellen kann, oder wenn sie sich für die Sportart umziehen, in der sie alle scheiße sind.

Also ja: Danny ist fällig. *War* es schon längst.

«Ich habe hier etwas für Sie vorbereitet», sagt der Doc mit einer Fröhlichkeit, die ich noch nie an ihm bemerkt habe. «Kommen Sie nach vorne.» Er wartet. «Sie müssen auch keine Angst haben.»

Wenn der Doc jemand wäre, der einem Vertrauen einflößen kann, dann wäre das vertrauenseinflößend. Aber Ander merkt, dass die Sache schlecht aussieht.

«Ich?», fragt Danny, diesen wieder neuen Ton des Doc missverstehend. Der Doc lächelt, was ihm offenbar im Gesicht wehtut, denn seine Augen flackern und wölben sich durch die Anspannung vor. Sehr viel Zahn in diesem Lächeln, denkt Ander. Sehr viel Biss.

«Ja, Sie, Danny McAlinden. Wir setzen ein paar Ihrer Ideen in die Praxis um. Kommen Sie her zu mir.»

Danny ist misstrauisch, aber noch besitzt er genug Vertrauen, oder besser: genug *Wille* zum Vertrauen – was nicht ganz dasselbe ist –, um aufzustehen und die drei Schritte vor die Klasse zu machen, wo Doc Monk auf ihn wartet.

«Nehmen Sie Platz», sagt der Doc freundlich, legt dann die Hände auf Dannys Schultern und drückt ihn nach unten auf seinen Stuhl.

Danny setzt sich.

Was als nächstes geschieht, läuft seither regelmäßig vor Anders geistigem Auge ab.

Der Grund dafür, dass wir zu Dingen zurückkehren, ist nicht, dass sie passiert sind, sondern dass wir irgendwie glauben, den Verlauf ihres Passierens immer noch ändern zu können. Wenn wir nur die richtige Naht, die kleine Kante auf der Tesarolle entdecken könnten, über die der Finger suchend gleitet, dann könnten wir sie mit dem Fingernagel erst lockern, dann anheben und der Länge nach ausziehen.

Der Doc ist klein und schwächlich, aber die Energie seines Sadismus verleiht ihm doch genügend Kraft, um Danny mitsamt dem Stuhl zur Seite und direkt vor die Tafel zu ziehen. Sobald der Doc wütend oder anderweitig erregt wird, entsteht bei ihm ein leichter Geruch. Längst nicht so durchdringend oder ekelerregend wie der von Morbender, also nach Intimität und Verwesung – eher so, als würde der Doc fermentieren und gelegentlich Blasen absondern. Er sagt, Danny solle aufstehen, schiebt dann den Stuhl so vor ihn hin, dass er die Lehne an der Hüfte hat. Automatisch – das muss der Beschuldigte in uns sein, der innere Angeklagte – legt Danny die Hände auf die Lehne, als würde er auf seine Bestrafung warten. Merkwürdig, wie leicht das geht, wie antrainiert dieses Verhalten ist: Man stellt jemanden ein paar anderen gegenüber, lässt jemanden allein vor einer Menschengruppe stehen, und schon verhält er sich, als sei er vor Gericht. Der Doc weiß das bereits. Alle anderen lernen es jetzt.

«Eine Grundlage der modernen Gesellschaft ist das Gesetz, zusammen mit dem Recht auf einen fairen Prozess», sagt er. Danny sieht ihn hoffnungsvoll an und setzt sich wieder, und später werden die Jungs denken, dass genau das Dannys Ende war, nämlich dem Doc zu vertrauen und zu lächeln, weil damit das Signal für alle anderen gegeben wurde: das Signal, dass jetzt alles geht, dass Danny zum Abschuss freigegeben ist, dass er reif war und nur auf seine Demontage gewartet hat.

Doc Monk: «Betrachten Sie das hier als Übung in Sachen Demokratie: als Chance für jeden in der Klasse, vorzutreten und Sie entweder anzuklagen oder zu verteidigen, ganz nach Belieben. Später werden wir dann abstimmen, ob Sie bezüglich der einzelnen Punkte schuldig oder unschuldig sind. Da wir keine eigene Jury haben, werden Ihre Klassenkameraden diese Jury sein. Ich hingegen bin der Richter, der die Dinge am Laufen hält. Sie werden auch selbst Gelegenheit haben, sich zu verteidigen ...»

«Ich, ähm ... verstehe nicht ganz ...», sagt Danny schon fast panisch. Begeistertes Kichern in der letzten Bank – offiziell gebilligtes Fertigmachen, und in einem theatralischen Kontext wie diesem hat es ganz unerwartet einen zusätzlichen Reiz. Die Idee mit dem Gerichtssaal ist besonders raffiniert, weil sie der bevorstehenden Basis-Brutalität eine rituelle und unwirkliche Dimension verleiht. Das Ganze ist, als würde man gemeinsam einen Rausch erleben.

Nicht alle erkennen bereits, in welche Richtung das gehen wird, nur Ander ahnt etwas, genau wie Neil Hall ein paar Reihen weiter hinten. Er hört ihn *Heilige Scheiße* stöhnen. Danny, der im Zentrum des Geschehens sitzt, hat wohl genau deshalb noch nichts kapiert.

«Ein Prozess, Mr. McAlinden, nur ein Prozess. Sie interessieren sich doch so für all Ihre kommunistischen Helden, Ihren Trotzki, Ihren Lenin, Ihre Internationalen Brigaden ... und mehr in Richtung Heimat Ihre Irisch-Republikanische Armee und Ihre streikenden Bergleute in ihrem Mini-Moskau ... dies ist Ihre Chance, uns einen beliebten Zeitvertreib dieser Leute nacherleben zu lassen: den Schauprozess.»

Danny will zurück an seinen Platz, aber Doc Monk versperrt ihm den Weg: «Na kommen Sie, wovor haben Sie denn Angst? Das gehört alles zum Unterricht – sehen Sie es als historische Nachstellung, das Ganze soll uns nur die Geschichte näherbringen ...»

Danny könnte einfach aufstehen und ihn beiseite schieben – er ist einen Kopf und ein Schulterpaar größer als Monk, dürfte also kein Problem damit haben –, aber so funktioniert das nicht mit der Macht, auch nicht mit der Unterwerfung. Noch bevor es überhaupt angefangen hat, verliert Danny seine Aura der intelligenten Ruhe, seine gute Körperhaltung, seine Eleganz und seine Autorität. Alles, um was die anderen ihn beneiden, kommt ihm jetzt vor aller Augen abhanden. Am Schlimmsten ist, dass sogar diejenigen, die ihn mögen, die Situation vielleicht insgeheim genießen, einfach weil er *zu Fall gebracht*, näher zu ihnen mit all ihrer Zerbrechlichkeit und Angst geholt werden muss. Aufgrund der Erniedrigung und der Qual, die sie gleich mitverfolgen werden, mögen sie ihn jetzt sogar noch mehr als vorher.

Danny will etwas sagen, nur haben ihn die Wörter verlassen, und sobald er versucht, erneut zu sprechen, imitiert der Doc seinen Dialekt. Währenddessen trägt der Doc Material für eine Gerichtssaal-Atmosphäre zusammen – die Bibel, auf die der Angeklagte schwören kann, einen schwarzen Umhang für den Richter, eine alte Pfeife, die als Hammer dienen soll. Ander fragt sich, ob er das schon mal gemacht hat – die Utensilien sind alle zur Hand.

«Historische Nachstellungen sind gerade schwer in Mode: Sie kennen ja diese Mittelalterfans im Kettenhemd mit ihren Schwertern und Schildern, diese Schlachtinszenierungen, die sie manchmal bei der Brücke machen ... na ja, betrachten Sie dies als unsere Mini-Version davon ...», lacht er auf.

«Vielleicht brauchen wir auch noch zwei Gerichtsdiener, die den Angeklagten am vorgesehenen Platz halten?», fragt er mit Blick auf die letzte Bank. Massiv, stupide und so grau- wie gehorsam kommen Lewis und Vaughan nach vorne und postieren sich links und rechts von Danny.

Sogar Doc Monks Hund ist jetzt aufgewacht.

Putze den Tag

Gary sagt *sie klagen ihn an*. Nicht *wir*. Das ist eine Deskfish-Entscheidung, weil während Mr. Wolphram in seiner Zelle gesessen und in dem Verhörraum gezappelt hat, wurde hinter meinem Rücken sekundär gehirnt und zwar in Person von Deskfish in seinem Aquarium mit all den Pokalen und Auszeichnungen seines Vorgängers, der im Einsatz gestorben ist und dessen Familie sie nie eingefordert hat. Deskfish benutzt sie jetzt für sich und denkt ganz richtig, dass auf Pokalen und Auszeichnungen niemand den Namen überprüft, sondern nur die Leistung, für die sie stehen. ‹Polizeisprecher des Jahres: Regionalsieger Derbyshire› ist Garys Favorit.

Ausgehend von diesem Preis hat Gary das Spiel ‹Nischen-Auszeichnungen› entwickelt, bei dem man Superlative für Aktivitäten minimalster Bedeutung und höchst spezifischer Auswahlkriterien finden muss. ‹Umsatzträchtigste moldawische Bank›, ‹Miss Frodsham›, ‹Yorkshire-Philantrop des Jahres› etc.

«*Sie* haben aber nicht genug, um ihn anzuklagen», sage ich zu Gary mit dem gleichen Pronomen wie er.

«Es gibt genügend Indizien, Prof: Sie in seinem Auto, sie in seiner Wohnung, er in *ihrer* Wohnung … er macht falsche Zeit- und Datumsangaben, lügt oder wirkt zumindest so. Sein Auto wurde am Tag nach ihrem Tod benutzt, vielleicht mit ihr drin. Sie hat Angst vor Stalkern, schaut sich Hilfe-Seiten an. Er kann keine klaren Antworten geben, hat kein Alibi …»

«Leute, die alleine leben, haben oft kein Alibi, Gary, das solltest du ebenso wissen wie ich.»

«Okay ... *Touché*, Prof, aber jetzt mal im Ernst ...» Gary bricht ab, weil er will, dass ich den Satz für ihn vollende.

Also mache ich es: «Der ist doch *nicht ganz normal* ... meinst du das, Gary?»

«Wow, Prof – du nimmst mir das Wort aus dem Mund.»

Wir schweigen. Ich rühre meinen Kaffee um und klopfe den Löffel am abgesplitterten Rand der Tasse ab. Sie trägt die Aufschrift ‹Best Dad in Norfolk› und hat ebenfalls Deskfishs Vorgänger gehört. Es ist das Spezifische, was der Auszeichnung Glanz verleiht: weniger ist mehr.

«Schau mal», sagt er dann. «Sie brauchen Ergebnisse. Deskfish muss etwas haben, das er den Leuten sagen kann. Er ist ein rückgratloser Schreibtischhengst, der sich mit den Auszeichnungen eines Toten umgibt, aber eben auch der, an den sie sich als Ersten wenden: die Öffentlichkeit, die Zeitungen, die Fernsehreporter, die vom Präsidium mit ihrer Sorge um die PR, die Ladeninhaber mit ihrer Sorge ums Weihnachtsgeschäft ... Alle bombardieren sie ihn, mit Anrufen, Tweets, E-Mails, Textnachrichten ... Er tut mir leid, Prof. Ein bisschen zumindest.»

«Und dem hat er nachgegeben – wobei es bei einem *Ergebnis* doch darum geht, dass es das *richtige* Ergebnis ist, nicht irgendein Provisorium, das die Außenwelt beruhigt ...»

«Es geht darum, dass uns die Zeit wegläuft. Schau mal, wir haben hier diesen dicken, fetten Scheißklumpen über uns hängen, an diesem scheißdünnen Faden, dünn wie ein Babyhaar, der nur darauf wartet, sich auf uns zu senken, auf dich, mich, Deskfish, einfach alle ...»

«Das ist ein Schwert, Gary, das sogenannte Damoklesschwert ...»

«Jetzt ist es ein Scheißklumpen, Prof – was glaubst du, wo wir hier sind? Bei *Herr der Ringe*? Wir müssen da drunter weg, bevor der Faden reißt.»

«Dann müssen wir jetzt einfach *beweisen*, dass er es war, und nicht herausfinden, wer es *vielleicht* getan hat. Das sind zwei völlig verschiedene Dinge.»

«Hoffen wir mal, dass es hier ein und dasselbe Ding ist.» Gary zuckt mit den Schultern. «Schau mal, aller Wahrscheinlichkeit nach war er's – du weißt ja, wie das so läuft: Ehemann/Freund, Verwandter oder Nachbar. Der Freund war jenseits des Kanals, die Verwandten oben in Newcastle, und der Nachbar ... na ja, der Nachbar ist merkwürdig, erzählt Lügen, hat einen Sauberkeitsfimmel und außerdem Spuren von ihr in Wohnung und Auto. Schau doch den Tatsachen ins Auge, Prof: zu welchem Schluss kommt man da?»

«Nur sind das keine Tatsachen, oder? Tatsachen sind genau das, was uns fehlt. Du hältst es genauso wenig für richtig, ihn anzuklagen, wie ich das tue. Und auch wenn er schuldig ist, gibt es nichts, woran man das festmachen könnte. Wir sind noch nicht mal mit den Nachbarn durch, haben nicht alle Computerchecks, wir haben die Zeugen nicht eingehend befragt und auch nicht einmal ihre letzten Aktivitäten nachgestellt. Da draußen sind vielleicht noch zehn, zwölf Leute, deren Erinnerungen in den Müll getreten werden.»

Gary sieht nach unten auf seinen Schreibtisch, nimmt einen Stift und rührt damit in seinem Kaffee. «Es geht hier nur um Zeit, richtig? Die läuft uns weg, und deshalb wird er angeklagt. Mach dir das mal klar und lass es wirken.»

«In Bezug auf was läuft sie uns weg? Lynne Foresters Artikel oder die Aufklärung des Verbrechens? Außerdem hat er uns ja nicht mal gefragt, oder?»

«Musste er nicht, Prof. Seine Entscheidung. Er ist derjenige, der das ganze Fassadengedöns händelt, die PR und all diese Statements, deshalb ist er auch derjenige, der den Druck spürt. Betrachte es mal von dieser Seite: wir müssen ihn anklagen, damit wir ihn drinbehalten können, und wir müssen ihn drinbehalten, damit er angeklagt werden kann. Und wenn er die Zeitungen gesehen hat, ist er uns ohnehin dankbar, weil sobald er rauskommt, knüpfen sie ihn an den nächsten Baum. Win-win nennt man so was!»

Gary nimmt die Fernbedienung und stellt die 24-Stunden-Nachrichten an: gezeigt wird Mr. Wolphrams Wohnung, voll mit Reportern und Fotografen. Draußen ein permanentes Nachbaraufkommen, gut gekleidet mit teuren Klamotten, sowie ein paar Männer und Frauen in Jogginghose und Fußballshirt, die mit dem Bus gekommen sind, um sich das mal ‹anzuschauen›. Bald steht hier in Sprühfarbe DRECKS PAEDO-MONSTER AUFHÄNGEN an den Wänden, aber solange die Polizei noch da ist, bleibt es bei den Rufen. Drei Beamte sichern aufmerksam und ernst den Eingang. Es ist ein Livestream, und der düster werdende Himmel, den ich von meinem Bürofenster aus sehe, ist derselbe düster werdende Himmel, der sich eine halbe Meile weiter westlich auf das Haus von Mr. Wolphram senkt, über das Eisentor legt und auf dem Kies niederlässt. In keinem der Stockwerke brennt Licht; sogar das redselige Paar ganz oben ist wohl verschwunden, um diesem ganzen Medienrummel zu entfliehen.

Am Anfang waren sie ganz begeistert, so nah dran zu sein. (Wie hießen sie nochmal? Ben und Claire? Chloe? – richtig: Chloe und Ben.) Man konnte es in ihren Augen lesen. So was hatten sie schon im Fernsehen gesehen, aber jetzt ... *na ja, jetzt ist es direkt hier, oder?* Sie haben fast den Mund nicht zugekriegt und waren vermutlich ständig am Simsen, Tweeten und Instagrammen, während wir mit unseren weißen Einmalanzügen ein und aus gingen. Sie haben sogar gesagt, was jeder irgendwann sagt; was wir vermutlich alle sagen, wenn uns das Grauen berührt: «Wenn ich dran denke, dass ich das sein könnte, in Müllsäcke verteilt da draußen.» Der Freund legt den vorgeschriebenen *Arm der Tröstung* um ihre Schultern, wobei sich seine Hand bis unters Schlüsselbein schiebt und ihren Brustansatz streichelt. Sie nimmt seine Hand, schaut uns an und zittert vor, wie sie denkt, spürbarer Aufregung (vermutlich hat sie dabei sogar die Formulierung *spürbare Aufregung* im Kopf), die wir aber als den Kitzel der Sicherheit wahrnehmen. Sie stellten ein paar Fragen und taten so, als hätten sie echtes Interesse. Sie probierten besorgte Mienen aus, wollten aber im Grunde nur Details, an denen sie sich weiden oder mit denen sie ihre *Könnte-auch-*

ich-gewesen-sein-Szenarios ausstaffieren konnten. Er fragte nach gerichtsmedizinischen Dingen, sie wollte wissen, ob Zalie hier im Haus getötet wurde oder irgendwo anders. Sein besonderes Augenmerk auf Einzelheiten – Amateurschnüffler-Fragen, aber präzise und an technischen Zusammenhängen interessiert – unterschied sich sehr von ihrer fast schon lüsternen Erregtheit.

«Heutzutage ist jeder der Kommissar», sagte Gary, als wir gingen.

Jetzt sieht es aber so aus, als seien sie weg. Vermutlich hatten sie genug von diesem ganzen Rummel.

Ich betrachte also den Livestream des düster werdenden Hauses. Das hat etwas unglaublich Beruhigendes. Die Wolken, die ich durchs Fenster sehe, werden dort in zwei oder drei Minuten drüberziehen. Dies alles passiert in Echtzeit: unten Mr. Wolphram; der Anwalt in den Startlöchern in seinem Büro, das Anzugsakko noch hinter sich am Kleiderbügel; die Polizisten vor Mr. Wolphrams Haus; ich vor meinem Kaffee; Gary steckt Nadeln in den Stadtplan an der Wand; Deskfish hängt am Telefon – jeder ist sowohl Beobachter als auch Teil des Ganzen. Das sind auch die Nachbarn, denen zwar nichts passiert ist, die aber das Rampenlicht geschmeckt haben und für die ab jetzt ständig etwas passiert. Alles geschieht in Echtzeit (was für eine Zeit gibt es außerdem noch?), in den 24-Stunden-Nachrichten.

Alles geschieht *Jetzt*, und trotzdem sind wir immer irgendwie zu spät.

Die Wahrheit ist nach draußen gelangt, die Lügen ebenfalls. Beide sehen exakt gleich aus.

Unsere Eltern und Großeltern mussten die Morgenzeitung kaufen, um zu erfahren, was in der vergangenen Nacht passiert ist. Wenn sie mehr über eine Geschichte wissen wollten, konnten sie die Nachrichten zur vollen Stunde hören. Für sie bestand der Ritt auf dem Wellenkamm des *Jetzt* darin, nach Dienstschluss die Abendausgabe der *Evening Post* zu kaufen und sie im Zug oder Bus zu lesen. Sie wussten, dass Dinge auch dann passierten, wenn gerade keine Nachrichten liefen: Menschen starben oder wurden getötet, Kriege brachen aus, Züge kollidierten, Hotels wurden bombardiert und wieder aufgebaut, Fußballmannschaften gewannen oder verloren. Sie waren nicht dumm oder uninformiert, und ich bin mir nicht so sicher, ob sie weniger genau wussten, wie ein Ereignis geschieht, als wir das tun, die wir an der Livestream-Gegenwart fast ersticken. Gary meint, in einer Livestream-Gegenwart zu leben, verändert komplett, *wie* wir das tun.

Als ich noch in der Schule war, habe ich meine Uhr immer nach der großen Kaufhausuhr in der Port Vale Road gestellt. Ich wusste, dass ich Zeit verliere, dass meine kleine Armbanduhr zu langsam geht, dass ich vergaß, sie aufzuziehen, oder die Batterie schwächer wurde, deshalb ging ich ab und an zu dieser Uhr und, wie man früher gesagt hat, *stellte sie nach* der größeren Uhr, die selbst nach einer größeren Uhr *gestellt* war, und so weiter bis zu irgendeiner Riesen-Uhr, der Mutter aller Uhren. Wo war die?, habe ich mich immer gefragt. Der Mond? Die Sonne? Ich ging von diesem Imitat einer Uhr ‹wie anno dazumal› weg und vorbei an Wimpy und Woolworths, zwei längst verstorbenen Geschäften mit Namen, die nach wie vor lebendig sind, und besaß jetzt eine Uhr, die exakt gestellt und wieder zeitgleich mit der Zeit war. Das fühlte sich an, als sei mein Zeit-Tank wieder voll. Aber noch bevor ich dann drei Schritte gemacht hatte, wusste ich bereits, dass sie an Genauigkeit verlor, langsamer wurde, dass ich Sand oder Wasser in den Händen, eine Flussmündung zwischen meinen Fingern trug und dass die einzig wahre Geschichte, die meine Uhr mir erzählen würde, genau darin bestand. Sie zeigte mir stets nur weniger, verlorene und dann gar keine Zeit mehr an.

Einmal hat Mr. Wolphram nach dem Unterricht zu mir gesagt: «Sie sind wohl mehr der Typ halb leeres Glas, weil den Einbahnstraßencharakter der Zeit könnte man auch so interpretieren, dass so viel wie möglich hineingepackt werden kann: *Carpe diem*, nutze den Tag.»

Das habe ich monatelang falsch zitiert, als *putze den Tag*. Was aber irgendwie aufs Gleiche hinauslief. Genau wie bei dem anderen monströsen Erwachsenenbegriff, den ich anfangs, als die englische Sprache mich in einer Aneinanderreihung krasser Verhörer erreichte, falsch verstand: Drehwigkeit. *Für die Ewigkeit* sagten sie immer. Was ich hörte, war *Für die Drehwigkeit*.

Halb leeres Glas begleitete mich, denn das war das einzige Mal, dass Mr. Wolphram überhaupt ein Klischee benutzte, nachdem er uns streng davor gewarnt hatte.

«Wo bist du grad, Prof?», unterbricht mich Gary. Mein Kaffee ist jetzt auf Trinktemperatur abgekühlt, deshalb leere ich ihn in einem Zug und knalle die Henkeltasse so auf den Tisch, dass zwar Entschlossenheit demonstriert wird, sie aber nicht zerbricht.

«Bist du mehr der Typ halb volles oder halb leeres Glas, Gary?»

«Dazu müsste ich erst wissen, was in dem Glas *drin* ist. Das wäre die entscheidende Kontextinformation ...»

«Sehr gut, Gary, nur ist das genau die, die man bei dieser Frage nie hat ...» Ich stehe entschlossen auf und werfe mir den Mantel um. Gary ist perplex. «Lass uns mal prüfen, wo das Pärchen aus dem oberen Stock ist, okay? Chloe und Ben. Ich habe da so ein Gefühl, dass sie von einer Zeitung gekauft wurden und an einem schmierblattsicheren Ort sind, um sich auf ihre Story abklopfen und dann auszahlen zu lassen.»

«Und ich dachte schon, du bist wieder auf interner Safari. Aber nix da, bei dir rattert's im Gehin, oder? Dein Uhrwerk voll am Ticken ... Ich werde das mal überprüfen.»

«Als Nächstes müssen wir diesen Typ mit dem gebrochenen *Hezr* aufspüren und ihn fragen, ob er etwas gesehen hat, und dann kommen wir wieder her und reden mit Mr. Wolphram. Bis dahin hat er mit seinem Anwalt gesprochen.»

«Das gefällt mir», sagt Gary. «Ein Prof mit einem Plan.»

«Dann will ich die Aussage von jedem in der Straße, jedem Nachbarn, Lieferanten, Briefträger, Flugblattverteiler, Müllmann, Spanner und vorhangspähenden, nachbarschaftbeobachtenden Wichtigtuer ...

dazu noch alles, was Small-Screen bei den Dating-Profilen herausgefunden hat.»

Gary wählt eine Nummer. Jemand lässt ihn warten.

Mein erster Gedanke war, Chloe und Ben seien wohl vor dem Medieninteresse geflüchtet. Nur hätte ich besser gleich angenommen, dass sie nur ein hochwertigeres, also lukrativeres Medieninteresse wollten.

«Ja, du hast recht: sie sind verschwunden. Gestern Abend abgereist. Ich hab die Nummer angerufen, die Ben uns gegeben hat, und da ist eine Stimme, die alle Anrufer an Lynne Forester bei der *Evening Post* verweist. Die sind vermutlich in einem noblen Hotel oder sicheren Apartment und lassen sich dort von ihr melken.»

Der Verhaftete ist wieder im Verhörraum. Jetzt, wo er sich fast zwei Tage nicht rasiert hat, streben die Bartstoppeln bis ans Jochbein und unten tief in den Hemdkragen. Er sieht aus wie ein intellektueller, mexikanischer Bandit in einem Spaghetti-Western, oder wie der Typ Knacki, der seinen Mithäftlingen hilft, Briefe an ihre Liebste zu schreiben. Seine Haut glänzt, ist vor Schweiß ganz fettig, und seine Poren sind groß und geöffnet. Die Nägel seiner schlanken Finger sind heruntergekaut und wund. Er hat keine Saiten zum Anschlagen, keine Buchseiten zum Umblättern, deshalb ist er so sang- wie klanglos verloren in seinem starren Blick.

Er hat nichts als seine Armbanduhr, und die dreht er am Riemen ums Handgelenk, als wolle er im Kopf die richtige Lautstärke einstellen. Hin und wieder schließt er langsam, fast schon lasziv die Augen und macht sie wieder auf – vielleicht erwartet er, jetzt etwas anderes zu sehen, und gibt der Welt die Chance, sich in seiner Abwesenheit neu zu arrangieren. Manchmal beugt er sich kurz über den Tisch, auf dem zwei unberührte Plastikbecher mit Tee längst abgekühlt sind.

Ich werde für ihn Selbstmordüberwachung empfehlen. Er wirkt, als wollte er aus seinem Körper fahren. Er ist so eingefallen, so bleich und verängstigt; derartig dünn, dass er sein Fleisch so verlassen könnte, wie man zum letzten Mal seine Wohnung verlässt: indem man die Tür hinter sich zuzieht und den Schlüssel durch den Briefschlitz hineinwirft.

«Sieht aus wie der letzte Hummer in einem Nobelschuppen, bevor ihn der Küchenchef aus dem Becken zieht und ins heiße Wasser plumpsen lässt», meint Gary teilnahmsvoll. «Für mich bitte eine Flasche Chablis und den Schulmeister-Thermidor ...»

In der Nacht wurde er drei Mal verhört. Sie haben gewartet, bis Gary und ich Dienstschluss hatten. Deskfish und Small-Screen haben das persönlich erledigt, auch wenn sie laut Tonbandprotokoll nichts aus ihm herauskriegen konnten: 23 Uhr 30, 1 Uhr 45 und 3 Uhr 30. Jeweils eine ganze Stunde.

Es klingt wie ein Dialog des Absurden Theaters, mit einem Schuss Pinter'scher Bosheit:

Deskfish: «Sie sind bislang in keinem Punkt angeklagt, können also frei sprechen.»

«Ob frei oder nicht, ich habe nichts zu sagen, was ich nicht schon gesagt hätte, teilweise auch wiederholt, wenngleich auf wiederholt unterschiedliche Weise.»

Mr. Wolphram mag erschöpft sein, aber seine Sprache beherrscht er nach wie vor – sogar die der anderen, denn Deskfish begeht einen der schlimmsten Fehler, den man im Verhör machen kann: Fragen zu stellen, die keine sind.

«Genau das ist das Problem», sagt Deskfish. «Sie sagen ständig das Gleiche, aber wir möchten gern etwas Neues hören, nicht wahr, Sergeant Binns?» Mir fällt auf, dass ich diesen Nachnamen gar nicht kannte; Small-Screen ist keiner von denen, die davon groß profitieren würden.

«Das ist richtig, Sir, wir brauchen langsam was Neues.» Er versucht, ein bisschen *böser Polizist* in die Stimme zu legen. «Damit würden Sie auch sich selbst helfen.»

«Am meisten würde ich mir wohl helfen, wenn ich so wenig wie möglich sage, denken Sie nicht? Und das ist mit Sicherheit das, was mir auch mein Anwalt raten wird, sofern ich einen hinzuziehe. Das habe ich bislang nicht getan, wie Sie ja wissen, denn ich kooperiere hier als Zeuge. Wenn ich etwas anderes sein sollte, dann werden Sie mir das hoffentlich mitteilen, oder?

Deskfish seufzt den Seufzer eines Vernehmungsbeamten im Polizeifilm: «Wann haben Sie das letzte Mal mit Zalie gesprochen?»

«Vermutlich am 18. oder 19. Dezember. Irgendwann vormittags.»

«Worüber haben Sie geredet?»

«Das weiß ich nicht mehr. Die üblichen Freundlichkeiten, Nachbarliches – Mülltonnen, Abfallverwertung, die gewohnt deprimierenden Tagesneuigkeiten. Sie war ein umgänglicher Mensch, und wenn wir uns besser gekannt hätten, wären wir sicher befreundet gewesen.»

«Wann vormittags?»

«Um halb elf. Fünfundzwanzig vor elf. Ich bin um zehn los, um mir eine Zeitung zu kaufen, und war eine halbe Stunde später wieder zurück. Sie hat gerade ihr Rad aus dem Schuppen geholt.»

«Halb elf oder fünfundzwanzig vor elf ist ziemlich genau, oder?», wirft Small-Screen ein. Das ist nicht guter Polizist/böser Polizist, sondern dummer Polizist/noch dümmerer Polizist.

«Jeder Zeitpunkt ist genau, Officer. Es sind die Menschen, denen die Präzision fehlt.»

Es gibt eine lange Pause, in der ich fast schon sehen kann, wie sich Deskfish und Small-Screen panische Blicke zuwerfen, die Stirn jeweils voller Schweiß, dann wird das Band angehalten. Wir nennen es immer noch «das Band», nur ist es natürlich ein Digitalgerät und so empfindlich, dass wir Mr. Wolphram durch die Nase atmen hören, wie er das auch immer am Ende der Stunde gemacht hat: Kopf hoch, Brust raus, Buch zu.

«Wow», sagt Gary, der über meine Schulter zuhört. «Alle dürfen gehen oder was?»

«Siehst du, was ich meine?», frage ich. «Er ist kein Lehrer, der den Leuten Angst macht, aber Streit möchte man auch nicht mit ihm haben.»

«Wenn ich so was mit Wörtern machen könnte, dann müsste ich niemanden schlagen.» Gary hat noch nie jemanden geschlagen, aber wenn es kompliziert wird, beschwört er gern den Geist der Gewalt herauf. Gewalt ist für ihn bei Konflikten eine Art Tie-Break.

Mr. Wolphram mag gebrochen und allein sein, wenn er verwirrt und zappelig hier im Verhörraum oder in seiner Zelle sitzt, aber kaum wird er mit Menschen konfrontiert, kehrt seine Energie zurück. Er verfügt über Reserven. An was, weiß ich nicht, aber wenn er nicht kollabiert und gesteht, dann liegt das daran, dass er entweder unschuldig ist oder den Willen hat, durchzuhalten und das auch weiterhin zu tun.

Nächste Session: Deskfish und Small-Screen klingen müder als er. Sie probieren es jetzt mit der Amateur-Therapeutennummer und fragen ihn nach seiner Kindheit. Genau wir wir – damit haben wir begonnen, und wo uns das hingebracht hat, weiß man ja.

Mr. Wolphram: «Mir ist vollkommen schleierhaft, warum man die Antworten immer in der Kindheit sucht. Das muss ein Relikt aus der Zeit sein, als man dachte, die Menschen seien genauso zusammenhängend wie Geschichten.»

Small-Screen (der sich leicht über seine Gehaltsstufe erhebt): «Halten Sie sich an die Fakten, Sir, und überlassen Sie uns die Theorien.»

«Es sind genau Ihre Theorien, vor denen ich Angst habe, Officer, aber wenn Sie wirklich Fakten wünschen ...»

Er atmet ein und legt los: «Ich war als Kind weitgehend allein. Meine Eltern starben – unabhängig voneinander, denn so lebten sie – bereits ziemlich früh. Meine Mutter, als ich sechs, mein Vater, als ich zehn war. Sie führten die Art von Ehe, die eine Scheidung überflüssig macht. Als sie starb, kam ich zu zwei Tanten nach Hastings. Mein Vater war beim Militär und sehr streng, aber ohne rechten Grund – ich war überhaupt kein Rebell –, und wollte einen Mann zum Kind und kein Kind. Sie kennen den Spruch: *Er war der Vater, den ich nie hatte?* Na ja, bei mir war das mein leibhaftiger Vater. Ich hatte ihn eigentlich nie. Und um ehrlich zu sein, fand ich das gut so.» Er seufzt gelangweilt: «Hören Sie, das habe ich alles schon Ihren Kollegen erzählt, zumindest so ähnlich: dem großen, der immer wütend ist, und dem anderen, der gar nicht zuzuhören scheint. Bei denen war zumindest so etwas wie Verständnis zu spüren. Muss ich fortfahren?»

Schweigen.

«Na gut. Meine Tanten waren bei der Heilsarmee. Auch Militär, wenn Sie so wollen. Ich war Atheist, solange ich zurückdenken kann, aber ich habe sie geliebt und sie mich. Es war im Grunde ganz einfach. Eine der beiden lebt noch und ist mir sehr wichtig. Aber das wissen Sie, und vielleicht haben Sie ja auch mit ihr gesprochen.» Pause. «Haben Sie das?»

Deskfish und Small-Screen geben keine Antwort, weil sie die nicht kennen. Sie sind völlig uninformiert, amateurhaft und unvorbereitet. (Nein: wir haben noch nicht mit ihr gesprochen. Kommt noch.) Sie haben sich nicht mal die Transkriptionen angesehen, die Gary und ich ihnen hingelegt haben. Man muss kein Connaisseur der Stille sein, um zu erkennen, dass sie planlos und verloren sind und überhaupt nicht wissen, was sie da tun. Mr. Wolphram erkennt es, denn so etwas kann er riechen. Das ist nicht viel anders als in der Schule, also dass man spürt, wer den Text jetzt gelesen hat und wer nicht, wer die Hausaufgaben gemacht hat oder nicht. Deskfish und Small-Screen sind nur Bluffer aus der letzten Bank.

«Soll ich weitermachen?», will er wissen. Er verhört jetzt *sie*. Als sie erneut nichts sagen, tut er es:

«Ich konnte alles verstehen, was meine Tanten da machten, selbst wenn ich nicht an die übernatürlichen Gründe dafür glaubte. Die Kirche, das Orchester, die Lieder, die Speisung der Armen, den Hass auf die Armut, das Elend ... das alles habe ich verstanden und sogar bewundert. Das waren Leute, die aus Mitmenschlichkeit und Nächstenliebe handelten, nicht wegen Gott. Hätte Gott nicht existiert oder überraschend einen Unfall erlitten, hätten sie trotzdem alles genauso getan. Ich betrachte es als Ausdruck ihrer Selbstlosigkeit, dass sie ihn als Vorwand für ihren Einsatz benutzten: Hauptsache, man muss Ruhm und Ehre nicht selbst entgegennehmen. Was soll ich sagen? Sie waren mitfühlende Menschen, und gegen Mitgefühl kann man sich fast nicht wehren. Im Gegensatz zur Liebe, die glamourös ist und auf der Stimulation beruht, geht es bei Mitgefühl um Beständigkeit, um Ausdauer, auch wenn man außer Atem kommt und mit dem Herzen nicht mehr dabei ist.»

Gary hört jetzt aufmerksam zu. Er verspottet ihn nicht, lacht ihn nicht aus und bezeichnet ihn auch nicht als schwul, pervers oder Kinderschänder. Er schaltet das Gerät ab. «Laurel und Hardy sind Anfänger gegen ihn, Prof. Er braucht da drin einen Sprachkünstler wie mich, der ihm Paroli bietet – und zwar mit dem Handrücken ...»

«Mach wieder an, Gary.»

«Meine Tanten waren religiös, aber nicht streng oder besonders fromm. In ihrem Haus wurde viel gelacht, und ich durfte machen, was ich wollte, sagen, was mir einfiel, und lesen, worauf ich Lust hatte. Man könnte sie schon gottesfürchtig nennen, auch wenn ich diese Bezeichnung nie mochte: ob Gott existiert oder nicht – so oder so gibt es reichlich Grund, sich zu fürchten, nicht?»

Ende des Verhörs.

Im Auto, unterwegs zur Castle Street, fragt Gary: «Findest du nicht, dass wir die Tante besuchen sollten?»

«Und wozu, Gary? Wo wir ihn doch schon haben, unseren Mann ...»

«Doppelt genäht hält besser, Prof. Sie hat vielleicht eine schöne Hintergrundgeschichte über ihn, und die Presse wird eh bei ihr aufkreuzen. Ich sehe sie schon vor mir: nettes, kleines Feuer im Kamin, ein Kännchen Tee, vielleicht ein Stück Kuchen – selbstgebacken von einer Nachbarin namens Olivia –, ringsumher Fotos von ihm in kurzen Höschen, mit Schaufel und Eimer, einer Zuckerstange vom Strandkiosk ...»

Er hat recht. Sie werden sie aufspüren und belagern. Ich kann mir nicht vorstellen, dass sie ihr Geld annimmt, aber vielleicht glaubt sie ihren Lügen: *Wir beschützen Sie vor den anderen Zeitungen, die seinen Ruf ruinieren wollen, wir bringen Ihre Sicht der Dinge, denn irgendjemand muss ihm ja beistehen* etc. Wenn nicht gleich, dann bald. Alles passiert jetzt schnell, und das Schlimmste wird erst noch kommen: Anklageschrift, Staatsanwalt, Primetime-Nachrichten, Schlagzeilen und Leitartikel, alte Freunde, die für Geld lügen, Kollegen, die ihn denunzieren, offizielle Statements von der Schule …

Als wir die Castle Street Nr. 44 erreichen, ist keiner da. Die Besitzer wurden angewiesen, das Graffiti nicht wegzumachen, deshalb prangt die verschwommene Sprühschrift weiterhin quer über die Gartenmauer dieser reichen Leute. Hoffentlich ärgern und schämen sie sich. Gary steigt aus und sagt, er will sich mal die Beine vertreten. Ganz in der Nähe ist eine alte Metzgerei. Ich kenne sie noch aus der Schulzeit. Sie hat die Supermärkte und Vorstadt-Einkaufszentren gerade so überlebt. Aber jetzt, wo der alte Kram wieder modern wird, Vinylplatten, Schottische Eier, Craft-Biere und Bärte, laufen die Geschäfte ganz gut. Nur nicht mehr mit der alten Kundschaft. Die alte Kundschaft kann sich das nicht leisten; außerdem ist sie längst weggezogen. Sie *wurde* weggezogen.

Gary geht da gern hin, weil schon seine Eltern dort eingekauft haben, früher, als in diesem Teil der Stadt noch Leute wie sie wohnten. Er holt sich ein Stück Pastete oder ein Wurstbrötchen, irgendetwas Traditionelles, an das er sich erinnert aus der Zeit, bevor die Sozialwohnungen verschwanden und die Sushi und Chai Lattes Einzug hielten.

Er kommt wieder, in jeder Hand eine Schweinspastete, und beschwert sich über die Preise.

«Symbol der Gentrifizierung, Prof.»

Er nimmt einen derart großen Bissen, dass zwischen Daumen und Zeigefinger nichts als ein bröckelnder Rand bleibt. Mit vollem Mund redet er wie der Moderator einer Geschichtsdoku weiter:

«Schau dir die Speisekarte in den Pubs an: je näher das Essen produziert wird, desto teurer ist es.»

Gary hat zu allem eine Theorie, und zur Essenszeit ist das meist die Theorie vom globalen Kapital, das sich im Umlauf befindet: «Erst killen sie alles vor Ort, schließen die Metzgereien und Bäckereien, den Pub mit dem Bier, das nach fauligen Eiern schmeckt, und dann, wenn alles verschwunden ist, zieht ein Schwachkopf mit Bärtchen und Karohemd namens Max ein, der genau das Gleiche verkauft. Nur dreimal so teuer. An Leute wie dich. Leute wie ich sind hingegen im Supermarkt und kaufen Zeug vom anderen Ende des Planeten, weil wir uns nichts anderes leisten können.»

Zwischen seinen Beinen liegt ein Stück Pastetenrand, und als er fertiggekaut hat, hebt er es auf und stopft es sich in den Mund. «Es gibt ja den Spruch, alles kommt immer zweimal – zuerst als Leben, dann als Lebensstil.»

Er schlägt die Zeitung auf und liest eine Überschrift.

«Hier ist einer seiner Ex-Schüler, Prof – könnte aus deiner Zeit stammen», sagt Gary: «Jonathan Lansdale, 1980er – hat der was mit dem Kaufhaus zu tun? Sagt der dir was?»

«Jonny Kebab», erwidere ich. «Was weiß er denn?»

«Rate mal, Prof ...»

«Ich will aber nicht raten – lies einfach vor. Und zwar alles, keine garyfizierte Zusammenfassung, ich will den genauen Wortlaut.»

«Willst du auch die Überschrift? Hier ist meine zeitsparende Zusammenfassung: *Bekloppter Buchficker brütet im Bau*. Du ahnst, wo das hingeht, oder?»

«Gary – ich will alles: Überschrift, Untertitel, dann Absatz für Absatz. Auch den Verfasser.»

Gary räuspert sich, nimmt einen Schluck von seinem Orangen-Fitnessdrink und breitet die Zeitung auf dem Lenkrad aus.

DER UNHEIMLICHE MR. WOLPHRAM
Lynne Forester, Chef-Reporterin

Der Hauptverdächtige im Müllsack-Mord an Zalie Dyer, Mr. Wolphram, war ein bücherliebender, stets adretter Einzelgänger. Befragte Jugendliche zur Pubertät, Seite 3. Seltsame Augen, Seite 6. Seltsame Frisur, Seite 7. Seltsame Kleidung, Seite 8. Seltsame Hüte, Seite 8. Seltsam, Seite 10. Exzentrischer Einzelgänger – Kollegen erinnern sich an den «Schrägen Lyrik-Mann», Seite 4. «Besessen von David Bowie», Seite 5.
Sah sich gern Schwarzweißfilme an. Schenkte Alkohol an Jugendliche aus, Seite 5.

«Na bitte: Ein Fettberg aus Wörtern.» Gary beginnt, laut vorzulesen:

Einer von Mr. Wolphrams ehemaligen Schülern, der Geschäftsmann und Unternehmer Jonathan Lansdale, erinnert sich an den zurückgezogenen Lehrer als Exzentriker, dem schnell der Kragen platzte. ‹Er war schmierig›, sagt Mr. Lansdale, 48, ‹und wir hatten alle Angst vor ihm, weil er so wütend werden konnte. Er hat uns seltsame Filme gezeigt und wollte wissen, ob wir sexuell aktiv sind.›

Gary: «Hat er das?»

«Nein ... Und *Unternehmer* ist für Jonny Kebab die reinste Ironie. Sein einziges Geschäft war, in den Downs versiffte Pornohefte aufzusammeln, sie auf der Heizung zu trocknen und in seinem ‹Büro› zu verkaufen, also den Toiletten neben dem Geografieraum. Die Preisliste weiß ich heute noch auswendig. Lies weiter, Gary.»

«Ist das jetzt ein Nein oder ein ‹Ich weiß nicht, aber *mich* hat er nie gefragt›? Bist du dir sicher, dass er an *dir* nicht einfach desinteressiert war? Mittlerweile ist alles so verkorkst, dass der neue Missbrauch ein Nicht-Missbrauch ist – stimmt das?»

«Es ist ein Nein. Auf beide Fragen.»

«Wenn du es sagst, Prof:

‹Mr. Wolphram war bekannt dafür, dass er Lyrik liebte, und ließ uns Gedichte über Sex und den Tod lesen. Er nahm nach der Schule Jungen mit in seine Wohnung und spielte ihnen Opern oder Aufnahmen von Lyrik-Lesungen vor. Er hatte Platten von David Bowie, ließ für uns Pink Floyd und Velvet Underground laufen ... also Erwachsenenmusik von Gruppen, die Drogen nahmen. Von Velvet Underground haben wir auch ‹Heroin› gehört.›

Stimmt das, Prof?»

«Dieser Teil stimmt, ja. Aber nicht, dass er *Jungen mit in seine Wohnung nahm*. Er hat sie *eingeladen*, und viele sind gekommen.»

«Sieh mal, wie sie das gemacht haben – *nach der Schule* ist super: das klingt gleich so anrüchig, als seien da irgendwie geheime oder verbotene Dinge passiert. *Erwachsenenmusik* ... Gedichte über Sex und den Tod – nicht schlecht, oder? Ich bin da kein Experte, aber geht es schlussendlich nicht bei allen Gedichten um Sex und Tod?»

«Lies weiter, Gary – wir können uns die Literaturkritik für später aufheben.»

Ein Ex-Schüler, der seine Anonymität wahren will – ich wette, der will seine Anonymität nicht mehr wahren, wenn er den verdammten Scheck einlöst, den sie ihm gegeben haben! –, **erzählt: ‹Wir gingen zu ihm in die Wohnung. Dort war es immer recht dunkel. Er war offenbar wohlhabend und hatte die modernsten Geräte – Hifi-Anlage, Fernseher, Videorekorder … Riesige Boxen. Er öffnete eine Weinflasche und gab uns vor dem Film davon zu trinken.›**

«Schau, was sie da gemacht haben, Prof: *immer recht dunkel, gab uns zu trinken.*

‹Es war uns verboten, etwas zu trinken, das war gegen die Schulordnung, aber nein zu sagen trauten wir uns nicht. Wenn er dachte, dass wir im Unterricht nicht aufpassen, warf er mit Büchern nach uns und brüllte herum. Alle hatten Angst vor ihm.›

Hat er echt gebrüllt?»

«Nein. Doch. Ein Mal. Ein einziges Mal.»

«Hattest du Angst vor ihm, Prof?»

Ich wende den Blick von der verschwommenen Mitteldistanz und richte ihn auf Gary. Ich bin froh, dass er das fragt, denn jetzt kann ich etwas in Worte fassen, was mir immer unklar war.

«Ich hatte … keine Angst, nein. Und der Wein war gut, und mehr als ein Glas hat er uns auch nie gegeben. Ich habe gesagt, dass ich ihn mochte. Jeder mochte ihn, zumindest dachte ich das. Aber vielleicht wollte ich auch nur so sein wie er und hielt das eine Zeit lang für ein und dasselbe. Ich wollte ihn nicht enttäuschen, vielleicht hatte ich davor Angst, vielleicht fürchtete ich, ihn dadurch zu enttäuschen, dass ich nicht *kapierte*, was er sagte oder uns zum Lesen gab, oder etwas nicht mochte, was er für gut hielt. Er *wollte*, dass wir Dinge mögen, das war ihm sehr wichtig. Aber hatte ich Angst? Nein. Wenn, dann habe ich mich geschämt – dass ich schwer von Begriff war oder bestimmte Wörter nicht verstand, nicht das Richtige empfand, wenn ich ein Bild vor mir hatte oder Musik ... mehr so in die Richtung.»

«Scham ist ein großes Thema, Prof. Heutzutage gibt's viel zu wenig davon. Jede Menge Schämen, aber kaum mehr Scham ...» Garys Blick fällt auf eine Frau und ihre Tochter, die sich dem Haus nähern. Sie waren offenbar einkaufen und haben große Taschen mit Kleiderboutique-Aufdruck. «Glaubst du, das sind sie?»

«Wer?»

«Sally und ihre Mum. *Hallo* ...», er klopft sich an den Kopf. «Der Grund dafür, dass wir da sind?»

Ach ja, richtig. Sie öffnen das Metalltor, verschließen es hinter sich und gehen aufs Haus zu. Wir lassen ihnen Zeit, die Taschen abzustellen und Wasser aufzusetzen.

Die Türklingel ist eine Elektroversion von Big Ben, ein dickes, fettes Läuten, und anhand des Widerhalls ist zu erkennen, dass der Hausflur riesig ist. Reiche Leute brauchen immer ewig, bis sie die Tür aufmachen, weil sie einen weiten Weg haben und es außerdem, tief in ihrem Klassenbewusstsein verankert, einen Bediensteten dafür gibt.

Das Mädchen, das aufmacht, ist etwa achtzehn. Sie wirkt munter, wenngleich irgendwie abgelenkt. Sie schreibt am Handy, mit hin- und herfliegenden Daumen. Sie sieht uns nur kurz an, ruft: «Muuuuum ...», dreht sich um und lässt uns stehen.

«Vielleicht sollten wir lieber den Dienstboteneingang nehmen», knurrt Gary und betritt das Haus so laut wie möglich. Er hat sich die Füße nicht abgewischt – das ist Absicht – und über die Marmorfliesen eine schwarze Spur Bürgersteigwasser gezogen.

«Was ist mit dir, Prof?» Er ist schon auf hundertachtzig. «Oder legst du deine Visitenkarte auf ein verdammtes Silbertablett und wartest unten bei der Haushälterin?»

Als Mrs. Latimer kommt, sagen wir ihr, dass wir mit ihrer Tochter sprechen wollen. Sie ist freundlich und überraschend höflich. Das bringt Gary aus der Fassung. Sie lädt ihn ein, Platz zu nehmen, bietet Tee an, beruhigt ihn wegen der Pfütze im Hausflur und fragt, wie sie uns helfen kann.

Gary ist sauer, und zwar noch mehr als vorher, denn durch ihre zuvorkommende und angenehme Art hat sie seine Erwartungen enttäuscht. Er sieht sich um in der Hoffnung, an der Einrichtung herummäkeln zu können, entdeckt aber als einzigen Makel, dass er sie sich nicht leisten könnte.

«Das Graffiti an Ihrer Mauer ...», sage ich.

«Ja, Sie haben uns angewiesen, es stehen zu lassen. Ich würde es sehr gerne weghaben, wie Sie sich sicher vorstellen können.»

«Wir würden gern wissen, von wem es stammt.»

«Ich möchte nicht, dass der junge Mann Probleme bekommt. Das ist nur ein bisschen Graffiti, und man braucht zum Entfernen nichts als eine Dose Lösungsmittel und eine Drahtbürste.»

«Darum geht es nicht, Mrs. Latimer, wir wollen ihn deswegen nicht belangen. Es geht um einen anderen Fall – und darum, dass dieses Graffiti in einem Zeitraum gesprüht wurde, der uns in Verbindung mit etwas anderem interessiert, und dass der, der es gemacht hat, vielleicht etwas gesehen hat, das uns weiterhilft.»

Mrs. Latimer ist nicht auf den Kopf gefallen. Sie kann eins und eins zusammenzählen. Zum zweiten Mal überrascht mich ihr dezentes, gesittetes Verhalten: Sie wird nicht aufgeregt oder hämisch, fällt auch nicht in Ohnmacht oder will Genaueres wissen. Stattdessen hilft sie einfach.

«Ich denke, ich weiß, wovon Sie sprechen, und natürlich werde ich tun, was ich kann. Sein Name ist Jack, Jack Glass. Ein netter Junge, wir alle mochten ihn, aber Sally hat sich an der Uni einfach weiterbewegt – wie viele Beziehungen daheim überleben den Studienbeginn? Er hat das sehr schwer genommen, er ist ein bisschen ... nun ja, dramatisch. Seine genaue Adresse kenne ich nicht, aber er wohnt unten in St. Leonards.»

«Könnten Sie Sally bitten, uns seine Adresse und Telefonnummer zu geben?», fragt Gary.

«Das könnte ich schon», erwidert sie, «nur würde sie das herumtweeten, im Status melden, auf Instagram posten und nach allen Regeln der Kunst ausschlachten ... weil sie dadurch Teil der Story wäre. Das machen sie heute einfach so. Würde sie merken, dass es mit dem zusammenhängt, was ich glaube, dann könnte Ihre Arbeit – und unser Leben – erheblich komplizierter werden.»

Sie bringt uns zur Tür. «Geben Sie bitte Bescheid, wenn ich zu Drahtbürste und Putzmittel greifen kann», sagt sie lächelnd und verabschiedet uns.

«Ich hasse es, wenn so jemand sich als okay entpuppt», grummelt Gary, als er sich hinters Lenkrad zwängt. «Man sollte sich für sein Klischee entscheiden und dann dabei bleiben. So wie ich: übergewichtiger, weißer Bulle von mittlerem Dienstgrad. Die Leute sehen mich an und fragen einander: *Siehst du den Typ da? Zu sechzig Prozent heißt der Gary*. Spart allen viel Zeit und geistigen Aufwand.»

Jack Glass ist ein unglücklich wirkender Siebzehnjähriger mit Bartstoppeln und einem Tattoo auf dem Unterarm, das noch in Plastik eingewickelt ist. Ein Anker, der durch ein Herz geht, erklärt er, obwohl es eher wie ein Stück vakuumverpacktes Fleisch aussieht, das in der Hülle schlecht geworden ist.

«Hab ich grad erst machen lassen», sagt er. «War teuer wie Sau, hat höllisch wehgetan, und als ich zurückkam, war ich Single.»

«Genau darüber wollten wir mit Ihnen reden», sagt Gary. «Das Graffiti bei den Latimers ...»

«Ja, klar, tut mir leid – ich war so angepisst ... mir ging's ... mir ging's scheiße, und ich war wütend – so wütend, dass ich sogar die Buchstaben verwechselt hab und noch idiotischer dastehe. Ich mach's wieder weg. Ich hab ihnen gesagt, dass ich es war, hab mich entschuldigt, hab versprochen, dass ich's wegmach, aber Mrs. Latimer … also die sagt, ich soll's so lassen.»

Wie Gary spricht auch er im örtlichen Dialekt, und ich stelle mir vor, wie Sally und ihre Freundinnen mit ihrem Themsenmündungs-Englisch, in das sich normierte Aussprache und MTV-geprägter, euro-amerikanischer Hiptalk mischen, ihn auslachen. Diese gerollten *r*'s, die runden Vokale … das fanden sie sicher zum Brüllen. Als ich noch in der Schule war, habe ich diesen Dialekt nur beim Küchenpersonal und den Reinigungskräften gehört, außerdem natürlich im Bus oder in den Geschäften vor Ort. Am Chapelton wurden wir angehalten, uns stets darüber lustig zu machen.

Zumindest damals war er weit verbreitet. Heute gibt es ihn immer seltener. Er verbirgt sich in Stadtteilen, die den Medien gleichgültig, der Polizei hingegen nur allzu gut bekannt sind, oder bei älteren Leuten in Seniorenheimen oder Bingohallen. Man findet kaum noch jemanden, der so jung wie Jack ist und diesen Dialekt derartig rein spricht. Sogar Gary, der sich einen Dreck darum schert, was andere von ihm denken, hat seinen etwas eingeebnet, um sich uns anzupassen mit unserem Einzugsgebiet-Englisch, dieser Sechzigerjahre-Planstadt in unseren Mündern.

«Wir sind nicht wegen Ihrer Rechtschreibung hier, Jack», sagt Gary. Ich merke, dass er für den Jungen seinen Dialekt aufdreht: *wir zwei haben die gleiche Herkunft* sagt er damit. Macht er das absichtlich, um Jack zum Reden zu bringen, oder eher unbewusst?

«Wir sind hier, weil in der Nähe ein Verbrechen passiert ist, möglicherweise zu dem Zeitpunkt, an dem Sie Ihr Graffiti gemacht haben, und wir wollen wissen, wann genau das der Fall war und ob Sie irgendjemanden oder irgendetwas gesehen haben. Soweit klar?»

Jack sieht ihn misstrauisch an. Hoffentlich kapiert er nicht, was hier läuft. Wenn er ahnt, warum wir fragen, hat Lynne Forester eine weitere Story und Jack vielleicht mehr Geld, als sein Tattoo gekostet hat und seine Beseitigung kosten wird.

«Ich sollte Ihnen das nicht sagen», fährt Gary fort, und ich will ihn schon davon abhalten, es tatsächlich zu tun, «aber es gab in der Gegend einen Einbruch – richtig hart –, der zwischen elf Uhr abends und sechs Uhr morgens stattgefunden hat, und wir sind auf der Suche nach Leuten, die etwas Verdächtiges gesehen haben – auch wenn sie, wie in Ihrem Fall, selbst an etwas Verdächtigem dran waren ...»

Gary ist wirklich gut: «Wie Sie wissen, ist die Polizei mit einem schwerwiegenden Fall beschäftigt, einer Sache, die uns im Grunde völlig überfordert, aber das heißt nicht, dass deshalb alles andere liegen bleibt. Die ganz normalen Dinge müssen weiterhin bearbeitet werden: Einbrüche, Übergriffe, gestohlene Autos ... eben das langweilige Zeug, das man nicht so mitkriegt.» Gary gibt ein gleichgültiges Schnauben von sich. «Deshalb würden wir gern von Ihnen wissen, wann Sie dort angekommen sind, wie lange Sie vor Ort waren und wann Sie wieder weg sind. Und was Sie gesehen haben. Damit Constable Plod und sein Vorgesetzter», er nickt pseudo-ergeben in meine Richtung, «wieder zurück aufs Revier und ein paar Formulare ausfüllen können. Irgend so ’nem Banker fehlen Stereoanlage, Flachbildschirm und Jack-Vettriano-Bilder im Wert von ein paar Mille, und wir sind die, die sich dafür die Hacken ablaufen müssen.»

Jack ist enttäuscht. Er kratzt sich die wunde, tintengenadelte Haut.

«Okay … Ich bin so um halb elf losgeradelt und war um dreiviertel da … hab dann gegenüber auf der Bank gesessen und an Sally geschrieben, ob sie nicht rauskommen will zum Reden. Ich wollte echt nur reden. Ich habe ihr gewhatsappt, deshalb konnte ich sehen, dass sie es gelesen hat, aber nicht antwortet. Das hat alles noch schlimmer gemacht. Ich habe sie nicht bedroht oder so, nur gesagt, wie traurig ich bin und wie scheiße ich es finde, dass ich ein Tattoo hab machen lassen, das einen unauflöslichen Bund darstellt, und sie am gleichen Tag Schluss macht. Ich hab ihr ein Bild davon geschickt. Wochenlang hab ich gespart … es aus dem Katalog ausgewählt … nachgeschaut, was es bedeutet, das ganze Programm halt …»

«Ein schönes Tattoo. Sieht immer noch gut aus, wenn das hier vorbei ist und Sie längst nicht mehr an sie denken.» Gary lächelt. «Zumindest wurde nicht ihr Name eintätowiert …» Wenn der wütende Gary ungemütlich ist, kann der freundliche, teilnahmsvolle geradezu nervtötend sein.

Aber nur für mich, wie sich herausstellt, denn bei Jack funktioniert die Nummer, und er sieht ihn dankbar an. «Finden Sie echt?»

«Und wenn die Rechtschreibung besser klappt.»

Jack nickt und lacht. Gary hat ihn da, wo wir ihn haben wollen.

«Ich hab so eine Stunde gewartet. Hab mir an der

Ecke drüben Kippen gekauft. Paar Dosen Bier. Die waren grad am Zumachen. Hab niemand gesehen, nur den Typ an der Kasse. Ich bin dagesessen, hab die erste Dose geknackt und ein paar geraucht. Vielleicht auch ein Tütchen, wenn ich ganz ehrlich bin ...»

«Ein Tütchen in Ehren kann keiner verwehren», sagt Gary ruhig. «Und weiter?»

«Dann hat der Rollladen von diesem Kiosk gerasselt. Ein paar Autos. Niemand, der geparkt hat oder in eins der Häuser gegangen ist, einfach nur vorbeigefahren.»

«Prima, Jack, das ist gut. Hat irgendjemand abgebremst vor einem der Häuser?»

«Nee, ist mir nicht aufgefallen – weil ich hab ja abgepasst, wann ich, na ja, loslegen kann ... deshalb weiß ich, dass niemand angehalten oder gebremst hat.» Jack freut sich über seine Antwort, weil sie so klar ist. Im Sumpf der Hypothesen sind alle Zeugen glücklich über eine definitive Aussage. Sogar die Unschuldigen brauchen eine unbefleckte Wahrheit zum dahinter Verstecken.

Gary setzt eine enttäuschte Miene auf. Das kann er definitiv besser als lächeln. «Über welchen Zeitpunkt reden wir etwa?»

«Keine Ahnung, vielleicht so halb zwölf?»

«Irgendwelche Passanten?»

Jack überlegt. Kaut an der Innenseite seiner Lippe.

«Ein paar Leute kamen über die Brücke, andere gingen rüber. Aber echt nur ein paar. So um Mitternacht eine Gruppe Männer, bisschen bedüdelt und auf dem Heimweg vom Pub. Ein Mädchen mit Einkaufstüte, das ich aber nicht recht erkennen konnte, weil sie diese Wollmütze aufhatte. Sie hat telefoniert, ohne dass ich was verstanden habe. Nicht laut, aber da war etwas in ihrer Stimme, das einem zeigt, dass jemand redet und gleichzeitig lächelt. Das ist mir aufgefallen. Ganz leise und zärtlich. Fast schon gehaucht. Das war echt schön.»

Gary lässt sich nichts anmerken, aber ich spüre es: etwas Bedeutendes ist hinter dem, was für Jack nur ein kleines Detail darstellt.

«Ich weiß noch, wie ich dachte *der Glückliche am anderen Ende*. Dann zwei oder drei Typen. Sportoberteile, vielleicht sogar Trainingsjacken, Jeans, am Lachen und Witzereißen, zwei haben sich im Gehen eine angesteckt – waren es vielleicht die?»

Jack weiß es nicht, aber er hat Zalie auf ihrem letzten Heimweg identifiziert. Sie hat um 23 Uhr 18 mit ihrem Freund in Saint-Omer telefoniert, elf Minuten lang. Sie hatte eine Einkaufstüte dabei. Gary muss diese Information jetzt umschiffen, damit er nicht preisgibt, was er eigentlich wissen will. Er sieht mich nicht einmal an, um nicht zu zeigen, dass inmitten der Pseudo-Information, die er hier ans Licht gebracht hat, die entscheidende jetzt in Reichweite ist.

«Beschreiben Sie die Männer – alles, was Sie gesehen haben.»

«Groß, einer mit Hoodie, einer mit so 'ner Art Trainingsjacke, alle leicht am Schwanken. Ich dachte nur, die kommen aus dem Pub – das *Harcourt Arms* hat bis Mitternacht auf –, quatschen und albern einfach rum. Die hatten dort Bier & Burger-Abend, da ist es immer voll.»

Er schnieft und senkt den Blick. «Wir wollten eigentlich hin, also Sally und ich, weil sie dort keinen Ausweis sehen wollen und sie viel älter wirkt, außerdem ist sie hübsch, was immer funktioniert ... Glauben Sie, die waren es?», fragt er erneut.

«Gut möglich, dass sie es waren, ja», sagt Gary. «Was ist mit der Frau? Konnten Sie die auch sehen?»

Jack runzelt die Stirn. «Warum fragen Sie denn nach der?»

Gary, schnell: «Sie kann sie vielleicht noch besser beschreiben ... wenn wir sie auftreiben können. Hat sie die Männer überholt, oder vielleicht andersrum?»

Jack denkt darüber nach. «Sie ist schneller gegangen als sie, und die Jungs sind ja auch stehengeblieben, um sich ihre Kippen anzuzünden oder eine zu drehen, deshalb ... ja, ich glaube, sie ist an ihnen vorbei. Ich denk mal, die hat sicher einen Blick auf sie werfen können.»

«Wo ist sie hin?»

«Sie ist vor ihnen abgebogen – in die Elms Road, glaube ich, oder in die nächste, die Hythe Street. Runter, wo diese Edelschule ist. Zumindest in die Richtung. Sie ging bergab, Richtung Sportanlage. Die Typen sind definitiv bis ans Ende der Straße und weiter, nur konnte ich sie da nicht mehr sehen.»

«Und dann?»

«Als alle weg waren, habe ich die Sprühdose rausgeholt und bin rüber zu Sallys Haus. Noch mal kurz gecheckt, und das war's. Hab gesagt, was ich sagen wollte. Das Sprayen hat ewig gedauert – viel länger als erwartet, weil die Ziegel so porös sind ... die haben die Farbe so schnell aufgesaugt, dass ich mehrmals drüber musste. Ich hab mich ständig umgesehen, dann hab ich die Dose über die Mauer geschmissen und bin weggefahren. Deshalb auch der Schreibfehler. Ich war so gestresst, dass ich nicht klar denken konnte. Alles, was ich gesehen hab, war ein Fuchs, der an den Mülltonnen rumgeschnüffelt hat. Wenn es diese Typen waren, müssen sie zurückgekommen sein, als ich schon weg war.»

«Danke, Jack. Vielleicht müssen Sie noch mal aufs Revier kommen und Phantombilder – alles, an was Sie sich erinnern – von den Männern machen. Ist nicht schlimm, wenn Ihnen jetzt nicht alles einfällt, das ist ganz normal. Sobald man die Fotos vor sich hat, wird das Gedächtnis besser. Keiner von uns weiß, was er wirklich weiß, oder? Was wir alles wahrgenommen haben? ... Schreiben Sie hier bitte Ihre Mobilnummer auf ...»

Zurück im Auto gratuliere ich Gary.

«Danke, Prof ... Der Junge ist in Ordnung. Städtische Schule, mit sechzehn abgegangen, kriegt eine vom schicken Mädchengymnasium, die ihn im ersten Uni-Semester sitzen lässt. Wie ich, nur ohne die Freundin ... Armer Tropf mit seinem gebrochenen *Hezr* ...»

Gary hat mir noch nie über seine Herkunft erzählt, sein Liebesleben, seine Schulzeit. Ich weiß nur, dass sie ohne Rotwein, georgianische Häuser und schwedische Filme ablief. Zumindest ohne schwedische Arthousefilme.

«Ich weiß nicht, ob irgendwas davon nützlich ist, Prof – das Szenario hat nur ergeben, dass sie so um halb zwölf hier war und heim ist. Aber das wussten wir ja schon.»

«Nicht wirklich – es gibt verschiedene Möglichkeiten, etwas zu wissen, und das hier ist so ein Fall: Wir haben herausgefunden, dass sie – *wahrscheinlich* – nicht verfolgt wurde und dass das, was ihr widerfahren ist, zwischen dem Haus der Latimers und ihrem eigenen geschah. Das ist jetzt klar. Wir haben das *Wann* und das *Wo* eingeengt. Wir reden jetzt über ein Zeitfenster von zwölf Minuten und eine Entfernung von weniger als fünfhundert Metern.»

«Fehlen tun aber das *Warum* und das verdammte *Wer*», sagt Gary mürrisch, «nur interessiert mich das *Warum* einen Scheiß.»

«Ich dachte, das *Wer* sei geklärt?»

«Ich hab gesagt *wahrscheinlich*, Prof, *wahrscheinlich*! Aber um ehrlich zu sein, hat mein Wahrscheinlichkeitsgefühl etwas abgenommen.»

«Ganz neue Töne, Gary! Dabei wolltest du das doch, oder?»

«Das weiß ich grad nicht, Prof. Ich meine ... schau mal – lass uns einen Schritt zurücktreten, wobei nicht du, du machst das ja ständig. Zalie war fast eins achtzig, hat Hockey und Tennis gespielt. Er ... vielleicht eins vierundachtzig, eins fünfundachtzig – *höchstens* –, dünn wie eine Bohnenstange, und alles, was er macht, ist Gitarre spielen oder dieses mittelalterliche Banjo ...?»

«Laute.»

«Scheißegal ... ich meine: wie kann er sie a) erwürgen, ohne dass sie schreit oder sich wehrt, und b) über die Schulter werfen oder rausschleifen, dann ins Auto hieven, über die Brücke kutschieren, zu diesem nassen, schlammigen Weg bringen, sie dort abwerfen und wieder heimgehen – all das ohne auch nur ein bisschen Dreck, Hundescheiße, irgendwelche Teilchen von ihr im Auto oder Hausflur? Nicht zu vergessen Kratzwunden oder Prellungen an seinem Körper? Und denk dran, Prof: wir haben alles abgesucht, umgedreht, durchgewühlt. Klamotten getestet, Waschmaschinentrommel analysiert, Kloschüssel abgebaut und Abflüsse ausgekratzt. Nichts.»

«Hör mal, Gary – all diese Fragen hättest du ja schon früher stellen können.»

«Das ist jetzt gemein, Prof ... *Du* leitest hier die Ermittlung. *Du* bist der Leierkastenmann ... Ich bin nur das Äffchen. Hättest du nicht so viel Zeit damit verbracht, über deine Schulzeit nachzudenken und Fotos von dir in Badehose zu suchen, hättest du die Führung übernehmen können. Du weißt schon – dein Gehirn für was anderes als Träumen benutzen.»

«Du warst dir ziemlich sicher, dass er schuldig ist, Gary ...»

«War ich, ja, weil ich mich so lange an dem orientiere, was offensichtlich ist, bis es aufhört, offensichtlich zu sein. So machen das Leute wie ich. Das ist unser Job – in Häusern und Büros landauf, landab, in Filmen und Romanen, aus genau diesem Grund sind wir hier. Aber du ... du bist gehobener Dienst, Prof, ganz einfach ... Es sind Leute wie du, die Proleten wie mir sagen, wo's langgeht. Im Ersten Weltkrieg hättest du mich losgeschickt, um Scharfschützen auszumachen, und wenn ich da irgendwie heil rausgekommen wäre, hätte ich dir den Tee in deine Koje gebracht und *Sir* zu dir gesagt. Du bist der mit der Schuluniform, dem Wörterbuch im Arsch und einem Hochschulabschluss ...»

Er hat recht. Ich hätte Garys Eifer, die Dinge voranzubringen, nicht nachgeben dürfen, diesem Dreischritt ‹Lehrer gleich Sonderling gleich Perverser gleich Mörder›. Gary war einfach nur Gary. Ich hingegen war ... unsicher, unprofessionell, schwach und unkonzentriert. Innerlich verschwommen. Also einfach nur ich.

Ich rufe Mrs. Latimer an und sage ihr, dass wir mit Jack gesprochen haben und sie das Graffiti abmachen kann. Dass wir weder mit ihr, noch mit Sally weitergehend reden müssen.

«Gott sei Dank», sagt sie laut, weil gerade Nachrichten kommen. Sie stellt das Radio leiser: «Zumindest haben Sie jetzt Ihren Täter.»

*

Die Meldung kommt pünktlich zum einstündigen *News and Comment*-Talk auf BBC 4. In jedem Stau, Zug, Pub oder Teatime-Wohnzimmer des Landes erfahren die Leute, dass wir Mr. Wolphram festgenommen und des Mordes sowie der Justizbehinderung angeklagt haben. Gary macht daraus *Justizbehinterung*.

Das ist jetzt kein «Tick Monsterbildung» mehr, sondern das Schreddern seines Lebens, die Ermordung all dessen, was er ist.

Sie hatten achtundvierzig Stunden, um ihre Storys auszuarbeiten, ihre ‹Zeugen› zu kompilieren, ihr jeweiliges ‹Freunde-und-Kollegen-melden-sichzu-Wort›, ‹Will-nicht-genannt-werden›, ‹Schüler-brechen-ihr-Schweigen› oder ‹Nachbarn-dachten-schon-immer›. Was Gary mir vorhin aus der *Evening Post* vorgelesen hat, war im Vergleich mit dem, was jetzt passiert, nur die Ausdünstung ihrer ‹Nachrichten›-Kloake. Ich kann sehen, dass Lynne den Großteil ihrer Informationen mehrfach auswertet und auch in der *Daily Mail* als Co-Autorin genannt wird. Sie kriegt also nicht nur fette Bonuszahlungen von ihrem Lokalblatt, sondern auch noch Extra-Honorare für alles, was sie für die Überregionalen schreibt oder einfach doppelt verkauft. Jede Zeitung und jeder Sender hat jemanden, der vor seiner Wohnung, vor dem Revier und rund um die Schule kampiert. Sie interviewen jeden, der vorbeigeht, auch Lehrer, um an frühere Schüler ranzukommen. In der gesamten Fleet Street durchsuchen sie die Wählerverzeichnisse und Datenbanken nach Adressen und Telefonnummern, forschen um die Wette nach Ex-Schülern und Ex-Kollegen ... also jedem, der irgendwie Storys liefern könnte. Auch die Auslandsmedien sind vor Ort, mit Korrespondenten, die Schlagzeilen aus dritter Hand übersetzen und Halbwahrheiten in die Welt schicken.

«Wir müssen weiter so tun, als sei er schuldig», sagt Gary, «sonst sind wir geliefert.»

«Wenn man sich etwas einreden muss, dann heißt das, dass man es nicht glaubt, Gary. Das ist, wie wenn man in einem Geisterhaus pfeift, damit man nicht ängstlich wirkt. Nur macht man es genau deshalb.»

Gary sieht erbärmlich aus. Sogar sein straffes, aufgeblasenes Gesicht ist ganz eingefallen, und die Haut scheint plötzlich herunterzuhängen, als hätten Enttäuschung und Selbstzweifel alles Fett abgesaugt.

Deskfish wird auf den Eingangsstufen des Reviers ein Statement abgeben, erfahren wir aus dem Autoradio. Keiner von uns ist in der Lage, sofort dorthin zurückzukehren. Gary muss es gar nicht aussprechen, ich weiß es auch so: Er glaubt, Mr. Wolphram ist der Falsche. Diese Erkenntnis hat sich so langsam auf ihn gesenkt, dass ich das erst sehen konnte, als sie da war.

Ich habe ein paar Straßen weiter geparkt, um den Reporterscharen und Schaulustigen zu entgehen. Gary hat das Radio aufgedreht, und wir hören Deskfish: «Im Zusammenhang mit dem Mord an Zalie Dyer haben wir heute Nachmittag einen achtundsechzigjährigen Nachbarn angeklagt. Er war erwiesenermaßen Lehrer an einer örtlichen Schule und wohnt in der gleichen Straße. Wir möchten der Öffentlichkeit für ihre Geduld danken, außerdem natürlich denen, die uns mit Informationen versorgt haben. Besonderer Dank gilt Zalies Eltern, die in diesem tragischen Moment so viel Tapferkeit zeigen ...»

Es ist ein kalter, trockener Abend mit klarem Himmel. Der Fettberg ist immer noch da, die Arbeiter sind weiterhin dran, diese Bergleute im Wabbelspeck-Flöz. Was fehlt, sind die Zuschauer. Er sieht aus wie ein verlassener Leviathan aus Schweineschmalz – eine Attraktion, die gestern noch interessant war und jetzt auf Transporter verladen wird, weil der Zirkus die Stadt verlässt. Die Selfiesticks und Blitzlichtkameras sind jedenfalls weitergewandert. Sie umlagern jetzt das Polizeirevier, vorne wie hinten, und Gary und ich müssen uns richtig durchkämpfen.

Drinnen herrscht das reinste Chaos aus klingelnden Telefonen und plingenden Bildschirmen. Deskfish spricht auf beiden Festnetzleitungen – eine auf Lautsprecher, die andere mit dem Hörer am Ohr. «Zwei Geräte, derselbe Müll», sagt Gary und rauscht an Thicko und Small-Screen vorbei, die stolz an ihren Schreibtischen stehen und sich in diesem Interesse sonnen. Im Kopf sind sie in einer Miniserie und gratulieren sich gegenseitig, während der Abspann läuft und die Titelmusik erklingt. Die drei Fernsehmonitore in der Einsatzzentrale sind auf drei verschiedene Programme eingestellt – einer bringt BBC Radio; einer die 24-Stunden-Nachrichten, wo diverse Fotos von Mr. Wolphram und Zalie gezeigt werden und als Splitscreen noch Liveberichterstattung von der Straße, der Schule und von außerhalb des Zoos; und der dritte zeigt die letzten zehn Minuten *Pointless* vor den Sechs-Uhr-Nachrichten. Eine Quizsendung, bei der man so wenig Punkte wie möglich bekommen muss, vom Jackpot und Gesprächsinhalt her unergiebig, aber irgendwie beruhigend: ungeachtet des Mordens, der Gewalt, der Hungersnöte und der Kriege geht auf den Magnoliensofas Großbritanniens das bürgerliche Leben seinen gewohnten Gang.

Der Rektor

Doc Monk ist in der Welt aufgestiegen, zumindest in seiner Version davon: Er ist Rektor des Chapelton College, und hier steht er jetzt, die Schule wie eine Filmkulisse hinter sich. Sportplätze und Kricketpavillion, die viktorianische Bibliothek mit ihren aufragenden Pfeilern, der Speisesaal und der Innenhof, die Generäle und Brigadenkommandeure aus Stein. Also die Art von Leuten, an die Gary denkt, wenn er sich vorstellt, wie Leute wie ich ihn in den Krieg schicken. Eine richtige Postkartenansicht, eine perfekte Werbeannonce für die englische Oberschicht: imposant genug, um zu beeindrucken, aber nicht so abgehoben, dass man denkt, man könne sich das nicht leisten. Die Dächer haben an beiden Enden Zierspitzen und sind mit Hahnenkamm-Riffelung bedeckt, sodass die Silhouette der Gebäude vor strahlend blauem Himmel wie ein Scherenschnitt aus schwarzer Pappe wirkt. Die Fenster leuchten in weihnachtlichem Rotgold.

Es gibt sogar musikalische Begleitung – wenn man genau hinhört, singt da ein Chor in der Kapelle, deren großes Rosenfenster von innen erleuchtet ist und hinter seinem Bleiglas funkelt wie glühende Kohlen. Es ist kein Konzert, denn die Orgel wiederholt ihren Part, und der Chor setzt mitten im Stück ein – eine Probe für den morgigen Weihnachtsgottesdienst. Immer voller Ehrengäste, gelegentlich sogar mit Randfiguren des Königshauses, ist das ein großer Tag im

Schulkalender. Dieses Jahr wird die Feier sogar live in Classic FM übertragen, weshalb die Schule den Mord an Zalie nicht nur für schlecht getimet, sondern zudem auch noch für extrem unangenehm halten muss.

Der Doc ist nicht größer als damals, hat aber seinen Auftritt gut inszeniert und spricht von der obersten Stufe des Portals. Die Reporter müssen ihn also von unten filmen, und genau dort, auf dem Sportplatz, haben sie sich auch versammelt. Er hat viel von den Statuen hinter sich gelernt: Auf einem Sockel sieht man einfach größer und besser aus. Er trägt eine traditionelle Chapelton-Krawatte und hat irgendwann in den vergangenen Jahrzehnten den dreiteiligen Tweed-Anzug des urzeitlichen Oxbridge-Intellektuellen gegen die Navy-Nadelstreifen des modernen Managements eingetauscht. Zu folkloristischen Zwecken gibt es auch heute noch Lehrer, die sich wie Lehrer kleiden, aber das hier ist einfach die Uniform, die Geldgebern und Schulbehörden Vertrauen einflößt.

Früher war die Schule in den Ferien und am Wochenende wie ausgestorben – es gab nur die paar Schüler, deren Familien zu weit weg wohnten, und die Junggesellen unter den Lehrern, die ihre kostenlosen Mahlzeiten einnahmen. Heute ist die schulfreie Zeit voller Seminare, Firmenschulungen und Tagungen. Irgendwo im Innenhof liegt sogar noch zermanschtes Konfetti herum, von einer unlängst vollzogenen Hochzeit. Wer zum Teufel heiratet denn in seiner ehemaligen Schule?, wollte Gary wissen.

Jetzt betrachtet Gary den Doc: «Ganz schön viele Kinne für ein einziges Gesicht», sagt er, und Gary weiß besser als die meisten, wie viele Kinne in ein Gesicht passen. «Gab's den bei dir auch schon?», fragt er und schubst mich mit dem Ellbogen.

«Oh ja», flüstere ich. «Über den Doc erzähl ich dir nachher was.» Im Moment sehen wir aber weiterhin auf den Bildschirm.

Der Mord ist in den landesweiten Nachrichten der Aufmacher: «Die Ermittlungen im Fall Zalie Dyer sind rasant fortgeschritten. Nach der heutigen Verhaftung von Michael Wolphram wurden wir informiert, dass der Rektor seiner ehemaligen Schule, Dr. Martin Monk, für das Chapelton College eine Stellungnahme abgeben wird. Dazu live unsere Ostengland-Korrespondentin Ellie Nash ...»

Ellie Nash – ich erinnere mich an den Namen wegen all der unbeantworteten Nachrichten auf unserem Anrufbeantworter – ist nicht so, wie man sich eine Lokalreporterin vorstellt, die per Zufall an eine hochkarätige Sensationsstory geraten ist. Sie hat die mächtige Frisur einer amerikanischen Nachrichtenmoderatorin und trägt eine schwarze Hose, ein knallrotes Jackett mit Schulterpolstern und eine Halskette aus fetten Jadewürfeln. Sie wirkt, als würde sie live aus den 1980ern berichten, von einem Jahrzehnte entfernten Ort, wo alles übertrieben und zu stark ausgeleuchtet ist und jeder aussieht, als käme er direkt aus der Mikrowelle.

Leicht abseits der Reporterschar spricht sie lauter und atemloser in ihr Mikrofon, als sie eigentlich müsste, nur ist das natürlich Bestandteil dessen, was sie vermitteln will – den Eindruck einer Welt, in der die Dinge schneller passieren, als man sie in Worte fassen kann:

«Ich stehe hier vor dem Chapelton College, der Eliteschule, die aus den völlig falschen Gründen ins Rampenlicht gerückt ist. Zu ihren Absolventen zählen Politiker, Schauspieler, ausländische Präsidenten und Premierminister. Auf ihren Sportplätzen haben im Verlauf der zweihundertjährigen Schulgeschichte Kriegshelden, Spitzensportler und Olympiasieger trainiert. Jetzt ist sie aber aus ganz anderen Gründen Zentrum des Interesses geworden, denn hier hat Mr. Wolphram gearbeitet, der Mann, der heute wegen Mordes an Zalie Dyer angeklagt wurde. Dr. Monk, der jetzige Schulleiter, war früher Kollege von Mr. Wolphram und hat mit ihm hier zusammengearbeitet, bis dieser zeitgleich mit der Öffnung der Schule für Mädchen in Pension ging ...»

«Wie war das mit Koinzidenz und Motiv, Prof?»

Es bleibt aber keine Zeit, darauf einzugehen, denn jetzt spricht Doc Monk:

«Das Chapelton College bedauert Zalie Dyers Tod zutiefst und möchte ihren Angehörigen sein aufrichtiges Beileid ausdrücken. Im Namen unseres Vorstands soll gleichzeitig betont werden, dass Mr. Wolphram schon vor über zehn Jahren pensioniert wurde und mit der Schule seither nichts zu tun hatte. Keiner unserer jetzigen Schüler wurde von ihm unterrichtet, und nur die wenigsten Lehrer erinnern sich noch an ihn.»

«Haben Sie und Mr. Wolphram zusammengearbeitet? Können Sie etwas über ihn erzählen?» Das ist die Stimme von Ellie Nash, auch wenn sie nicht zu sehen ist.

Der Doc wirkt irritiert. Mit einer leichten Kopfbewegung dreht er sich zu jemandem links außerhalb des Bildes, weg von dem Wald an Mikrofonen vor seiner Nase. Die Kameras zoomen etwas zurück, was die erste Journalistenreihe und auch ein paar besorgt aussehende Vorstände ins Bild kommen lässt. Er sucht Hilfe bei einem Mann, der einen ganz ähnlichen Anzug trägt, wie ein Anwalt oder PR-Experte wirkt und die Beflissenheit derer besitzt, die ihre Brötchen durch Schadensbegrenzung verdienen. Definitiv jemand, der in Garys Nomenklatur der Kategorie *dieser Wichser* oder *jener* angehört.

«Revolverschwingende Korporativdeppen», nennt Gary beide. Der Wichser nickt kurz, was so viel heißt wie *Machen Sie ruhig, aber wenn Sie sich nicht ans Drehbuch halten, sind Sie auf sich allein gestellt*, dann sagt der Doc im schönsten Tiefkühl-Englisch:

«Ja, wir haben ein paar Jahre lang zusammengearbeitet. Ich hatte nur wenig mit ihm zu tun. Er war immer ein Einzelgänger, sehr penibel und exakt bei allem ... Viele unserer Lehrer, auch ich, blieben eher auf Abstand ...»

«Sie distanzieren sich von ihm», flüstert Gary. «Diese Oberwichser distanzieren sich von ihm ...»

«Willst du ihnen das vorwerfen? Sie können nicht sagen, dass er schon immer so schräg war, sonst müssten sie erklären, warum er weiter unterrichten durfte, aber sagen, dass sie nie etwas bemerkt haben, können sie auch nicht, weil sie sich damit dem Vorwurf aussetzen würden, ihre sogenannte Fürsorge vernachlässigt zu haben ...»

«Und es gibt ja auch die ganzen Eltern, die zehn Lappen pro Jahr hinlegen – die wollen sie ja auch nicht verschrecken …», sagt Gary und unterschätzt die Chapelton-Gebühren mit einer Naivität, die ich fast schon rührend finde:«Hörst du? Das sind die Scheckbücher, die zugeklappt werden.»

Er denkt kurz nach und sagt dann mit verhaltenem Triumph: «Schon komisch, oder? Ganz egal, wie nobel einer ist … oder reich und mächtig … wenn's problematisch wird, sagt jeder das Gleiche: *Wir haben nichts damit zu tun, Chef* … So wie bei jeder armen Sau im Trainingsanzug, die grad mit einem geklauten Wrap oder iPad erwischt wurde … Plötzlich kennt den Typ keiner, keiner mochte ihn, alles schon ewig her, und die Vergangenheit ist sowieso ein anderes Land …»

Während Gary das sagt, liefert der Doc den entsprechenden Nachweis: «Mr. Wolphram war schon lange vor denen hier, die heute an der Schule unterrichten. Er war immer sehr für sich und hatte – ich wiederhole – kaum etwas mit den täglichen Abläufen zu tun. Er war nicht in die sportlichen Aktivitäten involviert und hatte auch niemals Aufsicht im Wohntrakt. Die einzigen Bereiche des Schulalltags, mit denen er – abgesehen vom Unterricht – in Berührung kam, waren Musik und Theater …»

«Und was sagen Sie persönlich? Sie sind ein Alt-Chapeltonianer, waren selbst hier und kamen nach dem Studium als Lehrer wieder her…» Das ist noch mal Ellie, und sie hat echt ihre Hausaufgaben gemacht. Sie weiß, dass der Doc hier Schüler war und dann zurückgekommen ist. Sie hat die Lebensdaten verglichen und weiß, dass er und Mr. Wolphram mehr als zwanzig Jahre Kollegen waren.

«Ich persönlich?» Der Doc holt tief Luft: «Ich *persönlich* fand ihn seltsam, distanziert und arrogant, aber er neigte auch zu Temperamentsausbrüchen, und einige von uns hatten schon Bedenken damals, als es noch nicht die richtigen Kanäle gab, um solche Dinge zu ...», er unterbricht kurz, «thematisieren ...»

«Warum hat niemand diese Bedenken geäußert? Warum Sie nicht?», fragt Ellie. Der Doc, man muss es sagen, ist ihr nicht in die Falle gegangen, sondern geradewegs hineingetanzt. Keine besonders raffinierte Falle, aber kluge Menschen achten immer so sehr auf den Haken, dass sie den idiotischsten Hinterhalt übersehen. Den Hundekot in der brennenden Tüte, den Ziegelstein hinter dem Fußball ... Nicht, dass Ellie eine Idiotin wäre – im Gegenteil, sie ist klug und definitiv klug genug, um zu wissen, wie leicht man kluge Leute aufs Glatteis führen kann.

«Weil ...» Der Doc sieht zu seinem PR-Experten, der sich aber abgewendet hat und hinter zwei Fotografen eifrig auf seinem Handy tippt. «Weil sich solche Dinge oft erst Jahre später herauskristallisieren, und Sie müssen sich klarmachen, dass Mr. Wolphram zwar nicht sonderlich beliebt war und im Schulalltag auch keine größere Rolle gespielt hat, es aber während seiner Zeit am Chapelton College keinerlei konkrete Vorkommnisse gab. Wäre das der Fall gewesen, hätte die Schule umgehend gehandelt.» Dem Doc steht der Schweiß auf der Stirn, und sein Hals sieht in dem engen Kragen ganz rot und geschwollen aus. «Unsere Abläufe sind wasserdicht und schon seit Jahren immer die gleichen – unsere Bilanz, das Wohlergehen der Schüler betreffend, ist hervorragend, und wir arbeiten Tag und Nacht daran, dass das auch so bleibt.»

«Der Mann mit der Holzzunge», sagt Gary.

Ellie lässt nicht locker: «Nach dem, was wir jetzt wissen, also seit sich mehrere Ex-Schüler über Mr. Wolphrams ... *ungewöhnliches und verdächtiges* Gebaren als Lehrer ausgelassen haben – wie konnte die Schule ihn so lange beschäftigen, auch unabhängig von neueren Erkenntnissen und der aktuellen Mordanklage?»

Erregtes, zustimmendes Gemurmel bei den Reportern, und zwar so sehr, dass sie nicht einmal eigene Fragen stellen – soll ruhig Ellie ihn aus der Reserve locken. «Wenn so etwas jetzt von Schülern angesprochen wird und offenbar schon damals Gerüchte über ihn kursierten, war es doch eigentlich Aufgabe der Schule, zur rechten Zeit darauf zu achten und jemanden vor Ort zu haben, an den sich die Schüler vertrauensvoll hätten wenden können ...»

Jetzt ist der Doc tatsächlich auf sich allein gestellt, und die Schulvorstände hinter ihm, beanzugte Strafanwaltstypen und Buchhalter mit Zahlenmalmer-Augen, rücken von ihm ab Richtung Bildrand. Was sie sehen wollen, ist die Pontius-Pilatus-Nummer, das übliche Händewaschen, nach dem eine wie auch immer geartete Gerechtigkeit – ob Gesetz, Natur oder Mob – weit entfernt von den Sportplätzen und Bankkonten des Chapelton College ihren Lauf nehmen kann.

Der Doc ist am Wanken: «Ich kann nur wiederholen, dass die Schule unangemessenes Verhalten niemals gebilligt hätte und auch dem geringsten Vorwurf sofort nachgegangen wäre. Wir bieten der Polizei an, uns zu allem, was anfällt, zu befragen, aber das Chapelton College und sein Vorstand haben weder damals Klagen erhalten, noch rückwirkend heute. Wir waren und sind eine glückliche, prosperierende Schule auf höchstem Niveau, und ich möchte erneut betonen, dass Mr. Wolphram in der Lehrerschaft nie eine zentrale Rolle gespielt hat, dass er keiner ist, an den sich Chapelton liebevoll erinnert, und dass er schon lange nichts mehr mit uns zu tun hat ...»

Vorne gibt es Rufe nach genaueren Details, aber der Doc geht nicht darauf ein und hebt die Hand: «Danke, mehr habe ich nicht zu sagen ... Noch einmal unser herzliches Beileid an Zalie Dyers Familie in dieser schwierigen Zeit. Guten Abend und vielen Dank.»

Die Kamera schwenkt auf Ellie und ihre Abmoderation. Ihre Augen leuchten so hell wie das Rosenfenster im Hintergrund. In journalistischer Hinsicht war das ihre Feuertaufe; sie ist auf den Geschmack gekommen, und zwar von allem: der Jagd, dem Kampf, dem Töten und auch der Verzögerung, die das Töten erst wertvoll macht.

«Und das war's dann vom Chapelton College, wenngleich dieser furchtbare Mord vielen Zuschauerinnen und Zuschauern einen Zeitraum der jüngeren, noch gar nicht so lang zurückliegenden Geschichte nahebringt, als die Dinge ganz offenbar anders liefen. In der Berichterstattung von Zeitungen, Radio und Fernsehen, in Schulen, Krankenhäusern und Politik tolerierte die Gesellschaft ein Verhalten, das heute inakzeptabel oder gar illegal wäre. Nach Abschluss dieses Mordfalls werden sicher Rufe nach einer gründlichen Aufarbeitung jener Kultur des Missbrauchs und der Schikane laut werden, vielleicht sogar speziell an unseren sogenannten Eliteschulen. Denn so lange ist es im Grunde gar nicht her. Nachdem, was über Jimmy Savile und andere bekannt wurde, und mit der überall im Land einsetzenden Untersuchung früherer Missbrauchsfälle – ist es allerhöchste Zeit, dass endlich auch die Vorgänge an den Schulen aufgedeckt werden, die Generation um Generation des britischen Establishments hervorgebracht haben.»

«Die gefällt mir», sagt Gary. «Würde ich sofort gegen Thicko und Small-Screen eintauschen ... Wir könnten in der ganzen Stadt Verbrechen aufklären und Zeugen ausquetschen ... Außerdem würde sie Deskfish glatt um den Finger wickeln.»

«Nur glaube ich das alles nicht – ich schließe nicht aus, dass er jemanden getötet hat – jeder kann jemand anderen töten – aber dieses krude Zeugs? Jungs, Pubertät, sexuelle Anspielungen, unsittliche Berührung? Nein. Entweder diese Schüler lügen – Jonny Kebab zum Beispiel –, oder sie verwechseln die Erinnerung mit der an andere Lehrer. Könnte doch auch sein, oder? Aber egal.» Ich wechsle das Thema. «Warum gefällt dir die und nicht Lynne Forester? So unterschiedlich sind sie doch gar nicht, oder?»

Gary überlegt. «Keine Ahnung, Prof. Ich denke, die hier sucht den größeren Zusammenhang und zeigt dabei mehr Klasse. Mad Lynne will nur Schmutz verkaufen ...»

In den Nachrichten sind sie jetzt bei eisigen Temperaturen in London, Überflutungen in Yorkshire und dem Tod eines Quizshowmoderators. Der Fettberg ist verschwunden. Wenn da keine Leiche mehr zum Vorschein kommt, hat der Fettberg seine fünfzehn Minuten Ruhm gehabt.

«Dreißignochwas Jahre Unterricht und dann das», sagt Gary: «Verunglimpft vor einem Millionenpublikum ... Jetzt kann quasi jeder losziehen und noch den letzten Müll verzapfen.»

Gary holt seine Handy heraus und wischt über den Touchscreen, um Twitter zu öffnen: «Schau mal!», sagt er. «Überall nur eins: Hashtag Chapelton, Hashtag Wolphram, Hashtag Zalie, Hashtag Gerechtigkeit, Hashtag Monster, Hashtag früherer Missbrauch, Hashtag endlose Hashtags ...» Er scrollt die Liste an Kommentaren und Links hinunter, holt Luft, schüttelt den Kopf, schließt die Augen und atmet entsetzt wieder aus.

«Was siehst du, Gary?»

«Was glaubst du, was ich sehe, Prof? Das hier ist Twitter, verdammt! Ich sehe einen verranzten, hysterischen Zoo, nichts anderes, und jetzt, wo ihn seine ehemalige Schule verraten hat, ist alles noch schlimmer geworden ...»

«Aber das kam doch mit Ansage, Gary – Loyalität ist genau das, was die Schule nicht zeigen kann. Das verstehst du doch, oder? Oder zumindest ansatzweise. Und von Doc Monk war Loyalität sowieso nicht zu erwarten. Er hat Mr. Wolphram immer gehasst. Er hieß bei uns nur Giftzwerg. Dir wäre sicher was Besseres eingefallen, Gary, mit deinem Händchen für gute Spitznamen, aber wir waren Kinder, und der hat für uns gepasst.»

«Okay, Prof, geschenkt – sieht für mich aus wie

ein klassischer Sadist, also in mini; ein kleiner Kläffer, gut tragbar – du weißt schon, die Reiseausführung, die locker ins obere Gepäckfach passt ...»

«Pass auf, Gary, ich erzähl dir jetzt mal etwas über Doc Monk ...»

Der Prozess

Der Doc fordert Danny auf, sich zu erheben.

«Der Angeklagte ist Daniel Patrick McAlinden, ein irisch-katholischer Teenager *aus* ... ach ja: Newcastle.»

Der Doc verweilt auf dem *aus* und macht mit den Fingern Anführungszeichen darum herum, zieht es wie mit einer Pinzette aus dem Satz, um es zum Gegenstand des Spotts machen zu können.

«Ein republikanischer Schläfer, der in eine englische Gemeinde aufgenommen wurde und durch die Großzügigkeit unserer Förderer hier bei uns am Chapelton College ist. Wo der Rest von Ihnen bezahlt, ist Mr. McAlinden hier, *weil* Sie das tun. Irgendjemand muss immer zahlen, oder nicht? Und heute wird Mr. McAlinden ein kleines bisschen von dem, was er uns schuldet, zurückzahlen.»

Der Doc lacht, bleibt aber allein damit. Seine Witze sind ohnehin meist ziemlich abstrus und selbstbezogen – die Jungs, die lachen wollen, verstehen den Witz nicht, und diejenigen, die es tun, finden ihn nicht lustig. So sind die meisten seiner Unterrichtsstunden. Heute spürt er, dass sein Publikum nicht mitgeht, und dieses Versagen macht ihn noch rachsüchtiger. Selbst allein vor allen anderen, angeschossen, gefangen und erniedrigt, kann Danny den Doc noch wie einen Idioten dastehen lassen.

«Erster Zeuge!», ruft Doc Monk. Er hat seine schwarze Universitätskutte angelegt, die aus dem

College in Oxford, das er mindestens ein Mal pro Unterrichtsstunde erwähnt. Danny, Ander, Gwil und Neil Hall machen immer ein Spiel namens Schwachkopf-Bingo, bei dem sie jeden vom Doc angeführten Begriff, jede mit verklärtem Blick geäußerte Nennung ausstreichen: Debattierklub, Stechkahnfahrten, Abschluss mit Auszeichnung, High Street, Balliol, Mein Alter Tutor, mit dem ich immer noch Kontakt habe …

Auch der Doc kennt das Schwachkopf-Bingo, denn irgendwann hat er Neil Halls selbstgemachte Bingokarte konfisziert. Bei Neil muss er aber aufpassen, weil sein Vater ein berühmter Anwalt und zudem Alt-Chapeltonianer ist.

Hass, Verachtung und Brutalität nehmen in der Welt niemals ab – auch wenn es durch geschickte Verteilung manchmal so aussieht. Hier und jetzt am Chapelton College bedeutet das, dass es mehr gibt, was an Danny und Ander, an Gwil und noch ein paar anderen auszulassen wäre, Danny also stellvertretend für alle vor Gericht steht.

«Ich übernehme die Rolle des Richters», sagt der Doc zu Danny, «um Ausgewogenheit und Fairness zu gewährleisten …»

Er schaut in die Klasse. Nicht viele Arme sind oben, also noch nicht, denn die meisten Jungs sind zu schüchtern, um als Erster ins Rampenlicht zu treten. Sie warten ab, sehen erst mal zu, wie sich die Dinge entwickeln, und werden erst dann aktiv, wenn alles sicher scheint.

Lansdale ist der Erste, der Pornohändler, der Unternehmer in Ausbildung, der jüngste in einer langen Reihe von Lansdales am Chapelton College. Sein

Vater, Großvater und davor auch Urgroßvater waren die Besitzer von Lansdale's, einem der wenigen unabhängigen Kaufhäuser, die es im gesamten Land noch gibt. Ihr Unternehmen ist so alt wie die Schule, und es führt unter anderem die Chapelton-Uniformen und -Sporttrikots. Jeder hier muss früher oder später einmal zu Lansdale's. Da die Schule in verschiedene Häuser aufgeteilt ist, jedes Haus seine eigene Krawatte sowie einen eigenen Blazeraufnäher hat und auch jeder Rang innerhalb der Schulhierarchie – Hausleitung, Schulvorsteher, Schülersprecher und Vertretungsschülersprecher – seine eigene Krawatte sowie einen eigenen Blazeraufnäher besitzt, ist allein der Kleidung wegen das Erdgeschoss von Lansdale's immer voll. Manche Jungs sind so reich, dass sie sich maßgeschneiderte Sachen leisten können, also stehen sie mit ihren aufgeregten Müttern oder Kindermädchen vor den Anprobekabinen und lassen sich von der Lansdale's-Belegschaft umschwirren. Andere haben Eltern, die wegen der Kosten für diese Blazer aufstöhnen – diese Blazer mit ihren fetten Aufnähern, auf denen das jeweilige Haus-, Schul- oder Sportklub-Symbol prangt, so dick aufgetragen wie die Ölfarbe einer Van-Gogh'schen Sonnenblume. Anders Großmutter hat seine Schuluniform anhand von Fotos gefertigt. Im Monat vor seiner Abreise stand er regelmäßig in ihrer Nähstube, damit sie für einen Anzug, zwei Hosen und einen Blazer Maß nehmen konnte. An den Blazer nähte sie dann das Abzeichen, und jetzt – so man überhaupt bemerkt, dass Anders Sachen nicht von Lansdale's oder einem anderen, von der Schule ‹genehmigten› Zulieferer stammen – bemerkt man das nur aufgrund des Futters seiner Oberteile, das beim Ausziehen prächtig und glänzend ist und wie ein Computerbildschirm leuchtet. Die Jacketts und Blazer von Lansdale's sind schick, aber innen billig gemacht. Danny McAlindens und Gwil Isaacs Uniform war Teil des Stipendiums. «Die Kleidung, die Sie am Leib tragen», erklärt ihnen der Doc, «wurde von uns bezahlt.»

Die Jungs gehen immer samstagnachmittags zu Lansdale's. Besonders angetan hat es ihnen die Abteilung für Parfüm und Make-up, denn dort können sie die Verkäuferinnen beäugen und von dem Sex träumen, der hinter diesen gelangweilten Augen lauert.

Die Jungs sind – genau wie die Lehrer – Sklaven jener großen, adoleszenten Wahnvorstellung, die, wie man glaubt, irgendwann nachlässt, das aber in Wirklichkeit nie tut und einen stattdessen über die gesamte Kurve des Älterwerdens verfolgt: des Glaubens an all den Sex, den andere Leute irgendwo anders haben. Nur fehlt den meisten Jungs ebenso sehr der Mut, den Frauen direkt ins Gesicht zu blicken, wie es die Frauen gewohnt sind, beäugt zu werden, deshalb schleichen die Jungs an ihnen vorbei oder tun so, als würden sie ein Geschenk für ihre Mutter oder Schwester suchen. Sie erfinden ganze Abfolgen von Schwestern, um immer wieder herkommen zu können. Ander liebt den Geruch dieser Frauen. Nicht das frische Parfüm, das aus dem Zerstäuber kommt, sondern den verwitterten, milden, hautgewärmten Duft, der schon ein paar Stunden alt ist, der von einem Körper bewohnt, unter der Kleidung angestaut und vielleicht noch mit Schweiß oder Zigarettenrauch vermischt wurde, und der ihn aufgrund seiner Komplexität und Einzigartigkeit erregt. Er würde gern die kleine Grube zwischen ihrem Halsansatz und ihrem Schlüsselbein ablecken, denn so wie er das sieht, wird der Geruch genau dort aufbewahrt.

Doc: «Bitte die Anklage, Mr. Lansdale.»

Lansdale: «Er ist arrogant … er denkt, er weiß alles.» Lansdale ist nach vorne gekommen und hat zum Sprechen die Brust herausgestellt. Erst jetzt merkt er, dass er sonst nichts vorzubringen hat, und steht schweigend und vor Scham wie gelähmt da. Hilfesuchend blickt er zu Doc Monk.

«Können Sie etwas präziser sein, Mr. Lansdale? Das Gericht versteht die Anklage und betrachtet sie definitiv wohlwollend, benötigt aber ein paar konkrete Details – Angaben –, um die Information verwenden zu können.»

Lansdale denkt nach.

Lewis hebt den Arm und ruft: «Sir, bitte … Ich habe …»

Der Doc unterbricht ihn: «Sie kommen schon noch dran, Lewis. Jeder hier im Gerichtssaal wird sprechen dürfen …» Er dreht sich wieder zu Lansdale: «Fahren Sie fort.»

Man sagt, das Schwierigste beim Verrat sei der Anfang. Danach gleitet er von ganz allein weiter – wenn man begonnen hat, wird man zu seiner Funktion, und nicht etwa umgekehrt.

Genau das bestätigt Lansdale:

«Er sitzt da, denkt, er weiß mehr als die Lehrer, beantwortet die Fragen mit irrelevantem Zeug. Das ist einfach arrogant. *Er* ist arrogant, er macht uns alle runter, lacht insgeheim über uns. Denkt, er weiß mehr als die Lehrer ...»

Der Doc freut sich. «Das sind gewiss schwerwiegende Anschuldigungen», sagt er gewichtig, «und sie verletzen und schädigen natürlich die Schulgemeinschaft, die Wahrung des Respekts und deshalb auch den ordnungsgemäßen Unterricht. Es ist auch die Undankbarkeit, die schmerzt, oder? ...»

Er legt den Kopf zurück und atmet ein, zieht dabei die Luft durch die Nase wie ein Sommelier bei einem guten Wein. Seine Augen sind halb geschlossen. Er ist glücklich. Das ist das Maximum dessen, was er ist und auch jemals sein wird: Ein Mann, der die Welt auf die Größe des Klassenzimmers, das er beherrscht, und auf die Dauer der Stunde, die er hier gibt, reduziert hat. Er zittert vor Befriedigung. Es ist, als würde er von innen her massiert werden – vielleicht schnurrt er sogar, wobei niemand außer Danny nahe genug bei ihm ist, um das hören zu können. Der Doc ist exakt da, wo er sein will. Er besitzt Macht, er hat die Zügel in der Hand, und er hat Kräfte freigesetzt, die trotz ihrer vernichtenden Wirkung von ihm kontrolliert werden.

«Und weiter», sagt der Doc im Ton einer richterlichen Nüchternheit, die vom Fernsehen abgeschaut ist. In dem Film über sich selbst, der in der Sonntagsmatinee seines Geistes läuft, ist er ein so gerechter wie strenger Begradiger von Falschheiten. Eine Art Salomon oder wie der Titelheld aus *Rumpole von Old Bailey*. Das ist jedenfalls die Metapher, die Mr. Wolphram später verwendet, als er sich für diese Aktion des Doc und auch sein eigenes Zuspätkommen entschuldigt.

Von hinten wird gejohlt, also von den Rückbank-Raudis, wie Mr. Lawnder sie genannt hat, bevor er durchgedreht und gegangen ist. In dem Film, in dem sie alle sind – der sich vom Denken Doc Monks aus ins Denken der Klasse verbreitet hat –, haben sie Blut geleckt. Aber das ist in Ordnung, denn so hat er es ja gesagt. Danny ist ihre Beute, und alles ist möglich.

«Er lacht hinter Ihrem Rücken über Sie, Sir. Er sagt, Sie sind …»

«Was denn, Lansdale? Was bin ich für ihn?»

«Er sagt, Sie sind klein, Sir …» Lansdale merkt, dass er etwas Besseres braucht, denn hier hat er genau das angesprochen, was unleugbar, unverhandelbar stimmt. Er muss wieder auf die Beine kommen, sonst ist die Anklage in Schwierigkeiten. «… dass Sie einen Napoleon-Komplex haben und ein Ignorant sind … ein Snob, und er sagt, dass Sie immer über Balliol und Oxford und all die berühmten Politiker reden, die Sie aus Ihrem armseligen – *seine* Formulierung, Sir, *armseligen* – Debattierklub in der Oxford Union kennen und die jetzt alle Abgeordnete oder Minister oder reiche Banker sind und sich nicht mal an Sie erinnern, während Sie …»

Lansdale verstummt – er hat nicht genug Luft geholt, um den Satz ganz herauszubringen, deshalb verzögert er die nächsten Worte und atmet erst mal tief ein. Außerdem hat er Angst, denn er kommt jetzt aufs Eigentliche, auf den Kern dessen, was den Doc zum Doc macht.

«Während ich was, Lansdale? Was genau?» Für einen Moment kann man nicht recht sagen, wer hier vor Gericht steht: Danny oder Jonny Kebab.

«Während Sie hier sind, Sir, hier in diesem Klassenzimmer, und gelangweilten Kindern Latein beibringen und prüfen, was sich in den ...», er blickt Hilfe suchend um sich, aber es gibt keine Hilfe, «... Hosen junger Männer befindet ... *seine* Formulierung, Sir, nicht meine – *er* sagt das.»

Jonny Kebab macht eine tragische Figur da vorne – er sieht aus, als sei er der Angeklagte, und windet sich und schwitzt wie ein gekaufter Zeuge, der in einem Gerichtskrimi einbricht. Er ist ein ängstlicher, unehrlicher Junge, aber nicht böse, zumindest nicht ganz; nicht vorsätzlich darauf aus, anderen zu schaden. Er kämpft nur für sich und tut allein das, was von ihm erwartet wird von jemandem im Besitz der Macht oder des Geldes. Das ist nicht so kompliziert. Und außerdem, denkt Ander, wer geht denn nach ein paar Trimestern Geschichtsunterricht davon aus, dass Menschen irgendwie kompliziert sind? Wir sicher nicht. Auch ich nicht. Vielleicht tut es Jonny Kebab sogar leid, dass er Danny hier Probleme macht, denn Mobbing ist eigentlich nicht seins, außer als Selbstschutz. Wenn es ihm schadet, zu helfen, dann lässt er es einfach. Wenn nicht, dann tut er es. Moralisch betrachtet, ist er die Blase im Zentrum der Wasserwaage. Er ist die vollkommene Neutralität. Außer er wird bedroht oder hat Angst oder steht allein vor den anderen und muss jemanden finden, der seinen Platz auf dem Schaffott einnimmt. Aus Leuten wie Jonny Kebab macht die Menschheit Armeen, Religionen und Wirtschaftssysteme.

Er weiß außerdem, dass Danny ihm das nicht nachtragen wird, denn Danny ist klug genug, um zu wissen, dass Jonny gar keine andere Wahl hat, und zudem auch gutartig genug, um nicht nach Gründen – über die Bosheit des Doc hinaus – für das zu suchen, was hier geschieht. Jonny ist … wie er später jedem, der es hören will, sagen wird … *in der Sache genauso Opfer wie McAlinden …* Noch im Verrat ist Jonny ganz der Unternehmer und findet Wege, seine Feigheit mit dem Markennamen Opferrolle zu versehen und dafür neue Märkte zu öffnen.

Doc Monk geht zu Lansdale und beginnt sein, wie er es nennt, «Kreuzverhör».

«Das sind schwerwiegende Vorwürfe, und der Beschuldigte wird später Gelegenheit haben, sich dazu zu äußern. Aber es gibt noch andere Punkte, die sogar noch schwerwiegender sind und den Grund für unsere Zusammenkunft darstellen.»

Niemand weiß, in welche Richtung das jetzt geht. Allen war klar, es würde schlimm werden, natürlich, aber diese Wendung konnte keiner vorhersehen.

Der Doc beginnt: «Mr. Lansdale, haben Sie irgendwann nach dem terroristischen Mord in Brighton letzten Oktober, nur wenige Meilen von dem Ort, an dem wir uns jetzt befinden, McAlinden in irgendeiner Form Sympathie für die Attentäter äußern gehört?»

Jonny dachte, die Sache sei ausgestanden, nur ist sie das keineswegs. Auf das hier war er nicht vorbereitet. Das hier ist anders. Kein Witz mehr, der sich irgendwie verselbstständigt hat, nichts, was man rückblickend betrachten und mit *ging zu weit* kommentieren kann, um dann etwas Bedauern drüberzustreuen und weiterzugehen. Das hier ist ein anderer Plan, und er kommt von einem Ort, der außerhalb der Schulmauern liegt – einem Ort, an dem Menschen getötet, verstümmelt und in die Luft gesprengt werden.

Wenn Ander später darüber nachdenkt, vergleicht er es im Kopf mit einem Kind, dem plötzlich klar wird, dass sich sein Spielzeuggewehr in ein echtes verwandelt hat.

«Wie meinen Sie das, Sir?», fragt Jonny hilflos. Sein Verständnis der aktuellen Vorgänge ist nicht besser als das zurückliegender. Man sieht richtig, wie er mit seinem wirren Kopf die Nachrichtenschnipsel verarbeitet, die ihn über Radiomeldungen oder mitgehörte Gespräche erreicht haben. Er kämpft um die Absonderung des Politikgelabers von Fußballergebnissen, Tratsch aus dem Showbiz und diversen Naturkatastrophen, die weltweit an den unaussprechlichsten Orten stattfinden. Er erinnert sich an die Schulversammlung und die Schweigeminute und denkt, er weiß es jetzt. Der Bombenanschlag. Genau. Die IRA. Brighton. Oktober. Vielleicht auch November. Das Graffiti an der Bushaltestelle neben der Brücke: IREN RAUS. INTERIERUNG [sic!] JETZT. Das Graffiti, das eines Morgens am väterlichen Kaufhaus prangte: IRISCHEN ABSCHAUM AUFHÄNGEN. Sie mussten es wegmachen, bevor die ersten Kunden kamen.

Nur dass ihm das alles nicht hilft, denn Danny hat einfach nichts gesagt. Er würde ihn sofort verpetzen, wenn etwas zu verpetzen wäre. Oh ja. Manche Leute können nicht lügen, weil sie ehrlich sind. Jonny Kebab kann es nicht, weil ihm für alles außerhalb der Wahrheit die Vorstellungskraft fehlt.

«Ich weiß nicht, Sir», sagt er, «wir haben eigentlich gar nicht darüber geredet.»

«Ich meine, haben Sie vielleicht mitbekommen, wie der Angeklagte irgendwie Sympathie für die Gräueltaten der Irish Republican Army geäußert hat?»

Lansdale hat nichts dergleichen mitbekommen. Und wenn Danny so etwas jemals gesagt *hätte*, dann sicher nicht zu Jonny Kebab. Was Danny gesagt *hat*, war etwas anderes, nur spielt das bei einem Schauprozess keine Rolle. Und Jonny kann sich nicht einmal genau daran erinnern, hat auch nie herausgefunden, was damit eigentlich gemeint war.

Was Danny gesagt hat, war: «Na, was erwarten die denn? Es herrscht einfach Krieg.» Und er hat es zu Ander, Neil und ein paar anderen gesagt, beim Mittagessen. Er selbst hat sich nichts dabei gedacht – wusste nicht einmal, wer die erwähnten *die* waren.

«In welche Richtung, Sir?», fragt Jonny Kebab. Was er meint, ist: *Sagen Sie mir den Satz vor und ich bestätige ihn, dann kann ich wieder an meinen Platz und in der Menge untertauchen. Ich kann keine Lüge erfinden, aber wenn Sie mir eine Trittleiter an Unwahrheiten geben und beim Klettern meine Hand halten, steige ich so weit rauf wie von Ihnen gewünscht.*

«Aber das liegt doch auf der Hand, Mr. Lansdale: Haben Sie ihn etwas sagen hören wie, das war abzusehen, das geschieht ihnen recht? Irgendwelche Kommentare, die eine Befürwortung des Attentats erkennen ließen? Es kommen noch andere Zeugen, deshalb ist Ihre Aussage nicht zwingend nötig, nur würde sie natürlich der Klärung dieser Frage dienen.»

Jonny überlegt. Der Doc hat zwei Dinge getan, um

Jonny über die Schwelle zu schieben: Erstens hat er ihm mitgeteilt, was er sagen soll, und zweitens hat er ihn informiert, dass außer ihm noch andere da sind und genau das tun werden. So kann Jonny sichergehen, dass, was immer jetzt geschieht, auch ganz ohne sein Zutun passieren wird – hilflos und unbedeutend zu sein, erleichtert Lansdale enorm.

«Er hat gesagt *sie haben es verdient.*» Jonny ist froh, jetzt helfen zu können. Er sieht zu Danny, der den Kopf schüttelt, aber nicht protestiert. «Das habe ich selbst gehört.»

«Erinnern Sie sich an den Kontext und das genaue Datum dieses Gesprächs?», fragt der Doc.

Jonny Kebab hatte nicht die Zeit, um einen Kontext oder ein Datum von irgendwas zu erstellen. Er ist ein Lügner ohne Drehbuch. Er sieht verloren aus. Wie kann man einen Tag oder eine genaue Uhrzeit angeben, wenn etwas gar nicht stattgefunden hat?

«Direkt im Anschluss», sagt er schnell. «Am Tag nach dem Sprengsatz. Als es in den Nachrichten kam. Er hat es nach der Versammlung gesagt. Dann hat er noch …»

Der Doc unterbricht ihn, bevor diese offensichtliche Lüge allzu unglaubwürdig wird. «Danke, das genügt. Gab es außer Ihnen noch weitere Zeugen, die das gehört haben?»

«Ich weiß nicht. Es war nach der Schulversammlung, deshalb waren da natürlich einige außenrum.»

«Ich habe es gehört», sagt Vaughan, stets bereit, dem Doc beizuspringen.

«Ich auch», ruft Hugh Lewis, der Vaughan überallhin folgt.

Unruhe in der Hinterbank, als die Sadisten und Schläger zustimmend johlen. Dann folgen die Sympathisanten und Arbeitstiere, denn die Herde spürt die Richtung, in die es jetzt geht. Ihre Stühle quietschen auf dem Fußboden, als sie für einen besseren Blick die Position ändern – oder für mehr Aufmerksamkeit vonseiten des Doc. Chaotisch schießen die Arme nach oben, wie Gewehre bei einer Parade in der *Dad's Army*-Sitcom. Alle haben es gehört, jawohl, genau das hat er gesagt, und später hat er's dann wiederholt, hat gesagt *das haben sie verdient, geschieht ihnen recht …*

«Er sympathisiert mit der IRA, Sir!», ruft jemand.

«Sein Vater ist ein Terrorist!»

«Machen Sie ihn fertig!»

Dann knurrt jemand: «EINFACH ABKNALLEN!», nur kann Ander nicht sagen, wer das war. Das ist merkwürdig, weil er jede einzelne Stimme kennt, nachdem er zum Erlernen des eigenen Akzents genau auf die anderen geachtet hat. Dieses Knurren passt zu niemandem aus der Klasse. Zu niemandem aus der ganzen Schule. Das kommt von ganz woanders her. Er sieht sie der Reihe nach an: Lewis, Vaughan, Dumbo Daniels, Midgley, Paul, Tristan, Cobbleson, Roger Bowden und noch ein paar ganz hinten oder am Rand der Klasse. Aber zu keinem von ihnen gehört die Stimme, die er soeben gehört hat.

Ander denkt, dass der Hass in diesen Worten – der echte, der Erwachsenenhass, der Menschen andere Menschen umbringen und ihre Häuser anzünden lässt, während sie schlafen – eigentlich eine andere Stimme als die eines Kindes erfordert hätte, auch wenn sie von einem Kind gekommen sein muss. Er denkt, dass vielleicht von einem der Jungen etwas Besitz ergriffen und seinen Mund zum Reden benutzt hat. Artikulierter, lodernder Bluthass – für einen Moment tauchte er auf und ging dann wieder. Aber nicht weg. Weg ging er nie.

Oder er denkt, dass er sich das alles nur einbildet, dass alles nur in seinem Kopf passiert.

An der Schule hat ihn Ander nie wieder gehört, andernorts aber schon: Er hat ihn später bei der Arbeit mitbekommen, auf den Straßen nach der Pub-Sperrstunde, in Wohnungen, in denen Männer Frauen prügeln, bei nationalistischen Kundgebungen und Fußballspielen. Mittlerweile ist er fast schon vertraut mit ihm; er kann ihn erkennen. Das ist der Klang eines Hasses, der ein Objekt sucht, auf das er sich richten kann. Umherstreifender Hass. Er kommt in die Polizeiwache und nimmt dann einen der zwei Wege nach draußen: ins Gefängnis oder zurück auf die Straßen, zurück in die Eigenheime, Schlafzimmer und Küchen. Zurück hinter geschlossene Türen und zugezogene Vorhänge. Mittlerweile hört er ihn oft, und auch wenn die Leute, von denen er kommt, immer wieder anders sind, ist es genau der Hass, den er dort im Damals gehört hat. Als er noch ein Kind war.

Ander muss das an diesem Tag als Einziger mitbekommen haben, denn keiner seiner Mitschüler lässt irgendwie erkennen, dass er es gehört hätte. Wäre dem so gewesen, hätte alles aufgehört. Der Doc selbst hätte die Sache abgeblasen. Er fragt sich, ob Danny es gehört hat.

«Sie lügen», sagt Danny und versucht dabei ruhig

zu bleiben. «Das habe ich so nicht gesagt.» Sein Gesicht glüht, und mehr noch sein Hals, der mit roten Flecken übersät ist, als seien es Länder auf einer Weltkarte.

Der Doc: «Es gibt hier mehrere Zeugen, einer wie der andere glaubwürdig, die nicht nur die generelle Richtung Ihrer Aussage, sondern auch den genauen Wortlaut bestätigen.»

«Sie lügen», wiederholt Danny. «Ich habe etwas vollkommen anderes gesagt.»

«Schweigen Sie! Sie werden noch genügend Zeit haben, sich zu verteidigen», schnauzt der Doc. Danny macht ihm immer noch Angst. «Sobald die Anklage abgeschlossen ist, können Sie ein paar Ihrer Freunde als Zeugen der Verteidigung aufrufen.»

Zwanzig Minuten lang ruft der Doc jetzt *seine* Zeugen auf. Sie sagen alle das Gleiche und folgen dabei seinem simplen Drehbuch: Sympathie für die IRA, Unterstützung der Birmingham Six und der Guildford Four. Es geht nicht mehr allein um das Bombenattentat von Brighton, sondern weitergehend um eine Befürwortung des irischen Terrors in all seinen Formen, und das seit Beginn. McAlinden hasst uns. Seine Leute hassen uns. Und hier geben wir ihnen Jobs und Stipendien. Lewis, Vaughan, Carter und ein paar andere kommen mit Belegen aus McAlindens ‹Geschichte› einer IRA-Sympathie. «Der geht da konform», sagt einer. Dem fügen sie noch ein paar Satellitenvorwürfe an – «er ist schwul», «weibisch», «das ist so ein Homo, Sir», «warmer Bruder», «Intellektueller» ...

Sie kramen wirklich noch das Letzte heraus, alles,

was sie an ihm hassen und fürchten oder worum sie ihn beneiden.

Wie Danny das aushält, werden Ander und die restlichen Jungs nie verstehen. Er zittert und beißt sich auf die Lippe. Er betrachtet die Klasse und schüttelt den Kopf, sieht seine Freunde an, als seien sie an Land und er auf einem Boot, das aufs Meer hinausgezogen wird. Aber er weint nicht.

«Was haben Sie zu Ihrer Verteidigung vorzubringen?», fragt der Doc Danny.

«Ich hab gesagt, das sei ein Krieg.»

«Nach Aussage der Zeugen haben Sie gesagt, es würde uns recht geschehen, wir *haben das verdient*. Leugnen Sie?»

«Ich habe gesagt *Was erwarten die denn? Es herrscht Krieg*. Das waren meine Worte. Nichts weiter. Darüber hinaus habe ich mich nicht zu dem Thema geäußert. Ich habe nie gesagt, dass irgendjemand etwas *verdient*. Niemand hat mir geantwortet, deshalb wurde auch nicht weiter darüber gesprochen. Ander hat einfach das Thema gewechselt, soweit ich mich erinnere.»

Ander steht auf und sagt: «Ja – das ist alles, was wir gehört haben, mehr hat er nicht gesagt, und wir haben ab da über etwas anderes geredet.»

Neil Hall steht auf und sagt laut und ganz gefasst, während er dem Doc in die Augen sieht: «Das stimmt. Ich war dabei. Ich habe alles gehört. Und das hier ist nicht richtig. Diese ganze Show ... das ist schon viel zu weit gegangen, Sir.»

Gwil: «Hören Sie auf, Dr. Monk, das ist hier außer Kontrolle!»

Dave Sweeting: «Schluss jetzt, Sir, bitte! Das ist alles falsch.»

Der Doc ignoriert sie und sagt zu Danny: «Sie haben also Sympathie für die Irish Republican Army und ihre Gräueltaten geäußert?» Er sagt das in einem Ton, wie ihn bei Gerichtsdramen der Staatsanwalt benutzt, wenn jemand in die Ecke getrieben wurde, wenn man seine Worte aufgegriffen und nach Bedeutungen abgesucht hat, die vom Angeklagten nie beabsichtigt waren.

«Ich möchte hier noch einmal an die Fakten erinnern: Am 12. Oktober des letzten Jahres wurden fünf Menschen getötet und Dutzende verletzt, und auch bei vorhergehenden Attentaten kamen regelmäßig Unschuldige ums Leben – nicht nur Soldaten und gewählte Politiker, sondern ganz normale Leute, die in den Städten ganz Englands ihren Alltagsgeschäften nachgingen. Das ist letztendlich, was Sie unterstützen.»

Danny verhält sich jetzt, als stünde er wirklich vor Gericht. Er handelt wie ein vorsichtiger Zeuge, der sich genau überlegt, was er sagt. Ander hält es für einen Fehler, auch nur scheinbar eine Situation zu akzeptieren, die so absurd wie unheilvoll ist. *Geh einfach!*, denkt er. *Steh auf und verlass den Raum!*, ruft er innerlich und hofft, dass Danny ihn trotzdem irgendwie hört.

Danny weiß genau, dass der Doc ihn in die Falle locken will. Denkt er vielleicht, er kann sein eigenes Drehbuch entwickeln und dem von Doc Monk entgegenstellen? Er spricht langsam und bestimmt, aber nicht so laut, dass er die Stimmlage nicht über mehrere Sätze hinweg beibehalten könnte, und betont dabei jedes einzelne Wort: «Ich habe gesagt, die IRA betrachtet das als Krieg, und der britische Staat ebenfalls. Nur wird das hier nicht eingestanden. Hier nennt man es *Terror*. Aber wenn eine Seite denkt, es ist ein Krieg, reicht das – weil dann ist es auch einer. Für sie ist die britische Regierung der Feind.»

«*Der Feind?* Wirklich? Und *wessen* Feind, bitte?», fragt der Doc höhnisch. «Vielleicht *Ihr* Feind?»

«Das habe ich nicht gesagt. Und es ist auch nicht meine Meinung.» Danny sieht aus, als wollte er weiterreden, lässt es aber bleiben.

«Sie sagen uns also, dass der *Feind* – wie Sie dazu sagen – die Briten sind. *Ihr* Feind, richtig? Das sind Ihre Worte, nicht meine. Sind *wir* Ihre Feinde, Mr. McAlinden?»

Danny schweigt.

«Das Gericht hält fest, dass der Angeklagte die Antwort verweigert. Was», fragt der Doc dann und unterbricht effekthascherisch, bevor er neu ansetzt: «*Was* ist kriegsgemäß daran, Menschen in Bahnhöfen in die Luft zu sprengen, an der Unterseite von Autos Bomben anzubringen oder Menschen – Zivilisten – in Londoner und Birminghamer Pubs zu töten? Das ist nicht Krieg, sondern Terrorismus.» Von hinten kommt beipflichtender Jubel.

«Die Irish Republicans sind keine *Army* – sie so zu bezeichnen, ist eine Beleidung für sämtliche Armeen auf dieser Welt ...»

Wenn Monk erregt ist, bildet sich in den Mundwinkeln ein leichter Schaum, der seiner in Oxford erlernten Spielzeugplenarsaal-Eloquenz als Schmiermittel dient. Er ist nicht so fest wie der von Morbender, sondern mehr sprudelig, und wenn man die Lippenbewegung genau verfolgt, sieht man die Spuckebläschen moussieren und platzen. Er wischt sich schnell den Mund ab und schiebt seinen Kiefer Churchill-artig nach vorn, wie er es wohl in Oxford gemacht hat, nachdem er einem Gegner ein schönes *Bon mot* verpassen konnte.

«Dr. Monk», sagt Danny mit zittriger Stimme und versucht dabei, sich gegen das anschwellende Gejohle zu behaupten. «Alle Armeen töten Zivilisten, was immer sie auch verkünden ... und wie fortschrittlich sie auch sind.» Während er redet, trifft ein zerknüllter, tintengetränkter Papierball sein Gesicht und rollt über die Vorderseite seines Hemds nach unten. Er hat einen blauen Klecks auf der Wange und Streifen an Hals und Kragen. Der Doc dreht sich um und geht zu seinem Aktenschrank, und während er der Klasse den Rücken zudreht, geht Vaughan nach vorne und spuckt Danny ins Gesicht: «Damit kannst du's abputzen.»

Als der Doc sich wieder umdreht, ist Vaughan längst wieder an seinem Platz, lächelnd und mit verschränkten Armen: Ein stolzer Arbeiter, der sein gelungenes Werk betrachtet.

Der Doc hat etwas Schwarzes in der Hand, etwas Samtiges, das wie der dicke Pelz eines Tieres glänzt. Es ist geschmeidig und wellt sich wie ein Nerz. Niemand kann erkennen, was das ist. Vielleicht Danny, weil er am nächsten dran ist, nur hat der im Moment andere Sorgen.

«Sie sagen also, Mr. McAlinden, dass die Banditen der Provisorischen IRA und die Britische Armee gleichwertig sind? Und sagen Sie außerdem, dass der republikanische Terror gerechtfertigt ist und Sie ihn unterstützen?»

Danny sieht verloren aus. Er antwortet nicht. Er blinzelt. Zunächst nur kurz, dann langsam und auch länger, wohl in der Hoffnung, beim Öffnen der Augen etwas anderes zu sehen, etwas anderes als das hier.

«Ich weiß nicht, warum Sie mich das fragen», sagt Danny. «Was hat das alles mit mir zu tun?»

«Beantworten Sie die Frage, Mr. McAlinden: Halten sie die Aktionen der Irish Republican Army für gerechtfertigt? Unterstützen Sie diese Taten, wie von Ihren Mitschülern berichtet? Und wünschen Sie, sich zu den vorgelegten Beweisen zu äußern? Das ist Ihre letzte Chance, bevor wir das Strafmaß bestimmen!» Der Doc schreit jetzt fast.

«Ich habe gesagt, es ist ein Krieg. Mehr habe ich nicht gesagt und auch nicht gemeint. Es ist kein gleichwertiger Krieg, und auch die Armeen sind nicht gleichwertig, aber es *sind* Armeen, und sie befinden sich im Krieg. *Sie* hier werden als Besatzer betrachtet. *Ihre* Armee dort hat keine Panzer, Flugzeuge oder Uniformen, aber sie haben Schusswaffen und Bomben. *Ihre* Armee hier erschießt Leute auf offener Straße und gibt Waffen an Todesschwadrone, die in die Häuser gehen und die Leute auch dort umbringen. Es ist ein Krieg, wie immer Sie ihn auch nennen wollen. *Das* ist, was die Menschen dort denken. Ich persönlich habe das nie gedacht, hab immer versucht, mich da rauszuhalten, weil mit mir hat das nichts zu tun, ich bin ja hier und bin Engländer … aber wenn ich sehe, was Sie jetzt hier mit mir machen, kann ich gut verstehen, warum die Leute dort so denken.»

Niemand sagt etwas. Niemand rührt sich oder atmet auch nur. Niemand weiß, wo das jetzt plötzlich herkam. So etwas hat Danny noch nie gesagt, zumindest nicht so. Noch während er redet, wundert sich sogar Danny über das, was da aus seinem Mund kommt. Es kommt von einem Ort in ihm drin, von dessen Existenz keiner wusste, vermutlich nicht mal er selbst.

«Gut, gut», sagt der Doc. «*Ihre* Armee, sagen Sie? Ich denke, das Gericht hat genug gehört. *Besatzer*, richtig? Das dürfte jetzt ausreichen, um hier zu einem Urteil zu kommen.»

Danny hat dem Doc gegeben, was er wollte. Es stimmt, Danny ist nicht zusammengebrochen – dafür ist immer noch Zeit genug, denkt der Doc –, aber er hat ihm doch genug gegeben. Das war fast so gut wie ein Geständnis. Nein – eigentlich war es noch besser, denn ein Geständnis erlegt dem Richter die Bürde auf, milde sein zu müssen. Durch die gezeigte Ehrlichkeit und Reue arbeitet ein Geständnis zugunsten des Angeklagten. Das hier war Widerstand, und obwohl der Doc darüber genauso überrascht ist wie alle anderen, hat er ihm doch etwas Besseres gegeben, als er sich je hätte träumen lassen.

Also keine Milde.

Der Doc nimmt den schwarzen Samtstoff vom Pult und hält ihn hoch.

Es ist eine Kapuze, oder ein Sack, mit einem dünnen Zugband um die Öffnung, die man schließen kann, um das Licht aus- oder die Dunkelheit einzuschließen.

Ander steht auf und verlässt das Klassenzimmer.

Er rennt über den Korridor. Sonnenlicht fällt durch die hohen Fenster herein, und er sieht die dicken Politurstreifen, die der Hausmeister nicht ganz in den Parkettboden eingearbeitet hat. Die untere Toilettentür ist offen, und er sieht die Kabinen, allesamt weit aufgerissen, und atmet kurz den Dauergeruch nach Klärgrube ein. Die Urinale mit Kaugummis verstopft, in der Pisse aufweichende Zigarettenkippen. Diese Toiletten, wo in einer der Kloschüsseln ein obligatorischer Kotrest hängt und im Spülwasser vor sich hin korrodiert wie ein U-Boot am Grund des Meeres. Er will ins Büro des Rektors gehen und ihn bitten, mitzukommen und die Sache zu beenden. Aber als er vor der Tür steht, wird ihm klar, dass der Rektor das nicht tun wird, weil er zum Doc hält und andersherum der Doc sein Stellvertreter auf Erden ist, zumindest in diesem Teil davon, also dreht er wieder um. In dem breiten Korridor mit soßenbraunem Boden und Wänden in schmutziger Eiercremefarbe schwankt und zögert er, rennt dann aber in die Richtung, aus der er kam, und die Treppe hinauf zum Englischraum.

Er hält das Ohr an Mr. Wolphrams Tür – der leise Klang von Wörtern, ein Lachen, wie man es nur in literarischem Zusammenhang hört, dieses verhaltene Kenner-Glucksen – und klopft dann. Das Reden hört auf, aber es gibt keine Reaktion. Er klopft erneut, fester diesmal.

Das langsame, mit tiefer Stimme kommende «Herein». Er steht vor einer sechsten Oberstufenklasse.

Sie besprechen ein Gedicht. Klar erkennbar. Mr. Wolphram steht da und hat das aufgeschlagene Buch in der Hand, den Rücken auf der Handfläche balancierend, die Deckel auf seinen gespreizten Fingern und dem Daumen. Erneut fällt Ander auf, dass Mr. Wolphrams Hände die Spannweite eines Konzertpianisten haben. Er hält das Buch beim Lesen fast eine Armlänge von sich weg, was aussieht, als wollte er es gleich fliegen lassen …

Die Sechstklässler wirken älter und cooler. Völlig entspannt eigentlich. Und beteiligt, interessiert an dem, was er sagt. Mr. Wolphram verlangt nicht von ihnen, dass sie im Unterricht Jackett und Krawatte tragen, deshalb haben manche den obersten Hemdknopf aufgemacht und ihre Krawatte über den Stuhl gehängt. Ein paar haben die Krawatte ins Hemd gesteckt, genau wie die angesagten Popsänger zwischen dem ersten und zweiten Knopf. Der Rektor hasst das, was dem Modebewusstsein noch einen Hauch von Widerstand verleiht. Mr. Wolphram hat hingegen kein Problem mit unvorschriftsmäßigen Strickjacken, schmalen Krawatten oder Bowie-Frisuren. Als er den Fünftklässlern *Quadrophenia* gezeigt hat, haben sie den Rest des Trimesters versucht, wie Mods auszusehen, und die Hosenbeine unten verjüngt, das dünne Ende der Krawatte nach vorne gedreht, ihre idiotischen Schulmokassins gegen schicke Schnürschuhe mit Spitze eingetauscht.

Alle sehen Ander an.

«Ja, bitte?», fragt Mr. Wolphram. Seine Augen sind aufgerissen, die Augenbrauen so weit oben, dass sie fast unter dem Fransenpony verschwinden.

«Verzeihen Sie die Störung. In Dr. Monks Zimmer passiert gerade etwas und ich ... es ist nicht richtig und wir brauchen Hilfe.»

«Was passiert denn?», fragt Mr. Wolphram. Nur hat Ander das Gefühl, dass Mr. Wolphram das bereits weiß oder vermutet oder sogar schon einmal erlebt hat.

«Es ist ein Prozess», sagt Ander hilflos.

Mr. Wolphram klappt das Buch zu und dreht sich zur Klasse. «Machen Sie bitte ohne mich weiter ...»

Er nimmt Ander, geht mit ihm aus dem Zimmer und schließt langsam die Tür hinter sich. Dann legt er einen Zahn zu und überquert den Korridor samt Treppe in verblüffend sportlichem Tempo. Nicht dass er rennt, aber er hat einen schwebenden Gang, mit dem Ander kaum mithalten kann. Ander versucht ihm zu erklären, was vorgeht, aber er ist zu sehr außer Atem und merkt, dass Mr. Wolphram gar nicht richtig zuhört. Und wie soll man auch erklären, dass in einem Klassenzimmer ein Kind vor Gericht gestellt wird und der Lehrer dabei als Richter fungiert?

Als sie sich dem Zimmer des Doc nähern, hören sie einen Knall wie von einer Kugel. Er zerreißt die Luft und hallt im Korridor wider. Dann ist es still.

Im Klassenzimmer angekommen, sehen sie Danny auf einem Stuhl sitzen, die schwarze Kapuze über dem Kopf und von Vaughan und Lewis an den Schultern festgehalten. Er zittert so stark, dass die Hände der beiden noch beim Hinunterdrücken mitzittern. Vor der Klasse bilden ein paar Rückbank-Raudis eine Art Polizeiabsperrung und wehren Neil Hall, Gwil und Rich Nicholson ab. Gwil hat seine Hand an einer

Kehle, aber trotzdem ist die Szenerie so statisch wie ein Ölgemälde.

Jonny Kebab und ein paar andere sind auf ihrem Platz und warten mit gesenktem Blick darauf, dass die Sache ein Ende findet. Sie sind Teil der Masse, des breiten, grauen Durchschnitts. Sie sind das, was übrig bleibt, wenn man Gut und Böse abgerechnet hat. Das wissen sie und haben kein Problem damit. Sie drücken nicht den Abzug oder legen einem die Schlinge um den Hals, aber sie geben einem auch nicht den Schlüssel zur Zellentür oder verstecken einen im Keller. Die Schule bringt auch *sie* hervor; bringt hauptsächlich sie hervor, wenn man ehrlich ist. Sie sind deren menschliche Knetmasse. Wie Mr. Wolphram einmal zu ihnen gesagt hat: «Auch wenn Sie nicht talentiert genug sind, um Erfolg zu haben, können Sie sich doch damit trösten, dass Ihre Mittelmäßigkeit Sie vor dem Scheitern bewahrt.»

Jetzt wird diese Illusion durch Mr. Wolphrams Ankunft zerstört. Sie hatten jede Menge Spaß, aber plötzlich ist es kein Spiel mehr, und sie stehen auf der falschen Seite des Gesetzes.

Der Doc hat immer noch seine Hand auf dem riesigen *Oxford Latin Dictionary*, einer leinengebundenen, blauen Schwarte von der Größe eines Kleinkindes, die er auf den Tisch geknallt hat, um in seinem Spiel-Gerichtssaal einen Pistolenschuss in den Kopf zu simulieren.

Sie haben die Pseudo-Hinrichtung knapp verpasst.

Was als Nächstes passiert, wird Ander für den Rest seines Lebens nicht vergessen, und im Gegensatz zu anderen wichtigen Ereignissen wird dieses nicht bei jedem Erzählen (wem denn auch?) ausgeschmückt werden oder wie ein Foto verblassen, das zu lange in der Sonne lag. Es bleibt scharf und leuchtend, vollständig und rechtwinklig zugeschnitten in seinem Einzelbild der Rückschau:

Mr. Wolphram brüllt. Das ist ein gewaltiges, tiefes und langgedehntes Wutgeheul. Vielleicht auch der Qual. Ander kann es nicht recht sagen, weil da im Großen und Ganzen sicherlich Wut zu hören ist, aber, jawohl, durchaus auch Qual. Ander hat Erfahrung mit dem Möbius'schen Band aus Ärger, Sorge, Wut und Qual. Wolphrams Gebrüll scheint dem Raum die Luft zu entziehen, dem Raum und allen, die drin sind. Der Doc zuckt zusammen; alle zucken zusammen. In nicht einmal einer Sekunde hat Wolphram Danny die Kapuze abgemacht und ihm auf die Beine geholfen. Jetzt kann Ander erst sehen, was er zuvor nicht bemerkt hat: Dannys Hände sind hinter dem Rücken mit seiner eigenen Krawatte gefesselt; richtig eng sogar, auch wenn das mehr der Symbolik als einer körperlichen Beschränkung dient. Das ist eine zusätzliche Erniedrigung, für den Doc hingegen ein weiteres Detail, bei dem ihm einer abgeht. Mr. Wolphram versucht, Dannys Krawatte aufzuknüpfen, aber sie ist so fest verknotet, dass er sie über die Hände und Fingerknöcheln abziehen muss, was auf der Haut Wellen wirft und vom Blutstau ganz weiße Handgelenke zurücklässt.

Vaughan und Lewis sind bereits verschwunden, die Absperrung vorne hat sich aufgelöst, Rich Nicholson, Gwil und Neil Hall sitzen wieder an ihrem Platz.

Nur der Doc steht noch, wo er war. Das Dictionary hält ihn, schenkt ihm Ballast.

Mr. Wolphram nimmt Danny am Ellbogen und geht mit ihm Richtung Tür. Zum Doc sagt er langsam und jede Silbe einzeln betonend: «Sie sind ein widerwärtiges Kind, das sich in einem Mann verbirgt: Ein grausamer, bösartiger, mickriger Feigling.»

Der Doc muss vor seiner Klasse das Gesicht wahren, aber in seiner Robe sieht er einfach dämlich aus, außerdem haben die Jungs längst gemerkt, dass sich die Machtverhältnisse im Raum geändert haben.

Er macht den Mund auf und sagt mit schwankender, fast brechender Stimme: «In *meinem* Klassenzimmer sorge ich für Disziplin, wie es *mir* richtig erscheint. Ich stürme ja auch nicht bei Ihnen rein und sage Ihnen, was Sie machen sollen. Sie haben kein ...»

Aber Mr. Wolphram ist bereits weg und hat Danny mitgenommen. Der Doc macht trotzdem weiter. Er muss sein Gesicht wahren, sagen, was er zu sagen hat, seine Position behaupten: «... Recht, mein Urteil anzufechten. Das hier ist *mein* Klassenzimmer, in dem *meine* Regeln gelten.»

Er schlägt mit der Hand auf den Tisch und lässt den Blick schweifen, aber niemand sieht ihm in die Augen. Die Schüler verlassen nacheinander das Klassenzimmer, obwohl die Stunde noch nicht vorbei ist – Ander und Neil, Nicholson, Gwil Isaac stehen auf und gehen. Der Doc hält sie nicht auf. Sogar Lansdale und das Klassenvieh ziehen von dannen.

Auch die schwarze Kapuze ist verschwunden.

Wie sie später dann erfahren, ist Mr. Wolphram mit Danny zum Rektor, der aber nichts unternehmen wird. Anfangs versichert er ihnen, dass diese Episode (so nennt er das, eine *Episode*) definitiv einer «Untersuchung» bedarf. Nur macht er dann den deprimierenden Zusatz, den wir alle aus Schulzeiten kennen, wenn der eine Schüler geärgert wurde und der andere ihn geärgert hat und dann der Lehrer ankam und «beide Seiten der Geschichte» hören wollte, also den Zusatz, er wolle erst «Doc Monks Version der Ereignisse hören, um keine *voreiligen* Schlüsse zu ziehen».

Die Nation bei den Eiern gepackt

Gary hat mich kein einziges Mal unterbrochen, sondern aufmerksam zugehört, höchstens kurz die Miene verzogen, etwa bei den gefesselten Händen und der Spucke im Gesicht – merkwürdig, wie gut wir uns auf so etwas konzentrieren können, wie stark solche Details als Nieten fungieren und unsere Gefühle eng an ihren Auslöser binden. Er sieht nachdenklich aus, beißt sich auf die Lippen, überlegt, was er sagen soll. Ihm fehlt nichts Geringeres als das, was Mr. Wolphram immer als *le mot juste* bezeichnet hat.

«Was für ein Arschloch!»

Es gibt viele Wege, um zur Wahrheit zu gelangen, aber wenn es eine Abkürzung gibt, dann hat Gary auch nichts dagegen.

«Der edle Mr. Wolphram hat euch also gerettet?»

«Er hat uns an *diesem* Tag gerettet, Gary, aber an so einem Ort gibt es auch noch andere. Trotzdem, irgendwann wurde es besser. Also zum Großteil. Wobei ich nicht weiß, ob ich vielleicht nur älter geworden bin und das schlimme Zeug nicht mehr so zu uns vorgedrungen ist, auch wenn es im Hintergrund weiterhin ablief. Oder ob es wirklich *Fortschritte* gab … Nicht dass McAlinden da gewesen wäre, um das groß zu merken …»

«Der irische Junge ist weg?»

«Er war kein Ire, Gary. Verdammt, genau darum geht's doch! Aber okay, ja – der …», erwidere ich. «Er ist weg. Aber das ist eine andere Geschichte, wobei es eigentlich die gleiche ist, mit einer Art Pause zwischen den Akten. Ich weiß nur, dass Mr. Wolphram mit Danny in sein Zimmer ist, um ihm halbwegs die Tinte abzuwischen, und ihn dann zum Rektor gebracht hat, um ihm alles zu erzählen.»

«Und dann?»

«Er hat gesagt: *Ich erledige das*, und damit war es in der Tat erledigt. Der Doc ist geblieben, war etwas zahmer, hat aber einen Hass auf uns alle geschoben, speziell auf Wolphram, nur musste er natürlich aufpassen. Er ist zu weit gegangen und wurde erwischt, hat also die Regel verletzt, dass man die Öffentlichkeit mit seinem Kram verschont. Aber ab da war es tatsächlich anders – der Doc hat uns in Ruhe gelassen, und wir sind nach Weihnachten in einen anderen Raum umgezogen. Sie haben so getan, als sei das normal. Es wurde neu gemischt, nur mit dem gleichen Kartenspiel. Wir haben einen neuen Lehrer bekommen, der in Ordnung war. Das hat viel verändert.»

«Na klar, das alte Privatschulmotto: Eine andere Hand am Arsch ist fast so gut wie eine Pause», sagt Gary.

«Ein Stück weit stimmt das. Viele Lehrer waren brutal, manche haben uns befummelt oder richtig angefasst – einer hat dir sogar den Finger in den Mund gesteckt –, während andere nur schlecht drauf waren, uns getreten oder geohrfeigt haben und dann nicht mehr daran dachten. Das ging natürlich ganz normal weiter. Der eine oder andere hat uns in seine Wohnung eingeladen, um etwas zu trinken oder ein paar Kippen zu rauchen, aber das fanden wir toll. Wir haben Horrorfilme angeschaut, auch mal was Pornomäßiges, aber wenn ich dabei war, ist nie etwas Sexuelles passiert. Obwohl ich jetzt natürlich verstehe, dass ihnen einer abging, weil wir so angetörnt waren. Aber zu einer Penetration kam es nie – nur mal ein Streicheln oder ein Ständer, der dir wie eine Entführerpistole in den Rücken gepresst wurde, eine Berührung am Bein, wenn sich einer nach einem heruntergefallenen Stift gebückt hat. Klar haben wir so allerhand gehört, ohne zu wissen, wer da wirklich beteiligt war, oder der Lehrer hatte die Schule gewechselt oder der Junge war nicht mehr da. Irgendwie ist das immer ein Kind *neben* dem Ort passiert, an dem du gerade warst ... Die Leute haben die Schule gewechselt, und zwar Jungen wie Lehrer, keiner hat rechtliche Schritte unternommen oder ist an die Presse oder zur Polizei. Das Wort *Neuanfang* fiel damals häufig ...»

«Ihr habt also *Top of the Pops* angeschaut, um euch abzulenken, oder die Kinder in *Jim'll Fix It* beneidet, wolltet bei den Quizsendungen diese Buzzer drücken und vor den DJs abtanzen ... während die gleiche Nummer auch bei euch ablief? Oder, Prof? Leichte Unterhaltung hatte die Nation an den Eiern.»

«Wir wussten es nicht besser, Gary. Diese zehn Jahre – sind es denn zehn?» Ich muss kurz nachrechnen, wie ich das in letzter Zeit oft mache: «Okay, neun – zwischen uns machen einen großen Unterschied. Die Atmosphäre war mit unterdrückter Pädophilie aufgeladen – *weitgehend* unterdrückt, denn es gab eben Momente, in denen sie *die Kontrollmechanismen überwand*, wie das im Psychologieseminar formuliert wurde. Das meiste ging aber nicht in Handlung über.

Man könnte sagen, wir haben ihren Duft eingeatmet, während das Element tief unten vergraben blieb.»

«Hört, hört! Der Dichter spricht ...»

«Die anderen Lehrer hatten was gegen den Doc, weil er pedantisch und selbstgerecht war und es ihm mehr um ... Macht als um Sex ging. Als wir in der Oberstufe waren, hat er sogar geheiratet. Vielleicht hat er sich verändert, aber vielleicht wollte er auch nur zeigen, dass er sich verändert hat. Keine Ahnung. Es hieß, er hätte sich gebessert – na ja, immer noch gemein, hinterhältig und statusbesessen, aber kein richtiger Kinderquäler mehr. Was er mochte, waren seine kleinen Rituale mit Rollenspiel und Inszenierung. Okay, niemand hat sich um seine Verteidigung gerissen, aber verstoßen wurde er auch nicht.» Ich muss darüber nachdenken, dass der Doc geheiratet hat. «Sollte er Kinder haben, dann sind die jetzt so alt wie du, Gary.»

«Mach mir keine Angst, Prof.»

«Dann hörten wir Sachen wie, er hat das schon vorher gemacht, weil er steht auf diese komischen Spielchen, bei denen die Leute in eine Rolle schlüpfen, wobei die Spielchen manchmal über das hinausgegangen sind, was als anständig oder normal gilt. Aufgegeilt hat er sich aber am *Nicht*-Berühren.»

«Er hat sich daran aufgegeilt, deine Seele zu vergewaltigen», sagt Gary. «Und Mr. Wolphram? Hat die Nummer bei ihm das Eis gebrochen? Hat er euch ab da auf dem Gang High-Fives gegeben und gefragt, was abgeht?»

«Eher nicht. Er hatte seine Grenzen.»

«Das ist aber nicht das, was ich aus der *Daily Mail*

erfahre, Prof, oder der *Sun* … dort gab's grad eine Leserumfrage, ob alleinstehende Männer überhaupt unterrichten dürfen …»

«Du meinst das mit seinen Fragen nach Sex und Pubertät? … totaler Humbug und frei erfunden. Lügen für Geld. Vielleicht nicht mal Geld – Aufmerksamkeit reicht diesen Arschgeigen in der Regel. Deshalb war auch sein Wutausbruch an dem Tag so vollkommen, so unglaublich überraschend. Weil er nie was rausgelassen hat. Was da von seinem ‹geplatzten Kragen› zu lesen war, ist kompletter Müll. Manchmal kam ein schneidender Kommentar, dann hast du dich geschämt wie noch was, aber das lag nur daran, dass er enttäuscht von dir war, genau wie du selbst – und nicht an seiner Grausamkeit …»

«Ich sag's nicht gern, Prof, aber er klingt eigentlich ziemlich anständig.»

«War er auch. Aus ihm drang nichts heraus, kein bisschen Zuneigung, Ärger oder Frustration. Auch nichts in Richtung Sexualität. Kein Small Talk. Wir waren noch Kinder, er erwachsen. Nie ist in seinen Augen diese fehlgeleitete Begierde aufgeblitzt, die bei ein paar anderen zu sehen war, also denen, die *bekanntermaßen* auf Kinder standen oder im Lauf der Jahre gelernt hatten, sich mit ihnen zu begnügen. Deren Blick musste man sich richtig vom Mund abwischen, vom Hals, von der Stelle an deinem Hemd, wo ein Knopf vergessen wurde und der Bauch zu sehen war. Manche hielten richtiggehend Ausschau nach einer Lücke zwischen den Hemdknöpfen oder am Hosenbund und warfen dir, wie wir sagten, *klebrige Blicke* zu. Wenn man im Unterricht mal gestreckt und eben den Arm gehoben hat, konnte man spüren, wie das Hemd hochrutscht und der Bauch frei wird. Dann schaute man nach vorne und merkte, dass der Lehrer genau auf diese Stelle sah – als ob er gehört hätte, wie der Baumwollstoff über die Haut gleitet und diese sich dehnt und ganz straff wird. Sogar die Lehrer, die eigentlich nicht so auf Kinder standen, aber ihre Lust nicht über die normalen – ich sag mal – *Kanäle* bekommen konnten, haben das manchmal gemacht. Er aber nicht. Nie. Niemand dort hat sich asexueller verhalten als Mr. Wolphram.»

«Das ist die Stelle in der Geschichte oder in Filmen, wo ich sage: *Erzähl weiter …*»

«Wolphram hatte nichts mit dem Internat oder disziplinarischen Dingen zu tun. Viele Lehrer unterrichteten nur, zum Beispiel er. Hat auch nur selten mit uns im Speisesaal gegessen. Wir haben in unterschiedlichen Welten gelebt. Für Kinder sind Lehrer keine Menschen mit Privatleben, deshalb wussten wir einfach nicht, ob er heimging, den Schalter umlegte und dann durch die Bars zog, sich mit Freunden im Restaurant traf, Platten hörte, ins Theater ging, in Urlaub fuhr, guten Wein trank oder ein tolles Auto hatte.»

«So wie's aussieht, Letzteres», sagt Gary. «Bedauerlich ist das alles nur, weil nichts davon gegen ihn spricht. Je mehr wir herausfinden, desto – nicht normaler, das sicher nicht –, aber desto ineinandergefügter wird doch sein Leben: Er ist gern allein, hat aber Freunde. Wahnsinn. Gleich die Bullen rufen! Es heißt, er sei ein Einzelgänger, aber in Wahrheit kennt er jede Menge Leute und hat Unmengen an Interessen und Hobbys. Unter diesem schrägen Äußeren verbirgt sich verdammt viel Normalität. Eigentlich müsste das doch andersrum sein.»

«Was meinst du mit *ineinandergefügt*, Gary?»

«Genau das – die unterschiedlichen Teile fügen sich ineinander. Bei Durchgeknallten, Psychos und Mördern, Vergewaltigern, was weiß ich ... da fügt sich nichts, da sind Löcher, Risse so groß wie der Ärmelkanal, zwischen den Teilen ihres Lebens. Den verschiedenen Bereichen ihres Gehirns. Wie bei diesem Typ, der im Internet irgendwelche Kids zum Selbstmord auffordert: da liegt ein gewaltiges schwarzes Loch zwischen der Art, wie er seinen eigenen Kindern einen Gutenachtkuss gibt, und dem Müll, den er den anderen erzählt. Das kann man nicht anders erklären als mit einem verdammten schwarzen Loch. Nur ist ihm dieses Loch scheißegal, weil er exakt daraus besteht, aus Löchern, aus Dunkelheit. Normale Menschen können unnormale Sachen machen, aber das ist immer irgendwie verbunden, man erkennt die Fuge, das Gefälle, das nach oben oder nach unten führt, oder auch die Stelle in ihrem Kopf, die sie ihre bösen Dinge tun lässt. So ist dein Mr. Wolphram. Er ist nicht wirklich der Durchschnittstyp, aber in seinem Leben passt alles zusammen, jedes Stück hängt am nächsten. So wie bei uns.» Er schaut mich an. «Na ja, bei mir.»

Gary hat recht – auf seine Gary-Art hat er es erklärt. Aber während uns immer klarer wird, dass Wolphram vermutlich unschuldig ist, wird in Presse und Medien, bei der Polizei und unter Politikern immer klarer, dass er schuldig ist.

Dafür sind wir verantwortlich, Gary und ich, und auch wenn es unabhängig von uns passiert wäre, wäre es zumindest später passiert – und dadurch auch anders.

«Ganz neue Töne, Gary – bisher konntest du es kaum erwarten, ihn hängen zu sehen. Ein Blick in seine Wohnung, auf seine Sachen, seine ‹süßen, schwulen Noten›, und du wolltest ihn in den Knast stecken … Du dachtest, die schwarze Kapuze sei eine Art Sexspielzeug für Alleinstehende.»

«Und ich hatte recht, Prof – nur nicht für ihn.»

«Ich will sagen, du hast sofort Schlüsse gezogen …»

«Nicht ich, Prof, sondern meine Herkunft. Meine Erziehung. Das ist das Klassensystem. Das macht unser Land so groß. Deshalb nehmen wir Bulldoggen, Löwen, Churchill und Union Jacks als Twitter-Kennung …» Gary macht sich über mich lustig. Recht hat er. Ich hab's verdient.

«Und wo sind die jetzt?», fragt er: «Lansdale, der Waliserknabe und dieser Nerdige, die ganzen Lehrer – was ist aus ihnen geworden?»

«Der Rektor lebt noch. Goodship habe ich neulich in den Nachrichten gesehen – er ist dieser alte Mann mit Hund, der abbremst und zuschaut, aber nicht anhält. Ich dachte, der sei längst tot. Und den Eindruck machte er auch, als ich ihm letzte Weihnachten auf der Post begegnet bin – als hätte er den Tod zur Probe abonniert. Er hatte den Gesichtsausdruck alter Leute, die denken, sie erkennen dich, sich aber nicht ganz sicher sind – ihre Augen flehen geradezu, dass du ihnen sagst, ob sie dich kennen, bitten dein Gedächtnis darum, für sie zu arbeiten, weil ihr eigenes ganz aufgeweicht ist und den Keller voller Wasser hat. Einmal hat er mir ein Buch übers Ohr gezogen, weil ich statt Meilen *Kilometer* gesagt habe. Da war ich exakt vier Tage an der Schule.»

«Ein früher Brexit-Held – in Dover gibt's vermutlich ein Denkmal.»

«Er hatte ein merkwürdiges Hobby, nämlich alte Mars-Riegel sammeln, in Glasbehältern mit Etikett und Datum. Der älteste war aus den 1920ern. Nur Mars-Riegel. ‹Andere Süßwaren interessieren mich nicht›, hat er gesagt. Von McCloud weiß ich nichts – er hat uns immer vorgeworfen, wir würden mit ihm ‹flirten›, und mit ‹Liebe und Nachsitzen› gedroht, dabei war er ein großer Freund von Anzüglichkeiten und hat in der Dusche darauf geachtet, dass wir, wie er sagte, ‹jede Ecke und Ritze› berücksichtigen –, aber der war damals schon über vierzig und hat für eine längere Verweildauer nicht hart genug gewirkt. Den Doc hast du ja gesehen, also Dr. Monk. Der muss jetzt so Anfang sechzig sein und genießt den Samtsarg des Rektorenhauses plus Mahlzeiten am Schulleitertisch. Die Gratis-Schulmanschettenknöpfe und -krawatten. Ein paar andere sind sicher auch noch da, also von den damals Jüngeren. Mir fällt auf, dass ich von Leuten unterrichtet wurde, die nur fünf oder zehn Jahre älter waren als ich ... Was die Jungs betrifft, na ja, Danny ist weggegangen, ich bin geblieben, ein paar andere auch – zum Beispiel Gwil, der jetzt Fernsehproduzent in Wales ist und diese Snowdonia-Polizeithriller macht, diese übertrieben brutalen Ritualmordgeschichten ...»

«Die sind geil», sagt Gary. «Seh ich mir im Kabelfernsehen mit Untertiteln an. Ich lass O-Ton Walisisch laufen und lese Englisch mit. Wirklich großartig. *The Hunt* heißt die Serie.»

«Die meine ich.» Wie viele Folgen er wohl gesehen hat, frage ich mich.

«Vier Folgen der ersten Neuner-Staffel handeln von Leuten, die als Erwachsene zurückkommen und sich an ihren früheren Lehrern oder Heimbetreuern rächen ... Eines der Opfer war der Schulkaplan, ein anderes der ...», Gary schlägt sich verblüfft auf die Schenkel, «verdammte Lateinlehrer! Ist ja der Hammer. Jetzt weiß ich, wo er seine Ideen herhat. Schwarz wie die Hölle.»

«Muss ich auch mal reinschauen», sage ich zu Gary, obwohl ich jede Folge gesehen habe und seit Jahren weiß, wo die Ideen dazu herstammen. Ich weiß noch genau, wie Gwil einmal bei einer Pint versprochen hat, dafür zu sorgen, dass das alles ans Tageslicht kommt. Das ist es. Er hat. Aber als Fiktion, nur ist das vermutlich besser als gar nichts.

«Dann gab es noch Neil Hall, der sein New-Romantic-Dasein aufgegeben und Jura studiert hat ... Ich hab mal nach ihm gesucht, da war er Partner bei einer großen Londoner Kanzlei. Rich Nicholson ist nach Oxford, hat gut abgeschnitten und sich dann als Autor versucht, ist jetzt Publizist. Dave Sweeting ist Physikprofessor – ein richtiger, Gary – in London, Imperial oder University College ... Aber wir haben uns dann aus den Augen verloren. Vor zwanzig, vielleicht fünfundzwanzig Jahren. Eine Zeit lang haben wir uns alle zwei Jahre im Folkestoner Grand Hotel getroffen – nicht Danny natürlich, aber Gwil, Rich,

Neil und noch ein paar andere, die erst nach Dannys Weggang kamen und in Ordnung waren –, aber das hat dann irgendwann aufgehört.»

«Ich hab noch Kontakt zu den Leuten aus meiner Schule», sagt Gary. «Drei davon heißen Dave: Es gibt Dave, Langweiler-Dave und der andere Dave, es gibt mich, den einzigen Gary, was überrascht, wenn man bedenkt, dass dieser Freundeskreis der sogenannten unteren Mittelschicht entstammt, außerdem noch Jonny, Lisa, Sarah, Hannah und Holly ... oh ja, Prof, bei uns gab's Mädchen an der Schule, und sie wurden nicht wie Außerirdische behandelt, und wir hatten auch keine exotischen Namen oder abartige Strafen, die sich erwachsene Männer ausgedacht haben, um sich daheim einen runterzuholen. Wir wurden nicht von Männern unterrichtet, die das Kinderhilfswerk für einen Lieferservice hielten. Niemand ließ uns die Klamotten ausziehen und in kalten Badewannen sitzen, während der Lehrer Fotos machte. Andererseits wurde niemand von uns Parlamentsabgeordneter, Banker, Vorsitzender des National Trust, Zeitungskolumnist oder BBC-Regisseur, also sind vielleicht wir diejenigen, die was verpasst haben. Wir treffen uns zur Happy Hour in den Cornmarket Vaults und unterhalten uns über ganz normale Dinge. Wenn wir mal darüber reden, dass irgendwelche Jungs eine Kapuze übergezogen kriegen, jemand über den Brückenrand baumelt oder überprüft wird, ob man sich auch zwischen den Arschbacken gewaschen hat, dann nur, weil wir das grad in der Glotze gesehen haben.» Gary trinkt den Bodensatz seines schlechten Kaffees und wischt sich den Mund ab.

«Da fällt mir ein, in einer Episode dieser Serie geht es um drei Typen, die ihren ehemaligen Lehrer gefangennehmen, ihm eine Kapuze aufsetzen und ihm den Prozess machen wegen allem, was er ihnen in der Kindheit angetan hat ...»

«Legen sie ihn um?», frage ich.

«Will ja nicht spoilern, Prof.»

Zum ersten Mal seit Tagen muss ich lachen. (Sie tun es, ja. Es ist grässlich, extrem in die Länge gezogen und zutiefst befriedigend. Ich habe die Folge zwei Mal gesehen.)

«Du sollst aber nicht glauben, dass es durchgehend so war. Je jünger du warst, desto schlimmer war es natürlich, aber mit der Zeit wurde es besser. Es gab auch ein paar gute Dinge, gute Momente. Und an einem Ort wie diesem bedeuten die guten Dinge mehr, als sie eigentlich sind, weil sie den schlimmen die Spitze nehmen. Wir hatten durchaus auch Normalität. Irgendwann. Freundinnen, Rumknutschen auf Parkbänken, Fummeln bei der Brücke, Pubs, Zigaretten, eingewickeltes Haschisch, das sich nach dem Kauf als Schuhwichse in Alufolie entpuppte, nur dass wir Schiss hatten, uns zu beschweren ... ich *glaube*, wir waren ziemlich normal. Irgendwann hatte ich eine Freundin und war so glücklich, wie man das in dieser Welt nur sein konnte. Wir konnten herumfahren, konnten ans Meer oder nach Brighton, Canterbury, London. Und schließlich bin ich ja weggegangen. Okay, ich bin geblieben, aber anders.»

«Klar, Prof. Bleiben ist das neue Weggehen, hast du das nicht gewusst?»

«Ich habe mich auch verändert – vom Namen her,

meine ich. Ich hatte als Ander begonnen, aber mit sechzehn war ich dann Engländer, so als hätte ich eine Transfusion gekriegt. Mit Wörtern, mit Sprache, einer völlig anderen Kindheit. So mit fünfzehn fingen alle an, mich Alex oder Alexander zu nennen, und das blieb dann hängen. Zum Ende der Schulzeit hatte ich einen anderen Namen und benutzte eine andere Sprache als am Anfang. Wolphram war ein anständiger Mann und ein guter Lehrer. Ich verdanke ihm mein Englisch. Er hat mir prophezeiht, ich würde nie einen besseren Freund als das *Oxford Dictionary* haben.»

«Gab ja wohl auch wenig Konkurrenz ...», meint Gary. «In meiner Schule hätte euer Doc Monk Dresche gekriegt, bevor er überhaupt loslegen konnte. Und damit meine ich Dresche von den Lehrern ...»

«Das denke ich auch dauernd, Gary, was wäre passiert, wenn einfach jemand zu ihm hin wäre und ihm eine aufs Maul gehauen hätte, wenn wir alle einfach aufgestanden und rausgelatscht wären ... Aber das macht man einfach nicht, oder hat es nicht gemacht, das war, als hätten wir eine Software im Kopf mit der Sachen, die heute naheliegend sind, komplett undenkbar wurden – und zwar wortwörtlich: an so etwas *dachte* man gar nicht ...»

«Ich weiß, Prof – sowas hab ich schon öfter gehört. Nicht ganz so poetisch, aber trotzdem ...»

Gary hat zwei Jahre lang Missbrauchsfälle in einem Oxforder Jugendheim untersucht. Auch er hat in Oxford viel gelernt, sagt er, aber ausschließlich Schlechtes. Gary hat den Fall Iffley House bearbeitet, wo schon allein der Name an eine noble Privatschule denken lässt. War es aber nicht. Es war ein Heim für problemanfällige Teenager, an denen sich die Leute, die gegen Geld für sie sorgen sollten, vergangen haben. Zur Untersuchung gehörte, dass Gary inkognito in einem Gästehaus wohnte und mitbekam, wie um ihn herum Kinder mit Alkohol und Pillen abgefüllt und der Reihe nach durchgefickt wurden. Er wacht immer noch manchmal auf und denkt, er hört die Geräusche im *Meadow Lane Bed & Breakfast*. Über diesen Aspekt der Geschichte muss ich ihm also nicht viel erzählen.

«Und für so was zahlen die Leute auch noch? Denken zurück und schwärmen von der *guten alten Zeit*? Das ist, als würde man sich die früheren Zahnarztmethoden zurückwünschen, oder Blutegeltherapie und Gehirnamputationen ...»

«Wir haben damals alles Mögliche hingenommen, was – hätten wir nur darüber nachgedacht – absurd, nachteilig und vermutlich auch übergriffig war ...»

«Gewagt innovative Verwendung des Wörtchens *vermutlich*, Prof.»

«Na ja, wenn man irgendwann nicht mehr dort ist und mit etwas mehr Distanz merkt, dass die Welt gar nicht so ist und der Rest der Menschheit eigentlich ganz anders lebt, denkt man schon: *so sah also mein Leben aus – für drei Jahre, fünf Jahre oder zehn ... das war die Welt, in der ich gelebt, und das waren die Regeln, nach denen ich mich gerichtet habe, und für mich war das die Normalität?* ... Aber das denkt man erst später, wenn man frei ist, was ein paar von ihnen vielleicht gar nicht sind. Ein paar von *uns*.»

«Schwer zu sagen bei dir, Prof. Ob du frei bist, meine ich. Oder ob du einer von den anderen, also von *ihnen*, bist.»

«Kann ich auch nicht recht sagen. An manchen Tagen fühle ich mich völlig abgelöst davon, dann fahre ich an der Schule vorbei, begegne beim Einkaufen einem alten Lehrer oder sehe uniformierte Schüler im Gänsemarsch die Straße langgehen, ohne dass es mir was ausmacht. Dann ist es, als sei ich nie dortgewesen. An anderen Tagen denke ich, ich würde mir selbst zusehen, als gäbe es eine ausgeblichene Fotografie oder Filmaufnahme von jemand, der all das erlebt, also zur Schule geht, im Unterricht sitzt, angefasst wird, den Atem riecht, die Misshandlungen beobachtet, die Tränen schmeckt, den Schmerz spürt, die Spucke abwischt ... und dann habe ich Mitleid mit diesem armen Kind und schüttle den Kopf – jawohl, Gary, ich *schüttle den Kopf* über das, was es durchmachen musste, und leide mit ihm mit ...»

Ich merke, dass mir beim Sprechen immer wieder die Stimme wegbricht, dass sich innerlich etwas losgerissen hat. Nur ganz leicht, aber auch Gary hört es.

«Ist okay, Prof, du musst nicht weiterreden, hab schon verstanden ...»

«... und dann schaue ich genauer hin und denke, *den kenn ich doch* ... und ich schau noch genauer hin und sehe, wie er sich nach innen kehrt, zumacht, nur vereinzelt etwas sagt und wenn, dann zu sich selbst, und merke, das bin ich ja selbst. Ich sehe in einen Spiegel, und alles, was ich von außen betrachtet habe, ist eigentlich innen, und das macht mich fertig, also dass ich mich eigentlich nur selbst betrachte, dass ich irgendwie gespalten bin und mich dem, was geschehen ist, nur von der Seite nähern kann, etwa so, wie man sich an ein Tier anschleicht, damit es nicht abhaut oder gar angreift ... wie auf Zehenspitzen bewege ich mich in meinem Kopf, um die Bewohner nicht aufzuwecken. Beantwortet das deine Frage?»

«Ehrlich gesagt, nein, Prof, aber genau darum geht's ja auch, oder? Eine Generation blickt auf die andere und denkt: Wie ist das passiert? Wie konnten sie das zulassen?»

«Na ja, so war das damals in den Achtzigern ... davor war es noch schlimmer, soweit ich weiß, in den Siebzigern, Sechzigern oder Fünfzigern ... und viele dieser Jungs hatten Eltern, die das Gleiche durchgemacht haben, manche, etwa Lansdale, sogar in derselben Schule, in genau dem Haus, sind auf den gleichen Stühlen gesessen und haben die gleichen Abortwände vollgeschmiert, wenngleich ein paar Farbschichten später. Oft auch dieselben Lehrer, stell dir das mal vor! Man kann sich nicht bei den Eltern ausheulen, weil genau die einen ja dorthin verfrachtet haben ...»

«Na ja, deshalb ist unser Land ja auch so, wie es ist. Wenn du wissen willst, wie die funktionieren, also *diese Leute*, was sie antreibt da oben in ihren Houses of Parliament, ihren Banken oder Landsitzen, auf ihren Richterstühlen und Zeitungs-Rednertribünen ... Meine Theorie ist, dass sie unter ihrem Prachtgewand immer noch eine kurze Schulhose tragen ...»

Gary wirft seinen Pappbecher in den Mülleimer. «Was ist mit Jonny Kebab? Ich würde gern mit ihm sprechen.»

«Unter welchem Vorwand?»

«Neugier, Prof, reine Neugier. Wobei sich der Großteil meiner Neugier darauf erstreckt, wie viele Zähne ich ihm ausschlagen kann ...»

«Es stand vor ein paar Jahren in der Zeitung, der Artikel war vielleicht sogar von unserer guten Mad Lynne: Lansdale's wurde aufgekauft, hat aber als Teil des Handels den Namen behalten. Jonny K. schickt seine zwei Söhne auf die Schule, deshalb hat er sich vermutlich gefreut, wenn auch nur im Rückblick. Jetzt macht er mal dies und mal das, eröffnet zum Beispiel Restaurants im jeweils angesagten Viertel ...»

«Ja, und schließt sie auch gleich wieder ... Ich habe über ihn gelesen – ein gestopfter Hipster mit Arschlochakzent. Ausbeuterischer, gentrifizierender Drecksack. Aber tief im Inneren verkauft er immer noch zerfetzte Wichsheftchen. Jetzt verstehe ich, warum viele aus der Oberschicht so pervers sind, warum all diese Parlamentarier, Richter und Hedgefonds-Manager immer mit Callboys oder im Massagesalon erwischt werden oder sich mit Strumpfhaltern selbst erwürgen und noch eine Orange im Mund haben ... Das liegt daran, dass sie mit Sex erstmals über zerrissene Pornos in Berührung kamen, ein Stück Ellbogen oder Fuß, vielleicht eine Arschbacke auf durchgeweichtem Papier. Generationen von Oberschichtlern sind durch Leute wie Lansdale und die ganze Wichsonomie zu Fetischisten geworden ...»

Ich muss lachen, merke dann aber, dass diese Erklärung gar nicht so schlecht ist. Man nimmt sexuelle Scham und sexuelle Frustration, packt darauf Reichtum, Hierarchie und seelische wie körperliche Gewalt, serviert das Ganze dann in einem großen Glas namens Anspruch und erhält … nun ja: exakt das, was wir haben.

Danny

Als Dannys Mutter stirbt, ist das eine Überraschung. Wir sind von etwas überrascht, das wir erwartet haben, denn noch schlimmer, als auf den Tod nicht vorbereitet zu sein, ist doch, wenn man es ist. Man hasst sich dafür, dass man sich für den Tod von jemandem bereitmacht, während die Person noch lebt. Sie ist noch am Kämpfen, aber man selbst einigt sich schon vorab mit der Krankheit, der sie erliegen wird. Du siehst ihr zu: sie richtet sich im Bett auf, schiebt das Kissen hoch und setzt sich aufrecht hin, versucht einkaufen oder auch nur ins Wohnzimmer zu gehen. Manchmal hat sie einen guten Tag oder holt plötzlich einen Bärenhunger aus ihrem kaputten Körper, diesem eingefallenen Bauch. Irgendwann geht es ihr sogar so gut, dass sie dich besuchen kommt, auch wenn sie beim Aussteigen zittrig nach der Autotür greift, die Hände nur verkalkte Knöchel und Gelenke, die Muskeln nichts als Sehnenknorpel. Sie wird schnell müde, aber sie ist da und gibt nicht auf. Du schon. Dann hilfst du ihr zurück ins Auto, nur ist sie so dünn, dass sich das wie das Zusammenklappen eines Liegestuhls anfühlt. Und was hast du die ganze Zeit gemacht? Hinter ihrem Rücken mit dem Feind verhandelt!

Du hast dich vorbereitet.

Exakt so hat Danny das nicht formuliert – damals hatten wir keine *exakten* Formulierungen, denn wenn man nicht Mr. Wolphram hieß, kam alles nur wirr und vor allem zu spät heraus –, aber ich bin mir ziemlich sicher, dass er sich genau so gefühlt hat. Danny war seit Monaten darauf vorbereitet. Nur nicht darauf, wie sich dieses Vorbereitetsein dann anfühlte.

Die Krankheit seiner Mutter hatte viele vermeintliche Morgendämmerungen – ein Medikament oder eine Behandlung, die hier verlängerte oder dort abmilderte –, aber auch viele vermeintliche Sonnenuntergänge: eine Verschlechterung, ein plötzliches Abtauchen, ein Todesklirren, das keines war, ein finaler Abstieg, der zum nächsten ausweichenden Rückzieher von der Schwelle wurde. Diese letzten Wochen war sie aber in einer Art palliativem Äther gewesen, der den Übergang vom Leben zum Tod erleichtern soll, damit der Spalt, der die beiden voneinander trennt, nicht mehr als eine Bodenwelle wird, ein Bremshügel zwischen zwei Welten.

Dannys letzte Worte an sie wurden am Dienstag in den Hörer des öffentlichen Telefons im Schulkorridor gesprochen. Hinter ihm war eine Schlange anderer Jungen, die warteten, herummurrten und ihn zur Beeilung aufforderten, während er nacheinander seine Münzen in den Schlitz warf. Damals waren das Zwei-Pence-Münzen, die beim Gang zum Telefon richtig schwer in den Hosentaschen lagen, und wir stapelten sie immer übereinander und sahen dann zu, wie der Turm beim Gespräch kleiner wurde. Es war keine richtige Zelle, nur ein Telefonapparat an der Wand, und weil wir wussten, dass man uns zuhörte, entwickelten wir für unsere Eltern oder Angehörigen eine merkwürdige, halb private und halb öffentliche Sprechweise. Was konnte man den Eltern denn erzählen, wenn hinter einem ein ganzer Gang voller Jungs zusah, zuhörte, wartete, lachte und einem sagte, man solle sich beeilen? Manchmal war die Telefonschlange so lang, dass jemand gegen deinen Arm mit dem Hörer drückte. Öffentlich zu weinen, war verpönt, aber damit erreichten sie auch, dass man nicht privat weinte.

Der Doc ist derjenige, der es Danny sagt. Er ruft ihn ins Klassenzimmer und lässt ihn auf der anderen Seite des Pults mit Lateinlehrbüchern und dem gebundenen Wälzer von Doktorarbeit stehen, die er allen zeigen möchte. Er sagt nicht, er soll sich hinsetzen. Warum auch? Bei einer Nachricht wie dieser ist zu befürchten, dass jemand, den man zum Platz nehmen auffordert, nie wieder aufsteht. Abgesehen davon ist Danny *vorbereitet*, war schon *eine ganze Weile darauf vorbereitet*, wie der Doc ihm mitteilt. «Das kommt jetzt sicher nicht überraschend», sagt er. Aber das tut es. Danny hält sich am Pult fest, während der Doc redet. Er muss sich stabilisieren. Es ist das gleiche Pult wie das, an dem er erst vor ein paar Wochen gestanden hat, bei seinem ‹Prozess›. Der Doc versucht, es ihm schonend beizubringen, das merkt Danny durchaus. Deshalb hasst er ihn aber noch lange nicht weniger.

Er ist so vorbereitet wie unvorbereitet. Er fühlt sich, als würde er umfallen, ohnmächtig werden, sich angesichts der Tatsache in Nichts auflösen. Er spürt, dass dieses ganze Vorbereitetsein ihm nichts bringt – jetzt, wo das, auf was er vorbereitet war, eingetreten ist. Er hätte jede Menge Zeit zum Vorbereitetsein gehabt, wenn es erst einmal zu spät war; jetzt hasst er sich plötzlich dafür, die Zeit, als sie noch gelebt hat, für die Vorbereitung auf etwas verwendet zu haben, auf das er sich einfach nicht vorbereiten konnte – hasst sich dafür, dass er die wenige Zeit, die sie noch hatte, damit vergeudet hat, sich an eine Zukunft zu gewöhnen, die so oder so kommen würde, ob er nun vorbereitet war oder nicht. Nicht die Vergangenheit sucht uns heim, denkt er, sondern die Zukunft. Er ist untröstlich, wütend und still.

Der Doc hält es vermutlich für ein einfühlsames Gespräch. Das muss so sein, denn Danny wird an dem Tag ‹vom restlichen Unterricht befreit›. Es ist Freitag. Am Wochenende darf er nach Hause und dort auch bis zum Begräbnis bleiben. Am Schwarzen Brett hängt die Notiz, dass Danny seine Mutter verloren hat, unterschrieben vom Rektor. Beileid wird *ausgedrückt* wie eine Zitrone, die man anschließend wegwirft, um die Limonade für sich zu behalten.

Mr. Wolphrams Unterricht verläuft an diesem Tag gedämpft, denn auch wenn nicht alle Danny mögen, können sie bei einem Trauerfall zumindest so weit mitfühlen. Es ist, als hätte alles, was besprochen wird, einen anderen Maßstab: das Puppenhaus der Literatur, mit seinen Puppenhausmenschen und deren Puppenhausmöbeln oder auch -gefühlen, ist plötzlich ein realer Ort geworden, den man betritt und in dem man sich verloren, klein und allein vorkommt. Die Bücher funktionieren nicht mehr, denn sie enthalten nur Papiermenschen mit einem Leben aus Tinte. Das Wort *Tod* ist plötzlich mehr als nur eine Buchstabenreihe in Gedichten oder Romanen. Jetzt ist es ein Loch in der Seite, in das man fällt und aus dem man nie wieder herauskommt.

Mr. Wolphram weiß das. Er spricht leise, aber dennoch trägt seine Stimme bis ganz nach hinten. Heute weicht er vom Lehrplan ab und lässt eine humorvolle Kurzgeschichte von Damon Runyon vorlesen, bei der jeder einen Absatz übernimmt und einen hippen amerikanischen Akzent versuchen soll. Ander sitzt alleine in der ersten Reihe, neben sich nur den leeren Platz von Danny, denn die anderen sind aus Angst, die Trauer könnte ansteckend sein, nach hinten gerutscht.

Ander ist Keimträger.

Er trifft Danny an diesem Tag nicht wieder. Er sucht ihn an den gewohnten Orten – draußen beim Kricketfeld, in der Nähe des Schultheaters, oben in den Downs und an der Brücke, die er gleich mehrere Male überquert.

Danny ist an keinem dieser Orte. Er ist später auch nicht in seinem Bett im Schlafsaal. Ander sieht ihn noch ein einziges Mal, genau eine Woche später. Er ist gekommen, um seinen Koffer zu holen und sein Schrankfach auszuräumen. Mr. Wolphram bringt ihn zum Bahnhof, und Ander sieht ihn zum letzten Mal auf dem Beifahrersitz des Autos, das Mr. Wolphram auch heute noch hat und das momentan im Labor der Forensiker steht. Danny sieht ihn an und gleich wieder weg, schaut dann erneut zu ihm und winkt halb zum Abschied, halb das Bisherige wegwischend, diese zwei kurzen Jahre ihrer Freundschaft, und es fühlt sich an, als würde er hinter dem Autofenster auch eine Kindheit bereinigen.

Ein Leserbrief

«Dieser irische Knabe – wie war gleich der Nachname?», unterbricht Gary.

«McAlinden. Danny. Daniel.»

«Aha. Sieht aus, als würde er die Sache verfolgen. Schau mal hier.»

Gary überlässt mir seinen Stuhl und zeigt auf den Bildschirm. Es ist der oberste Leserbrief im *Guardian*.

Sehr geehrte Damen und Herren Herausgeber,
ich hatte das große Glück, in den 1980ern am Chapelton College Schüler von Michael Wolphram zu sein, und erinnere mich an ihn als erstklassigen und verständnisvollen Lehrer, der Schülern, die sich für neue Ideen interessierten, uneingeschränkt seine Zeit widmete. Ich kannte ihn an der Schule gut und blieb auch später mit ihm in Kontakt.

Das versetzt mich nicht in die Lage, zu wissen oder auch nur zu vermuten, ob er Zalie Dyer getötet hat oder nicht (ich habe das merkwürdige Gefühl, diese Frage könnten eventuell Polizei und Gerichte klären), schenkt mir aber das Wissen, dass das, was in den Boulevardblättern und auch den ‹seriösen› Zeitungen von ihm behauptet wurde, schlicht und einfach gelogen ist und er von den Medien vor Gericht gestellt wurde, weil er anders aussieht, anders spricht und anders ist. Im heutigen Großbritannien scheint das auszureichen, um jemandem die Unschuld bis zum Beweis einer Schuld abzusprechen. Für die Familie Dyer schmälert es zudem die Hoffnung auf einen fairen Prozess.

Aber es sind nicht nur die Schmierblätter und Tratschmagazine, die ihre Boshaftigkeit demonstriert haben. Die wohlhabenden Nachbarschaftsvoyeure, die Schlange gestanden sind, um sich im Fernsehen über seine ‹Andersartigkeit› und ‹Merkwürdigkeit› auszulassen, der rückgratlose Schulleiter, der sofort konstatieren musste, dass niemand an der Schule ihn kannte oder sich an ihn erinnert, die anonymen, aber skandalgeilen ‹Alt-Chapeltonianer›, die für schnelles Schmierblatt-Geld Lügen über ihn verbreitet haben. Sie alle zeigen uns, dass durch die Verfolgung von Menschen, die anders sind, unsere britische Gesellschaft den lähmenden Klassenunterschied überwinden und sich irgendwie doch auf ein gemeinsames Ziel einschießen kann.

Mit freundlichen Grüße,
Daniel McAlinden
Newcastle

Ich lese den Brief und wünsche mir, ich hätte ihn selbst geschrieben.

«Ich wette, das hättest du gern selbst geschrieben, Prof.»

*

Die Fahrt nach Hastings führt uns über die Autobahn, die eine einzige, weißlastrige Anhäufung von Anschlussstellen und Industriegebieten ist: Transporter mit aufgestapelten Badewannen und Türen, Cateringfahrzeuge, Taxis und Transferbusse zum Flughafen. Ich sitze am Steuer, während Gary das

Armaturenbrett anstarrt. Ich fahre ihm zu langsam, aber er wird schon beim Foto einer Straße aggressiv. Allein das Wort ‹Straße› macht ihn wütend, ist einer seiner ‹Trigger›, wie wir solche Dinge zu nennen lernen. Gelegentlich sehen wir Raubvögel – vielleicht Gabelweihen oder Falken, nur kennen weder Gary noch ich uns da aus –, die von ihren Geschwindigkeitsmesserhochsitzen aus den Asphalt nach zermanschten Säugetieren absuchen.

«Warum machen wir das noch mal?», fragt er mit zusammengebissenen Zähnen, während er aus dem Augenwinkel neidisch den Gegenverkehr betrachtet, der wie jeder Verkehr, der in eine andere Richtung fährt als man selbst, schneller und gleichmäßiger fließt als der eigene.

«Weil wir es wollen, weil wir einen freien Tag haben und weil wir angewiesen wurden, es nicht zu tun.»

Das scheint ihm einzuleuchten. War ohnehin seine Idee.

Wir riechen das Meer, bevor wir es sehen. Die Heilsarmee ist nah am Strand, wo rund um die Fischerhütten Tauwerk und Fangnetze verstreut sind und dazwischen Boote liegen, die an Land gezogen wurden und jetzt seitlich gekippt dem Wind trotzen. Alles ist voll mit Plastik – Behältern, Garnrollen, Mülltüten, Bällen aus Angelschnur, die wie Steppenläufer über den Kiesstrand geweht werden –, und es stinkt nach Fischinnereien und -köpfen. Möwen kreischen und stürzen sich entweder nach unten, um Abfälle zu ergattern, oder hängen in den Wolken direkt über uns und suchen, wie Gary sagt, *nach einem schön glänzenden Polizeiauto zum Draufscheißen*.

Als wir ankommen, packen die freiwilligen Helfer gerade die Säcke mit Kleiderspenden aus und bocken einen langen Tisch für die Weihnachtsessen auf, die hier bis Neujahr ausgegeben werden. Neben der Tür hängt eine Tafel mit Kreideschrift, die Obdachlose, Freundelose, die Armen und Verlassenen zu gemeinsamen Mahlzeiten einlädt. Zwei mürrisch dreinblickende Reporter warten in der Kälte; ein anderer beobachtet über den aufgeklappten Deckel eines Pizza-Kartons den Eingang. Was immer sie hier suchen, haben sie bislang nicht gefunden.

Die Storys haben deshalb aber keineswegs aufgehört. ‹Exklusiv: Tante von Zalie-Angeklagtem leitet Suppenküche›, berichtete die *Daily Mail*, was einen ‹Kommentar› provozierte, nach dem alleinstehende Männer gar nicht an Schulen unterrichten sollten. Eine andere Zeitung startet eine Leserumfrage: «Schwule und Kinder? Sollen sie Kontakt haben? Nein – wählen Sie 0845808080; Ja – wählen Sie 0845818181.»

Die Zeitungen stehen vor einem Dilemma: Sie können den Weg «Tote Mutter» einschlagen, also in Richtung «unter Frauen aufgewachsen, Einzelgänger, Perverser und Frauenmörder», und das mit einem Hauch «religiöser Kult» kombinieren, um der Nation eine klassische *Psycho*-Anmutung zu vermitteln. Oder sie nehmen einen anderen Weg, weniger plakativ und nicht so leicht in eine Schlagzeile zu schweißen, dafür aber beunruhigender und definitiv besser geeignet, sich bei der Gesellschaft einzuschmeicheln: «Weihnachtsmörder war *vielgeliebter Junge*, sagt Tantchen.» Dann *anständige, christliche Erziehung, Bibel-*

stunden, Wohltätigkeit, wir haben alles für ihn getan und am Schluss: *Wir haben ein Monster kreiert.*

Jemand verkauft den *Hastings Herald*, dessen Titelseite – «Angeklagter Mörder besuchte öffentliche Schule in Hastings. Klassenkameraden berichten» – an der Vorderseite des Kiosks hängt.

Im Gebäude riecht es nach Politur und Putzmittel. An der Wand lehnt ein knappes Dutzend Kästen für Blasinstrumente. Ein Sousafon wurde ausgepackt und nimmt eine ganze Ecke ein. Der dazugehörige Kasten, riesig, abgerundet und schwarz, sieht aus wie ein Schatten, der sich selbstständig gemacht hat und jetzt versucht, dem Körper, der ihn erzeugt hat, zu entfliehen.

Gary ist voller Respekt und fast schon andächtig. Rein aus Instinkt – denn rundum wird heftig mit Geschirr und Küchengerätschaften geklappert – flüstert er.

Evelyn Price erkennt uns sofort. Sie ist nicht in Uniform, sondern trägt immer noch Mantel und Schal, obwohl ein Dutzend Heizlüfter eine wohlig vor sich hinratternde Wärme erzeugen. Sie steht am hinteren Ende des Raumes, in der Hand eine dieser Großküchen-Teekannen mit zwei Henkeln. Die Blaskapelle, der sie gerade Tee serviert, trägt Uniform. Ältere Männer und Frauen sowie ein paar Teenager essen und unterhalten sich, ihre Sammeldosen und Spendenbüchsen jeweils neben dem Teller. Wir ziehen unsere Jacken aus. Gary ist schon ganz glasig vor Schweiß.

«Ich kenne die Heilsarmee von früher», sagt er. «Diese Musikgruppen mit ihren Kids, die in der ersten Reihe mit Sammeldosen klappern und Münzgeld wollen. *Kleines* Münzgeld, denn mehr haben *sie* nie bekommen und *wir* nie gehabt. Sie hatten auch Abzeichen: Schildförmige Nadeln, die man sich angesteckt hat und die nach zwei Stunden abgefallen sind. Ich habe mich immer gefragt, wie diese Kids sich wohl gefühlt haben vor irgendwelchen Kaufhäusern oder Bahnhöfen, wenn ihre Kumpels mit Kippe und Bier in der Hand vorbeigelatscht sind, während sie wie Zinnsoldaten weiter dastehen mussten und ausgelacht wurden.»

«Vielleicht war ihnen das egal», erwidere ich, obwohl ich es selbst nicht glaube. «Die meisten hier kommen aus Heilsarmeefamilien, waren damals Kinder und sind jetzt Eltern oder Großeltern. Die meisten hören wahrscheinlich irgendwann auf, aber das heißt nicht, dass sie sich dafür schämen oder die Sache irgendwie daneben finden.»

«Keine Ahnung, Prof, wir reden hier nur, aber eine Welt, in der jemand ausgelacht wird, weil er sich um die kümmert, die gar nichts haben, wäre echt krank. Speziell an Weihnachten. Ein paar ihrer Lieder finde ich sogar ganz gut, die, in denen der Armut in den Arsch getreten wird ... Egal, lass uns Mutter Teresa abhaken und wieder heimfahren.»

«Mutter Teresa» ist eine agile Sechsundachtzigjährige mit strahlenden Augen. Sie bewegt sich schnell und kann noch schneller denken. Sie setzt ihre Teekanne ab bringt uns in einen hinteren Raum, eine Art Büro voller Papier, Kalendern sowie haufenweise Styroporbechern und Plastiktellern, noch in Zellophan eingeschweißt.

Über dem Schreibtisch hängt ein großes Banner: *Salvation Army Hastings Corps*. Eingerahmte Seiten aus der hauseigenen Zeitung *War Cry* sind ungleichmäßig an die Wand genagelt, als hätten Menschen verschiedener Größe sie aufgehängt. Über der Tür ist eine Flagge mit dem Motto *Blood and Fire* angebracht. Evelyn verströmt weder Blut noch Feuer, aber sie ist warmherzig, unachgiebig und mit allen Wassern gewaschen.

«Knallhart, die Dame», sagt Gary auf der Heimfahrt voller Bewunderung. «Nur in Watte gepackt.»

Aber zunächst:

Sie bietet uns Tee an, den wir annehmen. Heißgetränke immer annehmen und nur langsam konsumieren – das zaubert aus ein paar flachen Minuten ein ganzes Becken an Zeit. Es erschwert den Leuten auch, dich zum Gehen aufzufordern, wenn du etwas, das sie dir gegeben haben, noch isst oder trinkst.

Gary hat beide Hände um seinen Becher gelegt. Evelyn Price überlässt uns das erste Wort. Sie besitzt dieselbe ruhige Art wie ihr Neffe, aber nichts von seiner Kälte. Ich betrachte nicht das Gesicht einer über Achtzigjährigen, denn ihre Augen sind sanft und blau, und sie hat kaum Falten. Ich würde sie auf Mitte sechzig schätzen, nicht viel älter als Wolphram, obwohl ich weiß, dass sie fast zwanzig Jahre älter ist als er. Sie reicht uns eine Schachtel mit Feingebäck, gelb und pinkfarben glasiert. Die Törtchen sind maschinell hergestellt, im Laden gekauft und aus Massenproduktion. Soviel zu Garys Fantasie-Olivia, die alles selbst bäckt. Der Tee verbrüht uns die Zunge und hat bereits eine rissige, kalkwassrige Wolkenschicht an der Oberfläche. Das Büro ist ungeheizt, deshalb dampft zwar der Tee, nur müssen Gary und ich die Jacken gleich wieder anziehen, um ab da zu spüren, wie auf der Haut unser Schweiß abkühlt.

«Sie wollen mit mir über meinen Neffen reden», beginnt dann doch sie, nur ist das gar keine Frage. «Aber da Sie ihn angeklagt haben und ich ihn nicht besuchen durfte, weiß ich nicht, was ich Ihnen erzählen soll. Ich hatte die Reporter am Hals, wurde zu jeder Tages- und Nachtzeit angerufen, aber keiner hat etwas aus mir herausbekommen. Manche von ihnen ziehen bereits wieder ab … der Einzige, mit dem ich geredet habe, ist der im Auto, dieser Große, der aussieht, als sei er immer hungrig.» Sie sieht zu Gary, merkt, dass sie damit auch ihn beschrieben hat, und sieht leicht verlegen aus.

«Er hat mich gefragt, ob ich die Story von ‹meiner Seite aus› darstellen will. So hat er das genannt: *die Story*. Er hatte ein Scheckbuch und einen Quittungsblock dabei.»

«Was hat er Ihnen geboten?»

«So weit kam es gar nicht», sagt sie bestimmt.

Ich fange an:

«Auch wenn wir mit dem Fall befasst sind, sollten Sie wissen, dass nicht *wir* ihn angeklagt haben …»

Sie sieht erst mich an, dann Gary, aber da ist kein Anzeichen einer Reaktion, wie wir sie vielleicht erwartet haben: Wut, Überraschung, Angst, Vorsicht, Kummer.

«Warum sind Sie dann hier?»

«Na ja, um ehrlich zu sein – das wissen wir selbst

nicht. Er wurde angeklagt, ja, aber das bedeutet nicht das Ende der Ermittlung, denn da sind noch viele Fragen offen.»

«Können Sie uns etwas sagen, das helfen würde?», fragt Gary.

«Wem helfen?»

«Uns allen – der Polizei, Zalies Familie, vielleicht sogar ihm?»

«Ich kann mir nicht vorstellen, was das sein könnte. Ich habe ihn seit Monaten nicht gesehen. Wir treffen uns so vier, fünf Mal im Jahr, und an Weihnachten wollte er kommen, was jetzt ja nicht der Fall sein wird. Wenn wir telefonieren, ist er so wie immer. Genau wie ich auch.»

«Worüber haben Sie denn geredet?», fragt Gary.

Sie ist überrascht. «Worüber redet man mit älteren Verwandten? Vielleicht das Wetter, die Immobilienpreise oder das Fernsehen? Die Immigranten? Einfach die Dinge, von denen man annimmt, sie machen uns Sorgen.»

«Sagen Sie uns doch, wie er früher war», bitte ich sie.

Sie lehnt sich im Stuhl zurück und zieht ihren Mantel aus. «Mein Neffe war ein lieber und außergewöhnlicher Junge ... der ein lieber und außergewöhnlicher Mann wurde. Zum Beispiel ist er gar nicht so, wie er auf diesen Fotos wirkt – überhaupt nicht arrogant oder kalt –, und nichts, was in der Zeitung steht, entspricht der Wahrheit. Gar nichts. Nur weiß ich nicht, was ich Ihnen anderes erzählen könnte – Sie vielleicht? Er ist einfach ... nicht so wie andere Leute.» Sie denkt kurz nach. Ergänzt: «Wie die *meisten* anderen Leute. Weil sehr viele sind nicht so wie andere Leute.»

«Warum sind Sie sich derart sicher, dass er das, was sie ihm vorwerfen, nicht getan haben kann?» Gary bleibt hartnäckig beim *sie*.

Sie nimmt einen Schluck Tee und denkt nach.

«Was hat er Ihnen über sein Leben erzählt?»

«Nicht gerade viel, nur dass er bei Ihnen und Ihrer Schwester hier in Hastings aufgewachsen ist und eine glückliche Kindheit hatte. Er wirkt immer noch glücklich, abgesehen von all dem hier», sage ich und komme mir vor wie ein Idiot. *Abgesehen von einer Mordanklage, der Lossagung aller Kollegen und Nachbarn sowie einer ganzen Nation, die danach lechzt, ihn hängen zu sehen. Ja, abgesehen davon ist alles in Ordnung.* «Vielleicht nicht von Gleichgesinnten umringt oder fest in Freundschaften eingebunden, aber zufrieden. Außerdem hat er gesagt, dass er Sie beide sehr liebt. Und sich von Ihnen geliebt fühlte.»

Evelyn senkt den Blick und lächelt. Es freut sie, das zu hören – auch wenn sie es längst weiß und nicht extra erfahren muss.

«Er hat immer gelesen, immer viel nachgedacht. Er hatte so ein Aufnahmegerät, einen alten Kassettenrekorder, und hat ständig gespart, um im Plattengeschäft neue Musik zu kaufen. Das gibt es nicht mehr. Also das Geschäft, nicht das Gerät. Er behält alles. Manches ist noch in seinem alten Zimmer. Dort schläft er, wenn er mich besucht. Es war eigentlich nie das Zimmer eines Kindes, deshalb geht er auch nicht in der Zeit zurück, in seine Jugend oder etwas in der Art. Er ist so einem Schallplattenklub beigetreten, bei dem einen mit einem Spezialangebot locken und dann regelmäßig Sachen schicken, die man gar nicht will, aber trotzdem bezahlen muss, außer man retourniert sie innerhalb von zwei Wochen. So haben die ihr Geld verdient – sie gingen davon aus, dass man es vergisst oder hinnimmt. Aber er hat aufgepasst, wenn ihm etwas nicht gefiel, brachte er es sorgfältig verpackt zur Post und hat es zurückgeschickt. Ich weiß noch, wie aufgeregt er immer war, wenn eine neue Platte eintraf, aber so eilig er es auch mit dem Anhören hatte, hat er sie zuerst vorsichtig ausgepackt. Einmal – da war er vielleicht sechzehn – hat er das gleiche Musikstück in drei Versionen bestellt. Wir haben ihn gefragt, warum. Er sagte, damit er sie vergleichen und entscheiden kann, welche davon er behält. Wir haben keinen Unterschied gehört, er hingegen schon. Er erkennt, von welchem Orchester ein Werk eingespielt ist und wann. Und wer dirigiert und wo und wann das aufgenommen wurde. Stellen Sie sich das mal vor.»

«Von Ihnen beiden hat er das nicht?», frage ich.

«Nein. Eigentlich nicht. Auch nicht von seinen Eltern. Das schien bei ihm alles schon da zu sein. Man weiß ja nicht wirklich, ob die Menschen durch ihr Umfeld geprägt werden oder ob sie sich von Grund auf erfinden können, oder?»

«In Wahrheit ist das vermutlich halb-halb», erwidere ich.

«Kann sein, aber wer will schon eine Wahrheit, die wie ein Kochrezept klingt?», bäfft Gary in meine Richtung. «Hat er bei Ihnen ein Instrument gelernt?»

Er fragt das so leise, dass er es für sie wiederholen muss.

«Ja.» Sie ist unsicher, ob all das wirklich relevant ist, und da liegt sie richtig, weil das ist es nicht. Aber Gary will es trotzdem wissen, weil er damit signalisiert, dass er Wolphram nicht für schuldig hält.

«Seine Mutter war nicht bei der Heilsarmee. Keiner aus der Familie. Anders als die meisten hier», sie zeigt auf die offene Tür und den Gang dahinter. «Viele machen das seit Generationen. Wir sind relativ neu. Nur eine Generation. Ich kam Ende der Vierziger dazu, meine Schwester Ida dann zwei Jahre später. Als Michael noch klein war, also nach dem Tod seiner Mutter, haben wir ihn mitgenommen, da hat er gefragt, ob er Trompete lernen kann. Das war schon ein bisschen spät – so mit zehn oder elf –, aber er hat sich richtig reingestürzt. In weniger als einem Jahr war er so gut wie die anderen. Besser sogar. Dann wollte er Gitarre lernen, mochte aber unsere Musik nicht und fand sie, ich weiß nicht, zu einfach. Außerdem spielte er nicht gern mit anderen zusammen, also in der Kapelle. Ich habe ihm eine Gitarre gekauft. Nach sechs Monaten war er so gut, dass es für die Jahresprüfung gereicht hätte. Meine Schwester meinte, er würde gar nicht lernen, sondern alles aus einem früheren Leben können und sich nur daran erinnern. So etwas sagen wir eigentlich nicht bei der Heilsarmee, also dass es ein Leben vor unserem gab, deshalb war sie auch ganz verlegen und wechselte schnell das Thema. Er spielte ziemlich gut, nur hat er natürlich geübt, als gäbe es nichts anderes. Stundenlang, er konnte das einen halben

Tag lang machen, ohne von der Gitarre und seinen Noten auch nur aufzusehen.»

«Das war sicher nicht leicht», sagt Gary und will damit etwas berühren, einen wunden Punkt, sei es Trauma, Unglück oder verstecktes Leid.

«In der Tat, aber nicht so wie Sie denken. Er hatte Freunde, lachte über Witze und machte sogar selbst welche. Ich habe immer gesehen, wie er beim Lesen vor sich hingekichert hat, und ihn gefragt, was denn so lustig sei, dann hat er es mir gesagt und ich fand es gar nicht lustig. Er lernte Menschen kennen, die wie er selbst waren – Sie wissen schon, Menschen, die sich für Dinge interessieren oder eine Affinität zu Musik haben. Die gibt es ja überall, auch an Orten wie hier. Freundliche, nachdenkliche Menschen, die irgendwie anders sind, sich aber nicht groß darum kümmern, und sich irgendwie finden, an Orten, die offenbar nur sie kennen. Sie haben sich die Haare wachsen lassen und sind zu Konzerten gegangen, aber längst nicht nur Klassik. Pop und Rock oder wie immer das auch heißt. Diese Jugendlichen, die sich schick anzogen und Motorroller hatten – Mods –, da hat er mitgemacht, war also überhaupt kein Sonderling. Aber gleichzeitig interessierte er sich auch für Mozart.»

Sie schenkt uns Tee nach und bietet erneut ihr buntes Gebäck an.

«Es war überhaupt nicht so, wie die Zeitungen behaupten, also das mit dem Einzelgänger oder Eremit. Das war er nicht. Man sucht nach solchen Erklärungen, weil er anders ist, aber wenn Menschen, die anders sind, sich irgendwann finden, sind sie schon ein bisschen weniger anders. Wie hier bei der Heilsarmee – da draußen sind wir merkwürdig und sehen komisch aus, deshalb lachen die Leute, aber hier drin sind wir alle gleich.»

Sie hält einen Moment inne und nimmt einen Bissen von ihrem pink glasierten Kuchen, greift nach ihrem Tee und stellt ihn wieder hin, ohne davon zu trinken.

«Er wurde nie gehänselt. Ein paar Lehrer fanden ihn anstrengend, nur lag das wohl daran, dass er mehr wusste als sie. Speziell einer hatte ein richtiges Problem mit ihm – ließ ihn vor die Klasse treten und forderte die anderen auf, zu sagen, was sie an ihm hassten. Wie eine Art Tribunal. Wir haben uns bei der Schule beschwert, die wohl irgendetwas unternommen hat, denn wir haben von der Sache nichts mehr gehört. Ansonsten ging es ihm dort gut, er hielt sich von Leuten fern, die seine Interessen nicht teilten, und sie hielten sich wiederum von ihm fern. Also meistens. Da gibt es kein Geheimnis, nichts, was tief unten verborgen ist.»

«Sex», sagt Gary lauter und abrupter als er wohl selbst wollte. Ich weiß nicht, ob das eine Frage oder eine Aussage ist, aber keines von beidem bringt sie aus der Fassung. Sie lächelt nicht, aber in ihren Augen zeigt sich Befriedigung, weil wir damit vorhersehbar sind.

«Ich habe mich schon gefragt, wann Sie das anschneiden. Faszinierend, wie lange sie damit gewartet haben …»

Sie hat etwas von der Überlegenheit, die wir auch bei ihm gesehen haben, nur in abgemilderter, weniger sarkastischer Form. Erneut schenkt sie Gary Tee nach, um ihn vor allem von *seiner* Verlegenheit abzulenken. Ich sehe zum ersten Mal, dass Gary durch das Wort *Sex* verlegen wird.

«Die Antwort ist: Ich weiß es nicht. Ob selten, gar nicht, oft und mit wem ... Ich habe nicht den leisesten Schimmer. Ich bin nicht die Art Mensch, mit der man so etwas bespricht, und er ist keiner, der darüber irgendwie redet. Er war ein geliebter und liebender Junge, und er war glücklich. Das ist vielleicht nicht, was Sie hören wollen, aber genau so war es.»

Was wollen wir denn hören? Sie weiß es nicht, nur stelle ich fest, dass wir es genauso wenig wissen. Wir sind gekommen, um unsere Neugier zu befriedigen und Wiedergutmachung zu leisten.

Wiedergutmachung für was? Schuldig kann er ja immer noch sein.

«Aus reinem Interesse: Wie hieß denn der Lehrer, der ihn so hart rangenommen hat?», frage ich.

«*Das* kann ich Ihnen sagen – an diesen Namen erinnere ich mich gut. Mr. Goodship. Ich weiß noch, wie Ida und ich immer über diesen lustigen Namen gelacht haben. Also anfangs – bevor wir gemerkt haben, dass das, was er machte, alles andere als lustig war. Er wurde irgendwo anders hinversetzt, und wir haben seither nichts mehr von ihm gehört.»

Gary und ich versuchen, uns nicht anzusehen. Wir lösen hier gerade etwas, wenngleich nicht den Mord an Zalie Dyer.

«Er war einfach er selbst. Er musste nicht beschützt werden, denn niemand hat ihn verletzt oder gequält. Soweit ich weiß, haben ihn die anderen Jungs nicht geärgert, denn auch wenn er Gefühle nicht offen zur Schau stellte, hat er sie auch nicht extra verborgen … Ich weiß nicht, ob ich das besser sagen kann: Er hat nie viel gezeigt, aber das bedeutete nicht, dass da irgendetwas verheimlicht wurde. Er … er war einfach nicht so wie andere Leute, nur wer ist das schon?»

«Irgendwelches Spielzeug?», fragt Gary.

Sie sieht ihn überrascht an. Und dann ist sie plötzlich nicht mehr überrascht, sondern lächelt.

«Nun ja, wie ich Ihnen ja bereits gesagt habe, war er auch als Kind gar kein richtiges Kind. Aber er hatte durchaus Spielsachen, nur hat er nicht wirklich damit gespielt.»

Gary muss lachen. Vermutlich wünscht er sich, sie wäre *seine* Tante. Ich zumindest tue das. Und mir fällt auf, dass ich über Gary und seine Familie rein gar nichts weiß, außer dass er Single ist, seine Eltern in einem Sozialbau im westlichen Teil der Stadt wohnen und er eine Schwester hat, deren Namen er mir nicht einmal gesagt hat. Dann erinnere ich mich, dass er ihn mir sehr wohl gesagt hat, ich ihn aber vergessen habe. Oder nicht vergessen – ich habe gar nicht zugehört.

«Es gibt solche Kinder.» Sie trinkt ihren Tee aus. «Vermutlich wollen Sie jetzt sein Zimmer sehen. Das machen Polizisten doch, oder?»

«Das ist …», sage ich

«Das würden …», sagt Gary

«… nicht nötig.»

«… wir gerne.»

Das Verhör

«Sie kennen mich also.» Wir sind wieder im Verhörraum, und ich leite wieder die Ermittlungen.

«Aber woran erinnern Sie sich? Ich habe mich schon immer gefragt, wie das für Sie war ...»

«Für mich?»

«Gar nicht speziell Sie – die Lehrer: Sie werden älter, aber die Kinder sind immer gleich jung. Verschmelzen die nicht zu einem einzigen?»

«Nein!», sagt er empört.

Ich wollte ihm definitiv nicht zu nahe treten und bin selbst erschrocken über meinen Mangel an Sensibilität.

«Ich erinnere mich sogar an sehr viel, nur die Abfolge der Ereignisse neigt dazu, sich zu verändern. So gesehen das genaue Gegenteil eines Romans, oder?»

Das ist keine richtige Frage, deshalb gehe ich auch nicht weiter darauf ein. Ich will nicht, dass Gary reinkommt und wir über Literatur des neunzehnten Jahrhunderts reden.

«Dann haben sie Ihnen den Fall wieder übergeben, Ander?»

Er spricht mich zum allerersten Mal mit dem Vornamen an, und ich fühle mich demaskiert und gleichzeitig bestätigt. «Oder jetzt Alexander, wie ich Ihrem Umhänger entnehme.»

«Ja», sage ich und betaste das Band um meinen Hals. «Zumindest für den Moment. Vermutlich wissen sie nicht, was sie sonst machen sollen.»

«Ich denke, es gibt ein Gesetz zur Bekämpfung von Verbrechen, deshalb muss es auch eines für Ihre Untersuchung geben», meint er dazu.

Er wirkt überhaupt nicht mehr ängstlich, sondern sitzt aufrecht da und hält den Kopf gerade so hoch, dass er auf einen heruntersehen kann. Genau wie früher. Sie haben ihm die Brille wiedergegeben, und er liest eine Klassik-Musikzeitschrift, die ihm sein Anwalt mitgebracht hat. Er war trotzig, sarkastisch, verwirrt, bestürzt, entsetzt, ungläubig, gebrochen und würdevoll. Jetzt, da es passiert ist – da er angeklagt wurde –, ist er weniger ängstlich, als vielmehr erleichtert.

Manche werden mit der Anklage weich, andere machen total zu. Mr. Wolphram sieht aus, als hätte man ihn freigelassen, also keineswegs so, wie er sich fühlen sollte. Man klagt Leute an – und gerade Leute wie ihn, bei denen es nur Indizienbeweise gibt –, damit der Druck zunimmt und sie endlich die Wahrheit oder die Art von Lügen erzählen, aus denen die Wahrheit gefolgert werden kann: *dass es ein Unfall war, dass er das niemals wollte, nie geplant hat, dass es ein Fehler war, dass sie gestürzt ist, dass er niemanden töten wollte …*

Zum x-ten Mal denke ich, dass er im Falle von schuldig einer jener Verbrecher ist, die keinen Schritt weichen, nichts gestehen, Null Information rausrücken; jemand, der lieber ins Gefängnis und sogar noch weiter geht, ohne sein Geheimnis preiszugeben. Und ebenfalls zum x-ten Mal denke ich parallel dazu, dass er, so er denn wirklich unschuldig, überzeugter von dieser Unschuld und ihrem Erkennen durch ein

Gericht ist, als er eigentlich sein sollte. Es gibt immer noch keine weiteren Verdächtigen, die Presse hat ihn verurteilt, die Öffentlichkeit ebenfalls, und egal ob in Untersuchungshaft, im Gefängnis oder auf Kaution freigelassen und daheim auf dem Sofa, ist er in größerer Gefahr, als er glaubt.

Auf freien Fuß gesetzt zu werden, wäre im Moment sogar das Schlechteste für ihn.

Sein Anwalt ist kein gerichtlich beigeordneter *dieser Wichser/jener Wichser*, wie Gary und ich sie gewohnt sind, sondern eine junge, dunkelhaarige Frau mit Pagenschnitt und schwarzem Hosenanzug. Sie stellt sich vor, aber ich verstehe ihren Namen nicht. Es gibt solche Leute, und ich bin einer davon: die nicht mehr zuhören, wenn sich jemand vorstellt oder einem den Weg erklärt. Das ist, als würde der Vorhang runtergehen und weißer Lärm die Ohren verstopfen. Sie erinnert mich an die Rechte ihres Mandanten und sagt, diese seien verletzt worden und sie würde das geltend machen. Aha – den Schluss kriege ich wieder mit. Ich hoffe sehr, dass sie das tut, und werde sie dabei von der anderen Seite dieses Verfahrens unterstützen. Wenn's sein muss, auch von der Anklagebank aus. Laut Visitenkarte, die sie mir überreicht, ist sie Partnerin in einer dieser Dickens-mäßig benannten Oberschichtskanzleien nahe der Schule. *Cashman, Price & Strang*. Gary hat noch keinen Spitznamen für sie, denn das ist gar nicht nötig: alles, was er gern über sie sagen würde, ist darin bereits enthalten. *CPS* – das ist ironischerweise auch das Akronym des Crown Prosecution Service, also der Staatsanwaltschaft, die sie so oft schon drangekriegt, fertiggemacht oder zu außergerichtlichen Einigungen gezwungen haben.

Lucy Hall steht auf der Karte. Ich kenne die Kanzlei. Sie war schon fest etabliert, als ich selbst noch Schüler war und tagtäglich daran vorbeigegangen bin: Zwei Stockwerke eines georgianischen Herrenhauses und ein Vorgarten mit Brunnen, um den herum immer schwarze Mercedesse und Lexusse parkten. Damals war das fast schon ein Landschaftsgarten mit Rasenfläche, aber heute besteht er nur noch aus Kies für die Reifen von Allradfahrzeugen mit Privatkennzeichen. *CPS* ist eine gute Kanzlei: mit dem Glanz alter und der Technokratie neuer Schule, gekoppelt mit einem juristischen Auftreten, wie man es nur für richtig viel Geld bekommt. Sie ist wie alles, was Mr. Wolphram erwirbt: das Beste vom Besten, schließlich kauft er es nur ein Mal.

Was ich nicht weiß, auch wenn ich es bald erfahren werde – beziehungsweise mir ein paar Stunden nach Verlassen des Raums zusammenstückele –, ist, dass Lucy Hall nicht von Mr. Wolphram bezahlt wird, sondern von ihrem Vater Neil. Das ist nicht *pro bono*, aber der Effekt ist derselbe, denn ein Anwalt, der das, was er tut, aus Überzeugung tut, ist genauso viel wert wie eine ganze Kanzlei, die dafür Geld bekommt.

Das ist aber für später, wenn die Dinge plötzlich eine Reihenfolge und Logik besitzen, die ihnen zu Beginn abging. Mr. Wolphram hatte recht: *Das ist anders als im Roman*. Im Moment ist Lucy Hall nur eine Anwältin, und weil Gary sie bislang nicht kennengelernt hat, besitzt sie auch noch keinen Spitznamen. Sie wirkt klug, aufmerksam und umgänglich.

Was ich meine, ist: All das wurde sie, nachdem ich sie besser kennengelernt hatte, denn als ich sie zum ersten Mal sah, fiel mir gar nichts an ihr auf. Sie war nur eine Anwältin in einem überhitzten Raum mit einem Mann, der möglicherweise jemanden an die Wand gedrückt, erwürgt und die Leiche dann in Mülltüten aus dem Ein-Pfund-Shop gepackt hat.

Nie im Leben hätte er etwas im Ein-Pfund-Shop gekauft, aber man kann eine Verteidigung nicht darauf aufbauen, dass der Angeklagte in der Regel teurere Sachen erwirbt als die, die bei dem ihm zur Last gelegten Verbrechen benutzt wurden.

«Könnte ich Ihren Mandanten ein paar Sachen zu seiner Zeit als Lehrer fragen – Sachen, die für den Fall keine Rolle spielen?»

Sie sieht ihn an – ohne überrascht zu sein, was für mich bedeutet, dass er ihr von mir erzählt haben muss – und nickt.

«Das ist ein merkwürdiges Anliegen, das ich eigentlich ablehnen müsste. Aber mein Mandant ist einverstanden, deshalb bin ich es auch. Nur darf nicht über den vorliegenden Fall gesprochen werden, und um das sicherzustellen, werde ich hierbleiben», antwortet sie.

«Und außerdem», ergänzt er lächelnd, «nur Fragen die mich nicht belasten können.»

Das ist ein freundliches Lächeln, eines, das ich gar nicht verdiene. Die Anwältin lächelt ebenfalls, was aber nicht mir gilt, sondern ihm.

Mr. Wolphram stellt mich vor: «Inspector Widdowson war vor langer Zeit mein Schüler, und zwar ein ziemlich guter, wenn ich mich recht erinnere.

Ein wenig konfus allerdings. Irgendwie blass, unbestimmt.»

Miss Hall: «Wir werden beantragen, dass er auf Kaution freikommt.»

«Ja», sage ich. «Das weiß ich, nur halte ich das für keine gute Idee, bevor er nicht wirklich entlastet ist.»

«Ich befürchte, da haben Sie nicht mitzureden – das ist Sache des Angeklagten und seines Anwalts. Wir werden Kaution beantragen, und da eine Rückkehr nach Hause für Mr. Wolphram eher unratsam ist, werden wir einen Verbleib arrangieren, über den wir Sie zu gegebener Zeit informieren.»

«Ich *möchte* aber nach Hause», sagt Mr. Wolphram mit Nachdruck.

«Ich bin unschuldig, und der einzige Ort, an dem ich sein sollte, ist meine Wohnung.»

«Darüber reden wir noch», sagt Lucy Hall und ergänzt mit Blick auf mich: «Unter vier Augen.»

«Sie wollten mich etwas fragen?»

«Ja – zu meinem Freund Danny McAlinden. Erinnern Sie sich noch an ihn?»

«Ja.»

«Sie haben ihn weggebracht. Ich habe ihn das letzte Mal in Ihrem Auto gesehen – und dann nie wieder von ihm gehört.»

«Das ist recht melodramatisch formuliert. Ich habe ihn zum Bahnhof gebracht. Er ist heimgefahren, nach Newcastle zu seinem Vater. Ursprünglich nur zum Begräbnis, aber dann ist er dortgeblieben. Ein paar Tage länger, eine Woche, zwei, dann war Trimesterende und ... na ja ... das Geld seiner Mutter hielt die Dinge erst mal am Laufen, aber dann brauchte ihn sein Vater zum Arbeiten. Er hat das Stipendium abgebrochen und eine Lehre bei einem Silberschmied begonnen. Gut möglich, dass er keine andere Wahl hatte, aber meinem Gefühl nach wollte er das sogar.»

«Und jetzt?»

«Das weiß ich nicht – wir hatten noch … oh – an die zehn Jahre Kontakt. Sein Vater ging in Ruhestand und Danny wurde – wie er selbst sagte – *freigelassen* und kam hierher zurück, um eine Zeit lang in diesem neuen Kulturzentrum am Hafen zu arbeiten. Sie hätten, wenn ich das sagen darf, mehr Arthousefilme ansehen sollen, dann wären Sie ihm an der Kasse begegnet, zumindest war das bei mir immer so …»

«Sehr komisch … und dann?»

«Er hat dort nur halbtags gejobbt und nebenher an der Kunsthochschule ein Grundstudium in Tontechnik absolviert. Dabei hat er sich auf Beleuchtung und Sound spezialisiert, Audiotechnik für Konzerte und Festivals. Das Letzte, was ich von ihm gehört habe, war, dass er ein Aufnahmestudio für Radiohörspiele und Dokumentarfilme eingerichtet hat. Das war vor rund zehn Jahren.»

«Und wie lange war er hier?»

«Fünf Jahre, vielleicht auch sechs oder sieben. Bis er seinen Abschluss hatte und etwas Berufserfahrung sammeln konnte. Aber soweit ich weiß, lebt er immer noch hier.»

Danny war hier, all die Zeit ganz nah, nie mehr als ein, zwei Meilen von mir entfernt, von da, wo wir jetzt sind. Ich dachte, *ich* sei derjenige, der zurückgekehrt ist. Aber wie Gary mir gern in Erinnerung ruft: *Nee, Prof, du bist nie weg, und das ist etwas völlig anderes.*

«Nein, tut er nicht, aber ich dachte, das hier könnte Sie interessieren ... Ich weiß, dass dadurch nichts besser wird, aber es schwirrt auch da draußen herum ...»

Ich zeige ihm den Leserbrief von Danny. Er liest ihn – ein Mal schnell und besorgt, in Erwartung eines weiteren Verrats, dann ein zweites Mal langsamer, zur Freude und Bestätigung. Er lächelt, ist stolz und bewegt, für einen Moment sogar sprachlos, dann flüstert er: «Danke.»

Er nimmt die Brille ab, wischt sich die Augen ab und schließt sie.

«Geben Sie mir ein paar Sekunden, bitte.»

Lucy Hall sieht mich an – nicht wirklich freundlich, aber doch weniger verächtlich und misstrauisch als vorher.

Danny. Die ganze Zeit über hätte ich nach ihm suchen können – Facebook, LinkedIn, Friends Online ... Jeder ist auffindbar. Und es ist sogar mein Job, Leute zu finden. Zumindest die Leute anderer. Ich habe nach meiner früheren Freundin Claire Brett gesucht. Sie lebt noch hier, nur ein paar Straßen entfernt, aber obwohl wir uns nach dem Wahrscheinlichkeitsgesetz mehrmals hätten über den Weg laufen müssen, habe ich sie seit vierundzwanzig Jahren nicht gesehen. So ist das auch mit Jonny Kebab. Er wohnt, wie ich weiß, in St. Leonards, ist hier aber ständig bei irgendwelchen Neueröffnungen, meist mit einer neuen Ehefrau, und zudem immer im High-Society-Teil der örtlichen *Evening Post*, dieser Billig-Tratschkolumne, in der Lynne Forester über Bälle des Rotary Club und Celebrity-Hochzeiten berichtet.

Aber Nähe und Distanz funktionieren nicht wie von uns erwartet. In einer Großstadt kann man jemanden auch drei Mal in einer Woche treffen und sich fragen, ob es vielleicht eine verborgene Kraft gibt, die einen im exakt gleichen Zeitschnipsel an den exakt gleichen Ort führt. Genauso gut kann man aber direkt neben jemandem wohnen und ihn trotzdem nie sehen. Gibt es eine Wissenschaft, die das erklärt? Einen Algorithmus? Oder eher eine Art Spukologie der Begegnungen – wie Magnetismus und Gegenmagnetismus ... nach der wir uns gegenseitig anziehen und manchmal auch abstoßen. Gibt es vielleicht ein okkultes Gesetz, das uns so abbiegen lässt, dass wir nicht auf X treffen, oder uns in einem Geschäft aufhält, wenn wir zwei Sekunden früher Y getroffen hätten, oder das dafür sorgt, dass unser Zug Verspätung hat und wir nicht genau *den* Eingang zum Pub oder Theater nehmen, der uns mit Z zusammengeführt hätte? Das gleiche okkulte Gesetz, das Dinge geschehen lässt, vermeidet ihr Eintreten auch. Das Gesetz, das den Zufall regiert, ist auch eines, das ihn verhindert und somit den Nicht-Fall regiert.

Diese ganze Zeit, und wir so nah beieinander.

Man geht das gedanklich immer falsch an – nämlich wie die Dinge geschehen und nie, wie nicht; die Dinge, die hätten passieren können und das auch fast getan haben, die sich da immer noch beklagen, diese Geister im Vielleicht, und Anspruch auf ihr Leben im Kontrafaktischen anmelden.

Er war nach der Schule fünf Jahre hier, ohne dass

ich ihn je gesehen hätte: Er an der Akademie jenseits der Brücke, ich auf dem Uni-Campus im edlen Teil der Stadt. Vermutlich waren wir immer wieder nur ein, zwei Straßen voneinander entfernt. Vermutlich bin ich in Pubs, die er soeben verlassen, und Geschäfte, in denen er soeben erst bezahlt hatte. Wir müssen uns ständig umkreist und dabei dem Wahrscheinlichkeitsgesetz getrotzt haben, demzufolge irgendwann und irgendwo an der Schnittstelle unserer jeweiligen Umlaufbahn eine Begegnung anstand. Vermutlich habe ich mit einer Münze oder einem Schein bezahlt, die oder der durch *seine* Hände gewandert, in *seiner* Tasche gewesen war. Vielleicht hat er aus einem Glas getrunken, das ein paar Tage vorher *ich* im Pub bekommen habe. Die Stadt ist eine einzige Landkarte unserer Nicht-Begegnungen, unserer verzweigten, sich ständig überkreuzenden Fluchtwege. Aber habe ich ihn getroffen? Kein einziges Mal.

«Warum hat er sich nicht bei mir gemeldet?»

«Das weiß ich nicht. Ich dachte, das würde er, aber da er es nie erwähnt hat, dachte ich, Sie beide hätten sich entzweit. Nein, nicht ent*zweit* ... eher voneinander ent*fernt*. Wie das bei Kindern so ist. Chapelton war kein Ort, ob real oder in seiner Erinnerung, an den er zurückkehren wollte. Können Sie ihm das verdenken? Als er wieder herkam, war er vollkommen verändert. Kein Wunder, würde ich sagen: Er war neunzehn – er hatte fernab von Büchern und Klassenzimmern gearbeitet und Dinge durchgemacht, die andere viel später durchmachen, und als er zurückkam, war es so, als würde er zum ersten Mal hier ankommen. Tafel gewischt. Alles weg. Am anderen

Ende der Stadt, andere Kreise. Fast schon eine andere Stadt. Er wollte über niemanden reden, den er davor gekannt hatte – wie's aussieht auch nicht über Sie, außer dass er ein Mal, kurz nach seiner Ankunft, gefragt hat, ob ich weiß, wie es Ihnen geht, nur war dem nicht so –, und er hatte sich auch körperlich verändert: mit breiteren Schultern, Kurzhaarschnitt und strengerem, kantigerem Gesicht. Lederjacke und Stiefel ... er sah aus wie ein Straßenmusiker. Was er, soweit ich weiß, auch tatsächlich gemacht hat, oben in der Cowbridge Road und unten in der Park End Street, außerdem am Hafen und bei den Fähren. Als das neue Kulturzentrum eröffnet war, konnte man da ordentlich Geld verdienen.»

Der Gedanke, Danny könnte anders aussehen als früher, schockiert mich. Auch wenn wir im gleichen Raum gewesen wären, hätte ich ihn vielleicht gar nicht erkannt. Vielleicht habe ich ihn sogar spielen gehört, nur dass man sich Straßenmusiker ja nie genauer ansieht und überhaupt ...

«Was für ein Instrument hat er gespielt?», frage ich, weil mir klar wird, dass ich von einem Instrument gar nichts wusste und bei Danny auch nie eine Musikbegabung festgestellt hatte.

«Ach, das Übliche», sagt Mr. Wolphram selig und denkt dabei wohl an eine Zeit vor irgendwelchen Morden, Mordanklagen, Monsterbildungen und Verhören.

«Eine alt und schäbig aussehende Gitarre, die nach dem Wenigen, was ich gehört habe, aber erstaunlich gut klang. Und das war keine Klassik. Damals gab es auf der Straße keinen Villa-Lobos.»

In meiner Vorstellung war Danny stets genau so, wie ich ihn zuletzt gesehen habe: schlank, traurig und verlassen – und immer ein bisschen wie auf der Flucht. Er hatte die Ausstrahlung von jemandem, der fürs Fortgehen gemacht ist, deshalb erzeugt der Gedanke, dass er hier war, eine Art Eifersucht. Eifersucht auf was? Nicht auf ihn, nein, sie ist weniger erotisch oder emotional, sondern mehr polizeimäßig: Die Eifersucht darauf, dass ich weitergemacht habe, ohne im *vollen Besitz der Wahrheit* zu sein.

«Was ist mit diesem letzten Tag?»

«Das war sehr einfach und sehr traurig. Sie hatten ihm ein paar Tage freigegeben, eine Woche, denke ich, aber er wusste, dass er nicht zurückkehren würde. Ich zumindest wusste es, und er musste es mir gar nicht erst sagen. Ich wusste es in dem Moment, als ich in diesen furchtbaren Prozess geplatzt bin. Damals hatten Jungs nicht viel Besitz, oder? Schuluniform, Wochenendkleidung bei denen, die nicht von den Eltern abgeholt wurden, ein paar Bücher, das eine oder andere Familienfoto.»

«Nichts, weswegen man zurückkommen müsste», sage ich.

«Nein, nichts.»

«Und niemand.»

«Bei Menschen ist das anders, oder? Sie halten nicht still oder schalten sich ab oder werden aufgeräumt, wenn man nicht bei ihnen ist. Sie haben Ihr Leben weitergeführt, er seines, und wir anderen das unsrige.»

«Ich hätte irgendwie gern von ihm gehört, mehr nicht. Wir waren eng befreundet …»

«Ja.»

«Und unzertrennlich.»

«Niemand ist unzertrennlich.»

«Wir sind zu Evelyn nach Hastings gefahren.»

«Das dachte ich mir schon. Vermutlich hat sie riesige Kannen Tee gekocht und hunderte von Weihnachtsessen organisiert. Wenn Sie mich nicht hier eingesperrt und wegen Dingen angeklagt hätten, die ich weder machen, noch je in Erwägung ziehen würde, dann würde ich nicht hier sitzen und in der Asche Ihrer Schultage herumharken, sondern ihr helfen.»

«Sie haben Ihren Tanten nicht erzählt, dass Sie in derselben Schule wie Goodship gelandet sind, oder?

«Nein. Warum auch? Sie hätten sich nur Sorgen gemacht. Und bei meiner Bewerbung wusste ich auch gar nicht, dass er dort ist. Das habe ich erst festgestellt, als ich ihm auf dem Gang begegnet bin. Erkannt hat er mich dann erst bei der offiziellen Vorstellung im Lehrerzimmer. Wir ließen uns gegenseitig in Ruhe. Ein paar Jahre später wurde er Rektor, ging also in Richtung Leitung und Management. So lief das damals in den Achtzigern.»

«Aber offenbar nicht, bevor er seine Vorliebe für Klassenzimmerrechtsprechung an seinen Schützling weitergegeben hatte.»

Wolphram senkt den Blick.

«Nun ja, bei all diesen Schulen geht es ums Weitergeben – Traditionen, Vermächtnisse ...»

Er blickt wieder auf: «Ist es nicht genau das, wofür Ihre Eltern bezahlen?»

Lucy Hall schaltet sich ein: «Verzeihen Sie, wenn ich Ihren Ausflug in die Vergangenheit unterbreche, aber mein Mandant und ich müssen besprechen, wie wir ihn hier rauskriegen. Deshalb schlage ich vor, Sie setzen das Gespräch fort, wenn er auf freiem Fuß ist, Sie sich entschuldigt haben und darüber verhandelt wird, welche Entschädigung ihm zusteht.»

«Ich habe nicht gesagt, dass ich eine Entschädigung will», sagt er sanft und im Ton von jemandem, der falsch eingeschätzt wurde.

«Das werden Sie, wenn Sie die hier gesehen haben.» Sie nickt in Richtung der Zeitungen, die vor ihm aufgestapelt sind.

«Ich weiß doch, was da drinsteht», sagt er und greift abwehrend nach seinem *Classical Music Today*-Magazin.

«Das tun Sie nicht», sage ich. «Ganz gewiss nicht.»

*

Am heutigen Abend spielt mir Marieke ein Auto vor, das auf Kies parkt. Der Kies ist der vor meinem Nachbarhaus. Sie sagt, das würde wie das Meer klingen, und sie hat recht – wie das Meer in flachen, kleinen Buchten. Sie lässt mich einen vom Meer überspülten Kiesstrand anhören, den sie im Internet gefunden hat, irgendeine Küste in Cornwall, die mit Schaum und Steinen gurgelt. Die zwei sind fast nicht zu unterscheiden.

Ihr anderer Liebling: das Geräusch der Autos auf der Umgehungsstraße, aufgenommen von der Dogging-Brachfläche bei der Brücke. Sie sagt, das würde sich wie ein Wasserfall anhören. Und wieder hat sie recht – sie liebt Dinge, die ähnlich klingen, aber komplett unterschiedlich sind, und zwar so unterschiedlich, dass sie fast das Gegenteil darstellen, sagt sie. Genau dort haben wir auch Zalies Leiche gefunden, in diesem urbanen Zwischenbereich und seiner namenlosen Straße, wo man mit geschlossenen Augen auch denken könnte, man sei in den nordenglischen Tälern oder schottischen Highlands.

Auch das interessiert Marieke: Wie eine Straße keinen Namen haben und auch weiterhin namenlos bleiben kann, obwohl ringsumher Orte sind, die kartografiert, ver-appt und und auf Postkarten abgebildet wurden. Also die Brücke, das Viadukt oder der Zoo, die jeden Tag von abertausend Menschen angesehen werden, und dann diese zugewachsene, matschige Böschung mit ausgeblichenen Süßwarenverpackungen und leeren Bierdosen, dem Konsummüll und den flüchtigen Alltagsdingen.

Marieke hat ein Dutzend USB-Sticks, randvoll mit ihren Aufnahmen. Sie hat sie beschriftet und datiert: *Plattenspieler, Türglocke, summende Hochspannungsleitungen, Abflussgluckern, laufender Motor, hustender Mann, Tastaturgeklapper …*

Sie stückelt die Welt zusammen wie eine Kriminalpolizistin.

Sigrid kommt allein von einem ihrer Online-Dates aus diesem Soulmates-Portal zurück. Es war ein kurzer Abend für sie – so kurz, dass sie nicht mal was gegessen hat.

«So schlimm?», frage ich, aber sie antwortet nicht, wirft nur ihre Handtasche aufs Sofa und schenkt sich ein Glas von dem Wein ein, den ich ohne groß aufs Etikett zu achten gekauft habe. Marieke schaut einen

Dokumentarfilm über Rock 'n' Roll an und erfährt, dass die Technik, die sie in ihrem bleistiftkleinen Aufnahmegerät hat, früher so groß wie ein Auto war. Sie macht sich Notizen für ihr Schulprojekt, das die Geschichte der Computer behandelt. Der erste Satz lautet: «Eine Erinnerung hat keine spezielle Größe, aber der Ort, an dem man sie lagert, muss eine besitzen.» Wenn es um Mariekes Spezialthema geht, kann man sich jedes weitere Wort sparen.

«Erzähl doch mal was von diesen Portalen», bitte ich Sigrid, während sie mit der Gabel ein übriges Stück Huhn aufspießt. Sie riecht nach mehrere Stunden altem Parfüm und Biergartenrauch.

«Noch so eine Nullnummer», sagt sie und meint damit den Mann *und* das Treffen.

«Du solltest das auch mal probieren», meint sie. «Für jemanden zu kochen, oder es zumindest zu lernen, könnte dein Leben verändern.»

Zumindest ihres hat es verändert: Aus einer sorglosen, glücklichen Neunundzwanzigjährigen wurde eine nervöse, ängstliche Indoor-Gattin mit gefangenschaftsgeborenen Augen, deren Ehemann ihren Verbleib kontrollierte, über ihre Kleidung entschied und sie einsperrte, wenn er mit seinen Kumpels wegging. Er lud sogar eine App auf ihr Handy mit der er sie orten konnte. Nicht dass sie je irgendwo gewesen wäre, wo sie nicht hätte sein sollen, nur war das ohnehin egal: Man kann nie recht wissen, was der kontrollsüchtige Mann will – etwas, das kontrolliert gehört, oder doch lieber nichts.

Es ist schleichend passiert: in kleinen Schritten, manche davon so klein, dass sie im Rückblick betrachtet kaum auszumachen waren. Als Sigrid und ich noch darüber gesprochen haben, war es für mich der Moment, als er ihr bei einer Hochzeitsparty vor all ihren Freundinnen sagte, sie solle die Fresse halten und sei – nach gerade mal zwei Gläsern – ohnehin betrunken. Für sie war es später, nämlich da, als sie heimkam und er alle Bücher aus dem Fenster warf, die ein Ex-Freund ihr geschenkt hatte. Ich datiere es auf den Abend, an dem er sie als Schlampe beschimpfte, weil sie sich aufgedonnert hat, um mit ihren Freundinnen auszugehen; sie datiert es auf den Tag, an dem er alte Schachtel zu ihr sagte, weil sie sich nicht aufdonnern wollte, um gemeinsam mit ihm daheimzubleiben.

Nur weiß man erst, dass man gehen muss, sagt sie, wenn es schon zu spät ist. Im Grunde weiß man das erst, eben *weil* es zu spät ist.

«Ja, mache ich dann mal», sage ich. «Wobei, letztens habe ich mir so ein Portal angeschaut ...»

Sie blickt auf. Das ist definitiv interessanter als mein Essen.

Sigrid hat ihren Mann ganz normal kennengelernt: Er war ein Freund von Freunden. Beim ersten Treffen haben sie sich quer über den Tisch unterhalten, zwei Singles an einem Tisch voller Pärchen. *Hat nicht wirklich gefunkt*, wie Sigrid das formulierte, *aber genauso wenig hat es* nicht *gefunkt*. Dann trafen sie sich ein paar Mal zu zweit. Kino, was trinken, Abendessen im Restaurant, schließlich gemeinsames Essen daheim, im Twitter-Code *DIF2* genannt (*dine in for two*). Und dann? Genau das Gleiche, nur etwas weniger: Zeit, Zärtlichkeit, Gespräche, Sex. Unterschiedliche Fernsehsendungen, unterschiedliche Schlafenszeit. Und dann? Das Übliche: ein Jahr Zusammenleben, eine Hochzeit, ein Kind, zwei Jobs, zwei mittlere Gehälter und ein Haus, nicht exakt dort, wo sie gern wohnen wollten, aber doch fast. So war diese ganze Ehe: sie trug im Grunde das Motto *aber doch fast*. Am Anfang.

Und irgendwann das weniger Übliche, wenngleich keineswegs Unübliche: die Eifersucht, die Drohungen, die unter Zwang versäumten Büropartys, die eingetretenen Türen und zerdroschenen Teller; das Abwimmeln von Freundinnen und Verwandten, die Überwachung der Post, das Einkassieren ihres Handys ... Trennung, Scheidung und dann ein kurzer, von ihm relativ nachlässig geführter Streit um den Kontakt zu Marieke. Erst war es jedes Wochenende, dann ein Mal pro Monat, und jetzt ist er fast komplett abgetaucht. Bei Leuten wie Simon werden Apathie und Gleichgültigkeit zu Qualitäten.

«Du warst auf einer Dating-Seite?», fragt sie.

«Ja und nein», erwidere ich.

«Diese Antwort gibst du auf viel zu viel Fragen», kommt es zurück.

«Das war für den Fall, den ich grad bearbeite ...»

«Das Mädchen im Müllsack und dieser komische Lehrer?», fragt sie und schließt die Tür, damit Marieke uns nicht belauschen kann. Aber da Marieke das Gespräch vermutlich aufnimmt, ist diese Vorsichtsmaßnahme zwecklos.

«Ich hoffe für dich, dass er schuldig ist – und auch für ihn ...», sagt sie, «denn das, was sie ihm in den Zeitungen angetan haben, ist entsetzlich.»

«Ja. Dieses Mädchen, Zalie, die hatte auch ein Profil

bei Soulmates – genau wie du. Es ist noch aktiv – ich dachte, wir könnten es im Auge behalten, sehen, ob es jemand verfolgt. Den einen oder anderen Unhold wird es sicher geben, nur sieht ihr das Foto nicht so ähnlich, dass man eine Verbindung herstellen würde. Aber sie bekommt weiterhin ihre Nachrichten, die ‹Likes› und die ‹Chat-Einladungen› … Ich habe ihr Profil gelesen, ihre Chats überprüft und gesucht, ob jemand merkwürdige Dinge schrieb – ohne Ergebnis. Vielleicht haben diese Typen auch bei dir reingeschaut – du weißt schon, eine Art *lokales Beäugen.*»

Sigrid hält das für plausibel: «Würde mich nicht überraschen – die Leute suchen nach jemandem aus der Nähe, wenn sie eine feste Beziehung wollen. Leute aus dem Umkreis wirken irgendwie realer, auch wenn sie gar nicht anders sind als jemand weiter weg …»

«Die Vorstellung, dass die andere Person die gleichen Geschäfte kennt oder am selben Park vorbeigeht … sogar im gleichen Bus sitzt, das macht sie an, weil sich alles viel realer anfühlt», erkläre ich ihr und füge hinzu: «So wie ich das sehe, überschneidet sich ein normales Sexual- und Werbeverhalten ein Stück weit mit perversem oder auch stalkendem Verhalten. Ich meine, dass man etwa an Orte geht, wo man jemand anderen vermutet, damit man diese Person treffen und vorsätzlich-zufällig anrempeln kann. Denk doch an all diese Hollywoodfilme mit dem hartnäckigen Typ, der nicht locker lässt, stoisch vor ihrem Haus, ihrem Büro wartet und das zufällige Anrempeln organisiert … das sind auch immer Typen, alles basiert darauf, dass eine Ablehnung, das Wörtchen *Nein*, als schwache Verhandlungsposition betrachtet wird, deshalb ...»

«Danke für dein Mansplainen von Männern, Ander», sagt Sigrid. «Aber schau ... Nehmen wir mal an, wir reden hier über normale Leute: Wenn jemand nur Sex im Sinn hat, dann kann sie oder er auch mal weiter wegfahren. Nur gibt es da heute spezielle Portale. Da wischt man nach rechts oder links und muss nicht groß nachlesen, ob jemand auf Jazz, Cajun-Küche oder französische Philosophie steht.»

«Und wie hast du das gemacht? Das Portal hat dir signalisiert, dass dein Profil angeschaut wurde und von wem, richtig?»

«Genau. Du kannst sehen, wer dein Profil besucht hat und wann das zuletzt passiert ist. Auch wenn die Person dir nicht schreibt, weiß man, dass man angeschaut wurde. *Ausgecheckt wurde*. Die habe ich mir dann im Gegenzug durchgesehen, wobei ich die meisten uninteressant fand. Hab nicht mal ihr Profil angeklickt.»

«Wenn sie gewollt hätte, dann hätte sie also denen folgen können, die nichts geschrieben, sie aber angesehen haben?»

«Ja – und?»

«Keine Ahnung, das könnte wichtig sein. Sie wurde von Hunderten von Leuten angeklickt, hat aber die Hälfte der Nachrichten gar nicht geöffnet – was sag ich, drei Viertel davon.»

«Frauen bekommen Hunderte Nachrichten pro Woche, Männer nicht – das ist der Grund. Liegt am Geschlechterverhältnis: Es gibt auf Dating-Seiten fünf Mal so viele Männer wie Frauen, deshalb sorgen sie dafür, dass ihre Kunden interessiert bleiben und weiterhin zahlen – man steigt nicht aus und kündigt auch den Dauerauftrag nicht, wenn jemand dein Profil angeklickt hat. In manchen Portalen gibt es Fake-Frauen, eine Art weibliche Avatare, die sich Burschen vornehmen, die niemand beachtet, auf dass sie auch den nächsten Monat, das nächste Jahr bei der Stange bleiben – so schenken sie ihnen genügend Hoffnung, um das Abo weiterlaufen zu lassen. Zumindest habe ich das irgendwo gelesen. Aber wie gesagt – bei Frauen ist das anders. Ich habe mir auch nicht alle Nachrichten, Likes, Herzchen und elektronischen Blumensträuße angesehen. Ich lese auch kaum mehr als die erste Zeile.»

«Warum nicht?» Ich spüre, da ist etwas, nur weiß ich nicht, was, und kann es auch nicht erklären, aber ich wünschte, Gary wäre hier, weil er da etwas Handfestes draus machen könnte: dass mehr Leute Zalie kannten, als ihr bewusst war? Als *uns* bewusst ist? Ich verwende das Wort *kannten* im virtuellen Sinn, denn bislang haben wir nur echte Leute aus ihrer physischen Umgebung im Blick gehabt: Nachbarn, Arbeitskollegen, Freunde, Pubgänger und Großraumbürobekanntschaften. Ich habe durchaus auch an jemanden gedacht, der ein Teleskop weit entfernt ist – einen Voyeur auf der anderen Seite des Vorplatzes oder Sportgeländes. Da gab es keinerlei Anzeichen. Aber was ist mit der anderen Sorte Voyeur? Ich werde Gary anrufen und ihn bitten, sich ihren Twitter-Account anzusehen, außerdem alle Chatrooms oder Foren, in denen sie unterwegs war ... alle virtuellen Orte, an denen sie auf eine Art und Weise gesehen oder gehört werden konnte, die von uns noch nicht untersucht wurde, ihr aber vielleicht durchaus bewusst war.

Sigrid hat weitergeredet: «... meist sieht man das ohnehin sofort: Der Typ ist zu alt, zu jung, hat ein Foto von seinem Ding statt seinem Gesicht ... Oder er hat Probleme mit der Rechtschreibung, lädt zu einer Nacht der Freuden im Travelodge-Hotel ein, bittet dich um einen heißen Dreier oder will gleich deine Handynummer ... Oder lästert über seine Frau, seine Ex, die Unterhaltsbehörde ... Das passiert dann allerdings beim ersten Date, nicht im sogenannten Chat.»

«Wie wenn einem jemand im richtigen Leben ein schlechtes Gefühl gibt, nur online, richtig? Die gleichen Anzeichen ... obsessiv, neugierig, bedrohlich, zweifelhaft, schwieriger Hintergrund?», frage ich.

«Gut möglich – aber ohne das Nachspiel. Du kannst sie blockieren oder ignorieren, und sie verschicken ihre Nachrichten ohnehin mehrfach, deshalb vergessen sie auch leicht, an wen. Denk an das Verhältnis: um zumindest halbwegs die Chance auf eine Antwort zu haben, müssen diese Typen dutzendweise Nachrichten versenden. Es ist vollkommen sicher – keine persönlichen Informationen, außer du bist so doof, Adresse, Arbeitsplatz oder Name anzugeben – ich benutze nicht mal meinen richtigen Vornamen.»

«Also Zalie hat niemanden kontaktiert. Sie hat Hunderte Nachrichten bekommen und den Großteil nicht einmal gelesen. Beantwortet hat sie keine einzige.»

«Das ist ganz normal – entweder hat sie jemanden kennengelernt und nicht mehr darauf geachtet, oder sie hat die vielen Eingänge kurz angesehen und es sich anders überlegt. So war das auch bei mir: hab mich vor zwei Jahren dort angemeldet, konnte es dann aber doch nicht machen. In Wahrheit fand ich's eher widerlich – nicht die Leute, die waren zum Großteil okay, sondern diese ganze Bedürftigkeit und Einsamkeit, auch diese ganze Hoffnung. Vor allem das, um ehrlich zu sein: die Hoffnung. Meine mit eingeschlossen. Ich hab erst wieder damit begonnen, als ich genauer wusste, was ich will.»

«Und zwar was?»

«Das, was ich von mir selbst wollte, ich meine – was ich von mir selbst erwartet habe, anstatt es von jemand anders zu erwarten, von einer fiktiven anderen Person, die auftaucht und alles in Ordnung bringt.»

«Und was war das? Was du von dir selbst erwartet hast, meine ich.»

«Mir ging's erst mal nur um Gesellschaft – ich habe einen anständigen Job, ein Kind… besitze eine eigene Wohnung, okay, zumindest *teilweise*, lebe in einer netten Stadt und habe viele Freunde. Zusammengenommen ist das ja schon ein Leben. Davon bin ich dann ausgegangen. Beim ersten Versuch, also kurz nach Simon, wollte ich … *dachte* ich, ich wollte … einen neuen Partner, Gatten, was auch immer. Ich konnte mir kein Leben vorstellen, das ich nicht mit einem Mann teile.»

«Und das hat sich verändert?», frage ich.

«Ja – ich erwarte nicht mehr, dass jemand anders das tut, was mir selbst nicht gelingt. Das ist der Unterschied zwischen mir jetzt und mir nach Simon mitsamt diesem Scheißleben, das er mir zugemutet hat. Nachdem das geklärt ist, habe ich auch kein Problem mit Dating-Portalen: Mit einem Auge schaue ich nach jemandem, in den ich mich verlieben könnte, ansonsten bin ich offen für Leute, mit denen ich nicht zusammenarbeite.»

«Was glaubst du: warum hat Zalie sich dort angemeldet?», frage ich. «Was wollte sie von diesem Portal?»

«Du denkst, sie war einsam oder frustriert oder konnte im normalen Leben niemanden finden, richtig?»

«Ich denke gar nichts ... Na ja, vielleicht ein bisschen. Ich war schon immer der Meinung, dass wir am Anfang unbedingt geliebt werden wollen und irgendwann bereits zufrieden sind, wenn uns jemand kennt. Vielleicht bin das auch nur ich. Wir wissen, dass sie einen Freund hatte – den hat sie ein paar Wochen nach ihrer Anmeldung kennengelernt –, deshalb hat sie die Seite auch nicht wirklich genutzt, sondern nur ab und zu reingeschaut. Sie hat sich das eine oder andere Profil angesehen, aber keinerlei Nachrichten verschickt. Man könnte sagen, sie hat sich angemeldet, dann im wirklichen Leben jemanden getroffen und vergessen zu kündigen. Oder die Mitgliedschaft einfach auslaufen lassen.»

«*Im wirklichen Leben* – danke schön ...», sagt Sigrid. Sie sieht auf ihre Uhr und nimmt einen Schluck Wein. «Vielleicht war sie einfach neugierig.»

«Neugierig worauf?»

«Auf das, was im Meer sonst noch so rumschwimmt? Auf das große Online-Aquarium? Vielleicht wollte sie nur sehen, ob sie jemanden kennt … Ich selbst bin dort immer wieder auf Bekannte gestoßen …»

«Ich habe nicht das Gefühl, dass sie neugierig war. Sie hatte Tim, deshalb gab es keinerlei Grund, immer wieder diese Seite zu checken. Meiner Meinung nach war sie glücklich und zufrieden, und Leute, die glücklich und zufrieden sind – die jemanden lieben und selbst geliebt werden –, sind nicht besonders mysteriös, oder?»

«Also müssten wir zwei unlösbare Rätsel sein …»

«Nur sind wir das nicht.»

«Stimmt.»

Dating

In Zalies Soulmates-Account wird auch die Leiche weiterhin angesehen. Okay, sie ist tot, was sie vermutlich als Erste zugeben würde, aber auf dem Bildschirm sieht sie trotzdem gut aus. Viele würden sagen, noch besser, denn jetzt zieht sie Fans aus ganz Großbritannien an. Die meisten wissen, dass sie nur eine Leiche ist, und besuchen ihre Instagramseite aus demselben Grund, aus dem sie auch ihre anschwellende Facebookliste mit Freundschaftsanfragen und die seit ihrem Tod massenhaft angewachsenen Twitter-Follower checken: um Zugriff auf ihre Sterblichkeit zu haben, um nah bei der Story, Teil der Handlung zu sein. Wie folgt man einer toten Person? Und vor allem: Wohin folgt man ihr?

Sie können sie einfach nicht in Ruhe lassen. Nicht die Toten suchen die Lebenden heim, sondern die Lebenden die Toten.

So es in der Cyberwelt leichenfressende Würmer gibt, dann sind das genau diese Leute. In den alten Gedichten, die Mr. Wolphram mit uns durchgenommen hat, hat immer wieder ein Dichter seine Angebete drohverführt und mit blumiger Sprache erläutert, dass sie eh bald tot sein wird und deshalb besser mit ihm schlafen sollte. Am besten sofort – *sobald dieses Gedicht endet*, ging das etwa, *aber beim letzten Vers kannst du dich schon mal ausziehen*. Er zeichnete Sprachbilder von den Würmern, die sich in ihre weiße Haut gruben, ihre Augen fraßen und deren Sonnenlicht verdunkelten, ihre Lippen abnagten. Es war die Aufgabe der Würmer, all diese abstrakten Dinge zu respräsentieren – Zeit, Verfall und Vergessen –, gegen die wir ankämpfen sollten, während wir *den Tag nutzten*. Während wir *den Tag putzten*.

«Das Grab ist ein gar feiner und privater Ort», habe ich damals auswendig gelernt, «Doch niemand, so dächt ich, umarmt sich dort.» Was würde dieser Dichter heute schreiben? Würde er seine *Carpe diem*-Sprüche bei Facebook einstellen? Auf Dating-Seiten posten wie Tretminen, damit Frauen sie anklicken und auslösen? *Nutze den Tag*: damit ist doch das Gleiche wie immer gemeint, auch damals, als die sexuelle Bedrohung zumindest kreativ formuliert war: Nutze *meinen* Tag, nutze *mich*.

Jede Lebensform stirbt auf ihre eigene Weise, bedingt ihren eigenen Verfall. Dies hier ist unserer: ein Profil auf einer Website, ein Gesicht aus Pixeln und ein quälend klickender Schwarm an Views, während Zalie unter einem Grabstein-Icon verwest, das mit Emoji-Kränzen geschmückt ist.

Dass sie biologisch tot ist (irgendwann werden wir tatsächlich *biologisch* sagen müssen, um klarzustellen, welche Art von Totsein wir meinen – es wird eine derartig große *Auswahl* geben), scheint fast schon nebensächlich zu sein. Bis man sich daran erinnert, dass ihre Eltern, ihre Geschwister und ihr Freund Tim da draußen in der realen Welt, also in dem, was von ihr übrig ist, voller Trauer sind. Sie leiden, als hätten sie keine Haut mehr auf dem Fleisch und als sei die Welt reines Salz. Sie wurden gehäutet: durch die Entsetzlichkeit der Tat, durch die Presse und durch die Statements und Darstellungen, die sie geilen Interviewern und Politikern für deren maßgeschneiderte Beileids-Tweets liefern mussten.

Tim: den wir zunächst verdächtigt haben, der Konvention folgend, der aber jenseits des Ärmelkanals war und jetzt zerstört und allein ist – verlegen wegen der Blitzlichter und Schlagzeilen, hilflos angesichts der Fotos von ihm, die seine Freunde an die Zeitungen verkaufen: wie er an Neujahr in Edinburgh lächelt oder in Griechenland mit dem Rucksack unterwegs ist und auf der Hängebrücke Zalie umarmt. Wer immer das auch verkauft hat, hat sicher eine Menge Geld verdient. Zalie ist einen Kopf kleiner als Tim, deshalb ist ihr Gesicht in der Bildmitte. Der Gegensatz zwischen ihren großen, regengrauen Augen, die außen leicht nach unten zeigen, was ihr eine Traurigkeit verleiht, die sie gar nicht besitzt, sondern nur wie ein leichtes Parfüm trägt, und ihrem breiten, glücklichen Lächeln ist wunderschön. Ich kann nicht aufhören, es zu betrachten, so entzückend und fast schon schmerzhaft ist dieser Anblick. Sie ist voll und ganz *in* diesem Bild: Sie sieht weder nach außen, noch über diesen Moment hinaus. Sie bewohnt es richtig. Genauso auch Tim. Kein Wunder strahlt er so – sein Gesicht ist weniger kompliziert und ohne ihren Kontrast, aber dennoch glücklich und erfüllt, denn für diesen tiefen, bodenlosen Moment ist alles, was sie wollen, in Einklang mit dem, was sie haben, nämlich sich, für immer und vor allem *jetzt*: sie beide, dort und damals auf dieser Brücke und mit dem Wasser unter sich.

Man will in dieses Bild hineingreifen, was immer

das auch ist herausholen – etwas von der Luft, die sie eingeatmet haben, eine Handvoll Licht – und über sein eigenes Leben streuen.

Tim kennt alle, die diese Fotos gemacht und an die elenden Zeitungen verkauft haben. Er hasst sie, nimmt ihre Anrufe nicht an, löscht ihre E-Mails und Nachrichten. Manche von ihnen haben vielleicht ein schlechtes Gewissen, andere wollen mehr Zugang zu ihm, um noch mehr zu verdienen: «ein guter Freund berichtet …», «jemand aus Tim Merchants engerem Umfeld sagte …», «Jugendfreund von Zalies Geliebtem hat uns exklusiv erzählt …».

Sie sind drei, vier, fünf Ringe außerhalb. Sie wollen Teil der Story sein, Ringe des eintauchenden Steins.

Tim schämt sich, wenn er Zalies Eltern trifft, denn er weiß, dass er jung ist und sich weiterbewegen muss, dass er jemand anderen finden und diesen Platz verlassen muss; dass seine Zukunft ein einziger Betrug an dem Mädchen sein wird, das er geliebt hat. Das weiß er bereits; sogar mitten in der jetzigen Trauer weiß er es – er und Zalies Eltern sind hier gemeinsam betroffen, aber nur bis zu einem gewissen Punkt. *Sie* haben keine andere Wahl: Sie befinden sich in einem Zug, der den Namen Trauer trägt und niemals anhalten wird. Und warum sollten sie sich das auch wünschen? Er hingegen schon. Irgendwann wird er ihnen sagen: «Hier muss ich aussteigen», und das auch tun.

Er wird diesen Abgang hassen und gleichzeitig wollen.

Gary siebt die Soulmates-Nachrichten aus. «Ich trenne die Spreu von … ähm … der Spreu.»

Alles, was offensichtlich harmlos ist, übergeht er.

Alles, was individuell wirkt oder aussieht, als sollten persönliche Informationen vermittelt oder herausgekitzelt werden, liest er sich durch. In den drei Tagen seit unserem letzten Seiten-Check sind bereits achtundneunzig neue Nachrichten eingegangen.

«Ich dachte immer, ich kann nicht mit Worten umgehen, dann habe ich diese Typen gelesen», sagt er. «Gegen die bin ich ja ein richtiger Noël Coward.»

Hier sind alle vorhanden: die Bedürftigen, die Schmierigen, die Passiv-Aggressiven; die Hirnis und die Schwanzgesteuerten, die einsamen Herzen und die Sammler von solchen. Und die Normalen – die gewöhnlichen Leute, wie Zalie, wie ich, wie Sigrid, wie Gary, Deskfish und Small-Screen, wie Tim und Zalies Eltern, wie Jack und sein gebrochenes *Hezr* …

Zwei Stunden später dann Null Ergebnis. «Wenn's da was gibt, Prof, dann finde ich es nicht. Ich hab auch die gecheckt, die sie nur angesehen haben – du weißt schon, die ihr Profil angeklickt haben, sie betrachtet haben und dann wieder raus sind, um jemand anderes anzuglotzen oder neue Tempos zu kaufen. Die habe ich nur überflogen – würde Stunden dauern, sie einzeln anzusehen. Aber da ist nichts.»

«Was genau suchen wir eigentlich, Gary? Das verliere ich nämlich ein wenig aus den Augen: selbst wenn jemand sie angesehen und eine mörderische Zuneigung gefasst hat, hätte er sie doch gar nicht finden können. Es gibt keinerlei Hinweis auf die Stadt, in der sie gewohnt hat, und schon gar nicht *wo* in dieser Stadt. Klar hätte er raten können, aber trotzdem ist Kent recht groß. Und warum gerade sie und nicht irgendjemand anders?»

Gary lehnt sich zurück und schüttelt den Kopf. Er fährt sich mit der Halterung seines Kulis über die Zähne, pult den weißen Belag mit der Fingerspitze ab und zerreibt ihn zwischen Finger und Daumen. Manchmal riecht er erst noch daran, und dieser Geruch scheint ihm etwas zu bestätigen. An diesem Punkt sind dann alle grün im Gesicht oder bereits aus dem Zimmer gegangen. Ich selbst bin dahingehend abgehärtet, was wie ein Vorteil klingt, bis man sich überlegt, was das über mich aussagt. Vielleicht kann Gary so besser nachdenken, denn momentan ist er geradezu erschreckend konzentriert. «Wir kommen immer wieder nah ran und latschen dann vorbei, Prof. Lass uns zurückgehen, zurück an den Punkt, als sie sich bei dieser Seite angemeldet hat.»

«Das war ein Jahr vor ihrem Tod, Gary! Wir reden hier über Tausende solcher Nachrichten!»

«Okay, du hast recht. Gehen wir weiter nach vorne – wenn da etwas zu finden ist, dann vermutlich um den Zeitpunkt, an dem sie nach Informationen zu Stalkern gesucht hat, zu Voyeuren oder was auch immer, diesen einhändigen Fernglasnutzern ... Als sie anfing, sich beobachtet zu fühlen ... Vor diesem Hintergrund checkst du ihre Aktivitäten auf diesem Dating-Portal.»

«Und nach was suche ich?», frage ich. Gary ist hier Impulsgeber. Es gefällt mir, dass er die verkehrte Hierarchie nicht genießt und viel zu sehr auf die Arbeit konzentriert ist, um hier Machtspielchen zu betreiben.

«Nicht nach etwas, das logisch ist, Prof – such nach etwas Zufälligem, Merkwürdigem, nach etwas, das genauso gut auch nicht passiert wäre, aber sich trotzdem ergeben hat ...»

«Danke – das engt die Suche etwas ein», erwidere ich und will sarkastisch klingen, nur gelingt es mir nicht. Stattdessen klinge ich dankbar, letztendlich zu Recht, denn was ich jetzt laut Gary tun soll, verändert alles. Wir machen hier gleich etwas, das Gary als *momentanen Durchbruch* bezeichnet.

Die Tage, an denen sie zum Stalking geforscht hat, liegen zwischen dem 25. und dem 29. November. So das mit etwas zusammenhängt, das sie online gesehen hat, ist dieses etwas auch nicht weit entfernt. Garantiert. Ein paar Stunden, ein oder zwei Tage, aber nicht viel weiter.

Wir sehen uns die Woche davor an und gehen dabei vom Vormittag des 29. rückwärts. Sie hat im Verlauf von drei Tagen sechsundzwanzig Nachrichten und dreiundachtzig Profil-Aufrufe angesammelt. Sie hat sich neun Mal eingeloggt, was öfter ist als in den gesamten drei Monaten davor. Damals war sie mit Tim dreizehn Monate zusammen – lang genug, um zu wissen, dass andere Typen sie nicht interessierten. Was wollte sie also sehen? Und warum rief sie die Seite nach wochenlangem Desinteresse plötzlich in derart kurzen, derart atemlosen und nervös geringen Abständen auf? Einer der Aufrufe war nachts um 1.38 Uhr, der nächste dann gleich morgens um 5.45 Uhr.

Gary sieht mir über die Schulter. «So verhält sich niemand, der irgendwie bei klarem Verstand ist. Schau doch ...», tippt er auf die Log-In-Zeiten, als ich verblüfft zu ihm hochsehe: «Kapierst du nicht? Sie kann nicht schlafen. Sie macht sich Sorgen. Hätte sie einen gutaussehenden Wortkünstler wie mich kennenglernt, okay, dann hätte sie vielleicht gecheckt, ob da irgendwas kam, ganz geil auf den Rausch durch Kontaktaufnahme und Rückantwort. Aber das hat sie nicht. Sie hat *niemals* Nachrichten verschickt, schon gar nicht in letzter Zeit.»

«Dann bleibt nur die andere Möglichkeit – die einzige andere Möglichkeit –, dass sie jemanden auscheckt, den sie *nicht* treffen will.»

«Genau, Prof. Sie hat Angst, panische Angst. Auf einmal loggt sie sich in drei Tagen neun Mal ein – nach Monaten, in denen die Seite nicht besucht wurde, sucht sie in genau diesen drei Tagen Informationen zu Stalkern und kümmert sich dann um was anderes. Oder auch nicht.»

«Und wird getötet.»

«Und wird getötet. Aber nicht gleich. Und in der eigenen Wohnung – nicht am anderen Ende der Stadt oder in einem entlegenen Randgebiet oder in einer dunklen Seitengasse oder draußen bei der Umgehungsstraße. *Zu Hause*. Was ist der Zusammenhang? Und wenn sie Angst vor einer Online-Bekanntschaft hatte, warum hat sie niemandem davon erzählt?»

«Die meisten denken wohl immer noch, dieses Online-Dating ist für die Verzweifelten, also Leute, die in der realen Welt niemanden kennenlernen. Bist du dir sicher, dass sie Tim von diesem Portal erzählt hat?»

«Das hat sie! Schau dir das Protokoll noch mal an: Er hat gesagt, sie hätte ihm kurz nach ihrem Kennenlernen davon erzählt und gemeint, sie würde sich da wieder abmelden. Sie hatten keine Geheimnisse voreinander.»

Das sind Dinge, die ich wissen sollte, nur tue ich das nicht. Ich habe die Computer-Überprüfungen anderen überlassen, was ein Fehler war, denn jetzt kommen wir der Sache näher und hätten ihr schon früher näher kommen müssen.

«Okay, aber trotzdem war sie noch angemeldet, oder?», frage ich.

«Ja, also rein technisch gesehen: Du zahlst per Abbuchung, und je länger deine Laufzeit ist, desto billiger wird es. Das weiß ich, Prof, weil ich war auch schon bei sowas und hab ... na ja, nicht viel gemacht. Sie hat ein Jahres-Abo abgeschlossen und dann ein halbes Jahr angehängt, von dem sie noch zwölf Wochen übrig hatte. Hier siehst du die Erinnerungsmeldungen.» Gary deutet mit seinem Kuli drauf: Sie sind vom ‹Admin›, und die Betreffzeilen lauten ‹Drei Monate KOSTENLOS, wenn Sie jetzt kaufen›, ‹Premier-Mitgliedschaft kurzzeitig billiger!› und ‹Bereit für den Valentinstag?›.

Jetzt hab ich's kapiert. Ich weiß, was Gary meint. «Sie hat also keinen Soulmate oder sonst einen Mate gesucht ... sondern ausgecheckt, ob jemand *sie* auscheckt?»

«Genau. Aber warum?»

«Weil sie ihn kannte oder schon gesehen hatte, oder weil sie wusste, dass er sie schon woanders gesehen hatte als auf einem Computerbildschirm – deshalb.»

«Das ist es, Prof.»

Von den Männern, die *sie ausgecheckt haben*, haben sechzig ihr geschrieben und fast zweihundert nur einen Blick auf sie geworfen, das Profil gelesen und dann weitergeklickt. Es bleibt unerklärlich, *wie* sie das gemacht haben oder was sie sich dabei dachten: man sieht nicht, ob ihre Hände schwitzen, oder hört ihren Atem, wie das in einem Verhörraum möglich ist.

Die Nachrichten sind wertlos, weil allgemein gehalten, abgesehen von ein paar wenigen, die so hölzern sind, dass sie nur ernst gemeint sein können. Ich stelle mir vor, wie Sigrid ihr Schleppnetz durch solches Material zieht, und frage mich, wie sie die Leute auswählt, mit denen sie ‹chattet› und dann *einen Schritt weitergeht*. Sie erklärt mir, dass letztendlich ohnehin der Körper entscheidet. Der Kopf und das Herz sind machtlos gegen den Körper. Es gefällt einem vielleicht, wie jemand redet oder schreibt, aber was passiert, wenn man die Person dann trifft? Die Wörter sind nicht wichtig, sondern der Geruch dieses Menschen, die Temperatur seiner Haut, seiner offenen Poren. Alles passiert unterhalb der Wörter, die man spricht, und der Gedanken, die man denkt.

All diese Gehirnzellen, all diese Sprache, all diese Bildung – und dann sagt einem die Nase, was man tun soll.

Eines von Sigrids Dates: «Er hat gut ausgesehen, konnte reden, kleidete sich elegant, war nett und lustig ... mit Geld ... aber hatte keinen ... Geruch. Es gelang mir nicht ... wie soll ich das erklären? Es gelang mir nicht, mich ihm zu nähern ... mein Körper drehte ständig ab. Ich musste die Augen schließen, um zu sehen, ob ich die Erotik anwerfen konnte, aber nein ... da war nichts.»

Von den direkten Nachrichten an Zalie sind nur

fünf das, was wir ‹aus dem Umkreis› nennen würden – das Portal gruppiert die Leute nach Entfernung: 10 Kilometer, 20, 50, 70 und 100+. Sie sind aus Brighton, Southend, Folkestone, Dover, Romney, Deal. Und London. Jede Menge London. Männer geben in diesem Portal viel mehr von sich preis als Frauen: Die Typen wirken authentisch, manche sind gutaussehend und vielleicht tatsächlich so alt wie angegeben. Zwei von ihnen schreiben in ihrem Profil sogar, wo sie arbeiten. Einer nennt seinen Lieblingspub. Für den Fall, dass ihn jemand *offsite* auschecken will. Wenn eine Frau eine solche Angabe macht, bringt sie sich in Gefahr. Ein Mann versucht damit nur sein Glück.

Ich suche nach den wiederholten Besuchern von Zalie – nach denen, die sie öfter als nur einmal angeklickt haben ... nach etwas, das wie Obsession oder Fixierung aussieht. Die versuche ich dann mit Zalies eigenen Klicks zu vergleichen, was aber nicht lange dauert, denn in der ganzen Zeit, die sie hier angemeldet war, hat sie sich gerade mal zwei Dutzend Männer angesehen. Und nur sechs davon in den Tagen und Nächten, die für uns interessant sind. Und vier von diesen sechs hat sie sich schon in ihrer ersten Woche hier mehr als drei Mal angesehen. Und unter diesen vier ist einer, den sie zwei, drei, fünf, acht, insgesamt fünfzehn Mal angeklickt hat. Auch kürzlich. Eine Woche vor ihrem Tod.

Da ist er.

Mister B. 32 Jahre alt. Aktuar. Das ist nicht so langweilig, wie es klingt. (Okay, das ist es, aber ich bin es nicht!)

Größe: 1,89.

Haarfarbe: Schwarz.

Kleidungsstil: Smart casual. Schick, wenn nötig.

Gesucht: Nette Bekanntschaft / Feste Partnerschaft / Netter Flirt / Freundschaft.

«Hat jede *Base* abgedeckt, oder?», meint Gary.

Vorlieben: Kochen, Jazz, Reisen, Thai-Küche, skandinavische Krimis, Europäisches Kino.

«Aha, unser alter Freund *Europäisches Kino* ...», sagt Gary. «Das genügt mir schon: holen wir ihn ab ...»

Mag nicht: Politik, Radfahrer, Curry.

«Ziemlich unauffälliges Profil, oder? Er hat Zalie zwei Mal ausgecheckt, aber nichts geschrieben. Bei ihr waren es aber fünfzehn Klicks. Ohne Kontaktaufnahme, aber sein Profil hat sie sich immer wieder angesehen.»

«Hat sie ihn erkannt?»

«Nicht anhand der Fotos – er hat keine Porträts von sich hochgeladen.»

«Hat sie ihn vielleicht an etwas anderem erkannt?»

«Mein Gott, Gary! Das ist doch kein *Carry On*-Film!»

«Okay, Prof. Tut mir leid.»

Er setzt eine gespielt ernste Miene auf. Dann ein echtes Denkgesicht. Dann kehrt sein Interesse zurück, und dann hat er es: «Dreh doch die Frage um: Hat er *sie* erkannt?»

«So wird eher ein Schuh draus. Aber wenn ja, lässt er sich das nicht anmerken – keine Nachrichten, keine Chat-Anfragen, nichts ...»

«Schau mal, wie weit er weg ist», sagt Gary.

Das Portal sagt uns: null Kilometer. Näher war nur

einer, der sie aus zwei Kilometern Entfernung angeklickt hat.

«Junge, Junge», sagt Gary. «Null Kilometer entfernt heißt: die gleiche Postleitzahl – diese Portale verwenden die Gebietseinteilungen der Post, mit denen man seine Briefe bekommt. Also nur ein paar Häuser weiter ... praktisch dieselbe Straße.»

Wir sind jetzt kurz davor. Gary vergrößert die drei Fotos, die ‹Mister B› online gepostet hat: ein Pint Bier (für eine entspannte Kumpelhaftigkeit), ein ausländischer Berg mit verschneitem Gipfel (das steht für Reisen und Geld: weitläufiges Denken / weitläufiges Bankkonto) und eine Platte von Miles Davis (Jazz-Feeling: stilvoll, aber nicht verschroben). Er teilt allen mit: Ich bin umgänglich, wagemutig und gebildet. Ich stehe auf Vinyl und Craft-Bier und kann mir Skiurlaube leisten. Es gibt kein Gesicht, aber ein solches brauchen wir im Moment nicht.

«Dieselbe Straße? Es ist das gleiche beschissene Haus! Das ist der Typ von oben! Dieser Ben!» Gary brüllt Richtung Small-Screen: «Sag der Drohne, dass wir ihn herholen müssen!»

«Tu das nicht, Gary – also nicht gleich. Lass ihn Mad Lynnes Gastfreundschaft noch ein bisschen genießen. Lass ihn erst mal glauben, er sei in Sicherheit. Seine Wohnung ist leer, deshalb holen wir uns Durchsuchungsbefehle dafür und für Telefon, Internet, Konten ... die ganze Palette. Auch bei seiner Freundin.»

Während wir darauf warten, dass Deskfish den Papierkram auf den Weg bringt, drehen Gary und ich uns zum Bürofernseher.

«Das ist Mr. Lawnder!», schreie ich Richtung Bildschirm.

«Wer?», fragt Gary.

«Don Lawnder, ein junger Typ, der Englisch unterrichtet hat. Nach zwei Trimestern war er mit den Nerven am Ende und wurde Gärtner im Stadtpark … Mach mal laut!»

Die Fernbedienung ist schon so lange verschollen, dass sich keiner mehr an sie erinnert, deshalb geht Gary zum Fernseher und stellt den Ton an:

«… ein freundlicher, hilfsbereiter Kollege und verständnisvoller Lehrer. Die Schule hat sich ihm gegenüber erbärmlich verhalten … sie hat sich aufgrund der Hetze eines Lynchmobs von ihm losgesagt.»

«Für Sie ist er also unschuldig?» Das ist wieder Ellie Nash.

«Er ist unschuldig, was die Andeutungen bezüglich seiner Zeit als Lehrer betrifft, ja – das ist ja eine einzige Hexenjagd …»

«Und was ist mit Mord?», fragt Ellie, der diese Story mittlerweile noch mehr gehört als Mad Lynne.

«Das muss unser Justizsystem herausfinden. Aber der Mann, den ich gekannt habe, war freundlich, rücksichtsvoll und hochintelligent – nicht die Art von Mensch, die irgendwann gewalttätig wird.»

Wo haben sie Lawnder nur aufgetrieben? Wann immer ich an ihn denken musste, was mehr als nur gelegentlich und weniger als oft war, hat er sich vor meinem geistigen Auge bedächtig durch städtische Grünanlagen bewegt und an Stellen, auf die sonst keiner achtet, kleine Veränderungen vorgenommen.

Aber ich habe mich getäuscht. Ich bin in der Zeit

stehengeblieben – ich bin dort stehengeblieben, wo ich ihn zurückgelassen habe. Don Lawnder ist das nicht: Er trägt ein blaues Leinenjackett und die runde Brille der Dichter, die er so geliebt hat. Er wirkt kräftig und gesund. Er steht vor einem Herrensitz in Hampshire. Ich kenne das Gebäude von Schulausflügen: Shapley Hall. Am unteren Bildrand ist eine Leiste eingeblendet, die ihn ‹Dr.› nennt und uns darüber informiert, dass er ‹Architekturhistoriker› ist. Seine Stimme klingt so sanft wie eh und je, aber doch eindringlicher, und obwohl er nicht gewachsen ist, hat er etwas zugelegt und wirkt nicht mehr so wie ein abgelebter Jüngling. Seine Haut besitzt die annähernde Bräune von jemand, der die meiste Zeit im Freien ist, und er sieht mit seinen – was kann er haben? – fünfundfünfzig? sechzig? Jahren viel besser aus als ich mit meinen siebenundvierzig. Schlank, intelligent und furchtlos attackiert er das Chapelton College:

«Irgendwann werden sich die Schule und ihr Rektor, all diese aufmerksamkeitsheischenden Ex-Schüler mit ihren Lügen, dafür verantworten müssen, dass sie an der Dämonisierung eines unschuldigen Mannes mitgewirkt haben.»

Schnitt zu Ellie Nash, das Gesicht von Scheinwerfern erleuchtet und die Frisur vom Wind umspielt.

«Jetzt, wo immer mehr Leute *für* Michael Wolphram sprechen, um seinen Ruf zu verteidigen oder auch nur eine faire Behandlung zu fordern, müssen wir uns fragen: Hat die Polizei hier voreilig gehandelt? Hat sie in dieser entscheidenden Frühphase zugelassen, dass der öffentliche Wunsch nach einem Verdächtigen ihr Urteil beeinflusst?»

«Ja!», schreit Gary und applaudiert selig. «Ja, das hat sie!»

*

Um in Bens Wohnung zu gelangen, mussten wir von hinten kommen, das Gartentor öffnen und den Rasen überqueren. Grund dafür ist die Sturmflut an TV-Übertragungswagen und motorisierten Fotografen vor dem Haus, die bis auf die Straße hinausschwappen und dafür sorgen, dass vorbeifahrende Autos sich den Weg erst freihupen müssen. Die Menschenansammlung wird noch durch Privatpersonen erweitert, und in der Luft tanzen die Selfiesticks wie Masten in einem stürmischen Jachthafen. Wir sind auf einer Welle der Schlagzeilen vom Fettberg zum Monster gesurft. Es gibt auch neue Graffitis – auf den umgebenden Häusern und Gartenmauern, denn das Gebäude selbst wird vierundzwanzig Stunden pro Tag bewacht.

Da gibt es *KILLER* und *PEDO-ABSCHAUM* [sic!], das obligatorische *VERROTTE IN DER HÖLLE* (zwei Mal, aus unterschiedlicher Hand) und in riesiger Schrift *AUFHÄNGEN!*. Das Ausrufezeichen hat die Form einer Schlinge, der dicke Knoten so sorgfältig gemalt, dass man die Flechtstruktur des Seils sieht. Ich frage mich, ob es eigentlich ein Lynch-Emoji gibt. Wenn nicht, dann wäre das hier geeignet. Dazu noch die Blumen und Teelichter, ein ganzes Feld davon, das sich entlang der Straße ausdehnt. Auch das Haus ihrer Eltern wird belagert: Der Haupteingang ist mit Teddybären, Blumen und Grußkarten überhäuft, die von den Fernsehkameras wie Barcodes abgescannt und als visuelle Einsprengsel übertragen werden, während die dazugehörigen Reporter Päckchen mit *Beileidsbekundungen* und *schockierten Gemeinschaften, durch Schmerz vereint* zusammenstellen …

Die Vorderseite des Hauses ist ein einziger Gegensatz aus Andenken und Erinnerungen, Schimpfwörtern und Drohungen. Es gibt sicher nicht viele Straßen, die den Mörder, das Opfer und den vermeintlichen Täter beherbergt haben. Und auch den Mord selbst. Hier ist für jeden etwas dabei: für die Trauernden und Respektvollen, die Wütenden und Blutrünstigen, die Lauten, die Ungehaltenen und die Empörten.

Einer der Sender hat eine Dokumentation für die Neujahrs-TV-Senkgrube zusammengestellt. Mit dabei die üblichen Promi-Seelenklempner, Verschwörungstheoretiker, Ex-Kollegen, vage erinnerte Freunde, kritische Nachbarn und ein paar der Schüler, die sich derzeit *zu Wort melden* und *ihr Schweigen brechen*. Nicht dabei: Danny, Don Lawnder, Neil Hall und auch sonst keiner, der positiv über Wolphram gesprochen hat. Die Sendung heißt *Im Morden geschult?*. Sie haben gefragt, ob jemand von der Ermittlung teilnehmen kann, und Deskfish hat zugesagt.

Sogar der Laden, in dem sie ihre letzte Mahlzeit gekauft hat, weist vorne ein paar Blumensträuße und Kerzen auf. Genau wie eine plötzliche Verdreifachung der Kundenzahl. Außerdem das Büro, in dem sie gearbeitet hat, ihr Pub um die Ecke und sogar ihr Fitnessstudio. Wo immer sie auch hin ging, wird sie gejagt. Sie ist tot, aber sie stellen ihr weiterhin nach.

Was uns sofort auffällt – Gary, mir und sechs *Frensikern* –, ist die Seelenlosigkeit von Phelps' Wohnung. Nur Chrom und Leder, eine typische Männerbude: Gigantischer Flatscreen-Fernseher, Hifi-, DVD- und Blu-Ray-Player; gerahmte Fotos von Bergen und Sonnenuntergängen; Xbox (nur die eine Konsole, wie Gary feststellt), CD-Hüllen, mit dem Titel nach außen in CD-Türme geschichtet. Es gibt einen niedrigen, grauen Teetisch mit Glasplatte und Lifestyle-Magazinen für Männer drauf, säuberlich aufgestapelt und exakt an die Ecken des Tisches angepasst. Es gibt zwei Getränkeuntersetzer aus Schiefer, mit grünem Filz unterlegt, um sie geräuschlos bewegen zu können. Das Sofa ist groß, rechtwinklig, tief und aus schwarzem Leder. Das Kissen auf der einen Seite ist so tief eingedrückt, dass ich vermutlich sein Gewicht schätzen könnte. Drei Fernbedienungen und die Xbox-Konsole sind davor aufgereiht.

Die Küche ist so makellos wie die von Wolphram und auch genauso gestaltet. Das Fenster zeigt nach hinten auf die Nachbargärten. Auf dem Abtropfbrett gibt es zwei von allem. Aber nicht mehr: zwei Messer, zwei Gabeln, zwei Löffel, zwei Teller. Zwei Weingläser und einen Zinn-Humpen in Pintgröße. Eine Reihe Craft-Biere. Ein paar Flaschen Wein aus Neuseeland und Australien, deren Namen wie Seifenopern klingen: *Blossom Hill*, *Hardy's Crest*, *Murray's Landing*.

Gary öffnet die Besteckschublade. Leer. In einem Kasten neben dem Kühlschrank gibt es weiteres Geschirr und Besteck, nur ist das alles noch in der Verpackung, in der es geliefert wurde. Seitlich ist mit Klebeband die Lansdale's-Quittung befestigt. Alles unbenutzt. Keine Gäste. Niemand zum Kontaktieren, außer der jeweils andere.

«Ich krieg hier ein komisches Gefühl, Prof …», sagt Gary. «Diese Leere. Damit meine ich nicht die Schubladen ohne was drin, sondern dass da irgendwo ein Loch ist, wo gar keines sein sollte.»

Ich weiß, was Gary meint. Trotz ihrer Symmetrie fühlen sich diese paarweisen Teller und Gläser nicht richtig an. Der Schrank unter der Spüle enthält nur Putzzeug: Bleichmittel in dreierlei Ausführung, Desinfektionssprays, Drahtbürsten, eine Packung Schwämme, Ofenreiniger und Teppichschaum. Plastikhandschuhe – fünf Paar davon in ungeöffneter Verpackung. Ich will schon die ganzen Putzmittel wegschieben und mich zur Rückseite des Schranks vorarbeiten, da hält Gary mich auf.

«Überlass das den *Frensikern*, Prof. Wir suchen hier das Bauchgefühl und müssen dazu die Sachen nur betrachten, nicht anfassen. Jeder Ort hat seinen Vibe oder wie du sagen würdest, sein *Bouquet*. Was kommt bei dir an?»

«Kontrolle.»

«Das sind diese Untersetzer, Mann, sowas lieben Kontrollfreaks. Was mich betrifft, kann ich dieses Paar nicht spüren. Auch keine zwei Leute, um ehrlich zu sein.» Gary schüttelt den Kopf. «Das ist alles nur er, oder? Nichts davon gehört ihr. Es ist, als würde sie gar nicht hier wohnen, sondern sich nur hier aufhalten.»

Im Badezimmer füllen Bens Pflegeprodukte ein ganzes Regalbrett, und zwar fein säuberlich angeordnet. Die von ihr sind in einem kleinen Kulturbeutel im Spiegelschrank über dem Waschbecken. Minimal auch das: Lippenstift, Foundation, Rouge und Eyeliner. Alles nur ein Mal, während er Rasierschaum in zwei verschiedenen Ausführungen hat, vier Rasiermesser und zwei Hipster-Aftershave-Balsame mit pseudo-englischen Bezeichnungen, die auf hochwertig und gediegen machen: *Chatterton's Classic Grooming* und *Dashwood's Skin Care for Men*.

Im Schlafzimmer das Gleiche: so elegant und unpersönlich wie ein teures Hotelzimmer. *Das ist, was diese ganze Wohnung sein will*, denke ich: *eine Hotelsuite*. Auf ihrem Nachttisch hat sie ein Foto ihrer Eltern und ihrer Schwester mit einem Baby. In der Schublade ihre Antibaby-Pillen und ein Buch mit Kunstmuseum-Lesezeichen, an dem eine Quaste hängt. Zum ersten Mal finden wir etwas, das als ihr persönlicher Raum bezeichnet werden könnte. Ihr Kleiderschrank ist groß, aber ohne Variation: Drei gleiche Schuhpaare für die Arbeit, zwei gleiche zum Ausgehen, zwei gleiche Paar Sportschuhe, fünf gleiche Shirts … durch die Bank Modelabels, Markenartikel, Designer-Sachen mit entsprechendem Logo.

In der ganzen Wohnung ist dies der einzige Ort mit Spuren von ihr, und das Wenige, was vorhanden ist, wurde entweder sauber gescheuert oder weggeräumt.

«Sie wohnt gar nicht hier, Prof», sagt Gary. «Sie bewegt nur ihren Körper durch die Zimmer und legt ihn dann ins Bett, bis sie wieder zur Arbeit muss.»

«Aber ich sehe nichts Verdächtiges», sage ich zu ihm.

Gary steht beim Wäschekorb, hebt den Deckel und

späht hinein. «Nichts zu entdecken, Prof, auch nicht in der Waschmaschine oder im Trockner.»

«Er hat die Wäsche wohl gemacht, bevor er los ist, um die Gastfreundschaft der Zeitung zu genießen. Aber trotzdem sehe ich nichts, was irgendwie auffällig wäre.»

«Keine Sorge, Prof, die *Frensiker* werden da schon was finden. Aber was wir unbedingt brauchen, ist sein Computer. Bei ihm ist sicher alles online. In diesen alten Filmen kommen immer die Bullen, finden nichts und wollen schon wieder frustriert abziehen, da entdeckt einer den Schlüssel zu einem Versteck voller Beweise. So was braucht man heute nicht mehr. Das moderne Versteck ist der Laptop, und er hat seinen mitgenommen.»

Telefonisch beantrage ich die Sicherstellung von Bens Computer. Und dem von Chloe. Alle Mobiltelefone und Tablets. Nur müssen wir natürlich herausfinden, wo Lynne Foresters Zeitung ihn versteckt hält.

«Ich kümmer mich drum», sagt Gary und lässt mich allein im Hausflur zurück.

Die von der Spurensicherung zerlegen die Waschmaschine und stecken Kleidungsstücke und Schuhe in Beweisbeutel. Auch der Router fürs WLAN wird eingepackt. Der forensische Staubsauger schluckt alles von Fußmatte, Läufern und Teppichbelag. In der Küche werden ein Paar benutzte Gummihandschuhe eingetütet, die Spüle abmontiert und das Abflussrohr ausgekratzt. Sie haben Kreppband, Mülltüten und Blisterfolie entdeckt. Damit entsorgt man normalerweise Abfälle, packt Geschenke ein, polstert Zerbrechliches. Schließlich ist Weihnachten.

Das sind gewöhnliche, harmlose Haushalts-Utensilien, ja, aber im Moment wirken sie eher wie Werkzeuge des Teufels.

*

Auf dem Revier muss ich auf Gary warten und beschließe, nach ein paar von ihnen zu suchen.

Für Mrs. Pizzi gibt es eine länger zurückliegende Todesanzeige: *Elaine Pizzi, 1940–2008. Bestattung im Bartlemas-Krematorium. Keine Blumen. Spenden an die Krebshilfe*.

Angela Mason, 79 Westway Road, Vorsitzende der Französischen Gesellschaft, und da ist sie auch schon auf deren Facebook-Seite.

Lawnder, Donald, Dr.: Professor für Architektur am King's College, London. Unter dem Namen ein paar seiner Bücher, darunter auch *Der Medway City Zoo: Ein modernistisches Meisterwerk*. «Donald Lawnder hat einen entscheidenden Beitrag zur Würdigung eines modernen Juwels in Südost-England geleistet ...», heißt es in seinem Wikipdia-Eintrag. Es gibt hier einen Link zur Website des Zoos, wo eine zweijährige, durch Lotto-Einnahmen geförderte Restauration angekündigt wird, und zwar unter Aufsicht von Lawnder und der staatlichen Denkmalpflege.

Durch emsiges Googlen kann ich aufstöbern: Neil Hall, Rich Nicholson, George Cobbleson, Flynch, Bowden und Tristan; Bolsworth, Vaughan, Lewis, McCloud, Goodship und Morbender. Andere finde ich nicht, während wieder andere, die mit den Allerweltsnamen David Jones oder Jonathan Smith, jeder dieser gleichlautenden, in Banken und mittelständischen Betrieben arbeitenden Leute sein könnte – dieser Handelskammertypen in «aufgemalten Anzügen», wie Gary dazu sagt. Viele haben Facebook-Seiten mit Fotos, auf denen sie Laufwesten mit Nummer tragen. Das ist eine Welt der Halbmarathons und persönlichen Bestleistungen. Etliche schicken ihre Kinder aufs Chapelton College.

Ich frage mich, wie viele von ihnen das Erlebte ausblenden, also die üblen Dinge, alles filtern und so lange wiederaufbereiten, bis nur noch das Gute übrig ist, verbunden durch ... na ja, nichts: verbunden durch Löcher.

Morbender starb schon 1991. In einem Nachruf heißt es diplomatisch, er hätte «vielleicht etwas bereitwillig bestraft». «Werte der alten Schule und entsprechende Methoden.» Dann am Schluss: «Er hinterlässt eine Ehefrau, zwei Kinder und drei Enkel.»

McCloud lebt noch und leitet ein Englisches Internat in Hongkong: *In Anlehnung an die klassische englische Public School und mit Lehrkräften von den besten Universitäten des Vereinigten Königreichs, vermittelt das Chapel Down College die britischen Lehrinhalte, um ihre Schüler auf die Welt vorzubereiten. Die Schule hat das Motto ‹Mens sana in corpore sano›: Ein gesunder Geist in einem gesunden Körper.* Es gibt ein Foto von McCloud, der gut erhalten, wenngleich etwas vertrocknet aussieht, ohne dass man sagen könnte, von wann es stammt.

Ich mache das nicht, weil ich neugierig bin – ein Vierteljahrhundert hätte ich ja Zeit dazu gehabt –, sondern weil ich an den Spitzen meiner Finger ihre

Namen spüren will, bis hinein in die einzelnen Buchstaben. Ich möchte ihre Auffindbarkeit überprüfen. Danny spare ich mir auf bis zum Schluss.

Ich bin schon dabei, Daniel Patrick McAlinden einzutippen – und bin schon beim *c* im *Mc* angelangt –, da zieht Gary meine Hand weg.

«Hör auf damit, Prof. Lass sie in Frieden. Lass *ihn* in Frieden. Die Vergangenheit ist vielleicht deine Stammkneipe, aber er geht dort nicht mehr hin zum Trinken. Und nach allem, was du mir erzählst, hat er das auch nie getan. Dass man Leute auffinden kann, heißt noch lange nicht, dass man das auch tun sollte. Im wahren Leben, also fernab der Filme und Bücher, bleibt der *lange verlorene Freund* lange verloren, weil er das in der Regel so will. Ansehen solltest du dir aber unbedingt *das* hier.»

Er zieht eine Rolle bedrucktes Papier heraus. Websites, URLs, Abrufzeiten, Verweildauer. Außerdem gibt es einen Ordner mit Fotos von besuchten Seiten, dazu Kontoauszüge mit Abbuchungen und Daueraufträgen, die rot unterstrichen sind. Sie haben schnell gearbeitet, denn es gibt auch einen Stapel Ausdrucke von Phelps' komplettem Suchverlauf.

«Hat sie davon gewusst?», frage ich. «Also Chloe?»

«Richtige Nachweise finden sich nicht, Prof. Nur gibt es natürlich wissen und *wissen*, oder? Speziell bei den Ehefrauen und Freundinnen dieser Typen. Er löscht seinen entsprechenden Suchverlauf und hat ein Passwort. Manchmal benutzt er ihren Laptop für normale Dinge wie Online-Banking oder den Kauf einer Fahrkarte, aber nicht für diese andere Sache. Er kennt ihr Passwort, sie aber nicht seines. Sagt ja wohl alles.»

Gary zeigt mir eine Liste der Websites, die er besucht. Brutale, wüste, abartige Seiten sind das. Das erkenne ich schon allein an ihren Namen.

«Hast du dir welche davon angeschaut?», frage ich Gary.

«Du, Prof, manches davon würde ich nicht mal ansehen, wenn ich wüsste, das ist ein Film und deshalb gar nicht echt.»

«Tut mir leid.»

«Ist schon okay, gehört zum Job. Aber ja, habe ich, also ein bisschen. Quasi den Deckel gelüpft. Den Gestank wahrgenommen, oder wie der Dichter sagen würde: *den Duft eingeatmet*. Als Beweis reicht das aber nicht – haben wir ja schon erlebt, Prof: das Ansehen und das Handeln, der Gedanke und die Tat. Aber im Kontext der anderen Dinge, ja: das fließt alles in die Untersuchung ein.»

«Als da wären: DNA, Zeugen und ein Geständnis?»

«Ersteres wird ausreichen. Deshalb habe ich auch eine, wie dein Mr. Wolphram sagen würde, *lapidare* Erinnerung an dieses Privatlabor in Cheltenham geschickt und gefragt, wo zum Henker die Ergebnisse bleiben. Vermutlich haben sie dort die Zeitungen gelesen, Fernsehen geschaut und befunden: *Die haben ihren Mörder ... keine Eile mehr nötig*. Also machen sie wie gewohnt ihre Vaterschaftstests für den TV-Zirkus oder das, womit sie sonst ihre Brötchen verdienen.»

«Und dieses Dating-Portal?», frage ich.

«Nicht viel zu sehen. Er hat unterschiedliche Frauen ganz unterschiedlich angeschrieben, so rund ein Dutzend. Früher waren ein Zaubertrank und ein Labor nötig, um Jekyll und Hyde zu spielen, aber heute braucht man dafür nichts als ein Smartphone. Eine oder zwei haben geantwortet, nach einem Foto verlangt, ein bisschen gechattet, dann aber das Interesse verloren. Ohne Grund. Haben sich einfach gegen ihn entschieden. Vielleicht hat ihr Instinkt sogar im Cyberspace gewittert, dass da was fehlt – was mich echt trösten würde, also ein bisschen. Eine Art schlechtes Cyber-Gefühl. Aber er hatte keine falschen Namen, nur verschiedene Persönlichkeiten und auf allen Seiten das gleiche Pseudonym: *Mister B*. Bei der einen Nachricht ist er ganz romantisch und soft, bei der nächsten will er einen hemmungslosen One-Night-Stand mit Würgespielchen. ‹Bis deine Lippen blau sind!›, schreibt er. Aber da war durchweg tote Hose.»

«Was ich gar nicht verstehe: Warum hat er Zalie nie angeschrieben? Er muss sie doch sofort als ‹die von unten› erkannt haben.»

«Du hast die Frage selbst beantwortet, Prof: Das musste er gar nicht, oder? Sie war ja schon da. Ihr online eine Nachricht schicken? Wozu denn, wenn er im Treppenhaus mit ihr reden kann, oder wenn sie den Müll rausträgt?»

«Er hat sich unsichtbar gemacht.»

«Nicht mal das, Prof. Wenn jemand abgetaucht ist, dann Zalie.»

Er muss sie irgendwie kennengelernt haben, muss sie angesprochen oder eine Begegnung arrangiert haben: vor dem Haus, als sie von der Arbeit heimkam oder ihr Fahrrad aus dem Hof, die Post von der Türmatte holte. Er konnte sie beobachten, ohne dass sie ihn verdächtigt hätte – weshalb denn auch? Er wohnte ja hier. Das Problem war nur: sie auch.

Fernsehen

Ben ist auf der Brücke. Er sieht nach unten, aber wegen des Drahtzauns kann er seinen Kopf nicht über die Brüstung strecken. So entgeht ihm auch dieses Mit-der-Möglichkeit-des-Springens-Spielen, dieses Selbstmörderisch-über-die-Leere-Nachdenken. So ist das mit der Gesundheit und Sicherheit – man kann nicht mal seine eigene Auflösung wählen.

Nur ist das laut Gary ein symbolischer Akt, keine ernstzunehmende Selbstmorddrohung: «Ein Fernseh-Finale, Prof.»

Ben weiß genau, dass es traditionellerweise Brücken sind, wo Dinge ihren Höhepunkt erreichen. Er hat genügend Filme gesehen und mit genügend Xboxen gespielt, um zu wissen, dass Dinge gern auf Brücken enden. Leider ist es jetzt viel einfacher, von unterhalb der Stützpfeiler zu springen, also runterzuklettern und einen Vorsprung zu finden, von dem aus man sich in die Tiefe stürzt. Das weiß er sicher auch. Nur dass ihn dann keiner sehen würde. Dort kriegt man die Fernseh-Teams nicht hin, deshalb gäbe es keine *Bühne*. Niemand würde ihn filmen, während das Blaulicht der Polizeiwagen über seine Letzter-Akt-Miene huscht, kein Polizeipsychologe würde versuchen, ihn vom Sprung abzuhalten. Er kennt das aus der Glotze und will das volle Programm: Megaphone, Hubschrauber, Polizeipsychologen.

Aber er kriegt nur Gary, der ihn auch noch verhöhnt: «Leiter wär nicht schlecht, was?»

Das hier ist Ben Phelps, der im Film über seine Gefangennahme die Hauptrolle spielt. Er wird sich nicht in einer Wohnung fangen lassen, die eine Zeitung ihm gestellt hat, während seine Freundin ihn ansieht, plötzlich einen Mörder erblickt und sich fragt, ob er das schon immer war. Oder ob aus einem Bündel an möglichen Persönlichkeiten nur zufällig diese Variante ausgewählt wurde. Ob er vielleicht auch *sie* ermordet hätte. Auf jeden Fall wird sie ihn aber hassen. Und jetzt ist sie frei.

Mit unserem Anruf wusste er, dass wir hinter ihm her waren. Er war dabei, als Lynne Forester abhob – mitten in seiner *Version des Geschehens*, der Version, bei der er Zalie nicht getötet hat, bei der er schockiert, entsetzt war und die zehn Riesen einsteckte –, und sah, wie sich ihre Miene veränderte, hörte, wie im Gespräch mit Gary ihre Stimme zu beben begann. Es tat gut, sie endlich auch mal ängstlich zu erleben, das war wirklich super. Er genoss diese Angst. Ein kleiner Sieg immerhin. Das Geld wird er vermissen, denn das hätte er schon gebrauchen können. Und wäre es wirklich so schlimm gewesen, wenn sie diesen Sonderling Wolphram hinter Gitter gebracht hätten? ‹Der Wolf›. War doch schon immer klar, dass mit dem was nicht stimmt.

Nur hatte er keineswegs vor, auf die Polizei zu warten.

Deshalb wird Phelps auch auf der Brücke gefangengenommen, und zwar einzig und allein wegen des dramatischen Dekors, was in einer Welt, die für ihn ein einziger Fernsehbildschirm ist, einen hervorragenden Grund darstellt. Er wird ausharren, bis die

Fernsehteams da sind, bis Lynne, Ellie Nash und alle anderen Nachrichtensender des Landes kommen, um das hier zu filmen.

Die Autos haben angehalten, und trotz der Megafone, die sie auffordern, zu bleiben, wo sie sind, steigen die Pendler aus und machen Schnappschüsse mit ihren Handys. Die Blitzlichter sehen im Nebel wie ein träges Feuerwerk aus. Es ist gedämpft und irgendwie weihnachtlich. Oder sogar festlich, wie Lametta, das durch die Baumkerzen funkelt. Sie werden das live tweeten. Hashtag Medway-Brücke. Hashtag Brücken-Springer. Alle dreißig Sekunden, alle zehn Sekunden, alle fünf, und außerdem gibt es ein weiteres Dutzend, weitere zwanzig, weitere fünfzig Fotos, Tweets, Updates ...

Gary und ich gehen vorsichtig auf ihn zu. Sobald er nach unten sieht oder sich zu der anwachsenden Menge dreht, machen wir ein paar Schritte.

Ich frage mich, ob schon durchgegeben wurde, dass Wolphram wieder auf freiem Fuß ist und es einen neuen Verdächtigen gibt. Ob die Leute auf der Brücke die Nachrichten gehört haben oder die Meldung in die Fünf-Uhr-Hauptverkehr-Sendungen gedrungen ist, zwischen all die Weihnachtssingles und Last-Minute-Werbungen für Last-Minute-Geschenke. In die EILMELDUNG-Laufbänder unter den Quizsendungen und Seifenopern. Gary scrollt die Seiten mit den Verkehrs-Updates herunter, mit dem Brücken-Hashtag, mit Zalies Name, mit der Weihnachts-Rush-Hour, mit Wolphram ... und flucht: «Warum zum Teufel muss ich in meinem Handy nachschauen um zu erfahren, was in meinem Leben passiert? Vor meinen beschissenen Augen?» Alles, was wir aus den Einsatzfahrzeugen hören, ist die Zentrale, die von allen Polizeiautos im Umkreis einen Lagebericht will.

Was ist unser Lagebericht? *Wir sind hier und es ist Jetzt.*

Jetzt gehen wir direkt auf Ben zu. Er hat weniger als ein Viertel der Brücke überquert, vielleicht so achtzig Meter ihrer Gesamtlänge. Er weiß genau: je näher er bei uns ist, desto besser kann er gefilmt werden, ohne dass die Übertragungswagen auf die andere Seite wechseln müssen. Gary sagt, dass Ben es nicht tun wird. Und das nicht nur wegen der fehlenden Leiter, sondern weil er wartet – nichts wird passieren, bevor nicht die Presse da ist. Ich bin mir da nicht so sicher.

Er schreit, wir sollen bleiben, wo wir sind. Er greift in den Maschendraht und tut, als würde er gleich daran hochklettern. Wir bleiben stehen. Er lässt los.

Hindernisse oder Unannehmlichkeiten dürfen bei einem ortsspezifischen Selbstmord nie als abschreckend eingeschätzt werden: Aus unerfindlichen Gründen weiß ich diesen Satz aus einem Infoblatt zu Brücken noch auswendig. Am Beginn meiner Polizistenlaufbahn wurde die örtliche Einheit befragt, wie die Selbstmorde hier reduziert werden könnten. Wir schlugen das vor, was wir am liebsten vorschlagen: Barrieren. Die Experten waren auch dieser Meinung, deshalb wurde in den Neunzigern auf der Brüstung eine Art Käfig aus kleinlöchrigem Maschendraht angebracht, der sich oben nach innen neigt. Genau der gleiche wie im Zoo. Es gab Beschwerden vonseiten des städtischen Verschönerungsvereins, der Leserbriefe an die Zeitungen schickte und dabei vor allem das Adjektiv *unansehnlich* benutzte. Aber die Tode gingen um die Hälfte zurück. Hieß das vielleicht, dass die Selbstmörder ihre Verzweiflung oder Problemlösung einfach woanders hinverlagert haben?

Jedenfalls sieht man jetzt nicht mehr die herumstreifenden, nervösen Depressiven, die die Brücke heimsuchten und manchmal auch hinuntersprangen. Oder die Entschlossenen, die ihre Miene auf Autopilot umgestellt hatten und schnurstracks zu der geplanten Stelle gingen. Die Brücke hörte auf, ein Ort zu sein, an dem man so wie bisher über Selbstmord nachdachte, ein Ort, um ihn im Kopf durchzuspielen, auch wenn man ihn gar nicht vorhatte, oder um über die Physik des Fallens nachzugrübeln oder abzuwägen, welche Umstände einen dazu bringen würden. So wie ich immer hingegangen bin, die Arme über die Brüstung baumeln ließ und auszurechnen versuchte, wie viel Kummer nötig wäre, um mich rüber zu schubsen. Ich stellte mir das vor wie die Küchenwaage meiner Großmutter, wenn sie daheim am Backen war: Ich auf der einen Seite, und auf der anderen schwarzes Mehl, das langsam rieselt bis … bis es nach unten sinkt, woraufhin ich hochgehoben werde und mein Schatten-Gewicht den Platz des Körpers einnimmt.

Wenn man jetzt jemanden dort stehen sieht, kann man darauf wetten, dass er die Aussicht bewundert oder den scharfen Wind genießt. Oder den Geruch der Mündung und den Kitzel, so hoch zu sein, dass sich die Tonnen aus Eisen und Stahl, die einen tragen, wie eine Plattform aus Luft anfühlen. Diese Person war nicht in ihrer eigenen Hölle und bereit, Schluss zu machen.

Eine Zeit lang haben die Leute die Stützpfeiler benutzt. Die sind anders: Sie sind auf Gestein, Zement und dreckiger Grasnarbe gebaut und besitzen die zunehmende Neigung, bei der der Körper, nachdem er von einer Stelle ohne richtigen Stand und weit entfernt von einer fotogenen Tiefe, fällt und sich selbst an einem zerklüfteten Abhang zerschmettert, mit Knochen, die brechen und splittern und sich aus den Gelenken lösen, während er halb hüpft, halb rollt, bis er, mit zerfetzter Haut, aufgerissenem Fleisch und acht oder zehn Meter weiter unten, eine scharfe Kante findet und von da hinunterfällt. Das ist ganz schön heftig, selbst wenn man sterben will, und außerdem längst nicht so ein perfekter Schlussakkord wie ein sauberer Sturz durch die Leere.

Wenn man auf Endgültigkeit aus ist und dazu auf eine Identifizierbarkeit am anderen Ende, wird man eher nach alternativen Orten suchen.

Das Letzte, was ein potenzieller Selbstmörder will, ist ein demütigender Kampf mit den Banalitäten des gewählten Orts: mit dem Unterholz und den Felsen, der Einzäunung, der Hundescheiße und den Blechdosen oder benutzten Kondomen. All das nur, um auf einer Landstraße aufzuschlagen, während die Autofahrer auf die Bremse treten, oder neben einem illegal entsorgten Herd, der am Abhang eingekeilt ist.

«Der springt nicht, Prof. Er steht nur da, weil er das in Actionfilmen und Videospielen gesehen hat … solche Sachen enden immer an Kanten und Vorsprüngen: Klippen, Eisenbahnschienen, Fenstersimsen, Wolkenkratzerdächern, was auch immer ... Aber das hier ist kein Actionfilm, und dieser Typ hat nicht den Mut zu springen. Oder die Zeit.»

«Ich will nicht, dass er springt, und ich will auch nicht, dass er vor seinem Abgang irgendwelche berühmten letzten Worte kriegt.»

«Okay, Prof, wir beide. Bist du bereit?»

«Ja!»

Ich merke, dass ich keine Ahnung habe, wozu ich hier bereit bin oder ob es das Gleiche ist, wozu Gary bereit ist.

Wir gehen langsam auf die Mitte der Brücke zu. Gary hält gelegentlich an, um die Aussicht zu genießen, obwohl es gar keine gibt, nur einen kalten, schwachen Wind und die Dunkelheit darunter. Die Scheinwerfer und Rücklichter der Autos machen es unmöglich, dass wir *nicht* gesehen werden, aber immerhin wurde, wie von uns erbeten, die Brückenbeleuchtung ausgestellt. Dadurch wird es für die Gaffer schwer, mit ihren Smartphones Filmchen zu machen.

Gary geht absichtlich langsam, bummelt wie ein Tourist. Als wir näherkommen, schreit Phelps, er würde springen, aber Gary ignoriert ihn und schlendert weiter. Er ist viel cooler als ich – ich bin mir sicher, dass Phelps springen wird. Er hat die Hände auf der Brüstung und dem Stahlseil und versucht, mit dem Fuß im Maschendraht Halt zu finden. Wir sind jetzt noch zwanzig Meter entfernt.

Gary zeigt mir sein Handy: «Schau mal, da gibt's sogar eine App, *YourBridge*, oder du kannst den QR-Code auf den Schildern scannen und kriegst in der Sprache deiner Wahl eine Führung ...» Gary scrollt nach unten und geht dann weiter. Phelps schreit immer noch, dass er springt, nur klingt es immer weniger danach, als würde er es wirklich tun.

Zehn Meter. Phelps hat sein Handy herausgeholt und versucht zu telefonieren. Das schenkt uns Zeit. Er wählt eine Nummer. Jemand hebt ab. Phelps beginnt zu sprechen. Bricht ab und hört zu, wendet sich dann von uns weg, um zu sehen, ob die Fernsehteams schon da sind. Sind sie nicht. Aber Gary ist es, legt ihm wortlos Handschellen an und nimmt ihm das Telefon ab. Er führt es an sein Ohr.

«Ah, Lynne, hier Gary ... Ich denke, Sie wissen bereits, was hier los ist und wo wir sind. Jedenfalls gutes Timing – so müssen wir Sie nicht extra anrufen. Sie kommen morgen Früh als Erstes aufs Revier und bringen alles mit, was Sie zu Phelps haben. Tonbänder, Transkriptionen, alles. Ich hoffe sehr, dass Sie nicht kommen, denn so kann ich mit einem Durchsuchungsbefehl und einem Streifenwagen selbst rüberfahren und Sie am Ort Ihrer sogenannten *Arbeit* abholen ...»

Er steckt das Handy in einen Beweisbeutel und gibt ihn einem der Polizeibeamten, die sich plötzlich um uns herum materialisiert haben. Er dreht sich zu mir. «Stell dir vor, du bist ein derartiger Loser, dass sich deine letzten Worte an Mad Lynne Forester richten.»

*

«Ich erzähl dir mal eine Geschichte über die Brücke, Prof.»

Gary hat sich beruhigt, aber ich bin immer noch ganz zittrig. Sein Handy liegt neben seinem Drink, vibriert bei ignorierten Anrufen und wandert zuckend über den Tisch. Wir sind im *Harcourt Arms*. Sie haben Zalies VERMISST-Plakat hinter der Bar nicht abgehängt, aber jetzt steht ein Teelicht darunter und beleuchtet ihr Kinn. Vor dem Pub sind Blumensträuße und Kerzen, und auch innen sehen die Gäste ganz feierlich aus, während sie unter dem Tisch Fotos von der Lokalität tweeten, die Lynne Forester als *Zalies Lieblings-Hangout* bezeichnet hat.

«Als Teenager sind meine Kumpels und ich nach der Schule immer an der Brücke rumgehangen. Dort oder beim Zoo. Die Tiere waren weg, aber aus irgendeinem Grund lag ihre Scheiße immer noch rum, dazu irgendwelche Fellreste, jedenfalls ein großartiger Ort zum Skateboarden und Rauchen, bis sie den Laden dann dicht gemacht haben und überall Videokameras aufgehängt wurden. Wir haben das Gleiche gemacht wie alle Teenager, sogar du vermutlich … Dieses Eckgeschäft, in dem Zalie Kundin war – der damalige Betreiber hatte kein Problem damit, Kippen und Alkohol an Minderjährige zu verkaufen. Wir haben oben auf dem Hügel unsere Bierdosen getrunken, uns durch rote Marlboros gehustet und dabei dem Verkehr oder den Fähren zugesehen … Wenn LKWs rumstanden, haben wir druntergeschaut und geprüft, ob sich dort irgendwelche Migranten verstecken. Die Zeitungen waren voll davon, und jeder von uns wollte gern der heldenhafte Schüler sein, der einen dieser armen Teufel aus einem Lager in Calais oder dem Tunnel entdeckt. Gott sei Dank hatten wir kein Glück, aber alles, was wir sahen, waren die reichen Kids in ihren Chapelton-Trikots, die von ihren Spielen zurückkamen, und wir haben Wichs-Bewegungen gemacht und ihnen den Stinkefinger gezeigt.»

«Leuten wie mir, meinst du?»

«Leuten wie dir, Prof. Das ist immer noch so, und wird auch immer so bleiben – gleicher Finger, nur andere Hände. Jedenfalls war da immer wieder so ein Mädchen, mit rotblondem Haar und irgendwie nettem Gesicht, die muss so achtzehn oder zwanzig rum gewesen sein. Hat sich angefühlt wie ein riesiger Altersunterschied, war es aber gar nicht. Sie stand immer in der Mitte der Brücke. Das war ein paar Jahre, bevor diese Barrieren entstanden. Als die Telefonseelsorge noch ihre alte Nummer hatte, die eins neun neun vier oder fünf.»

Gary checkt sein Handy. Sieht, dass eine neue Nachricht gekommen ist, liest sie aber nicht.

«Die hat manchmal mit mir geredet. Keine großen Sachen oder so. Übers Wetter. Schöner Tag heute. Scheißtag. Sie kam mir so erwachsen vor, so reif. Hat ständig geseufzt und war immer in Gedanken, diesen fernen Erwachsenengedanken. Ich hab mich immer gefragt: *Werde ich auch mal so Zeug denken?* Ihr Haar war immer sonnenbeschienen ... war es natürlich nicht, nur kam mir das so vor, wie bei diesen Easy-Listening-Platten aus den Siebzigern.

Ich war picklig und fett, hatte wundgescheuerte Beine in kratzigen Hosen, ein Nylonhemd mit gelben Achseln und Körpergeruch, der von frisch-und-stechend bis zu historisch abgestanden reichte. Sie wollte wissen, wie ich heiße. Sie war so schön und friedvoll, wie sie da mit dem Wind im Haar dastand, dass ich dachte, ich mach alles kaputt, wenn ich ‹Gary› sage. Warum konnte es nicht – keine Ahnung – Oliver oder Jacob oder Gabriel sein? Alexander? Aber du kennst mich, Prof, ich kann ja nicht lügen, deshalb habe ich Gary gesagt. Gary Maffett. Musik in den Ohren. Wir haben ein bisschen gequatscht: Sie sagte, sie sei aus St. Leonards und würde an der Kunstakademie studieren. Sie hatte Farbe an den Händen, am Saum ihres Pullis, auf den Schuhen. Das weiß ich, weil ich überallhin geschaut habe, nur nicht in ihre Augen, da war ich einfach zu schüchtern. Ich hab all diese Details gesehen, die abgekauten Fingernägel, die abgestoßenen Schuhe, so Zeug halt. Dann haben wir uns verabschiedet, und ich bin gegangen und hab mich wie ein Idiot gefühlt, weil ich nichts Interessantes rausgebracht hatte, nur war da so was wie ein leichter Zug in meinem Rücken. Ich hab mich umgedreht, um zu sagen, dass ich gerne sehen würde, was sie so malt … aber sie war verschwunden. Endlich, mein bedeutender Satz, Garys großer Anmach-Spruch. Nur leider niemand da, der ihn hört. Ich musste extra dorthin, wo sie eben noch gestanden hatte, um mich zu vergewissern, denn ich dachte, ihr Geruch hängt noch in der Luft. Das tat er auch … so ist mir das im Gedächtnis. Ich rieche ihn bis heute, wenn ich an der Stelle vorbeigehe. Dann habe ich nach unten geschaut, aber da war nichts zu sehen. Weder im Wasser, noch im Schlamm, noch auf der Straße. Niemand.»

«Ist sie gesprungen?»

«Glaub schon. Es waren noch andere Leute auf der Brücke, einer davon eine Art Amateurfotograf, aber die hatten sie nicht gesehen, geschweige denn jemanden, der nach unten gesprungen ist. Wir haben gemeinsam runtergeschaut, aber weder hatte ein Auto angehalten, noch war überhaupt etwas zu entdecken. Sie haben gesagt, ich hätte mir das ausgedacht und sollte mich schämen.»

«Bist du dir *sicher*, dass es keine Einbildung war?»

«So sicher, wie die Dinge in deiner Schule keine Einbildung waren. Ich hab ständig in der *Evening Post* geschaut, ob eine Leiche gefunden oder jemand vermisst wurde. Damals hatte nicht jeder einen Computer daheim, deshalb konnte man auch nicht danach suchen. Die Internetnachrichten waren bei Weitem nicht das, was sie heute sind. Über Wochen habe ich damals die Zeitung studiert, und mehr als eine Handvoll Meldungen ist mir sicher nicht durchgerutscht. Trotzdem war da nichts: keine Leichen, keine vermissten Personen, keine Aufrufe zur Mithilfe.»

«Du könntest das immer noch rausfinden. Alles, was dafür nötig ist, haben wir auf dem Revier, durch die Bank digitalisiert und verlinkt, bis vierzig Jahre zurück.»

«Glaubst du echt, das habe ich nicht gemacht, Prof? Ich hab die kompletten Archive durchkämmt, angefangen bei Hastings und St. Leonards, nur war da nichts, also hat sie entweder gelogen oder wurde von niemandem vermisst. Auch so was soll's ja geben. Ich habe die Berichte der Leichenbeschauer überprüft, Online-Archive der Zeitungen, *MisPers* und ungelöste Fälle, von hier bis rauf nach London und dann über Dover, Folkestone, Ramsgate bis runter nach Portsmouth und Brighton … Ich hab die Städte mit Fährhafen gecheckt, wo die Leute kommen und gehen und sich keiner drum kümmert. Dann die Badeorte – Margate, Gravesend, Broadstairs, bis zum letzten Kaff … Hab bei der Wasserschutzpolizei nachgefragt, in den psychiatrischen Anstalten … Nichts. Sie ist das Gespenst in meinem Kopf. Meiner Meinung nach liegt sie gut konserviert im Schlamm, genau wie diese alten irischen Krieger in ihrem Moor. Über die haben wir in der Schule Gedichte gelesen. Wie sich gezeigt hat, waren manche davon gar nicht so alt. Und nicht mal Krieger. Aber das ist ja Schnee von gestern, oder etwa nicht, Prof? Wir sind jetzt alle gut befreundet, stimmt's?»

«Vielleicht ist sie einfach geflohen … also *wirklich* entflohen: hat keine Spur hinterlassen, keine Erinnerungen, keine Freunde, keine Familie, keine Leiche. Vielleicht wollte sie genau das: eins minus eins ergibt null. Vielleicht solltest du sie in Ruhe lassen.»

«Das, oder sie wollte, dass ich sie sehe, damit zumindest eine Person Bescheid weiß.»

«Kann auch sein.»

«Wie auch immer, Prof, jedenfalls wollte ich nicht, dass dieser mörderische Drecksack da unten ist – nicht bei ihr und all den anderen. Das haben sie nicht verdient.»

Gary trinkt sein Glas aus und winkt nach einer neuen Runde.

«Ich sag' dir noch was anderes, Prof. Ab und an – nicht regelmäßig oder so, nur wenn es mir einfällt und machbar ist – bringe ich ein paar Blumen für sie hin und binde sie dort, wo wir miteinander geredet haben, ans Geländer. Das ist kein Ritual, und ich werde auch nicht feierlich oder so ... ich mach das nur, weil es ein Teil von mir ist.»

*

Die Theorie? Sicher werden wir es nie wissen, aber hier ist zumindest die Theorie:

Phelps erkennt Zalie an ihrem Profil in diesem Portal. Er muss ihr keine Nachricht senden, schließlich kann er sie treffen, wann immer er will. Jetzt wird es ein bisschen verschwommen, geht aber in etwa so: Er hat sie angesprochen, ein bisschen geplaudert, einen Annäherungsversuch gemacht und gesagt gekriegt, er soll sich verpissen, hat erwähnt, dass er sie auf dem Portal gesehen hat, und sie in Panik versetzt. Er hat sie beobachtet, ist ihr auf den Fersen geblieben und eines Tages einfach reinmarschiert.

Er sagt, sie hätte ihn reingelassen. Das ist gelogen, nur gibt es keinen Beweis dafür. An ihrer Wohnungstür ist unten eine Delle, die zu seinem Schuh passt, und die werden wir als Beleg dafür nehmen, dass er sich den Zugang erzwungen hat. Das folgt der Logik, dass man den Fuß in die Tür stellt, wenn sie einem vor der Nase zugemacht wird. Die Forensiker haben herausgefunden, dass sie zu ihm passt, und auf der Innenseite der Tür einen Fingerabdruck von ihm entdeckt, außerdem weitere Spuren im Flur, aber nirgendwo sonst. Was es uns leicht macht, seine Aussage zu widerlegen, dass sie ihn hereingebeten hat und sie zusammen etwas getrunken haben. Auf den

Gummihandschuhen wurden Spuren von ihr gefunden, und die Abrisslinie auf dem Kreppband in seiner Wohnung passt zu der auf den Mülltüten, in die er sie eingewickelt hat. Es gibt sogar DNA-Nachweise aus dem Speichel, den er an beiden Rändern des Kreppbands hinterlassen hat.

Die Untersuchung ist abgeschlossen.

Wir haben genug, um ihn für den Rest seines Lebens hinter Gitter zu bringen, nur scheint ihm seine Eitelkeit zu verbieten, ein gewaltsames Eindringen zuzugeben. Er bleibt bei der Version, dass sie ihn erst hereingebeten und dann in letzter Sekunde ihre Meinung geändert hat. Dass sie «nicht den Mumm besaß, die Sache durchzuziehen». Dass sie «ihre Meinung geändert» hat. Dass sie «ausgerastet» sei und zuerst *ihn* angegriffen hätte. Er bleibt auf seinem hohen Ross: sie wollte es, zumindest am Anfang, und hat dann «gekniffen». Damit zielt er darauf ab, auch noch als Mörder ein gewisses sexuelles Selbstwertgefühl zu retten. Er sagt, er hätte sie nicht töten, sondern sie nur festhalten und ihr Geschrei beenden wollen. Er setzt auf Totschlag, denkt, er könne sich damit ein Lebenslänglich ersparen, will das als romantisches, in die Hose gegangenes Treffen verkaufen und sich selbst dabei als Opfer eines Missverständnisses. Er gibt ihr die Schuld, weil er das kann, und er kann es, weil sie tot ist. Sie wird ein zweites Mal sein Opfer, und warum auch nicht? Schließlich ist das ein eigenes Genre, und bei anderen Männern hat es ja auch funktioniert. Es gibt bereits erste Kommentare unter Lynnes jüngstem Artikel, der die «gemischten Signale» von Frauen kritisiert, dabei ist die

Meldung zu seiner Verhaftung erst wenige Minuten draußen.

Zudem weiß er, dass die Einführung einer gewissen Fragwürdigkeit bezüglich Zalies sexueller Absicht ihre Eltern noch mehr verletzt. Das verschafft ihm Macht. Sie werden nie wissen, warum und wie genau sie die Tür geöffnet hat. Die Beliebigkeit darin wird ihnen zu schaffen machen, diese Katastrophe, bei der so viele Zufälle passieren mussten – und ohne Weiteres auch nicht passiert wären. Wenn sie erst später heimgekommen oder früher ins Bett gegangen wäre; wenn er seine Büro-Weihnachtsparty nicht geschwänzt, sondern besucht hätte oder sie nicht zu ihrer gegangen, sondern daheim geblieben wäre ... Eine Abweichung von ein oder zwei Grad, ein Mausklick links oder rechts, und nichts wäre geschehen: Zalie noch da, mit dem Leben, das ihr zustand, aber nicht das: ein Loch im Leben ihrer Eltern, das so groß ist wie das Leben selbst.

Wir lassen den Umtrunk auf der Wache ausfallen. Keiner ist in der entsprechenden Stimmung. Es gibt ein Notfallschränkchen mit Bier und Supermarkt-Prosecco, außerdem eine ungeöffnete Packung Plastikbecher, aber niemand hat Lust. Sogar Deskfish, der hier zum verbrechensaufklärenden Landesheld wird, sieht deprimiert aus. Aber warum nur, wenn wir dem Land das von ihm gewünschte Weihnachtsgeschenk gegeben haben? Das war dramatischer, mit noch mehr Wendungen versehen als das zweiteilige, starbesetzte Weihnachts-Special der BBC. Und vor allem haben wir *der Nation* Gerechtigkeit geschenkt, wobei alles durch eine Prise Ungerechtigkeit noch aufregender wurde.

Aber niemand applaudiert, jubelt oder schenkt die Becher voll.

*

Der Polizeipräsident will, dass es sofort bekanntgegeben wird, damit die Leute, wie er sagt, *entspannt und zuversichtlich* zu ihren Familien zurückkehren und *die Feiertage im Kreis ihrer Lieben genießen können*. Die Truthähne in ihren Alu-Krematorien, Korkenzieher im Anschlag, frische Batterien in den Fernbedienungen *der Nation*.

Ein neuer Verdächtiger, also eine neue Story, wie wir entdecken, denn Lynne und die anderen Reporter fragen bereits: *Polizei-Blamage durch falsche Anklage?*

«An solche Schlagzeilen sollten Sie sich gewöhnen», sagt Lucy Hall. Sie ist gekommen, um Wolphram bei seiner Freilassung abzuholen. «Sie werden bekanntgeben, dass die Anzeige fallengelassen und Wolphram freigelassen und entlastet wurde. Auf diesen Wortlaut habe ich mich mit Ihrem Vorgesetzten geeinigt. *Entlastet* – sagen Sie es.»

«Entlastet. Ja. Ich habe das Statement gesehen. Der Polizeipräsident wird eine Erklärung abgeben, und unsere Pressestelle schickt sie dann umgehend an die Medien. Bei der Pressekonferenz werde ich genau das Gleiche sagen.»

Sie wirkt misstrauisch und nur teilweise besänftigt. «Außerdem noch eine Entschuldigung – es ist vermutlich besser, wenn Sie das sofort machen und nicht erst, nachdem wir rechtliche Schritte unternommen haben. Ich werde ihm auch raten, die Zeitungen zu verklagen. Aber was immer Sie auch jetzt für ihn tun, ändert nichts an dem, was passiert, wenn wir Sie vor Gericht bringen – ist das klar?»

«O ja», sage ich eifrig, «absolut.»

Sie wendet sich zum Gehen, aber da ist noch eine letzte Sache.

«Wie ist Ihr Vorname?», fragt sie.

Mir fällt in ihrem Nasenflügel die kleine Delle auf, wo früher mal ein Nasenring war: das Loch ist zugewachsen, die kleine Perforationsnarbe aber immer noch sichtbar.

«Alexander. Früher mal Ander. Will Ihr Vater das wissen?»

«Ja», erwidert sie. «Er hat sich gefragt, was aus Ihnen wohl geworden ist und ob Sie das sind, den er aus der Schule kennt. Was soll ich ihm sagen?»

«Sagen Sie ihm ... sagen Sie ...

Gary ist mit dem Wagen vorgefahren und hat die Beifahrertür geöffnet.

«Bringt ihn rein!», ruft er.

Wolphram steigt aus, begleitet von Thicko und Small-Screen. Die beiden versuchen, wie Bodyguards im Actionfilm auszusehen, suchen die Dächer ab und sprechen in ihre Walkie-Talkies, obwohl außer uns gar niemand da ist. Wolphram hat sich die Haare geschnitten. Er hat sich rasiert und trägt neue Sachen. Man kann sehen, dass er sie hasst, denn halb geht er, halb windet er sich in seinem Outfit: Jeans, Turnschuhe und ein Kapuzenshirt, über dem er eine Kunstlederjacke trägt. Die Turnschuhe sind eine besondere Schmach für einen Mann, der immer nur lederne gewohnt war, auch am Wochenende. Alles ist ihm eine

Nummer zu groß. Er sieht aus wie ein ausgemergeltes Mitglied einer Pub-Rockband. Seine Verkleidung wird durch eine dicke Brille mit grauen Gläsern vervollständigt, die seine Augen aussehen lassen, als seien sie VIPs hinter den getönten Scheiben einer Limousine.

Gary drückt auf die Hupe, damit ich mich beeile.

Ich drehe mich zu Lucy: «Können Sie ihm sagen, dass wir die Sache diesmal rechtzeitig gestoppt haben?»

*

Gary hat beantragt, dass Wolphrams Auto freigegeben wird, aber bis dahin haben wir noch zwei Stunden. Ich konnte schon mitverfolgen, wie die Kfz-Forensiker arbeiten: das ist wie eine Maschinen-Autopsie, bei der die Einzelteile auf sterile Tücher gelegt, gewogen und fotografiert werden, dann nimmt man von allem Proben und legt sie unters Mikroskop. Ich bin überrascht, dass sie das alles in nur zwei Stunden wieder zusammensetzen können.

«Ich habe noch ein paar Weihnachtseinkäufe zu machen», sagt Wolphram zynisch, als wir fragen, wo wir ihn hinbringen sollen. Also fahren wir mit ihm zum Supermarkt und bleiben in seiner Nähe. Gut möglich, dass er erkannt wird. Vor allem, wenn er spricht.

Wir folgen ihm mit einem Einkaufswagen und sehen dabei aus wie Leibwächter eines öffentlichkeitsscheuen Bonzen. Wir hören seine tiefe, luxuriöse Stimme und begleiten seinen erlesenen Geschmack von einem Gang zum anderen. Die Supermarkt-Jingles zerren an seinen Nerven. Die Weihnachtslieder dröhnen in Dauerschleife. Dabei will er nichts anderes, als daheim in seinem Sessel sitzen, mit einem Boxset von Keith Jarrett und etwas George Eliot.

Stattdessen ist er hier, inmitten der Nimm-zwei-zahl-eins-Angebote und beinhart gefrorenen Truthähnen. Es ist fast nichts mehr da zum Kaufen. Die Fleischtheke ist so leer, dass in den Schüsseln und Präsentiertabletts nur noch das übrige Blut steht. Er schaut sich um und blinzelt.

Jemand wird ihn erkennen – heute, morgen, in drei Wochen. Und das für den Rest seines Lebens. Aber je später, desto besser, damit er genügend Zeit hat, auf den Stumpf, den wir ihm gelassen haben, eine neue Existenz aufzupfropfen. Damit er sich an sein Prothesen-Leben, sein neues Gesicht, seine schlechte Kleidung gewöhnen kann.

Gary hält Ausschau nach dem verstohlen fotografierenden Smartphone, dem Flüstern, dem ausgestreckten Zeigefinger. Nach jemandem, der die Zeitungen über ihre *Müllsack-Mord-Hotline* anruft, die weiterhin geöffnet ist, um den abgestandenen Rest an Neuigkeiten und Tratsch aufzusaugen. Bis jetzt hat er Glück. Nur darf er nicht zu laut sprechen, denn seine Stimme kann er ja nicht verändern.

Es gibt keine Garantie dafür, dass die Leute seine Freilassung mitbekommen haben, dass es einen neuen Verdächtigen gibt, dass er unschuldig ist. *Entlastet*. Manchen wird das egal sein. «Und manche werden denken, das ist eine neue Hinrichtungsform», sagt Gary zu mir: «Er wurde für schuldig befunden und mit einer tödlichen Spritze umgehend entlastet.»

Außerdem schwirrt da auch noch alles von der Schule herum, all die Andeutungen vonseiten der Ex-Schüler und Lehrer. Das wird nicht verschwinden, denn von Gerüchten gibt es keine Entlastung. Sie sind nicht gegenständlich, und Tatsachen sind keine Kugeln – genauso gut könnte man auf Rauch schießen. Das wird der Schatten in seinem peripheren Blickfeld sein, etwas Dauerhaftes am Rand seines Denkens, wohin er auch geht, wann immer er es fast schon vergessen hat.

Er ist stark, sage ich zu Gary, *er wird das überstehen*. Aber Gary meint, dass ein Überlebender erst nach der Krise, nach der Verhandlung, nach der Extremsituation zusammenbricht. Wenn das Leben sich entspannt und wieder Ruhe einkehrt. «Aber er ist zäh», sage ich.

«Das meine ich, Prof: diese ganze Zähigkeit könnte ihn auch fertigmachen.»

Hier im Supermarkt erkennen ihn jetzt doch ein paar. Etwas an ihm weckt ihre Aufmerksamkeit. Sie bekommen es nicht ganz zusammen. Bis jemand es schafft: eine junge Mutter mit einem ruhigen Kleinkind im Einkaufswagensitz und einem Baby auf dem Bauch kapiert sofort. *Wo habe ich den schon mal gesehen?* Sie sieht ihn an, er ist direkt neben ihr bei den guten Weinen. *Wo habe ich den schon mal gesehen? Überall!* Er sieht zu ihr und bekommt wieder Angst.

Sie ist sich sicher. Sie nickt leicht. *Ja, das ist er.* Er zieht die Augenbrauen hoch und fragt sie mit seiner Miene, was sie jetzt tun wird.

«Wären Sie so freundlich, mir von dem da oben drei Flaschen zu geben?», fragt sie. «Ich komme mit dem Baby nicht ganz rauf.»

Gary ist für alle Fälle näher rangegangen, bleibt jetzt aber zurück und beobachtet nur.

«Aber sicher.» Wolphram stellt sich auf die Zehenspitzen, gibt ihr dann eine Flasche in die Hand und tut die anderen beiden in ihren Einkaufswagen, liegend, damit sie beim Schieben nicht kaputtgehen.

«Danke», sagt sie, den Blick weiterhin auf ihn gerichtet, und dann leise: «Ich hoffe, Sie haben schöne Weihnachten», bevor sie verschwindet und zu ihrem Mann geht, der schon vorne an der Kasse ist und in der Schlange einen Platz für sie freihält.

Und das war sie. Die Erkennungsszene, die erste von vielen, die noch kommen.

Wolphram ist glücklich darüber, denn dies war die Freundlichkeit einer fremden Person. Sein hageres Gesicht birst fast vor Stolz, aber nicht auf sich selbst, sondern den Umstand, dass es das Gute im Menschen auch weiterhin gibt.

Ich kenne diese doppelte Buchführung: Wir berechnen Freundlichkeit zweifach, dreifach, vierfach … damit sie eine Unfreundlichkeit überwiegt. So behauptet sich die einmalige Gnade einer wildfremden Person gegen die routinemäßige Dummheit eines ganzes Landes. Wolphram wird das immer wieder durchrechnen, wenn er zusammenzählt, was die Welt ihm angetan hat.

Die Leute, die ihn gejagt haben und lynchen wollten, jagen ihn jetzt, um seine Unschuld zu feiern und sie von ihm performt zu sehen. Sie hingegen hat gar nichts gemacht und ihm dadurch geholfen.

Soweit ist es jetzt gekommen: Freundlichkeit besteht darin, dass man jemanden in Ruhe lässt.

«War der *überhaupt* schon mal in einem Supermarkt, Prof? Er läuft hier rum wie ein Astronaut», flüstert Gary erleichtert.

Das stimmt. Er geht, als würde er gleich abheben; er schaut sich um, alles weckt seine Aufmerksamkeit. Der Mann sieht aus, als er sei er nicht von hier, nicht aus diesem Land, nicht von diesem Planeten. Ohne seine Sachen – seine Bücher, seine Musik und sein Umfeld – wirkt Wolphram wie ein Millionär, der mit der falschen Währung im Ausland festsitzt, reich an Geld, das er nicht ausgeben kann.

*

Gary und ich bringen Wolphram zur Kfz-Forensik nahe Dover. «Hoffen wir mal, die berechnen Ihnen nichts», sagt Gary. Das Gewerbegebiet Pike Road ist dort, wo die Sanitär-Showrooms und die Teppichhäuser sind, die TÜV-Werkstätten und die Geschäfte, in denen es Geländer und Haustüren, Schotter und Bodenfliesen gibt; wo nachts die Gabelstapler stillstehen und die Nahverkehrsbusse hinfahren, um repariert oder ausgeschlachtet zu werden und dann als Gehäuse zu verrosten, ihr letztes Fahrziel immer noch angezeigt: Cheriton, Golden Cross, Hythe Hill. Es gibt einen Lieferwagen, der mit Union Jacks dekoriert ist und von sechs Uhr morgens bis achtzehn Uhr abends Bacon und Bratwurst im Brötchen verkauft. *Benji's British Food.* Den ganzen Tag über fahren hier Leute herein und hinaus, und für diejenigen unter uns, die sich mit dem Funktionieren von Städten auskennen, sind die Gewerbegebiete am Rand, entlang der Umgehungsstraßen, Park-and-Ride-Flächen und Pendler-Schleichwege, Orte, an denen ein vollkommen anderes Leben stattfindet – weit weg vom Sauerteigbrot, den MILFs und den Olivenschälchen der Vorstädte.

«Man erkennt Sie ja gar nicht», sagt der Mann an der Rezeption mürrisch zu Wolphram. «Aber ich brauche trotzdem einen Lichtbildausweis.»

Er hat mitgekriegt, dass Wolphram frei ist, und ärgert sich darüber; er denkt an all die Geschichten, die er hätte erzählen können.

Wolphram schaut nach oben zur Überwachungskamera. Dann hinaus auf den leeren Hof. Heute sind alle früher heimgegangen. In *Barry's Bathrooms* auf der anderen Straßenseite brennt Licht, aber das soll nur die Einbrecher abschrecken. Während Wolphram ein halbes Dutzend Formulare ausfüllt und jedes davon sorgfältig durchliest, wird der Wagen von einem Mann im Plastikanzug durch ein gesichertes Automatiktor gebracht. Auch er wirkt enttäuscht. Diese privaten Forensik-Dienstleister und DNA-Labore sind scharf auf wichtige Fälle. Das bringt ihnen etwas für ihr Werbematerial, wenn sie Angebote für Staatsaufträge machen.

Bei Mr. Wolphram gibt es keine große Abschiedsszene. Niemals würde er seinen Abgang auf der Brücke machen. Er will einfach nur wegfahren und seine Tante besuchen, sich zwei Tage lang vorstellen, das sei alles nicht passiert, auch wenn die Nachrichten voll davon sind – sogar seine Unschuld ist eine Meldung, was eine Art Schuld darstellt –, und überlegen, wie er *sein Leben zurückbekommt*. Überlegen, welche

Teile seines Lebens nach dem hier überhaupt noch existieren.

«Ich bin unsicher, ob ich mich bei Ihnen bedanken soll oder nicht», sagt Wolphram. Er lächelt, oder versucht es zumindest. Er ist müde, traumatisiert und leer durch das, was mit seinem bisherigen Leben passiert ist. Aber er kann einfach nicht anders: er ist höflich und lässt nichts von dem los, was ihn zu einem zivilisierten Mensch macht. Dreißig Jahre, nachdem er mein Lehrer war, und vier Tage, nachdem wir ihn festgenommen haben, verstehe ich: Er ist jemand, der mit großem Aufwand an den kleinen Dingen festhält – Höflichkeit, Umgangsformen, Rücksicht ... das Kleingeld eines zivilisierten Lebens. Aber auch im Kleingeld eines zivilisierten Lebens ist genug für jeden.

«Informieren Sie meine Anwältin, wenn Ihre Leute mit meiner Wohnung fertig sind? Ich würde das neue Jahr gern zu Hause begrüßen.»

Gary: «Aber Sie gehen doch nicht dorthin zurück, zu diesen neugierigen, tratschenden Nachbarn, oder? Nicht nach allem, was sie über Sie gesagt haben! Sie sollten erst mal weg, dann können Sie immer noch zurückkommen und anfangen, die Leute zu verklagen. Mein Gott! Während Sie die verklagen, können Sie vermutlich sogar Ihre Story an die Zeitungen verkaufen – wie klingt das? Zu postmodern?»

«Ich gehe nirgendwo hin ... *Gary*», meint Wolphram und sagt dabei erstmals den Namen, so langsam und betont, als würde er lernen, wie man ihn richtig ausspricht.

«Ich gehe wieder nach Hause, fahre mit meinem Auto und besuche meine Geschäfte. Alles wird zur Normalität zurückkehren, einfach weil *ich* das tue. Und meine Story werde ich definitiv nicht verkaufen.»

*

Lynne wartet schon auf uns und hat ihre transkribierten Interviews mit Ben und Chloe dabei. Zumindest das war ein Sieg für Gary – sie als Beweismaterial einzustufen und ihr somit die Nutzung zu verbieten, bis wir mit ihnen fertig sind. Sie befinden sich auf einem USB-Stick, und die ersten drei Stunden hat sie sogar schon transkribiert. Ich überfliege die Seiten. Phelps muss nicht erst in Schlagzeilen-Phrasen übersetzt werden, er redet bereits so: der «verdächtige Mr. Wolphram», «dieser neugierige Nachbar», dass Zalie «so lebenssprühend und nachbarschaftlich war und immer gegrüßt hat». Wie er und Chloe «gespürt haben, dass mit dem etwas nicht stimmt», aber nichts gesagt haben, weil, «na ja, wir wollten ja nicht, dass man uns für voreingenommen hält». Dass es «genauso gut auch Chloe hätte sein können», die in diesen Mülltüten steckt. Nach «Ich wünschte nur, ich hätte das verhindern können» hat Lynne mit Abtippen aufgehört. Vielleicht hat sie da unseren Anruf entgegengenommen. Eher war ihr aber klar, dass sie jetzt ihre Überschrift hat.

Lynne trägt wieder den gleichen Mohairpulli und sitzt wieder auf dem gleichen Stuhl.

«Wie ist das heute mit einem Tee/Kaffee/unidentifizierbarem Heißgetränk?»

Keiner von uns antwortet, aber sie fühlt sich trotzdem wie zu Hause. Schnappt sich den Kaffee, der vor mir steht, und ich hindere sie nicht daran.

«Ich muss sagen, diese Story ist einfach unerschöpflich. Wie finden Sie das hier: *Abgebrühte Reporter dachten, sie hätten schon alles gesehen, und fielen trotzdem auf Doppelleben des Brutalo-Mörders herein*. Das bringen wir an Neujahr. Und alles, während er unser Gast war. Ich bin direkt vor ihm gesessen, meine Wenigkeit hätte das nächste Müllsack-Opfer sein können. Vermutlich mache ich noch so eine Augenzeugen-Story. Chloe liefert uns einen schlüpfrigen Fortsetzungsbericht namens *Leben mit einem Mörder*. Das ist pures Gold. Nicht nur wegen der Verkäufe am Kiosk, sondern wegen der Zunahme an Werbung durch die gesteigerte Auflage. Wir mussten über Weihnachten zehn zusätzliche Anzeigenverkäufer anstellen …»

Gary: «Ich hab mal einen Bericht des Gesundheitsamts gelesen, über die Rattenplage bei diesen Takeaway-Läden in der Golden Cross Road … da hieß es, Ratten hätten einen derartig schnellen Stoffwechsel, dass sie im Grunde eins zu eins das rausscheißen, was sie gefressen haben … also genau wie Sie. Schämen Sie sich nicht?»

«Nein», sagt sie. «Okay, manchmal schon. Das ist die kurze Antwort. Wollen Sie die lange?»

Gary schweigt.

«Das heißt für mich *ja*. Ich bin nicht die, die Dinge passieren lässt», sagt Mad Lynne, «sondern nur dafür zuständig, *wie* sie passieren. Ich bin die Form, die sie annehmen. Das ist alles. Die Online-Kloake voller wütender Arschlöcher, die den aktuell angeschossenen Promi oder den aktuell zerstörten Nobody zur Strecke bringen ... die Klick-Hetzer, die Mitreden-Woller, die Online-Kommentare, die tendenziösen Schlagzeilen, die Andeutungen ... das ist alles ohnehin da, Gary, da gibt es nicht mehr oder weniger als sonst, nur können wir es jetzt sehen.»

Gary ist ganz rot im Gesicht, kocht vor Wut, bläht sich vor Zorn auf, aber alles auch durch Zustimmung. Ich habe das Gefühl, er wirft gleich den Tisch um und schüttet ihr Tee ins Gesicht. Vor ihr liegt eine ihrer eigenen Zeitungen, mit ihrem Artikel auf Seite eins, zum dritten Mal hintereinander. *FREI!* lautet die Schlagzeile, schön zweideutig: Empörung über die Freilassung eines Perverslings oder Erleichterung darüber, dass der Gerechtigkeit endlich Genüge getan wurde. Beides hat Lynne hier abgedeckt.

Gary nimmt sich die Zeitung, rollt sie fest zusammen und hält sie in der Hand.

In Gedanken beende ich die Aktion: Er springt hoch, und während sie vor Überraschung aufjapst, stopft er ihr die aufgerollte *Evening Post* so schnell und zielstrebig in den Rachen, dass sie schon unterhalb des Kehlkopfs und fast schon beim Schlüsselbein ist, wenn uns klar wird, was er da getan hat, dann bohrt sie sich durch Knorpel, reißt ihre Mandeln ab, zerfetzt das Gewebe ihrer Luftröhre und macht, dass ihre eigenen Worte ihr den Atem nehmen. Ihr Gesicht schwillt an, die weiße Foundation bekommt graue Risse, ihre Augen werden vor Sauerstoffmangel rot, ihre Lippen violett, während sich das Blau der Asphyxie mit dem Rectory-Red-Ton ihres Lippenstifts vermischt … Sie verschluckt ihre eigenen Schlagzeilen, erstickt an ihren eigenen Lügen …

… aber nur in meiner umherstreifenden Vorstellung. Gary hat die *Evening Post* immer noch in der Hand, nur ist sein Griff eher locker. Ich fummle mit einem Kuli herum, um das Zittern meiner Hände zu überspielen, und mein Kopf ist nach dem, was er da gerade ausgestrahlt hat, ganz benommen.

«Schon okay», sagt sie ruhig (beim späteren Zurückdenken kommt es mir aber so vor, als sei sie auch leicht traurig gewesen). «Ich weiß, was Sie von mir halten. Ist mir egal. Jetzt ist eh alles vorbei, oder? Und wenn sie nicht gestorben sind, dann leben sie noch heute. Die Waage der Gerechtigkeit und so: die Schuld am richtigen Ort, während die Unschuld am Schluss schon aufleuchtet.»

Gary hat nichts dazu zu sagen, was bei mir schon länger der Fall ist.

«Ich muss jetzt los – hab gleich ein Skype-Meeting mit meinem neuen Herausgeber», sagt sie. «Eine Überregionale. Ich kann noch nicht verraten, welche, aber wenn Sie morgen die Zeitungen kaufen, werden Sie es wissen … Er mag es nicht, wenn man ihn warten lässt. Er ist ein Mann der wenigen Worte, aber seine Schecks sprechen dafür Bände.»

Drehwigkeit

«Ich habe einen Job für Sie», sagt Vera. Sie dreht sich zu Marieke und fragt: «Da ist nichts mehr, oder?»

Marieke schüttelt den Kopf. Sie hält den Digitalrekorder hoch. «Hör es dir an.»

«Das habe ich. Er hat aufgegeben.»

Sie führt uns nach oben. Dort war ich noch nie, auch wenn Marieke jedes Zimmer aufgenommen und mir das Ergebnis vorgespielt hat. Sie war sich sicher, vor ein paar Wochen etwas gehört zu haben, und zeigte mir Brummtöne, Geflüster und Raumatmosphäre. Sie erklärte sie mir sogar und versicherte, das seien Geräusche einer Anwesenheit.

«Es kommt näher, weicht zurück, kommt näher, weicht zurück.» Heute aber nicht. Schon länger nicht.

In ihrem Schlafzimmer, also dem von Vera und Victor, sind drei geöffnete Koffer mit seinen Kleidungsstücken drin. Seine guten Schuhe sind noch in ihren Originalschachteln, Unterwäsche und Hauspantoffeln jedoch in einem Müllsack.

«Ich denke, Sie wissen, was Sie damit machen sollen», sagt sie.

Ich nicke. «Möchten Sie die Koffer wiederhaben, Mrs. Snow?»

«Nein.»

Victors Bücher, Detektivromane in großer Schrift und selbst schon secondhand gekauft, sind neben seinem Nachttisch aufgestapelt. Ich packe sie ebenfalls ein, bis auf ein paar für Gary.

Als ich das Auto belade, sehe ich, dass Vera auch Victors letztes Kreuzworträtsel weggeworfen hat, denn es liegt in der Altpapierkiste an der Tür. Ich überprüfe, ob es mittlerweile ganz ausgefüllt wurde, und das ist tatsächlich der Fall. Sie weiß, was ich denke, und sagt: «Alles in Ordnung. Ich habe es selbst fertiggemacht.»

Der Krebshilfe-Shop in der Coles Hill Road ist immer noch dort, wo wir, also Danny, Neil Hall und ich, früher hingegangen sind, um Vintage-Klamotten zu kaufen, noch bevor die Vintage-Läden kamen und sie teuer machten. Jetzt sind fast nur Pullover da, reihenweise Strickjacken toter Männer, pilzfarbene Hosen, Polyesterhemden und Protz-Anzüge billigster Machart. Mäntel: endlose Stangen mit Mänteln. Ein einziger Aufschrei aus Beigetönen.

Marieke geht die alten Kassetten und Schallplatten durch. Fünf für ein Pfund. Sie nimmt ein paar heraus. Sie kann nicht wissen – nicht auf normalem Weg zumindest –, dass ich ihr als Weihnachtsgeschenk einen Plattenspieler gekauft habe. Während ich die Koffer durch den Shop trage, sehe ich, wie sie die Platten vorsichtig aus den Hüllen zieht und auf Kratzer untersucht. Ich beobachte sie. Sie hat den äußersten Rand auf ihre flache Hand gelegt und hält die Platte so, dass sich in den Rillen Licht spiegelt. Ohne je eine abgespielt oder auch nur besessen zu haben, geht sie wie ein Experte mit ihnen um. So wie Wolphram. So wie der Mann im Musikgeschäft das immer gemacht hat. Das ist ein Instinkt, ein Vorherwissen oder der Überrest eines früheren Lebens, das durch die Rückkehr zur Fabrikseinstellung nicht ganz ausgelöscht wurde.

Im hinteren Teil des Shops gibt es einen kleinen Sortierraum, wo zwei Damen in Victors Alter die Spenden mit Preisen versehen. Ich bin froh, dass Vera nicht dabei ist – zusehen zu müssen, wie seine Kleidungsstücke vom großen Ozean an Ausrangiertem verschluckt werden, hat etwas so Endgültiges. Der Körper geht zurück in die Erde, die Kleidung zurück auf den Markt.

Es gibt keine Asche, aber hier wird er verstreut.

«Vielleicht war ich nicht überzeugt genug, um ihn zurückzubringen», hat Vera zu uns gesagt: «Oder *er* war es nicht.»

*

Erst mit dem elterlichen Spruch *Und wenn sie nicht gestorben sind, dann leben sie noch heute* bekommt das Kind Angst. Und es hat recht. Was geschieht, nachdem sie nicht gestorben sind? Was geschieht in der Drehwigkeit, wenn man den Tag geputzt hat?

Es ist vorbei, aber so, wie Dinge eben nie ganz vorbei sind: Sie sterben als Ereignis und beginnen ein neues Leben als Konsequenz.

Ich werde Marieke zu mir nach Hause bringen und im Backofen Fischstäbchen machen, die sie dann wenden wird, nachdem sie fünf Minuten lang die Uhr beobachtet hat. Ich werde Tomaten aufschneiden, die sie nicht essen wird, und mit sinnloser Präzision um den Teller drapieren. Sie wird so auf dem Sofa sitzen, dass ihre Füße über den Rand hinauszeigen. Sie wird gegen zehn einschlafen, ich dann eine Stunde später. Manchmal sogar eher. Heute wohl wirklich eher. Ich werde eindösen. Die Nacht wird die Knochen des Tages nehmen und zu Traumbrühe verkochen, und um Mitternacht wird mich der leise Klick des Boilerthermostats aufwecken, ohne dass ich ihn bewusst gehört hätte. Das kann alles Mögliche sein, denke ich dann, ein kreischender Fuchs, die Bierdose, die ein Passant weggeworfen, ein Auto, das in einen anderen Gang geschaltet wurde – und ich hebe sie schlafend auf und trage sie in ihr Zimmer. Ihren Schlafanzug hat sie bereits an.

Aber zuerst – während Sigrid mit ihren Bürokolleginnen unterwegs ist – werden wir zur Brücke gehen und dort aufnehmen. Wir beginnen bei den Stützpfeilern, wo jeder begonnen hat, und gehen dann in die Mitte des Bogens, wo jeder gestanden ist: Danny, ich, der arme Junge, den sie über die Brüstung gehalten haben, Garys verschollene Frau mit der Sonne im Haar, Ben, der im Film von seiner Gefangennahme auf den Abspann wartete.

Und alle Fremden: die, deren Leichen man fand, und die, die nie gefunden wurden; die, die gewinkt oder gerufen haben, und die, die schweigend weggeglitten sind; die, die rechtzeitig ihre Meinung geändert haben, und die, die das zu spät taten; die, die etwas Wunderbares erlebten, während sie in den Tod stürzten und sich von Kummer und Fehlern verabschiedeten. Die, deren Leben im Rückblick besser aussah und die beim Zurückspulen der Jahre für ein paar Sekunden glücklich waren. Die, die auf dem Wasser oder auf der Straße aufkamen, und die, die im Mündungsschlick landeten; deren Umrisse – Arme ausgebreitet, Beine gestreckt, verdreht oder gekreuzt – für einen Moment glänzten wie ein Fußabdruck im Sand, bevor eine Welle ihn überspült und er sich mit Sand füllt und wieder alles flach und ohne Spur ist.

Alle waren sie hier, geschoben vom Leid in ihrem Rücken oder gezogen vom Frieden vor ihnen; es gibt die Lady mit dem großen Rock, die überlebt hat, und die, die keiner kennt, keiner gesehen hat; es gibt die Möwen und die Geister, und es gibt mich, mit zwölf, fünfzehn, zwanzig, dreißig und vierzig, allen Altersstufen gleichzeitig, der ich von der Brücke nach unten sehe und die Augen eines Erwachsenen mit den Tränen eines Kindes ausspüle.

Das ist, was ich ihnen sagen werde, denn es ist das, was ich mir selbst sage:

Die Mündung hat alles, was ich will, und alles, was die Geister wollen, weil sie das Gegenteil von Heraklit und seinem Fluss ist: Sie besteht aus Wasser und Sand, die noch nicht durchs Stundenglas geflossen oder gerieselt sind. Zusammen ergeben sie einen Lehm, der erst noch gebrannt werden muss.

Es ist nicht zu spät, die Dinge zu verändern.

Dieses Buch wurde auf FSC-zertifiziertem Papier
und klimaneutral gedruckt.

FSC
www.fsc.org
MIX
Papier aus verantwortungsvollen Quellen
FSC® C014889

Klimaneutral
Druckprodukt
ClimatePartner.com/12514-2110-1011